BREAKING THE DARK

ROMPENDO A ESCURIDÃO

UMA HISTÓRIA DE JESSICA JONES

MARVEL

LISA JEWELL

BREAKING THE DARK

ROMPENDO A ESCURIDÃO

UMA HISTÓRIA DE JESSICA JONES

SÃO PAULO
2025

EXCELSIOR
BOOK ONE

MARVEL

Breaking the Dark: a Jessica Jones Marvel crime story

EXCELSIOR — BOOK ONE
COORDENADORA EDITORIAL ***Francine C. Silva***
TRADUÇÃO ***Abya Yala B. Anaya***
PREPARAÇÃO ***Thaís Mannoni***
REVISÃO ***Letícia Nakamura e Tainá Fabrin***
ADAPTAÇÃO DE CAPA ***Francine C. Silva***
DIAGRAMAÇÃO ***Victor Gerhardt** | CALLIOPE*
DESIGN ORIGINAL DE CAPA ***Jonathan Bush***
ARTE ORIGINAL DE CAPA ***Alamy e © Shutterstock***
TIPOGRAFIA ***Adobe Caslon Pro***
IMPRESSÃO ***Corprint***

Dados Internacionais de Catalogação na Publicação (CIP)
Angélica Ilacqua CRB-8/7057

J56b Jewell, Lisa
Breaking the dark : rompendo a escuridão : uma história de Jessica Jones / Lisa Jewell ; tradução de Abya Yala B Anaya. — São Paulo : Excelsior, 2025.
368 p.

ISBN 978-65-85849-89-0
Título original: *Breaking the Dark : A Jessica Jones Marvel Crime novel*

1. Ficção inglesa I. Título II. Anaya, Abya Yala B.

25-0136 CDD 823

Este livro é dedicado a Grace O'Connor,
minha brilhante amiga.

PARTE UM

UM

JESSICA SE VIRA de lado e pisca na escuridão. As cortinas estão completamente abertas, mas o céu lá fora está tão escuro, que elas poderiam muito bem estar fechadas. Não é de noite, mas uma tempestade se forma em Hell's Kitchen — negra, pesada e ameaçadora.

O relógio ao lado da cama indica que são nove horas e um minuto.

Sua cabeça lhe informa que tomou seu último drinque há cerca de quatro horas.

Ela se arrasta para fora da cama e ouve os primeiros trovões distantes, vindos de algum lugar longe da cidade.

Café. Preto, forte, queimado. Uma tigela de Cheerios com leite gelado. A tempestade se aproxima, o céu fica em um tom branco-gelo, e Jessica se sobressalta, derramando leite da tigela no chão, quando um trovão parte o universo ao meio. Por um momento, ela se pergunta sobre uma tempestade de manhã tão cedo, mas depois pensa: por que não? O mundo todo tem parecido tão dramático ultimamente, as pessoas parecem tão agitadas o tempo todo, sempre procurando brigas e separação. As coisas se movem com tanta rapidez, teorias vêm e vão, superestrelas nascem e são canceladas, tecnologia, modas, política, tudo gira em ciclos vertiginosos e insanos, e, enquanto isso, o planeta está prestes a virar cinzas, e, sim, por que não uma tempestade matinal sombria e ameaçadora sobre Hell's Kitchen numa manhã fria de outubro? Por que não?

Seu vizinho Julius tinha acabado de adotar um gato, aí, três dias depois, teve que viajar para visitar um familiar doente. Ela devia um favor a Julius, então se ofereceu para alimentá-lo. Seu nome é Speckles.

Há um compromisso às 9h45 no seu calendário, e agora são 9h20. Ela precisa de um banho e de outro café, mas primeiro cogita atravessar o corredor para cuidar de Speckles.

Pega a chave do apartamento de Julius e caminha descalça pelo corredor, deixando a porta encostada atrás de si. Veste uma camiseta que ainda cheira a tulipas de frango da noite anterior, na qual ela esfregou os dedos gordurosos, mas também cheira ao sabão em pó da roupa de Luke, que não é exatamente seu namorado. Na verdade, não é *mesmo* seu namorado, mas é namorado o suficiente para que, em algum momento, Jessica tenha acabado por vestir uma das camisetas de Luke no apartamento dela. O homem realmente faz mágica com sua lavagem de roupa, ela não sabe o que ou como, mas tudo o que ele veste tem um cheiro muito bom.

Julius pintou o interior do apartamento de forma decente. As paredes são azul-marinho e de um cinza-aveludado. Ele prefere móveis em estilo mid-century, de teca e carvalho e com pernas pontiagudas. Gosta de abajures, que estão por toda parte, seis só na sala de estar. Há um relógio alto e fino encostado em uma parede que faz tique-taque de forma pretensiosa enquanto Jessica se dirige à cozinha. Então há outro clarão seguido de um estrondo. Ela conta até doze e, quando o próximo trovão chega tão alto quanto uma panela caindo no chão de pedra, entra na cozinha e encontra o gato sentado, aterrorizado, em um canto, com os olhos arregalados e as orelhas baixas. Ela se aproxima e pode ver que Speckles treme e vibra, completamente sobrecarregado de adrenalina.

Jessica não sabe o que pensar dos gatos. Sente que deveria gostar deles e com certeza se sente mal agora por este, em estado de terror mortal, mas não sabe como se aproximar deles, como tocá-los, como fazê-los gostar das pessoas. Jessica estende a mão e diz:

— Escuta, vai ficar tudo bem, tá? Isso é só uma loucura que as pessoas lá de cima fazem de vez em quando para nos lembrar de como somos pequenos e insignificantes. Só aguenta firme, gatinho. Aguente firme.

Speckles se espreme ainda mais no canto, e Jessica alcança o armário acima dele para pegar o saco de ração. Em seguida, abaixa-se a fim de levantar a tigela do chão, e, enquanto faz isso, outro estrondoso trovão ecoa. O gato se assusta e dispara, e Jessica se lembra de que deixou a porta da frente do apartamento de Julius aberta.

— Merda! — Ela larga a tigela no balcão da cozinha. — Merda! — Jessica corre atrás do gato, saindo pela porta e indo para o corredor. — Speckles! — chama, mais alto do que gostaria. — Speckles! Pare!

Mas o felino não para, pensa que consegue fugir do trovão e corre descontroladamente, suas patas derrapam no piso de mármore brilhante, e de repente ele está do outro lado do prédio, na parte que Jessica nunca vê, onde as portas são iguais às do lado dela, mas tão estranhas que poderiam muito bem estar em outro país. E lá no fundo há uma janela aberta, e quem sabe para onde dá. Jessica nunca tinha visto a janela antes e solta um pequeno grito abafado, com as mãos cobrindo o rosto, ao ver Speckles pular dois metros e desaparecer no céu escuro, cheio de nuvens que parecem pedras rolando.

DOIS

O GATO DESCEU dois lances da escada de incêndio e agora está sentado em uma estreita saliência rochosa que liga o prédio de Jessica ao telhado plano do prédio vizinho. De cada lado da viga de pedra, o vazio. Jessica coloca a cabeça para fora da janela e avalia a situação. Se o gato não quiser morrer, precisa pular de volta para a escada de incêndio. Mas o bichinho está apavorado demais para entender isso sozinho e fica imóvel.

Jessica suspira. Está muito cedo para essa porcaria. Tudo o que ela tem para lidar com isso são Cheerios e café. Mas não pode contar a Julius que deixou seu gato morrer, então permite que a transfusão nauseante ocorra, que o sangue, a água e o muco em seu corpo se deformem e se distorçam, tornando-se algo mais próximo de diesel e parafina, de fluido de isqueiro e asfalto, e ela quase consegue sentir o odor disso, o gosto no fundo de sua garganta. Isso a faz querer engasgar à medida que se equilibra no parapeito da janela, bem acima das ruas lá embaixo, mas engole a sensação, se agacha um pouco, os olhos bem fechados…

… mas…

… as nuvens se partem, e a chuva cai forte e rápida, e o gato muda sua postura, desliza de volta na direção do prédio de Jessica, com a cauda como uma escova espinhosa de pânico e fúria, pula para a escada de incêndio e, em seguida, direto nos braços de Jessica.

Carregar um gato molhado e apavorado através de uma janela e por um corredor não é fácil. Ele arranha seus braços e seu rosto. Uma porta se abre enquanto ela passa com o gato girando e se contorcendo em seus braços. Uma mulher com um bebê em um carrinho a mede de cima a baixo três vezes, com uma centelha de nojo seguida rapidamente por um divertimento irônico. O bebê olha para ela e para o gato com os olhos arregalados. Jessica continua andando.

Quando vira o corredor em direção ao apartamento de Julius, ela para.

Uma menina pequena está parada perto da porta aberta dele. Ela tem olhos escuros, e seu cabelo está amarrado em coques, um de cada lado da cabeça. Veste um casaco metálico com forro de pele e meias listradas. Jessica estreita os olhos para a criança.

— Você está bem, garotinha?

A menina acena com a cabeça, com seu olhar fixo em Jessica, alheia ao gato molhado e furioso em seus braços.

— Onde está sua mãe?

A menina olha. Não diz nada.

O céu se rompe com um trovão novamente, e a chuva forte cai como cascalho contra as paredes do prédio. O gato pula de seus braços e corre para dentro do apartamento.

Jessica sente algo queimá-la de dentro para fora. Sua cabeça se inclina para trás, e ela fecha os olhos. Quando os reabre, a menina desapareceu.

Cinco minutos depois de fracassar ao tomar banho ou mesmo escovar os dentes, e vestida com a camiseta suja e roupa íntima, Jessica ouve o interfone tocar.

— Sim — atende ela. — Pode subir.

Ela aperta o botão, depois veste uma jaqueta preta por cima da camiseta encardida, coloca um jeans azul e um par de botas. Ainda pode sentir o cheiro de gordura de frango e da cerveja velha em seu hálito, mas agora é tarde demais para tomar providências, pois o som de saltos batendo no mármore ecoa pelo corredor fora de seu apartamento.

Jessica passa as mãos pelo cabelo e força uma espécie de sorriso ao abrir a porta.

À sua frente, há uma mulher magra usando um casaco de pele de carneiro até o tornozelo. O cabelo dela tem cor de caramelo, e o bronzeado parece vindo de um lugar ao qual Jessica jamais teria dinheiro para ir.

— Oi — diz a mulher, visivelmente recuando ao se deparar com Jessica e suas roupas manchadas, o cabelo molhado, os braços e rosto arranhados, e o estado decadente do cômodo atrás dela. — Amber Randall. — A mulher contempla a placa na porta, em que se lê CODINOME INVESTIGAÇÕES, e depois volta o olhar para Jessica. — Você é Jessica Jones?

Jessica assente.

— Claro — responde ela. — Sim. Entre. Desculpe.

A mulher parece ter cerca de quarenta anos, mas poderia ter cinquenta. É difícil determinar com essas mulheres ricas.

Amber Randall sacode o guarda-chuva no corredor e o deixa apoiado contra a parede. Ao entrar, tira o casaco e o dobra três vezes, com as mangas para dentro, pendura-o cuidadosamente no braço do sofá de couro de Jessica e se senta. A mulher usa um vestido preto de malha com uma gola de renda branca e botas pretas de couro com solas de borracha.

Os olhos dela vagam pelas paredes do escritório de Jessica, procurando — Jessica suspeita — por algo bonito. Quando falham em encontrar qualquer item agradável, fixam-se nela.

— Você não é o que eu esperava — admite Amber Randall. — Achei que seria… — As mãos dela pairam sem rumo por um momento antes de repousarem no colo. — Deixa pra lá. Eu sei que você tem… eu sei que você é… — As mãos dela tremulam novamente. — Mas na verdade, não preciso disso de você. Nada disso. Eu preciso de seus… *contatos*. Seu *conhecimento*. Você sabe. Porque acho que algo está acontecendo e acho que tem a ver com gente como você.

Jessica pisca. *Gente como você*. Ela não tem "gente como ela". Jessica só tem a si mesma.

— Escute — ela diz. — Realmente não acho que…

— Me ouça — insiste a mulher pequena com aspereza, antes de suavizar o tom. — Me ouça. Por favor. Eu preciso de você, Jessica. Preciso mesmo.

Jessica inclina a cabeça e avalia a mulher sentada à sua frente. Seu porte é tão diminuto que as mãos parecem pequenas garras. As grandes botas incongruentes lhe dão um ar de criança, enquanto sua boca pende nos cantos, onde a gravidade — e a vida — parece ter feito morada.

— Fale — Jessica diz.

Amber Randall alisa seu vestido.

— Meu ex-marido, Sebastian, é britânico. Eu o conheci quando estava estudando dança clássica em Londres, há muitos anos. Nós nos casamos, e ele veio morar comigo aqui em Nova York, e tivemos gêmeos há dezesseis anos. Uma menina e um menino. Lark e Fox.

— Lark e...?

— Fox. Sim.

— Então tá...

— Depois que nos divorciamos, Sebastian voltou para a Inglaterra, e todos os verões, desde então, os gêmeos voam para Londres por quatro semanas para ficar com o pai. Ele tem uma casa em Pimlico.

— Pim...?

— ... lico. Um bairro elegante em Londres. E ele recentemente comprou uma casa grande em Essex. — Olhando para Jessica, ela acrescenta: — No campo. Então, todos os anos, os gêmeos vão para lá por um mês e, geralmente, passam o tempo em Londres. Veem os primos. Às vezes, Sebastian os leva para a França ou para as ilhas espanholas. Depois voltam para mim e voltam para a escola e bem... *enfim*, este ano eles passaram o tempo todo na nova casa dele em Essex, só com o pai, mais ninguém, e eu sinto fortemente que *algo aconteceu*.

— Algo aconteceu?

— Sim. Estão em casa há quatro semanas, e a questão é que... na verdade não sei como explicar isso, mas, desde que voltaram, estou cada vez mais convencida de que não são eles. Que *eles* não são *eles*.

Jessica sente uma onda de energia a percorrer, e sua postura muda um pouco.

— Como assim?

— Como eu disse, é difícil de explicar. Parecem basicamente os mesmos, soam como meus filhos, para todos os efeitos, são eles. Mas — Amber se inclina para a frente, seu cabelo castanho-claro balança conforme ela se move — não acho que sejam eles. Acho que algo aconteceu por lá neste verão. Acho que alguém os pegou. Alguém *fez* algo com eles. — A mulher se inclina um pouco mais. — Foram substituídos.

Jessica fecha os olhos por um momento. Reflete sobre a realidade desse tipo de mulher, como observado nos programas de TV e artigos de jornal: uma mulher rica abandonada à própria sorte por um marido rico, na meia-idade. Uma mulher cheia de ressentimento, talvez, por uma nova namorada ou uma segunda esposa, que certamente será mais jovem e mais bonita, e pela nova vida na qual seus filhos foram imersos por quatro semanas, voltando para a mãe, sem dúvida, com histórias glamorosas de experiências das quais Amber Randall não faz parte. Ela imagina o veneno em cada canto da vida de Amber Randall e vê esse veneno se manifestando agora na ideia de que o ex-marido de alguma forma substituiu seus filhos. Ela reabre os olhos e encara Amber abertamente.

— Olha — ela suspira. — Isso soa, sei lá, meio complicado. Parece que talvez você e seu ex...

— *Não*! — Amber bate as mãos contra o sofá de couro. — Não. Isso não tem nada, *nada*, nada a ver com divórcio. Nosso divórcio foi amigável. Gosto muito do Sebastian. Ele é um homem muito bom.

Jessica levanta uma sobrancelha e acena com a cabeça.

— Pode me dar algum exemplo do comportamento de seus filhos ou de eventos específicos que provocaram sua hipótese?

— Sim. Posso, sim. Fox é um garoto bonito e, bem, está começando a perceber isso. É meio vaidoso. Exigente. E tem um jeito de mexer no cabelo, assim — Amber toca o cabelo com os dedos mindinhos —, toda vez que passa por um espelho. Sempre tira selfies e sempre faz o mesmo sorriso, a mesma pose, o mesmo jeito de olhar para a câmera, mas, desde que voltou, simplesmente não faz mais isso. Passa direto pelos espelhos sem sequer notá-los. Não usa mais o celular para selfies. Nunca toca o cabelo e, juro, antes ficava o tempo todo o arrumando. E Lark... Ela é uma menina tímida, tem hábitos nervosos, morde muito o interior das bochechas. Às vezes, empurra o dedo contra a bochecha ao mordê-la, faz parte de ser Lark, é parte dela. Também tira a pele ao redor das unhas e rasga papéis. E, desde que voltou, nada disso. As mãos dela estão simplesmente... *quietas*. Ambos parecem muito quietos.

Amber termina de falar, e Jessica hesita antes de responder.

— Seus filhos fizeram alguma terapia? No Reino Unido, talvez? — Jessica sugere. — Tipo uma TCC ou algo assim?

— *Não.* — Amber Randall soa exasperada. — Nada disso. Confie em mim, sou terapeuta, eu saberia. E teriam me contado. E por que fariam isso, afinal? São adolescentes perfeitamente normais.

— Aconteceu algo? Um trauma?

— Não. Escute. Jessica. Por favor, pare de tentar encontrar explicações racionais. Se houvesse explicação racional para isso, acha que eu estaria aqui falando com você? E outra coisa: a pele deles. Ambos tinham pele de adolescente normal antes de saírem, e Lark tinha uma pequena cicatriz, logo acima da sobrancelha, por causa da catapora, e, desde que voltaram, as peles deles estão... estão *impecáveis*.

Jessica faz uma careta.

— Talvez o ar na Inglaterra seja mais puro?

— Não, Jessica. *Não.* O ar na Inglaterra *não* é mais puro. Eles *não* fizeram TCC. Isso é... *Olhe.* Talvez vir aqui não tenha sido uma boa ideia.

Amber Randall se levanta e pega seu casaco.

— Talvez eu devesse encontrar alguém que...

— O que você quer de mim?

A mulher deixa o casaco cair.

— Quero que vá para a Inglaterra e descubra exatamente o que aconteceu enquanto eles estavam lá neste verão.

Jessica recua ligeiramente.

— Quer que eu vá para a Inglaterra?

— Sim.

— Você deveria saber que eu não tenho passaporte.

Amber arregala os olhos para Jessica e suspira.

— Sério?

— Sim. Sério. Ninguém nunca me levou a lugar algum onde eu precisasse usar passaporte.

— Meu Deus. Mas você tem uma certidão de nascimento, não é?

— Sim. Tenho uma certidão de nascimento.

— Bom, então podemos resolver isso para você.

Jessica pisca.

— Estou com muitas questões para resolver.

Isso não é totalmente verdade. Jessica acabou de terminar um caso há dois dias e não tem nada para resolver.

Amber acena com a cabeça, como se percebesse o fechamento de um acordo.

— Posso pagar seu valor por hora e mais. Além de dar um bom adiantamento.

Jessica estreita os olhos. Ela tem 128 dólares na conta bancária no momento.

— Deixe-me pensar sobre isso.

Amber suspira.

— Por favor, não pense sobre isso. Apenas faça. Não consigo viver assim por mais um minuto. A situação está me matando, essa sensação de que estou vivendo com… *estranhos*. Será que são mesmo meus filhos? E, se não forem, onde realmente estão e o que está acontecendo com eles?

Um momento se passa, então Jessica é acometida por aquela suave e enjoativa sensação de rendição.

— Certo — concorda. — Tudo bem. Eu farei. Mas vou precisar do adiantamento agora. Tipo, já.

— Quanto?

Outro momento se passa, e Jessica diz:

— Cinco mil.

Os olhos de Amber brilham ligeiramente ao perceber que está sendo enganada, mas ela sorri e diz:

— Combinado. Estará na sua conta até esta tarde. Vamos nos encontrar amanhã para discutir a estratégia. — Ela lança um olhar breve por todo o escritório de Jessica. — Venha ao meu clube. The Finch. Lado leste da rua 27. Dez da manhã. E você pode querer… — Ela gesticula vagamente para a camiseta de Jessica.

— Tenho roupas limpas, sim, obrigada.

Jessica fecha a porta atrás de Amber Randall um minuto depois e mantém seu corpo pressionado contra ela até ouvir o zumbido e o clique do elevador e o som enquanto desce ao nível da rua. Então, escorrega até os calcanhares, abaixa a cabeça no peito e geme.

O que diabos ela acabou de aceitar?

TRINTA E OITO ANOS ATRÁS
Harlem, NY

Ophelia desliza no banco do bar quase vazio. A luz dourada do início da noite brilha através das janelas sujas, adicionando um toque de magia ao ambiente desanimado. Um homem magro está curvado sobre um fliperama no canto, um homem menos magro se senta a uma mesa na janela, virando as páginas de um jornal sem parecer estar lendo. Ela foca no homem atrás do bar, que está com camiseta cinza, uma camisa xadrez por cima e jeans. Seu cabelo longo está preso para trás, e sua mão está dentro de uma caneca de vidro enquanto ele limpa o exterior com um pano.

— O que posso te servir? — ele pergunta.

Ophelia sente com intensidade a certeza de que esse homem é o que ela procura, aquele que pode salvá-la.

Finalmente.

Ela sorri e diz:

— Posso pedir um tequila *sunrise*? Obrigada.

— Ah! — diz o barman. — Uma britânica!

— Sim. Sou, sim.

— De onde você é?

— Ah, de vários lugares, na verdade. Mas nasci em Portsmouth, na costa sul.

— Legal.

Ele vira o copo limpo e o empilha na prateleira atrás de si, depois prepara o drinque da cliente. Ela o observa. O barman tem costas largas, quadris estreitos e orelhas que se projetam levemente da cabeça. É alto, e Ophelia gosta da maneira como ele se move. Ao observá-lo, percebe uma música tocando ao fundo.

Ela tem uma pele perfeita...

Ela já ouviu isso antes, pensa.

Maçãs do rosto como geometria, olhos como pecado...

O barman se vira para encará-la, e ela é novamente impactada por quão certo ele é. Ela seguiu seu perfume por um oceano inteiro a fim de encontrá-lo, e aqui está ele, de pé diante de si, parecendo o cara mais normal do mundo. Ninguém adivinharia o que o faz funcionar, pensa ela, ninguém jamais pensaria isso dele. Só Ophelia conhece a verdade sobre ele.

Como se lesse seus pensamentos, o barman sorri e diz:

— Então, o que te traz a Nova York?

— Ah, apenas aventura. Diversão. Nunca estive aqui, sempre quis vir.

— Bem-vinda à cidade que nunca dorme — ele diz, despejando tequila em um copo longo. — É bom ter você aqui.

Ela o analisa por um momento e, então, se inclina para o bar.

— Esperei a vida toda por isso.

— Uau . — Ele levanta uma sobrancelha para ela. — Essa é uma afirmação ousada. É melhor eu fazer um bom coquetel, então.

Ophelia lhe sorri. O homem não faz ideia, pensa ela, de quanto tempo ela esperou por isso. Nenhuma ideia.

O barman despeja suco de laranja sobre a tequila e os mistura. Então, sua mão alcança a granadina na prateleira atrás de si. O líquido brilha vermelho e fresco. Ela observa enquanto a granadina atinge o suco de laranja, vendo-a afundar lentamente no fundo do copo.

Seus olhos vão para os dele, e Ophelia sorri.

— Parece sangue, não parece?

O olhar do homem se fixa firmemente no dela, e uma centelha de desejo passa por seus olhos.

— Sim — ele diz para Ophelia. — Acho que parece.

TRÊS

THE FINCH fica em uma casa geminada estreita, espremida entre duas casas geminadas mais largas. Tem janelas compridas e delgadas com molduras pintadas de marrom e um pesado arco de flores de seda rosa sobre a porta da frente. A placa descreve o lugar como um espaço energizante e acolhedor para toda mulher.

Uma jovem está na recepção, atrás de um vaso extragrande de hortênsias verdes e rosa. Ela usa macacão preto e batom vermelho e lança um olhar por cima dos óculos de armação grossa. Sorri amplamente para Jessica, que parece ter sido convocada para o exército, vestindo blusa preta, jeans pretos, jaqueta de couro preta e uma tentativa superficial de maquiagem.

— Oi! — saúda a mulher. — Como posso ajudá-la hoje?

— Tenho uma reunião com Amber Randall. Jessica Jones.

A mulher clica no teclado com as unhas pintadas de verde-floresta.

— Ah, sim! Ela está no segundo andar, na sala Marsha. Pode subir.

No andar de cima, Jessica encontra Amber sentada em um pequeno sofá cinza no canto de uma sala minúscula. Há uma chaleira em uma mesa à sua frente com duas xícaras e um prato de biscoitos de chocolate que parecem quentinhos. A mulher pede a Jessica que feche a porta atrás de si e a convida a se sentar na cadeira oposta.

— Café da manhã inglês? — ela pergunta, levantando a chaleira pelo cabo e pela boca. — Como você prefere?

Jessica olha para a chaleira e fica paralisada.

Amber vai em frente e a serve, adicionando leite de uma pequena jarra de vidro, e oferece a xícara a Jessica.

— Você está bonita — elogia Amber. — Melhor.

— É, bem, você me pegou em um dia ruim ontem. — Jessica ergue a xícara e bebe o chá. Tem gosto de flores sujas. Pega um biscoito e o come em três mordidas, sem ter tomado café da manhã nem comido nada desde o almoço do dia anterior.

— Quer outro? — pergunta Amber, empurrando o prato na direção dela.

Jessica engole o biscoito com o restante do chá e balança a cabeça, indicando que não.

— Sra. Randall, podemos apenas...?

— Sim. Claro. E me chame de Amber, por favor. Então... — Amber puxa uma pasta de dentro de uma maleta de couro verde que jaz aos seus pés e a passa para Jessica. — Percebo que você acha que a situação é um pouco coisa da minha cabeça. Pensei que, antes de prosseguirmos, você deveria ver os gêmeos por si mesma.

Jessica retira fotos da pasta e as examina. Duas crianças de feições delicadas: um menino com uma pluma de cabelo loiro-escuro, olhos de James Dean e um sorriso firme; uma menina com um corte tipo chanel curto e franja grande, com olhos castanho-escuros voltados para o chão, uma argola na narina esquerda. Ambos parecem altos e magros, ao contrário da mãe diminuta. Ambos têm narizes pronunciados e testas altas. Elas fazem Jessica se lembrar de pinturas de algum artista europeu da década de 1920.

— Crianças bonitas — comenta ela.

— Obrigada. Mas escute: Lark foi convidada para sair depois da escola hoje, começando na casa de uma amiga e depois indo para um show em Williamsburg. São cinco adolescentes que vão pegar o metrô. Você deve segui-los. Vigie-os, escute, veja sobre o que ela fala, como se comporta, com quem conversa, o que faz. Esses são os amigos...

Amber entrega a Jessica outro monte de fotos. Jessica as folheia distraidamente e depois as coloca de lado: dois meninos, duas meninas, filhos de ricos, todos parecem iguais.

— Você tem um equipamento de gravação discreto? — pergunta Amber.

Jessica pensa no aplicativo de gravação do seu smartphone, o mesmo que Amber sem dúvida tem no dela. Qualquer um poderia ser detetive particular hoje em dia.

— Ah, sim, claro.

— Você poderia usá-lo?

— Claro. — Jessica empurra o chá desagradável para longe e pega outro biscoito. — Qual é o nome da banda?

Amber tira um panfleto da pasta e o entrega a ela.

As letras no panfleto dizem AKINESIZ.

— Nunca ouvi falar deles.

— Não — suspira Amber. — Eu também não. É daquele tipo de banda que usa o mesmo nome do cantor. Indie-emo-rock-pop, algo assim. Não sei. Está esgotado, então você não vai conseguir entrar. Apenas siga-os até o local, depois você pode ir embora.

Jessica desliza o panfleto para a pilha com as fotos, esfregando uma mancha de chocolate que deixou em seu canto.

— A que horas eles vão sair?

— Ah, só Deus sabe. Adolescentes nunca saem quando dizem que vão sair. Mas eles vão da casa da Tara, aqui. — Ela aponta o endereço em uma lista da pasta. — Então, apenas fique num lugar de onde possa vê-los. Qualquer hora a partir das seis, eu acho.

Jessica acena com a cabeça e começa a se preparar para sair.

— Você trouxe sua certidão de nascimento?

Jessica hesita e se senta de volta na cadeira.

— Sra. Randall... ainda não estou pronta para entregar algo assim. Vamos terminar esse primeiro relatório e depois falaremos sobre certidões de nascimento.

— Tudo bem — concorda Amber. — Tudo bem. Então, vamos nos encontrar aqui amanhã, ao meio-dia?

— Claro — diz Jessica, levantando-se. — Podemos ter algo... — Ela move os dedos sobre os biscoitos restantes — *Salgado* amanhã? Todo esse açúcar me fez sentir um pouco... — Ela esfrega a barriga.

— Vou ver o que posso fazer.

Amber lhe lança um pequeno sorriso forçado, depois abaixa os óculos de leitura sobre o nariz, levanta a tampa do notebook e serve-se de outra xícara de chá do grande bule branco. Jessica fecha a porta atrás de si.

Jessica ainda se sente um pouco enjoada na volta para o escritório. Ela para e compra uma garrafa de água em uma loja de produtos finos em Kips Bay e a esvazia em alguns goles. Isso ajuda um pouco, mas não totalmente. Na verdade, ela poderia voltar para a cama feliz por uma ou duas horas, mas tem trabalho a fazer.

De volta à sua mesa em Hell's Kitchen, mal acaba de abrir o notebook quando vê um movimento através do painel envidraçado da porta de seu apartamento. Também consegue ouvir a respiração e, em seguida, o som de nós dos dedos batendo incertos contra a madeira.

— Ei. Jessica.

Uma voz baixa. Uma voz familiar.

Ela abre a porta. É Malcolm Powder, seu próprio fã nerd aspirante a detetive de dezessete anos, que segue tudo o que ela faz.

Jessica suspira.

— Sim.

— Uou — ele diz, recuando ligeiramente. — O que aconteceu com seu rosto?

Ela toca a face com os dedos

— Um gato aconteceu. O que você quer, Malcolm?

— Já se passaram quatro dias.

— Quatro dias desde o quê?

— Quatro dias desde que você disse que eu poderia vir trabalhar para você.

— Eu não disse que poderia trabalhar para mim.

— Você me deu sua palavra, Jessica. Disse que, se eu encontrasse alguém que soubesse onde estava aquela tal Mulher-Aranha, eu poderia ficar com um emprego de meio período, e eu a *encontrei* e literalmente ajudei você a salvar a vida dela, e você disse...

— Eu disse que, se você tivesse permissão dos seus pais...

Malcolm se vira e acena para alguém escondido à sua esquerda. Uma mulher pequena aparece. Ela se parece com Malcolm, até usa o mesmo estilo de óculos.

— Mãe — grunhe Malcolm. — Pode dizer a ela?

A mulher sorri.

— Dou permissão ao Malcolm para trabalhar para você.

Jessica suspira alto.

— Ótimo — comenta ela em voz baixa. A investigadora fixa um olhar duro na mãe. — Pode ser um trabalho perigoso.

— Malcolm é um garoto sensato. Será uma boa experiência para ele antes da faculdade. Vai tirá-lo da rua.

Jessica devolve a pergunta para Malcolm.

— Você vai para a faculdade, né?

— Sim. No próximo outono.

— Certo. Ok. Pode ser que eu precise sair do país por um tempo por causa do meu caso atual. Pode ser bom ter alguém fixo aqui, mantendo o escritório em atividade.

O rosto de Malcolm se ilumina em uma centena de direções diferentes.

— *Ai, meu Deus* — responde ele. — Ai, meu Deus. *Sério*. Você quer que eu administre o escritório?

— Não! Nossa! Não para administrar. — Jessica gesticula em direção à mesa. — Apenas sente-se nela. Isso é *tudo*.

— Sim! Claro! Posso com certeza me sentar no seu escritório! *Sem dúvida*!

— E não toque em nada.

— Não. Nada. Definitivamente não. Quando posso começar?

Jessica fecha os olhos e suspira outra vez.

— Ainda não, ok? Eu te mando uma mensagem.

— Você não tem meu número.

Jessica entrega a ele um pedaço de papel e uma caneta. Malcolm lhe sorri brevemente antes de anotar seu número.

— Ótimo — diz Jessica, puxando o papel de volta. — Agora, adeus.

O garoto sorri para ela de novo e se vira para sair, mas Jessica de repente pensa em algo.

— Ah. Malcolm. Já ouviu falar desse cara?

Ela segura o folheto.

— Akinesiz? Sim. Ele é incrível.

— Que tipo de roupas os fãs dele usam? Como eles são?

Malcolm a examina de cima a baixo, olhando para o traje totalmente preto que ela usou para se encontrar com Amber, e dá de ombros.

— Meio como você, eu acho — diz ele. — Só que mais jovens.

— Saia daqui — ordena ela. — Caramba.

Jessica está na metade de um sanduíche de ovo pré-pronto comprado em uma delicatéssen chique. Foi supercaro e parecia incrível quando o escolheu, mas, por algum motivo, o cheiro a deixa enjoada. Ela está procurando uma lixeira para jogá-lo fora quando ouve barulho e movimento vindo do prédio à sua esquerda. Uma garota parecida com Lark Randall aparece, seguida por um grupo de jovens ricos com um estilo de falso desleixo e que ostentam um ar de inconformismo, falando muito alto.

— Merda. — Ela amassa o sanduíche meio comido e o arremessa em direção à lixeira mais próxima. Acerta em cheio. Esfregando as mãos nas laterais do jeans, ela dá um passo em direção aos jovens.

Lark é ainda mais bonita pessoalmente do que na foto que Amber lhe mostrou nesta manhã. É dez centímetros mais alta que as outras meninas e mais próxima à altura dos dois garotos. Veste uma blusa sem mangas de renda preta transparente, gola alta, jeans largos com coturnos enormes e uma jaqueta jeans muito larga que deixou cair dos ombros, pendendo de seus braços finos e brancos como leite. Na cabeça, usa um gorro preto com orelhas de gato pretas cravejadas. Seus olhos estão contornados com delineador preto, e seus lábios, pintados de rosa-claro. Seu piercing no nariz reflete a luz, quase como um ponto de exclamação para sua beleza, mas, mesmo assim, ela está ligeiramente afastada dos outros, os quais estão todos olhando para o celular de uma das garotas e rindo.

Jessica vê os olhos de Lark se voltarem para o céu, como se ela analisasse as nuvens rosadas, tingidas pelo crepúsculo, memorizando-as.

Os outros começam se movem em direção ao metrô como se fossem um só, e Lark demora um ou dois segundos para perceber que foi deixada para trás. Ela acelera o passo para alcançá-los, e Jessica faz o mesmo.

O grupo passa pela catraca e desce para a estação, onde o ar é quente e fétido com o sopro da última hora do rush noturno. Lark anda devagar atrás de seus amigos, e seu olhar é constantemente atraído para cima, como se enxergasse coisas lá no alto que ninguém mais pode ver. Suas mãos, que Amber alegou antes estarem sempre em movimento, agora pendem tranquilamente ao lado do corpo. O trem chega, e Lark segue seus amigos a bordo. Jessica entra pelas portas adjacentes, senta-se a dois assentos de distância de Lark e aperta o botão de gravação em seu telefone.

A conversa gira principalmente entre a garota chamada Tara e outra chamada Anna. Os dois garotos estão sentados um de frente para o outro, fitando o celular e de pernas abertas. Lark olha para o teto do vagão do trem, e Jessica a observa atentamente agora que estão paradas. A pele dela parece realmente extraordinária, especialmente ali, sob a luz forte do trem da linha 4. A atenção de Lark se move do teto para o chão, e um pequeno sorriso passa por sua boca.

— Lark.

Jessica estreita os olhos para ver. Quem falou foi Tara.

— Terra chamando Lark!

Lark sai de seu transe e vira-se com lentidão para amiga.

— Sim? — ela pergunta, de modo gentil.

— Você tem um protetor labial?

— Não — ela responde simplesmente antes de voltar a olhar para longe.

Jessica observa Tara e Anna trocando olhares.

— Tá bom, então — comenta Tara, um pouco irritada, antes de trocar outro olhar com Anna e mudar de assunto.

Os jovens trocam de linha para o trem L na Union Square, e Jessica os segue. O vagão parece uma festa emo, com adolescentes pálidos de todos os cantos de Nova York sendo levados para Williamsburg. O vagão tem o aroma de baunilha que todas as adolescentes parecem usar hoje em dia, e Jessica sente outra onda de náusea.

Ao reconhecer a náusea, sua mente se volta para uma noite com Luke, quando talvez os dois não tenham sido tão cuidadosos. Quantas semanas atrás foi isso? Jessica não consegue lembrar. Mas não, mesmo bêbada ela não seria tão idiota, e, de qualquer forma, não é chamado de enjoo *matinal*? E não de enjoo o dia todo? Ela espanta essa ideia da cabeça, volta os pensamentos para a cena atual: os cinco adolescentes sentados do outro lado do corredor e a bela garota com o gorro de orelhas de gato que não olha para o celular, não interage com os amigos, não mexe as mãos, apenas se senta, com os olhos muito focados e vidrados, a pele tão lisa e sem poros, tal qual uma boneca em tamanho real.

Jessica se sobressalta com essa percepção e, pela primeira vez desde que Amber Randall entrou em seu escritório, na manhã anterior, começa a acreditar que talvez isso seja algo mais do que apenas a paranoia distorcida de uma esposa traída.

— Lark.

É Tara, de novo.

— Lark!

Lark se vira para Tara e sorri.

— Sim.

— Meu Deus, você está zanzando.

Tara se volta para Anna ao dizê-lo, e as duas compartilham uma risada rápida.

— Zanzando! — repete um dos garotos. — Isso é mesmo uma palavra?

— Tanto faz — rebate Tara. — Você sabe o que eu quero dizer. — A garota se volta novamente para Lark. — Você está bem? Você está, tipo, muito quieta.

— Sim. Estou bem. Estou apenas zen.

— Zen?

— É. Não precisa se preocupar comigo. Só se divirta.

— Mas... queremos que se divirta também. Você estava ansiosa por esta noite havia meses. Era só disso que você falava antes de viajar neste verão.

Lark concorda de modo mecânico.

— É, eu me lembro disso. Eu me lembro de estar animada.

— Mas agora você não está?

— Sim. Estou superanimada. Só de um jeito diferente.

— Você está bem, Lark?

— Melhor, impossível. De verdade. Não se preocupe comigo. Estou perfeita.

— Se você diz.

— Eu digo.

Então Tara envolve os braços ao redor de Lark e a aperta com força, e a conversa se afasta de Lark e passa a outros assuntos, mas os olhos de Jessica permanecem nela.

Em suas mãos.

Em seus olhos fixos.

Em sua pele absolutamente perfeita.

TRINTA E OITO ANOS ATRÁS
Harlem, Nova York

Quando vê a mulher mais bonita do mundo, você sabe disso com cada pedaço de si. Sabe com os olhos, com a cabeça, com o instinto, mas também sabe no sangue e com as veias que levam esse sangue para todas as partes do corpo que precisam ser informadas de que você acabou de ver a mulher mais bonita do mundo.

O sangue é o que importa. O sangue contém tudo, cada átomo de quem você é: sua mãe, seu pai, milhões de mães e pais antes deles. Contém seu medo, sua paixão, suas fraquezas, suas forças. Contém seu futuro e seu passado. É a essência mais poderosa do mundo.

Para certas pessoas, há mais de uma mulher mais bonita do mundo. Mas não para mim. Só existe uma. Ela se chama Ophelia.

Você pode alegar que sou obcecado. Eu não te culparia. Ela é tudo em que penso, a cada segundo de todos os dias. Meu sangue bombeia mais forte quando penso nela. Toca-me em lugares que ficam dormentes no resto do tempo. O sangue manda um rubor às bochechas, envia endorfinas por todo o corpo, envia calor à minha virilha.

Estou repleto de sangue. Às vezes me corto quando ela vai embora, só para ver o sangue e ficar a contemplá-lo; e brilha mais vermelho, tenho certeza, quando está cheio dela.

Ophelia concorda em jantar comigo na noite de seu vigésimo aniversário. Aos trinta e seis, sou consideravelmente mais velho que ela e sinto que talvez ela só esteja sendo educada, mas não demonstro a dúvida. Dúvida percebida é uma assassina.

Visto minha camisa favorita. É azul, com pequenos botões brancos nas pontas da gola para segurar uma gravata no lugar. Cortei o cabelo e fiz a barba com um profissional. Ophelia só me viu de camisa xadrez e jeans atrás do balcão, e quero que ela veja quem realmente sou.

No restaurante, ela pede mariscos ao molho de tomate, eu peço um bife malpassado, apenas selado.

Ophelia come os mariscos direto das conchas, o molho deixa um círculo vermelho ao redor de seus lábios. Outro impulso de desejo me invade, e neutralizo a sensação com uma piada nervosa sobre o bigode do garçom. Meu bife solta sangue no prato a cada vez que o espeto, viscoso, aguado. Consigo sentir o medo nele, o cheiro dos últimos momentos de terror do animal, imaginar seus grandes olhos negros. Contenho um gemido.

Convido-a para voltar ao meu apartamento, imaginando que ela não aceitará.

Ela diz sim. Sim.

De repente, sou atingido por dúvidas. Meu apartamento é limpo e organizado, mas pode ser menos luxuoso do que alguém com sonhos reluzentes sobre Manhattan poderia ter imaginado.

No entanto, ela entra com calma, parece satisfeita com a imagem e me permite tirar seu casaco. Ophelia me diz que é bonito e toca as lombadas dos livros, admirando uma gravura emoldurada do Central Park na parede, sobre a qual sempre me perguntei: será que é brega? Mas agora estou tranquilo de que não é, porque ela me contou que gosta.

O efeito dela aqui, no meu espaço privado, é inebriante.

Ela se senta no meu sofá e bebe o vinho que sirvo. Coloco uma música, o tipo de música de que eu gosto, e ela ri quando os primeiros acordes tocam, pontuando que é o tipo de coisa que a mãe dela costumava ouvir. Levo a piada na brincadeira.

Então ela menciona que tem algo para me contar.

Algo sobre si mesma.

Sobre quem *ela* realmente é.

Ela agarra minhas mãos. Aperta-as com força. E sussurra algo nos meus ouvidos que nenhum humano jamais ouviu antes.

Ophelia parece aliviada por eu não ter me afastado. Será que também foi tomada pela dúvida?

Eu pergunto:

— Por que me contou?

Ela responde:

— Porque eu sabia que você entenderia.

Então vira minha mão de modo que a palma fique voltada para cima. Passa as pontas de seus dedos ao longo da pele macia e clara, fazendo meu sangue borbulhar, explodir, bombear tão forte que minha visão se nubla por um segundo. Ela aproxima minha palma de seus lábios, seus lábios suaves e perfeitos, e os pressiona contra si. Sinto apenas uma leve sugestão de sucção, de pressão, de minha pele sendo puxada para dentro de sua boca, a ponta de sua língua deslizando para cima e para baixo, suave, como uma pluma. Por fim, coloca meu dedo indicador na boca e o chupa antes de apertá-lo com dentes duros e afiados, e seus olhos azul-escuros nunca deixam os meus.

Ela solta meu dedo de seus dentes ensanguentados e me encara intensamente nos olhos.

— Sei quem você é — Ophelia diz. — Sei o que você é. Sei o que você pode fazer. Preciso de você, e você precisa de mim. Fomos feitos um para o outro.

QUATRO

JESSICA SAI DA COLA DOS adolescentes enquanto entram no local. Ela pega o metrô de volta para a rua 50, onde sai para a noite gelada, a primeira noite fria do ano. Pensa sobre o que vai contar a Amber quando a vir, na manhã seguinte. Não tem nada concreto para relatar. Não viu nada fora do comum naquela noite, mas, ainda assim, sente-se inquieta, além de estranha e, por algum motivo, triste. Ao refletir a respeito, vira a esquina, a duas quadras de seu apartamento, e vê uma garotinha parada na sua frente, bem em frente à mercearia. É a mesma menina que estava do lado de fora do apartamento de Julius na manhã anterior, a menina com o cabelo preso em coques de maria-chiquinha, a parca prateada e as meias listradas.

Ela sorri quando Jessica passa por ela.

— Você de novo. Onde está sua mãe?

A menina dá de ombros.

Jessica analisa ao redor, espreita a porta da loja, que está vazia, exceto pelo atendente, olha para o outro lado da rua e de volta para a garotinha.

— Está sozinha? O que aconteceu?

A menina não responde, e Jessica suspira. O que diabos ela deveria fazer quanto a isso?

— Você mora no meu prédio? Onde eu te vi ontem? É lá que você mora?

A menina balança a cabeça, indicando que não.

— Então, onde mora? Você mora ali em cima? — Ela aponta para os apartamentos acima da mercearia.

A menina nega com a cabeça novamente.

Jessica se vira, desesperada, olhando para cima e para baixo na rua, mas não há ninguém em nenhuma direção que pareça ser o responsável pela criança à sua frente. Então chama o rapaz atrás do balcão.

— Ei, alguma ideia de quem é essa criança? Lá fora, na frente da sua loja?

O rapaz desce lentamente do banco e vem até a porta. Ele olha para baixo e depois para Jessica.

— Que criança?

Jessica olha para baixo também. A menina não está mais lá.

Jessica chega ao Finch ao meio-dia do dia seguinte e é direcionada à sala Simone, onde encontra Amber Randall sentada com um prato de *maki* de abacate e uma cafeteira. Amber fecha o notebook quando Jessica entra e pega a cafeteira.

— Como você gosta?

— Puro. Por favor.

Amber serve uma xícara de café e a passa para ela.

— Comprei sushi para você. Espero que não tenha problema.

Jessica acena com a cabeça, embora sinta fortemente que não vai comer nada.

— Obrigada.

— Então, como foi?

— Foi bem. Quer dizer, eu os encontrei, os segui, ouvi, gravei. Tudo correu conforme o planejado. Mas, em termos de descobrir algo, não muito. Só que os amigos dela também acham que algo está acontecendo com ela…

— Acham?

— Sim. Trocaram alguns olhares. Esse tipo de coisa. E, quando perguntaram a Lark se estava bem, ela disse que estava "perfeita".

— Sim! — Amber se endireita com rapidez. — Sim, é isso que ela me diz também! E o Fox! Os dois me disseram isso quando perguntei se estavam bem. É uma coisa estranha de se dizer, não acha? “Perfeito”?

Jessica toma um gole de café e acena com a cabeça.

— E o que mais?

— Na verdade, nada. Ela parecia um pouco aérea. Um pouco desconectada. E sim, entendi o que você quis dizer sobre a aparência dela. Está impecável, mas de um jeito meio assustador.

— Sim. Como se tivesse sido retocada digitalmente. — Amber balança a cabeça e suspira. — Enfim, você provavelmente deveria observar o Fox na próxima. Ele vai a um jantar de aniversário hoje à noite, os cinquenta anos da mãe do melhor amigo dele, Jefferson. Reservei uma mesa para você no mesmo restaurante e pedi que fosse perto da mesa da festa.

— Como conseguiu isso?

— Eu disse que você era a segurança particular do meu filho.

Jessica eleva uma sobrancelha, mas não diz nada.

— Então, a mesma coisa da noite passada. Leve um gravador. Observe. Aqui está o restaurante.

Amber desliza um cartão pela mesa em sua direção. É verde-menta com letras bege que dizem THE BLEEDING HEART. Abaixo disso, está escrito CULINÁRIA MODERNA FRANCESA E AMERICANA.

Jessica suspira.

— O que as pessoas vestem lá?

— Bem, é estilo casual elegante. Então, você poderia ir como está, mas uma escova talvez possa dar o toque final.

— Uma escova?

— Sim. — Amber gesticula para a cabeça de Jessica. — Você tem um cabelo bonito, mas está, sabe, um pouco... enfim. Tem um lugar do outro lado da rua, não precisa de hora marcada. Aqui. — Ela passa algumas notas de vinte para Jessica. — Você poderia ir agora. Peça “ondas de sereia”.

— Sério?

— Sério.

Jessica pega as notas de vinte da mão de Amber e as enfia no bolso de sua jaqueta.

— Mais alguma coisa?

— Não. É só isso. Apenas esteja lá às sete da noite. A reserva está no nome de Jane Smith.

— Que criativo. — Jessica se levanta. — Então tá bom. Vou arrumar meu cabelo de sereia e deixar você seguir com o seu dia. — Seu olhar vai para o notebook de Amber. — Você mencionou que é terapeuta.

— Ah. — Amber sorri levemente. — Sim. Sou.

— Que tipo de terapeuta?

— Terapia pós-trauma, geralmente.

Jessica respira fundo.

— Isso é…

— Aqui. — Amber oferece o prato de sushi para ela. — Pegue um pouco, por favor. Não vou comê-los.

— Ah, sim. Claro. — Jessica pega três e os segura na mão, percebendo imediatamente que não era isso que Amber queria dizer.

Amber olha de lado para o punhado de sushi e lhe entrega um guardanapo de papel.

— Aqui — oferece com gentileza. — Enrole-os nisso.

— Obrigada.

Na rua, Jessica joga o *maki* embrulhado em uma lixeira e olha para o outro lado da rua, à procura do salão para secar os cabelos, e solta um suspiro profundo quando o vê. Ela mal consegue se lembrar da última vez em que lavou o cabelo, quanto mais da última vez que outra pessoa o fez. Mas ela está cumprindo expediente, alguém pagou pelo serviço, e ela não tem mais nada para fazer, então, *por que não?*, ela pensa. *Por que não?*

Jessica encara o brilho das "ondas de sereia" no espelho à sua frente. Ela não parece uma sereia, mas definitivamente está cem vezes melhor do que quando entrou, uma hora atrás, e, segundo a garota, Cat, que lhe arrumou o cabelo, não precisará lavá-lo por pelo menos uma semana. Então, para Jessica, isso é uma vitória.

Mas o cabelo a faz se sentir estranha quando sai do ambiente refinado do salão e caminha pelo lado oeste da rua 45, em direção ao seu prédio. As mechas pulam, balançam, dobram e giram. Ela se sente constrangida e chamativa.

Tira um gorro de lã do bolso interno da jaqueta e está prestes a colocá-lo sobre o cabelo quando avista seu reflexo na vitrine de uma loja e para. A mulher que vê no vidro a deixa sem fôlego por um momento. É ela, mas não é ela. É como se os últimos anos de sua vida nunca tivessem acontecido, como se aquele homem não tivesse feito o que fez com ela. É ela sem toda a automedicação e autodepreciação. É *aquela* pessoa que costumava ser.

Toca as pontas do cabelo, relaxa os ombros, curva os cantos da boca para cima, depois guarda o gorro de lã de volta no bolso e entra no prédio, tentando se apegar à sensação. Mas a sensação desaparece a cada passo que dá pelos corredores escuros, com cada som de programas de TV medíocres vazando das portas dos estranhos, com cada eco de bebês chorando e de homens gritando. Some novamente quando ela abre a porta de seu apartamento triste, o único lugar que tem. Ela encara a vista da janela, com prédios sujos e céus roxo-acinzentados, ouve a trilha sonora abafada do trânsito intenso e, além disso, o ruído mortal dos grandes navios enferrujados que sobem pesadamente o Hudson. E ela não vê brilho, nada que combine com o esplendor de sua escova de sereia de cinquenta dólares, nada que a faça sentir que merece tal cabelo. Naquele momento, um raio de sol atravessa de repente a sujeira da janela e ilumina os últimos doze centímetros de âmbar escuro na garrafa de bourbon em cima do arquivo; ela não bebe há dois dias, e há uma razão pela qual não bebe há dois dias, mas não é algo com o qual queira lidar por muito tempo ou em profundidade, porque ela não está pronta para isso, de jeito nenhum, e talvez, apenas talvez, nunca esteja.

Sua mão vai em direção à garrafa, ela sente o frescor do vidro sob as pontas dos dedos, imagina o efeito suave do uísque se misturando à corrente sanguínea a partir do vazio do seu estômago.

Mas então uma nuvem passa sobre o sol, e a garrafa volta à sombra, e Jessica retira a mão rapidamente e a deixa pender ao lado do corpo. Não, ela decide. Não agora. Ainda estará lá mais tarde se ela quiser. Ela pode esperar.

Com esse pensamento, ela corre para o banheiro, levanta a tampa do vaso sanitário e vomita de forma horrível e intensa.

TRINTA E QUATRO ANOS ATRÁS
Tabasco, México

Ophelia comemora seu vigésimo segundo aniversário sob uma pérgola de ameixeiras em uma praça movimentada, ao lado de uma catedral branca ornamentada no antigo coração de Villahermosa. Eles bebem cerveja gelada enquanto o céu começa a ficar vermelho, e John faz um brinde.

— Saúde — ele diz. — Pelos vinte e *dois* anos.

Vinte e dois.

Ophelia quase não consegue acreditar que agora tem vinte e dois.

Ela o fita e sorri.

— Graças a você.

— Bem — ele responde —, o que posso dizer? O prazer foi meu.

Eles parecem muito diferentes das pessoas que se conheceram em um bar no Harlem dois anos antes. O cabelo curto dela cresceu. O cabelo comprido dele está curto. Agora ela está loira, ele está moreno. São pessoas diferentes em muitos aspectos.

A saída rápida de Nova York se transformou em uma viagem de carro de dois anos, e foi incrível. Ophelia sentia que estava se refazendo a cada dia, sentia o sangue se assentando, os nervos se acalmando, menos coisas a chamando, menos barulho. Apenas ela e ele, envelhecendo juntos, finalmente.

Mas agora ela quer mais.

Quer um filho.

Ophelia sempre quis um filho, mas nunca conseguiu ter um. Tudo o que experimentou foi perda. Todos que amou estão mortos, exceto ele.

— Quero ir para casa — pede Ophelia, segurando a mão de John, traçando seu polegar ao longo da artéria dele. — Quero voltar para o Reino Unido. Ter um bebê.

— Eu sei — ele diz suavemente. — Está na hora. Estou pronto.

— Você sabe que não tenho ninguém lá, né? Sabe que sou só eu. Bem, eu e o Sr. Smith. — Ela sorri.

— Seu gato. Eu sei. Mas não precisamos de ninguém. Em especial depois de termos um filho. Não precisaremos de mais ninguém.

Podemos só... viver livremente. Só nós três. Eu tenho habilidades, você tem habilidades. Não precisamos de uma casa luxuosa ou carros luxuosos. Não precisamos de nada além de um do outro.

Ophelia sorri, aperta forte a mão dele, sente o pulso do sangue e sente a calma de tudo isso, finalmente.

CINCO

JESSICA AINDA SE SENTE mal mais tarde, enquanto se arruma para seu jantar de garota solitária no Bleeding Heart. Combinou seus jeans pretos com uma blusa preta e uma jaqueta *cropped* e soltou o cabelo de sereia sobre os ombros. Está faminta, mas a ideia de comida francesa de rico a faz querer vomitar.

Antes de sair, passa no apartamento de Julius para alimentar Speckles. Desta vez, fecha a porta com muito cuidado atrás de si e vai em direção à cozinha devagar, fazendo sons de beijos à medida que avança. O gato a encara do jeito como a tem fitado desde toda a situação na beirada da janela, durante a tempestade, quando ela quase lhe mostrou o que podia fazer. Ele podia sentir isso em Jessica, ela sabe disso, o cheiro sombrio dos seus motores, as coisas que vivem dentro dela e que a tornam capaz de realizar feitos que outras pessoas não conseguem. Speckles sentiu e agora sabe, e o olhar que lhe lança pode ser interpretado como respeito — ou até medo. *Você*, ele parece dizer enquanto estreita os olhos e puxa as patas macias para mais perto do corpo, *você não é como os outros*.

— Isso mesmo, gato, é melhor acreditar — anuncia ela ao despejar ração na tigela de Speckles. — O que acha do meu cabelo?

O gato responde *miau* antes de desfilar em direção à tigela no chão e dar-lhe as costas. Jessica suspira e passa um momento no apartamento bonito de Julius, deixando os olhos percorrerem as paredes pintadas, os azulejos da cozinha moderna, os abajures e as gravuras emolduradas nas paredes. Sente a mudança no ar, uma passagem de um ponto a outro. Tem sido a mesma há tanto tempo. Tornou-se estagnada. Apática. Não tem evoluído e precisa que sua vida volte a andar, mas também tem medo dessa mudança. Tem tanto medo que consegue sentir o gosto.

Jessica espera com o gato enquanto ele come e se senta no chão em sua companhia por um tempo, acariciando o pelo grosso sob seu queixo. Quando ela sai do apartamento, cinco minutos depois, sua jaqueta está coberta de pelos de gato, mas ela se sente estranhamente feliz.

O Bleeding Heart fica no Upper East Side, entre a Madison e a Quinta Avenida. A construção ostenta lanternas marroquinas gigantes e um terraço com aquecedores e cobertores pendurados nos apoios das cadeiras. Jessica é levada até sua mesa por uma jovem vestida de preto e recebe a carta de vinhos e o cardápio.

— Só água, por favor — pede ela, devolvendo a carta de vinhos. — Ah, e pão. Pode me trazer um pouco de pão? Muitos pães.

A festa de aniversário chega momentos depois. A mãe de Jefferson, Susie, está ótima para cinquenta anos, usa um vestido de seda verde justo e seu cabelo escuro e brilhante preso em um rabo de cavalo. A jovem que está com ela, que Jessica soube por Amber que é a sobrinha de Susie, Matilda, está naquela terrível fase para meninas em que tudo acontece ao mesmo tempo: dentes, pele, gordurinhas, nariz. A pobre garota parece petrificada por estar na companhia de Fox, que, Jessica tem que admitir, é terrivelmente bonito para um garoto de dezesseis anos.

Fox é mais alto que o pai de Jefferson e tem a postura expansiva e autoconfiante de um jovem de vinte e cinco anos. Seu cabelo está mais comprido agora do que na foto que Amber lhe mostrou, caindo sobre a testa em vez de estar penteado para trás, como um topete *pompadour*. Usa uma camisa branca com calças verdes dobradas no tornozelo e tênis de cano alto branco e rosa que parecem muito caros. Seus braços estão adornados com pulseiras de couro, e há um anel de sinete no dedo mínimo da mão direita. Mesmo ali, na iluminação suave do restaurante, ela consegue ver que sua pele é lisa como plástico, que suas mãos descansam no colo e que seu olhar está no teto, com o mesmo sorriso sutil e secreto de sua irmã gêmea.

Jessica coloca seu celular para gravar, depois pega o menu e fica olhando para ele. Uma garçonete traz uma cesta de pão que está quente ao toque, e, quando ela abre o pão uma gloriosa nuvem de vapor fermentado emerge do centro. Ela o coloca na boca com avidez. É a primeira coisa que realmente gostou de comer nos últimos dois dias, e precisa se segurar para não fazer sons de prazer enquanto mastiga... E, com esse pensamento, sua mente volta novamente para Luke, o cheiro dos lençóis dele, o cheiro da sua pele, a noite que ela não consegue lembrar direito, quando eles talvez tenham ou não usado preservativo.

— Está pronta para fazer o pedido, senhora? Ou precisa de mais um minuto?

A simpática garçonete está de volta, e Jessica tem um pequeno sobressalto, engolindo o pedaço de pão que estava em sua boca.

— Deus. Sim. Desculpa. Eu... ah...

Ela olha para o cardápio, sem saber o que dizer.

— Estou com um pouco de dor de estômago. Vocês têm algo... *suave*, talvez?

O rosto da garçonete se franze.

— Hmm, deixe-me ver. Bem, temos um *velouté* de batata e couve. Vem com óleo de trufas e avelãs torradas por cima, mas podemos servir sem.

— Um velu...?

— Sopa. É uma sopa cremosa.

Jessica sorri para ela, agradecida.

— Feito — declara, entregando o cardápio. — E posso pedir mais uma cesta desse pão maravilhoso, por favor?

À sua frente, os convidados da festa ainda estão consultando seus cardápios. Um garçom aparece ao lado deles e pergunta se querem aperitivos, e eles pedem champanhe, além de gim-tônica para o marido de Susie e refrigerantes para as crianças. Fox ainda está olhando para cima, e Susie percebe.

— Você está bem, Fox? — Susie pergunta. — Tem algo lá em cima?

O garoto desce o olhar e sorri para Susie.

— Não — ele diz suavemente. — Não tem nada lá em cima. Estou bem.

Susie sorri de volta.

— Como foi a Inglaterra neste verão? Você e sua irmã fizeram uma boa viagem?

— Foi incrível. Foi perfeito.

— Ah, que maravilha! Fico tão feliz. O que vocês fizeram?

— Na verdade, não muita coisa. Meu pai tem uma casa nova que está reformando, no campo, então ficamos lá o mês inteiro. Só curtindo.

— E o clima? Estava bom?

— Estava perfeito, simplesmente perfeito.

A mãe de Jefferson sorri para Fox de forma brincalhona, sentindo que há uma história por trás.

— Você conheceu alguém, Fox?

Fox olha para Jefferson de forma desconfortável, e Jefferson diz:

— É, Fox, você conheceu alguém?

Fox solta o ar pelas bochechas.

— É. Na verdade, conheci.

A mãe de Jefferson apoia o queixo nas mãos unidas e arregala os olhos para ele.

— Desembucha.

— É, Fox — diz Jefferson. — Desembucha.

— Só uma garota, sabe.

— Britânica? — pergunta a mãe de Jefferson.

— Aham.

— Como ela é?

— Ela é, tipo, bem… ela é a garota perfeita.

— Perfeita como?

— Apenas… perfeita no sentido de perfeita.

— O quê? — diz Jefferson. — Tipo, perfeita como a Margot Robbie?

— Não. Mais perfeita que ela. Perfeita-perfeita.

Jefferson revira os olhos.

— Qual é o nome dela?

— Belle.

— Idade?

— Dezesseis.

— Fotos...?

— Ah, é, sim. Espera aí. — Ele procura o celular nos bolsos e depois diz: — Merda, deixei meu celular em casa.

— Você deixou seu... *O quê?* Quem diabos deixa o celular em casa?

Fox inclina a cabeça para trás e olha para o ar acima de si.

— Acho que eu — ele diz. E então, de repente, se levanta. — Preciso ir ao banheiro. Com licença.

Fox amassa o guardanapo de linho e o coloca na mesa, depois segue para a esquerda.

Jessica rapidamente se levanta e o segue.

Os banheiros ficam no topo de uma escada lateral no restaurante. Fox sobe devagar, com os braços ao lado do corpo, olhando para cima. Quando chega ao topo das escadas, ele para. Então junta as mãos, com as palmas se tocando, e sua cabeça pende antes de, repentinamente, se inclinar para trás. Quando isso acontece, um som arrepiante de estalos ecoa pelo patamar, outro estalo, e mais um, como o som da carapaça de um besouro sendo esmagada. Enquanto Jessica absorve aquele som sobrenatural, os olhos de Fox fixam-se no teto por um momento, então uma palavra sai de sua boca, quase inaudível. *Lembrando? Me manda?* Então o garoto limpa a garganta, deixa as mãos caírem novamente ao lado do corpo e segue em direção à porta do banheiro.

Jessica pisca e volta para sua mesa, onde sua *velou*-qualquer-coisa é servida um momento depois, acompanhada por outra cesta de pão quente e fumegante.

Fox retorna à festa depois de alguns minutos, e Jessica o observa de perto. Pensa nas palavras que o garoto disse quando achou que ninguém estava olhando. O jeito como estalava como papel vegetal. Pensa na pele impecável dele, no uso excessivo da palavra *perfeita*, na maneira como ele olha para cima. Ela pensa na garota perfeita da Inglaterra chamada Belle.

Ela pensa: *Certo, Amber Randall, tem minha atenção. Estou dentro.*

DOZE ANOS ANTES
Portsmouth, Hampshire, Reino Unido

Em um quiosque sombrio no píer, Ophelia se senta atrás de uma pequena mesa coberta por um xale com franjas, em cima do qual há um abajur de seda, cuja base tem a forma de um anjo. Uma luminária moderna, conectada à parede, projeta padrões de cores em movimento sobre as paredes pintadas de vermelho, ao passo que uma música suave e indistinta toca de forma discreta ao fundo.

Ao ouvir a voz de uma mulher do lado de fora de sua cabine, Ophelia convida a visitante a entrar.

Uma mão puxa a cortina de veludo suja, e uma mulher muito jovem olha incerta para dentro do espaço.

Ophelia sorri para a moça.

— Boa tarde. Eu sou Madame Ophelia. O que posso fazer por você hoje?

A garota coloca uma bolsa no colo enquanto se senta.

— Você poderia fazer uma leitura para mim, por favor? Sobre meu futuro?

A garota é bonita, mas usa maquiagem demais. Delineador grosso ao redor dos lábios doces em forma de botão de rosa. Sobrancelhas desenhadas que não combinam com seu rosto. Cílios grossos e empelotados. Pele coberta de produtos.

Ophelia estreita os olhos.

— O que você espera descobrir?

A garota respira fundo.

— Quero saber quando vou sair daqui.

— Sair da...?

— *Daqui*. Portsmouth. É que sinto que... — Ela respira fundo novamente. — Tem que ser mais do que isso. Tem que ser.

Com firmeza, Ophelia sustenta o olhar, sentindo-se quase maternal.

— Há mais do que isso. Acredite em mim, há muito mais do que isso.

— Então, por favor. Me diga como sair daqui.

Ophelia acena com a cabeça e estende a mão.

— Vamos ver.

Ela põe a mão da garota nas suas e passa o polegar pelas linhas da palma. A mulher suspira suavemente ao ver algo. É muito incomum.

— Aqui — diz ela, apontando. — Você tem uma linha do destino. Nem todas as pessoas têm uma. E ela está ligada, aqui, à sua linha da vida. Isso significa que você é uma pessoa autossuficiente, que está no controle do seu destino.

— Sim — concorda a garota, olhando maravilhada para a linha na palma da mão. — Sim. É isso que eu quero. Quero ser autossuficiente.

— O que você se imagina fazendo?

A garota dá uma risadinha suave.

— Achei que era você quem deveria me dizer isso.

— Posso guiá-la. Quais são seus interesses?

— Maquiagem — ela diz, com firmeza. — Eu amo maquiagem.

Ophelia a avalia e acena com a cabeça.

— Eu posso ver isso. Uma garota bonita como você não precisa de tudo isso no rosto.

— Não se trata de ser bonita. — A incerteza da garota se foi. Ela está quase arrogante. — É uma forma de arte. E não só isso, é uma indústria de bilhões de libras.

— Alimentando-se das inseguranças das mulheres...

— *Não* — retruca a garota. — Não. É mais do que isso. Maquiagem é *poderosa*.

Ophelia levanta uma sobrancelha cética.

— Poderosa?

— Sim. Pode fazer você parecer perfeita.

— Como parecer perfeita é algo poderoso?

— Porque — a garota respira fundo —, quando você parece perfeita, todo o resto se encaixa. Você pode se concentrar em outras coisas.

— Discordo — diz Ophelia. — Eu já fui perfeita, e minha vida não se encaixou. Antes de encontrar o amor, fui vítima da minha própria beleza.

A garota estreita os olhos para ela.

— Eu já fui jovem — continua Ophelia. — Fui jovem por muito tempo. A única coisa que importa é o amor. Todo o resto é bobagem. Apenas aproveite sua juventude.

A garota franziu a testa.

— Mas eu não posso. Não posso aproveitar minha juventude. Eu quero *mais.*

Ophelia suspira, mas, de certa maneira, entende a frustração da garota.

— Só preciso saber que haverá mais para mim do que isso. Você pode me guiar? Por favor.

Ophelia pega um baralho de tarô e o segura com suavidade por um momento antes de entregá-lo à garota.

— Aqui — ela diz. — Faça suas perguntas a elas.

As mãos bem cuidadas da garota pegam as cartas e as embaralham lentamente. Mas, enquanto embaralha, o olhar da garota vai para Ophelia, que a observa ao mesmo tempo que cantarola algo baixinho.

— Quantos anos você tem, se não se importa que eu pergunte?

— Sou mais velha do que pareço.

— Você parece ter uns quarenta.

— Sou muito mais velha que isso.

— Mais velha quanto?

— Apenas… muito mais velha.

— Qual creme para a pele você usa? — pergunta a garota.

Ophelia bate a unha no topo do baralho de tarô.

— Por favor, tente se concentrar.

A garota desvia os olhos da pele de Ophelia e se concentra de novo no baralho. Mas continua olhando para cima, distraída.

— Seu cabelo — ela diz. — É tão brilhante. Quais produtos você usa?

Ophelia suspira.

— Feitos em casa.

Os olhos da garota se arregalam.

— Você faz seus próprios produtos?

— Faço, sim.

— Uau, isso é incrível! — A garota de repente fica muito animada. — Que tipo de ingredientes você usa?

— Ah, nada especial. Apenas coisas naturais. Enfim…

Os olhos da garota estão arregalados e brilhantes, e Ophelia sente uma onda de pavor lhe perpassar.

Ela quer que essa garota vá embora agora.

— Sabe — pontua a garota —, eu realmente acho que isso pode ser o destino.

Ophelia pega o baralho das mãos dela e o desliza de volta para a caixa.

— Acho que talvez seja melhor você voltar outro dia. Quando sua mente estiver mais focada.

— Mas minha mente está focada. Está *muito* focada.

— Eu quis dizer no seu futuro.

— Mas este é o meu futuro. Eu o vi. *Você é* o meu futuro.

A garota tem alguma coisa, algo que agita as partes da psique de Ophelia que estão mortas há tempos.

— Não sou o futuro de ninguém. Você nem sequer entende o significado dessa palavra.

A garota avalia ao redor do quiosque sujo, das cortinas de veludo desgastadas, das tábuas lascadas e descascadas.

— Você não quer mais do que isso, Madame Ophelia?

Ophelia sorri rigidamente.

— Eu já tive mais do que isso. Já tive muito mais do que isso. Isto… — ela faz um gesto amplo com o braço ao redor do quiosque. — … é o meu final feliz.

A garota suspira alto pelo nariz, então pega sua bolsa barata do colo e enfia os dedos nas alças. Levanta-se, observa, olha ao redor mais uma vez, depois encara o rosto de Ophelia com superioridade.

— Quem sai perdendo é você — ela diz. — Quem sai perdendo é você.

Quando a garota enfim vai embora, um suspiro longo e áspero escapa da garganta de Ophelia, que leva a mão ao coração.

Aquela garota contém escuridão e maldade. Aquela garota, ela acredita, é uma ameaça mortal à felicidade arduamente conquistada de Ophelia.

SEIS

DE VOLTA ao Finch, na manhã seguinte, Jessica segue as placas até a sala Gloria. A sala é coberta de papel de parede rosa-bebê e tem um enorme sofá de veludo verde sob a janela, com almofadas rosa espalhadas. Amber pediu chá em um bule para ela e café em um bule para Jessica, além de uma seleção de miniaturas de pães de café da manhã em um prato à sua frente. O cabelo de Amber está preso para trás de maneira firme, e ela parece cansada.

— Bom dia, Jessica. Como foi seu jantar?

— Na verdade, foi um pouco agradável. Eles fazem um pão ótimo.

— Seu cabelo está bonito.

Jessica toca vagamente o cabelo e dá de ombros. Então, ela pega o celular para reproduzir sua gravação para Amber.

— Esse é o Fox quando ele achou que não havia ninguém por perto. Ajustei o áudio para você poder ouvir através do ruído de fundo. Ouça.

Ela aperta o *play* e observa a reação de Amber, pausando a gravação logo após o som do corpo de Fox estalando.

— O que foi isso? — Amber pergunta. — Pode colocar de novo?

Jessica reproduz a gravação.

— Que barulho foi esse?

— Não faço ideia. Mas saiu do corpo do Fox.

Amber estremece.

— Meu Deus, isso é horrível. — Sua voz treme ao falar.

— Sim — Jessica concorda. — Foi mesmo. Tudo bem se eu continuar?

Amber acena com a cabeça de forma tensa, e Jessica aperta o play novamente.

— Espera. — Amber levanta a mão. — O que foi isso? O que ele acabou de dizer?

— Não sei. Ouvi umas dez vezes e ainda não consigo entender. Achei que você poderia saber.

— Não — responde. — Não faço ideia. Parece "de banda"?

— Parece um monte de coisas.

— E o que ele fez depois disso?

— Ele entrou no banheiro. Eu voltei. E, aparentemente, Fox conheceu uma garota.

— Ele disse qual era o nome dela?

— Belle.

— Belle. Não. Não conheço. Ele falou algo sobre ela?

— Não, não muito. Só disse que ela era *perfeita*.

— Ah, essa palavra de novo.

— Sim, essa palavra de novo. Mas Fox não mencionou essa garota em nenhum momento quando chegou em casa?

— Não. Nada. Até perguntei se ele tinha conhecido alguém, e ele respondeu que não.

— Bom, ele ficou bem à vontade para contar tudo sobre ela para a mãe de um amigo. Quero dizer, posso seguir esses garotos por aí como uma espiã, porém, mais cedo ou mais tarde, eles vão me notar e se perguntar o que diabos estou fazendo. Parece que você precisa de alguém capaz de se infiltrar no mundo deles. Alguém que possa ser amigo deles.

— Eu sei. Exatamente. Estava pensando em pedir para algum dos amigos deles, mas a quem eu poderia pedir que não confessasse imediatamente que fui eu quem o colocou nisso e, assim, fazer meus filhos desconfiarem ainda mais de mim do que já desconfiam?

— Por que eles desconfiam de você?

— Ai, meu Deus. — Ela dá de ombros e vira a mão para cima. — Não sei. Porque sim. Porque sou a mãe deles. Porque descubro coisas sobre eles. Porque eu os amo, eu acho. Você tem filhos, Jessica?

— Ah. — Jessica estremece, como se tivesse levado um empurrão no peito. — Não. Não, eu não tenho.

— Você gostaria de ter?

— Hum, eu...

Mas Amber salva Jessica de ter que responder à pergunta ao interrompê-la.

— É complicado. Ser mãe é complicado, e você não tem ideia de quão complicado é até estar até o pescoço de tudo isso. Mas, sim, eu adoraria poder me infiltrar no mundo deles de alguma forma, sabe, *alugar um adolescente* para sair...

— Espera — intervém Jessica, com uma ideia emergindo imediatamente da sua cabeça. — Pode ser que eu tenha a solução. Meu... — ela hesita, incerta da palavra correta para descrever Malcolm. — Meu... assistente — ela diz.

— Você tem um assistente?

— Sim, ele é novo. Mas é bem entusiasmado e muito inteligente. E tem apenas dezessete anos.

— Certo. Mas onde ele mora?

— Não faço ideia.

— Como ele... se encaixaria?

— Bem, para começar, ele é fã de Akinesiz.

— Certo, bem, isso é um começo. Mas como seu assistente ganharia a confiança deles?

— Não tenho certeza ainda. Deixe comigo. Vou pensar em algo. Mas, enquanto isso, vou ver o que consigo descobrir sobre essa garota chamada Belle que mora em...

— Barton Wallop.

— Barton o quê?

— Wallop. As vilas britânicas têm nomes insanos. Você deveria pesquisá-los algum dia, só por diversão. Mas, de qualquer forma, esse é o nome da vila do Sebastian. E a casa dele se chama Barton Manor. Tem um fosso.

— Um... tipo...? — Jessica desenha um círculo no ar.

— Sim. Foi o que as crianças me disseram. E uma ponte levadiça.

— Tem um dragão?

Amber ri.

— Não. Nada de dragões. Mas deve ser muito fácil de encontrar no Google Earth.

— Sim. Vou me encarregar disso. E... —Jessica contempla uma poça de luz meio púrpura caindo sobre o piso de madeira clara da sala através de uma janela de vitral. — Escute. Tem mais alguma coisa que eu deveria saber? Sobre seu marido? Sobre o passado dele? Quero dizer... tem algo especial sobre ele? Ou sobre a família dele?

— Não — Amber responde. — Nada disso. Apenas totalmente normal.

Jessica se prepara para se despedir, mas Amber a para, tocando suavemente sua manga.

—Jessica — chama ela, com os olhos afiados fitando-a de modo suave. — Você está bem?

— Sim. Claro. Estou ótima.

— Você parece... Não sei. Preocupada.

Jessica estremece um pouco ante essa descrição estranhamente perfeita de seu estado atual.

— Não. Sério. Estou bem.

— Eu gostaria, sabe, eu gostaria de ajudar. Se eu pudesse. Se você quisesse...

— Eu te disse. Estou bem. —Jessica dá um sorriso rígido. — Mas obrigada. Vou te ligar mais tarde para falar sobre o Malcolm.

— Quem é Malcolm?

— Meu assistente. Tenha um ótimo dia.

—Jessic...

Mas Jessica se vira abruptamente e sai, com o coração disparado no peito.

Ela sente o peso dos momentos finais de sua conversa com Amber recaindo-lhe no caminho para casa. Amber a fez pensar nele, e agora Jessica sente aquela ameaça dele sempre presente no ar e sente seu gosto na parte de trás da garganta. Conjectura se algum dia se sentirá verdadeiramente segura neste mundo.

De volta à sua mesa, Jessica liga para Malcolm.

— Tenho trabalho para você. Pode vir agora?

— Estou na aula — ele sussurra.

Jessica geme e revira os olhos.

— A que horas você sai?

— Duas e meia. Posso estar aí às três.

Jessica geme novamente.

— Como você vai trabalhar para mim se está na escola o dia todo?

— Vou dar um jeito! Confie em mim! Te vejo às três. Devo te levar um café?

Ela suspira.

— Claro. Grande e puro. Até mais.

Ao encerrar a ligação, ela já perscruta ao redor em seu escritório.

Jessica assinou um contrato de longo prazo para o local há alguns anos. Estava desesperada na época. Não havia notado as rachaduras nos vidros das janelas, o cheiro de mofo e umidade, as ondulações no linóleo, as manchas verdes na pia, o bolor na geladeira. Ela precisava de um lugar onde estivesse segura, onde pudesse descansar a cabeça à noite e não sentir os olhos dele sobre si, não ouvir a voz dele em sua cabeça. Desde que chegou ali, não pensou muito além do próximo instante de sua existência, viveu de hora em hora: acordar, comer, beber, trabalhar, sobreviver. Deixou para trás a maioria de seus amigos próximos dos anos em que foi uma — abaixo da média, admite — super-heroína. Eles existem em outro plano agora, muito acima dela, com suas fantasias, seu glamour e seu misticismo. Ela é uma prima distante desleixada em comparação a eles, não cogitada nem lembrada dia após dia. Ela tem sentido há muito tempo que é aqui o seu lugar, neste apartamento nojento, fazendo esse trabalho desagradável e bagunçado, sozinha, bêbada, vazia por dentro. Mas certamente se pergunta, com dor, se deve haver mais do que isso.

Sua mão vai para o abdômen, e ela o envolve por um momento, com carinho, tenta imaginar um bebê ali, então ofega de maneira suave, porque não consegue. Simplesmente não consegue.

Ela pega o telefone e rola até o número de Luke. Deveria ligar para ele. Deveria vê-lo. Talvez, se o visse, conseguisse formular algum tipo de resposta adulta para o que está acontecendo com ela. Seu polegar paira sobre o botão de ligar, e ela suspira suavemente. Pensa na voz dele, em sua pele, em seu cheiro, na maneira como a segura com tanto carinho e a faz se sentir normal. Luke é literalmente a única pessoa no mundo que consegue fazer com que Jessica se sinta normal. Ela aperta o botão de chamada e prende a respiração.

A ligação vai para a caixa postal dele. Ela fica na linha por apenas um ou dois segundos antes de desligar.

— Uau, seu cabelo está... diferente.

Malcolm, recém-saído da escola, com a mochila atravessada no peito e segurando dois copos de papel com café, está parado na porta.

Jessica se afasta e toca seu cabelo distraidamente. Havia se esquecido disso.

— Sim... fui a um salão.

— É o quê?

— Foi por causa do trabalho disfarçado.

— Está bonito.

— Que seja. Certo. — Ela vai para trás de sua mesa e gesticula para que o garoto se sente. — Preciso saber algumas coisas sobre você.

Malcolm desliza o café dela pela mesa, retira a mochila do corpo e se senta.

— Pode perguntar.

— Você tem dezessete anos, certo?

— Isso.

— Onde você mora?

— A alguns quarteirões daqui. — Ele tira quatro pacotes de açúcar do bolso da jaqueta, rasga os cantos deles de uma só vez e despeja no café.

— E com quem você mora?

— Com minha mãe.

— Só vocês dois?

— Sim. Por que você está fazendo todas essas perguntas?

— Estou entrevistando você para um trabalho disfarçado. Tentando descobrir quão adaptável você é.

— Ah, meu Deus. Eu sou muito, *muito* adaptável. — Os olhos castanhos dele brilham de empolgação. — Sério. Tenho muitos tipos diferentes de amigos, sabe, e simplesmente me dou bem com todos eles. Sou como um camaleão social. Eu consigo…

Jessica o interrompe colocando a mão entre ambos.

— Certo — ela diz. — Entendi a ideia. Mas algum dos seus amigos é incrivelmente rico e mora em uma cobertura no Upper East Side?

— Bem, não, mas ainda acho que conseguiria me encaixar. Quero dizer, olha, você foi a um salão e fez um cabelo estiloso para se disfarçar; tenho certeza de que posso encontrar uma camiseta polo da Ralph Lauren em uma loja de segunda mão e puxar meu cabelo para trás. Qual é o trabalho? Eu *juro*, seja o que for, consigo fazer.

Jessica se recosta na cadeira e avalia Malcolm. Ele tem um rosto bonito, é um daqueles rostos que poderiam ser vistos em qualquer lugar. Mas é tão intensamente ele mesmo, tão Malcolm em cada movimento do rosto e entonação da voz, que Jessica não consegue imaginá-lo no Bleeding Heart comendo bife com os talheres certos ou no metrô com os amigos pretensiosos de Lark e suas conversas sobre casas nos Hamptons e terapia.

Ela se inclina para a frente novamente e diz:

— O trabalho é com gêmeos de dezesseis anos, foram para o Reino Unido durante o verão e voltaram como pessoas diferentes. A mãe quer saber o que está acontecendo, mas todo mundo age como se estivesse tudo normal. Eu os segui e sem dúvida há algo de errado com eles. Ambos voltaram com uma pele estranhamente perfeita, saem sem os celulares, a pele do menino estala, e ele fala com o céu quando acha que ninguém está olhando. Mas esses dois, Malcolm, são refinados pra caramba. Levam uma vida que está muito acima de qualquer coisa que você e eu poderíamos imaginar. Chegar perto deles já seria difícil em circunstâncias normais, e mais ainda na situação atual. — Ela faz uma pausa, de repente duvida de si mesma. Será que é, na verdade, uma ideia terrível? Mas, ao se deparar com o rosto de Malcolm brilhando de empolgação, ela cede. — Preciso de alguém que se aproxime bastante dos dois, perto o suficiente para que compartilhem seus segredos, e você é literalmente o único adolescente que conheço. Está longe de ser perfeito, mas estou disposta a te dar uma chance se você acha que consegue fazer isso.

Os olhos dele se iluminam novamente.

— Consigo fazer isso, Jessica. Tipo, sinto que *nasci* para isso. Sabe, sempre fui o protagonista nas peças da escola na Educação Infantil e no Ensino Fundamental. Sempre. Pergunte à minha mãe. Sou aquele que meus amigos sempre mandavam para qualquer situação em que se sentissem desconfortáveis, tipo pegar bolas que caíram nos quintais, perguntar aos pais se os filhos deles podem sair, sempre fui eu, porque sou bom em conversar com as pessoas.

Jessica ergue a mão de novo.

— Ok — ela diz. — Já entendi. Como você faria isso?

— Bem, eles fazem algo depois da escola? Alguma atividade extracurricular de que eu possa participar para ficar perto deles?

Jessica anota isso.

— Vou descobrir.

— E o que eles fazem socialmente? Para onde costumam sair?

— Bem, a menina é fã de Akinesiz, por isso perguntei sobre eles outro dia. Ela é um pouco emo.

— Eu consigo ser emo. Posso totalmente ser emo. Já sou meio emo, só escondo isso.

Jessica suspira.

— Ótimo. Bom. Deixe-me descobrir mais.

— E agora? Preciso arrumar meu cabelo? Qual é o próximo passo?

Jessica abaixa os olhos para seu bloco de notas, querendo pensar.

— Eu entro em contato.

Com sua visão periférica, um momento depois ainda o vê parado.

— Terminamos aqui.

Malcolm acena com a cabeça, então levanta o polegar e o dedo mínimo em direção ao rosto.

— Me liga.

— Eu vou.

— Em breve.

— Eu vou.

Então, finalmente, Malcolm sai.

DOZE ANOS ATRÁS
Portsmouth, Hampshire, Reino Unido

A garota espera e observa do outro lado do píer até que Madame Ophelia saia de sua barraca no final do dia. A mulher mais velha fecha a porta atrás de si, tranca-a com um cadeado e guarda a chave em sua bolsa de lona a tiracolo.

Ophelia anda muito devagar, o que a garota acha frustrante, pois ela mesma caminha rápido. A mulher e sua sombra atravessam melancólicas as ruas de trás da cidade, em direção ao centro comercial, à medida que a luz da noite se torna um dourado-escuro com o pôr do sol. A garota reconhece uma amiga do outro lado da rua e desvia o olhar antes que a outra menina a veja e tente chamá-la para conversar.

Ophelia para em frente a uma antiga loja de sapatos na rua principal. Um jovem está do lado externo da loja trancando as portas. Ele se vira ao ver Ophelia e sorri. Ela também sorri e lhe dá um breve abraço, depois espera enquanto ele abaixa as persianas elétricas e prende as chaves em uma argola pendurada no passador de cinto.

— O que você quer para o jantar? — ela ouve Ophelia perguntar.

A moça olha para o jovem novamente. *O filho de Ophelia.*

Ele é alto e magro, seu cabelo é longo e cai meio oleoso dos dois lados de um rosto pálido e ligeiramente aquilino. E então a jovem percebe. Ela o reconhece. Seu nome é Arthur. Estudou com ele, que estava dois anos acima dela e era o garoto mais esquisito do mundo. Tinha um cérebro do tamanho de um planeta, sabia de tudo. Diziam que tinha o maior QI do condado. Todos esperavam que ele saísse da escola e fosse para Oxford ou Cambridge, inventasse coisas e mudasse o mundo. Mas claramente não foi o caso. A jovem sente uma pontada de tristeza por ele. Parece tão preso quanto ela, gerenciando uma loja barata de sapatos em Portsmouth, morando em casa com a mãe, a perda de todo aquele potencial louco e não aproveitado.

Ophelia e Arthur caminham juntos, sem pressa. Param em uma loja de conveniência Premier e saem com duas sacolas plásticas azuis com compras. Continuam caminhando.

Depois de alguns minutos, eles param em frente a uma pequena casa geminada de tijolos vermelhos, logo após a estrada principal, e Ophelia abre a porta da frente com uma chave retirada da bolsa. Um gato está sentado na soleira da porta. Ophelia cumprimenta o gato.

A porta se fecha atrás deles, e a garota exala.

Arthur parece solitário.

Arthur parece perdido.

Arthur parece precisar de uma namorada.

SETE

DE ACORDO COM AMBER, Lark tem aulas de violão toda terça-feira às cinco, e Fox joga rúgbi às quartas-feiras. Às sextas, ambos vão para as aulas de boxe na academia local. Jessica passa essas informações via telefone para Malcolm, que diz:

— Boxe. Me manda pro boxe. E pensei em um nome. Eu serei Sly McNeil. O que acha?

Jessica pensa que talvez tenha cometido um erro.

— O que há de errado com Malcolm Powder?

— Vão me procurar no Google, né? E não posso deixar que encontrem meu verdadeiro eu on-line. Fiz uma conta no Snap e tudo. Insta. O pacote completo. E estou descolorindo meu cabelo.

— O quê? Por quê?

— Porque transcende a classe social. Sabe? Você pode ser qualquer pessoa com o cabelo descolorido. Você é só o garoto com o cabelo descolorido.

— Ótimo. Tanto faz.

— E vou dizer que sou novo na cidade, que acabei de chegar de Saint Louis.

— Como vão acreditar nisso, dado o seu sotaque?

Malcolm faz uma pausa e responde com um sotaque perfeito do interior.

— Eu vou falar assim, Jessica. É assim que vão acreditar.

Jessica não consegue evitar uma risada.

— Bem, Malcolm, você é um garoto surpreendente.

— Eu te disse, não disse?

A manhã seguinte é o dia em que Julius volta e a última vez que Jessica precisa alimentar Speckles. Ela agora nutre carinho pelo gato e encontra conforto no fato de que a bolinha de pelos, sem cérebro, lhe desperta sentimentos ternos — sentimentos, ela diria, quase maternais. Ela se senta pela última vez no chão do apartamento de Julius e acaricia o gato, ouvindo o ronronar suave dele, até que o som do ronronar se mistura com a vibração do celular no bolso de sua calça jeans.

Ela o tira e vê o nome de Luke na tela.

Jessica se recompõe e desliza o dedo para atender.

— Oi.

— Oi. — Luke parece um pouco nervoso. — Como você tá?

— Estou bem.

— Vi sua chamada perdida ontem.

— Ah. Desculpa. Nada importante. Só queria dizer oi.

Há um silêncio estranho na linha, e a mente de Jessica encontra maneiras de explicá-lo, a maioria das quais envolve a presença de outra mulher.

— Você está bem? — ela pergunta.

— Sim. Tudo certo. Só me preparando para mais um dia protegendo Matt "Talvez eu seja o Demolidor, talvez não" Murdock. O que você está fazendo?

Jessica ri.

— Estou na casa do meu vizinho. Alimentando o gato dele.

— Um gato? — Luke dá uma risadinha. — Não consigo imaginar isso.

— Espera aí. — Ela afasta o telefone do ouvido, aponta a câmera para si e para o gato, tira uma foto e a envia para Luke. — Dá uma olhada.

Ela espera um momento para ele abrir, então aprecia o som da risada dele.

— Esse é um gato *grande*.

— É. Ele é grande. Quase o perdi há alguns dias. Ele pulou pela janela, quase tive que...

— Voar?

— É. Quase tive que voar. — Jessica solta um suspiro pesado. É bom conversar com alguém que entende.

— E como foi isso?

— Não foi legal. Fiquei bem aliviada quando ele pulou de volta nos meus braços.

— Talvez ele tenha sentido?

— Rá! — Jessica sorri amplamente. — Sim. Foi o que pensei. O gato está diferente comigo desde então. Fiquei pensando se... sabe, talvez os animais consigam farejar.

— Tenho certeza de que conseguem. Conseguem farejar tumores, níveis baixos de açúcar no sangue e convulsões. Tenho certeza de que podem farejar a gente.

A conversa para novamente por um momento. Jessica fecha os olhos e escuta a respiração de Luke.

— Você está bem, Jessica? — ele pergunta após um momento.

— Eu estou... estou bem. Tenho um trabalho grande rolando.

— Ah, é?

— É. Meio fora do meu alcance. Mas tudo bem. Estou no controle.

— Quer falar sobre isso?

— É uma coisa estranha. Alguns adolescentes agindo como androides, algo assim. E vou precisar ir para o Reino Unido.

— Uau.

— É, eu sei. Totalmente fora da minha zona de conforto. Nunca nem saí do país antes.

— Ei, sabe, você deveria falar com meu amigo Danny. Danny Rand. Ele viaja muito, passa bastante tempo no Reino Unido. Talvez possa te dar algumas dicas.

— Ah — Jessica diz suavemente. Ela trabalhou ao lado de Danny nos seus dias ativos de super-heroína, e, como acontece com todos daquela época da sua vida, a ideia de vê-lo de novo a deixa inquieta. — Legal. Boa ideia. Obrigada. Me manda o número dele, que vou enviar uma mensagem.

— Mando, sim. Ele é meu parceiro, vai adorar te rever. Tem mais alguma coisa que eu possa fazer?

Ela engole um sorriso irônico. Meu Deus. "Que tal *me resgatar*?", ela quer gritar. "Que tal me ajudar a fazer as malas e me tirar daqui? Que tal, de alguma forma, saber telepaticamente que estou apaixonada por você, sem que eu dê nenhuma pista disso? Que tal me perguntar se posso estar grávida e dizer que estaria tudo bem se eu estivesse. Que tal *tudo*? Cada maldita coisa?"

— Não — responde ela. — Mais nada. Estamos bem.

Ela espera que Luke diga algo, qualquer coisa que a faça sentir que há mais entre os dois do que só amizade colorida. Mas ele não diz.

— Bem — ela diz, com um toque de leve frieza na voz. — Obrigada por ligar. Agradeço.

— Jessica — diz Luke. — A qualquer hora. Sério. Qualquer hora.

— Bem, não a qualquer hora — pontua ela, pensando na vez em que apareceu bêbada no meio da noite e o encontrou com outra mulher. — Obviamente.

Luke suspira.

— Aquilo foi...

— Não importa o que foi. É sua vida, Luke. Você é um homem livre. Enfim. Acho melhor eu ir. Se cuida, tá?

E então ela desliga, antes que comece a chorar.

Jessica nunca se sente confortável em contatar pessoas da sua antiga comunidade. Por um tempo, teve uma fantasia. E um nome. Safira. Sim. Um nome péssimo. Ela era jovem e alegre na época, embora nunca tenha sido realmente confiante o suficiente sobre seus poderes básicos para se sentir parte do grupo de verdade. Mas Jessica aparecia, fingia que pertencia, fazia sua pequena parte. E então, há alguns anos, foi sequestrada por um psicopata que exerceu controle mental sobre ela, fazendo-a cometer coisas indescritíveis em nome dele.

E então, em um dia terrível, o homem mandou que Jessica matasse o Demolidor, e lá foi ela, em uma névoa estúpida e idiota de controle mental, e, acidentalmente, acabou entrando numa briga com os Vingadores, logo eles. *Merda*. "O seu povo" a espancou com tão tamanha violência que ela ficou em coma por semanas, até que um deles se importou o suficiente para invadir sua mente confusa e despertá-la.

Depois disso, parece que sua reputação — o pouco que ela tinha — permaneceu em ruínas, mesmo que houvesse uma explicação para suas ações. Os outros já demonstraram que a perdoaram e a aceitaram, até lhe ofereceram um tipo de trabalho. Mas isso sempre estará lá, essa fina parede de cautela.

Sente-se quase como se devesse rastejar até eles agora, de bruços. Não importa quantas vezes aleguem tê-la perdoado, que o que ela fez não foi culpa dela, ela nunca acredita completamente. O poder que aquele homem doentio exerceu sobre ela já havia enfraquecido quando ela o deixou para caçar o Demolidor, mas, ainda assim, não foi forte o suficiente para recuperar a própria vontade até que quase fosse tarde demais.

Ela nunca consegue se perdoar de verdade por isso e agora, enquanto tenta formular sua mensagem para Danny Rand, sente vergonha por estar tomando o precioso tempo dele para pedir ajuda em um caso que pode não ser nada além de dois adolescentes mimados que tiveram uma transformação gloriosa no Reino Unido.

Mas, então, ela se lembra dos sons estranhos que emanaram do corpo de Fox no Bleeding Heart, e a curiosidade a encoraja novamente.

Ela escreve:

Oi. Aqui é a Jessica. O Luke sugeriu que eu te procurasse. Estou trabalhando em um caso no Reino Unido. Parece que pode envolver alguém com poderes malignos, não sei nada sobre o Reino Unido. O Luke disse que você vai bastante pra lá. Poderia me dar umas dicas? Não precisa se incomodar. Só responda se puder. Desculpa incomodar.

Ela relê a mensagem e apaga as últimas duas palavras. Muito patético. Muito fraco.

Pressiona "enviar" e espera. O gato espera com ela.

OITO

MALCOLM ESTÁ NO escritório dela de novo.

São seis horas, e Jessica estava prestes a fechar o notebook para encerrar o dia. De certa forma, sua chegada inesperada é uma bênção, já que ela não tem para onde ir nem o que fazer, não pode beber, porque talvez esteja grávida, nem precisa atravessar o corredor para alimentar Speckles, porque Julius já voltou.

Ela pisca ao observar a aparência do rapaz.

— O que você acha? — Ele passa as mãos pelo cabelo platinado.

— Eu acho... Uau.

— Você gostou?

— Sim. Uhum. — Ela acena com a cabeça e sorri de maneira contida. — O que sua mãe disse?

— Ela não viu ainda. Mas vai adorar. Ela adora tudo o que faço.

Jessica acena de novo. Está começando a entender Malcolm.

— Então, o que posso fazer por você, Malcolm?

— Estive pensando, tipo, em como hoje em dia todo mundo se apresenta ao mundo como, tipo... perfeito. Quer dizer, não é como era quando você era jovem.

— Meu Deus, Malcolm, não sou tão velha assim.

— Sim, mas sabe o que eu quero dizer. Tipo, quando você era jovem, era ok parecer meio desleixado.

— Mas que...?

— Mas meio que era. E agora existem todas essas expectativas para que os jovens pareçam impecáveis. Pelo menos na tela, sabe? Todos esses filtros e tal. Isso só me fez pensar...

Enquanto ele fala, Jessica liga o celular e abre a galeria de fotos. Lá está a foto que ela tirou mais cedo para mandar para Luke, de si mesma com Speckles, e, sim, há algum tipo de filtro na imagem, mesmo que ela nunca tenha ativado conscientemente. Ela dá zoom na imagem, mais e mais, e não importa o quanto amplie, não há nenhum sinal de poro, linha ou imperfeição.

Ela olha para Malcolm enquanto ele continua.

— Deve ser só uma questão de tempo até alguém descobrir como filtrar as pessoas no mundo real. Não acha? E imagine o poder disso. Imagine um mundo onde todo mundo é perfeito.

Pouco depois que Malcolm sai, o celular de Jessica vibra. Ela o pega e vê uma mensagem do amigo de Luke, Danny Rand.

Estou na cidade. Vamos nos encontrar?

Ela nota que ele ainda está digitando e morde o lábio enquanto espera pela próxima mensagem. É um link para um restaurante de lámen em Chinatown, seguido pela sugestão:

19h30?

Ela responde:

Ótimo. Te vejo lá.

Esse compromisso é estritamente informal, mas, ainda assim, parece uma mistura estranha de encontro romântico e entrevista de emprego, e ela decide tomar banho e vestir roupas aceitáveis. Olha-se no espelho do banheiro antes de sair e puxa os últimos cachos desbotados de seu cabelo de sereia sobre os ombros. Ela não sabe o que Luke pode ter dito a Danny sobre os dois, se falou com Danny sobre ela, mas, de qualquer forma, o cara é amigo de Luke, e ela quer estar bonita ao vê-lo.

Danny está na metade de uma enorme tigela de lámen quando ela entra no bar uma hora depois. O homem a vê entrar e limpa o queixo com um guardanapo de papel antes de se levantar.

— Ei! — chama Danny. — Jessica!

Ele é alto e loiro, tão incrivelmente bonito como sempre foi.

— Danny, bom te ver, — Ela aperta a mão dele e, então, se senta no banco em frente a ele.

— Aqui. — Ele lhe entrega um grande cardápio laminado. — Desculpe por não ter te esperado. Não almocei. Mas eles são rápidos aqui.

Os olhos dela percorrem o cardápio com fotos, e ela percebe que a náusea diminuiu. Então, se pergunta se estaria mesmo grávida, afinal, e, ao pensar nessa possibilidade, sente uma confusão de tristeza e alívio. Ela não come uma refeição adequada há dias e pede um *laksa* com rolinhos de camarão-caridina como acompanhamento.

— Então — diz Danny, fitando-a com interesse. — Jessica Jones. O Luke me contou que vocês têm saído.

— Ele contou?

— Uhum. Ele disse muitas coisas boas. — Danny sorri de maneira tranquilizadora. Ele tem dentes incrivelmente brancos e olhos azul-escuros. — Você parece bem.

— Não, na verdade, não estou. Mas obrigada.

— Como tem conseguido aguentar?

Ele está falando, é claro, sobre o que todos eles falam quando pensam nela. Não que eles saibam o que *realmente* aconteceu.

— Há dias bons e dias ruins.

— Você merece mais, sabe.

Jessica se assusta com essa afirmação.

— Como assim "mais"?

— Mais do que... — Danny suspira. — Desculpe. Sei que você é uma pessoa bastante reservada. Mas sempre pensei...

— Meu Deus — ela diz impacientemente. — O *quê*?

— Nada. Esqueça que eu disse alguma coisa. Só não acho que devemos deixar o passado nos definir, é só isso.

Jessica se irrita.

— O passado não me define. Tenho muitas outras coisas acontecendo. Sério. Estou bem.

Danny ri.

— *Ah, vá*!

— Não tem nada — diz Jessica, diminuindo sua irritação. — Sério.

Danny suspira e contém um sorriso. Então a encara novamente e diz:

— Então, me conte, e esse caso no Reino Unido...?

Ela menciona os pontos principais: a pele perfeita, falar com o céu, a pele estalando, até mesmo a casa com a maldita fossa, o que o faz sorrir.

— Bem — ele diz, empurrando sua tigela de lámen vazia e amassando seu guardanapo. — Conheço Londres muito bem. O interior, nem tanto. Sua cliente vai financiar a viagem?

— Sim. Ela é muito rica.

— Bem, então, cinco estrelas na certa — Danny sorri. — Parece divertido. E você acha que pode haver algo... sabe, não ortodoxo em jogo?

A comida de Jessica chega, impregnada com o cheiro de coco e limão. Ela espera que a náusea a atinja, mas isso não acontece, então desembala seus hashi do papel.

— É possível. Tenho certeza de que é por isso que minha cliente me contratou.

— Há algum lugar onde você possa fazer pesquisas sobre super-humanos britânicos, tipo, uma intranet secreta que só pessoas muito especiais conhecem?

Jessica ri de forma irônica.

— Bem, se existe um, não sei nada sobre isso. — Ela enfia os hashis no lámen e os gira.

— Em que parte da Inglaterra você disse que esses gêmeos estranhos estavam?

— Uma vila chamada... e não estou brincando... Barton Wallop, em Essex.

— Uau! — Ele ri. — Devo dizer que estou com um pouco de inveja.

— Inveja?

— Sim! Eu adoraria estar indo para uma vila inglesa antiga para desvendar segredos.

— Rá, é, quando você fala assim...!

— Mas ouça, Jessica, se você precisar de qualquer coisa, qualquer conselho, sou um viajante experiente. Conheço pessoas, minhas conexões podem ser úteis. E o Luke me disse para cuidar de você, então, sabe como é.

— Obrigada.

— Qual é a real entre você e o Luke? — Ele levanta uma sobrancelha pálida. — Vocês estão, tipo, saindo?

Jessica lhe lança um sorriso seco.

— Não estou saindo com o Luke. Eu e o Luke não somos nada. Nunca fomos…

Danny levanta a sobrancelha.

— Nunca serão?

— Nunca seremos.

— Que pena.

— Por que é uma pena?

— Não sei. Acho que vocês formariam um casal fofo, só isso. Enfim, vou pegar outra cerveja. E você?

— Não — recusa Jessica. — Não, obrigada. Vou tomar um… — Ela pega a lista de bebidas e a examina rapidamente. — Uma vitamina de manga e couve.

— Eca. Parece nojento. Não quer uma bebida de verdade?

— Vitamina *é* uma maldita bebida de verdade.

— Certo. — Danny sorri. — Desculpe. Passei dos limites.

Ele lhe lança um sorriso sincero, e Jessica não consegue resistir em retribuí-lo.

NOVE

HÁ UMA FARMÁCIA aberta a dois quarteirões do restaurante de lámen. Nela reverbera o som rápido de mandarim sendo falado e de tiros da máquina de fliperama no canto, comandada por três adolescentes de cabeça raspada. Ela entra.

Jessica sabe o que está procurando, mas vagueia um pouco pelos corredores, apreciando a luz fluorescente forte e implacável comparada à suave luz vermelha do restaurante. Pega e larga algumas coisas. Um jovem repondo prateleiras a observa.

— *O que foi?* — ela pergunta.

— Nada — o funcionário responde.

Ela balança levemente a cabeça para ele e continua em direção à seção de planejamento familiar do corredor, onde olha entorpecida para a coleção de testes de gravidez.

Sua cabeça gira com a estranheza de tudo. Lámen com Danny Rand. Ir para o Reino Unido. E isso… esse gigantesco e gritante ponto de interrogação de quase dois metros pairando sobre absolutamente tudo. Ela vira a cabeça de repente com esse pensamento e, através da janela da farmácia, observa um táxi parado em um semáforo e, no banco de trás do táxi, nota uma criança que vira para encontrar seu olhar. Jessica ofega. É ela de novo, a garotinha com o casaco prateado. A menina levanta a mão para ela, e Jessica levanta a sua de volta. A menina beija a palma da mão e a lança o beijo para ela, e Jessica respira suavemente, sem saber como reagir. Ela suspeita que deveria pegar o beijo e segurá-lo perto do coração, mas esse tipo de coisa não habita de fato o seu DNA. Ela percebe que a menina está sozinha no banco de trás do táxi e, estranhamente, que o motorista não apagou a luz de serviço. Jessica deixa a mão cair, a menina se vira, e, um segundo depois, o táxi vai embora.

Jessica deixa o pacote de testes de gravidez que estava segurando em uma prateleira e sai da farmácia. Está a seis quilômetros de casa. O que aquela criança estava fazendo sozinha no banco de trás de um táxi? Por que a luz indicando que o veículo estava livre continuava acesa? E será que a menina realmente existe ou é apenas fruto da imaginação de Jessica, um sinal, talvez, de que ela está de fato enlouquecendo por completo?

— Malcolm *quem*? — pergunta Amber na manhã seguinte. Ela ligou via FaceTime, e, consequentemente, Jessica tem uma visão tremida da carranca dela do queixo para baixo enquanto caminha por uma rua movimentada em algum lugar.

Jessica ajusta o telefone para que apenas metade de seu próprio rosto apareça. É muito cedo para essa merda.

— Powder. Malcolm Powder. Eu te falei. Mas ele vai usar o nome Sly McNeil.

Jessica vê Amber empurrar uma porta pesada de cromo, desaparecer e reaparecer um segundo depois em um saguão opulento. O barulho de fundo diminui e é substituído pelo burburinho de pessoas à medida que Amber se move entre elas.

— E você confia nesse garoto, não é?

Jessica morde o lábio.

— Sim. Totalmente — confirma a detetive. — Ele é superconfiável.

Ela não faz ideia, é claro. Mal o conhece, mas Malcolm é sua única opção no momento, e ela vai ter que confiar em seu instinto.

— E ele não vai estragar nosso jogo?

— Não. Ele não vai. — Jessica balança a cabeça com firmeza, mas, na realidade, esse é o seu maior medo: que Malcolm faça ou diga algo estúpido e que Lark e Fox, de alguma forma, descubram que estão sendo vigiados.

Amber assente.

— Ótimo. Recebi a notificação hoje de que seu passaporte estará pronto para ser retirado na segunda-feira de manhã. Então estou pesquisando voos até Londres para você na terça-feira. Pode ser?

O estômago de Jessica revira um pouco, e um calafrio de nervos percorre seu corpo.

— Sim. Está tudo bem.

— Excelente. E talvez possamos nos encontrar de novo no fim de semana. Conversar sobre o plano para a sua viagem. Está livre?

Jessica concorda e sorri ironicamente.

— Sem plano nenhum.

Ela ouve o som de um elevador chegando e, em seguida, uma voz automatizada dizendo a Amber para ficar longe das portas.

— Ouça — Amber diz —, tenho que ir. Vou enviar os detalhes da aula de boxe hoje à noite para esse garoto, Malcolm. Ele vai precisar se inscrever no site deles para a aula das seis da tarde. Vou mandar o link. Certo, Jessica, falo com você mais tarde. Tchau.

E então a tela se apaga.

Julius convida Jessica a comer em seu apartamento naquela noite, para agradecer por ter alimentado Speckles.

— Não traga nada — avisa ele. — É tudo por minha conta.

Mas ela passa na mercearia da esquina de qualquer forma e pega uma garrafa de algo chamado Psycho Ghost Chili Hot Sauce e um pacote de batatas fritas Herr's Smokin' Hot Ghost Pepper. Ao menos será algo para ela e Julius conversarem por um ou dois minutos.

Jessica entrega os itens ao anfitrião na porta às seis e meia, e ele os olha com curiosidade.

— Você gosta de pimenta? — Julius pergunta, levantando um pouco uma de suas sobrancelhas perfeitamente desenhadas.

— Sim. E não gostamos todos?

Ela o segue até a sala de estar, que parece aconchegante e iluminada por todas as suas numerosas luminárias de mesa. Speckles aparece da cozinha e caminha decidido em direção a Jessica. Ela se abaixa em busca de cumprimentá-lo, e ele mia alto.

— Bem, olha só — Julius observa. — Melhores amigos agora, pelo que vejo.

— Sim. Nós nos conectamos — diz Jessica. — Ele me acha legal.

— Bem, Jessica, você meio que é.

— Isso — rebate ela — não é verdade. Mas obrigada. Como foi sua viagem?

— Ah, foi exatamente como você imaginaria uma semana em Toledo, no meio de outubro, esperando a irmã favorita da sua mãe morrer.

— Sinto muito pela sua perda.

Ele descarta suas condolências com um aceno de mão.

— Sim. Foi triste. Ela era uma boa mulher. Mas pelo menos agora não tenho mais motivo para ir a Toledo novamente. Enfim, o que posso lhe oferecer? Vinho? Uísque? Cerveja?

— Ah, meio que parei de beber.

— Ah, aí está uma surpresa. O que te levou a isso? Você não está grávida, está? — ele pergunta brincando, e ela responde no mesmo tom. Mesmo que estivesse grávida, Julius não seria a primeira pessoa para quem ela contaria.

— Não — ela diz. — Não tem nada crescendo nesse velho e ressecado útero.

As palavras soam duras enquanto as pronuncia, e Jessica reflete que é quase uma espécie de traição, porém uma que ela não consegue definir.

— Não. Só senti que era hora de me recompor, sabe. Tenho certa fama, e ninguém quer ter essa fama.

— *Eu* gostaria de ter fama — Julius responde.

— A fama de beber demais não é... boa.

— Então o que posso lhe oferecer em vez disso? Um refrigerante? Chá? Suco?

— Suco, por favor, qualquer um que você tiver.

Julius vai à cozinha, e Jessica se inclina novamente para acariciar Speckles, que ainda está sentado ao lado de seus pés. Ela pensa no que Luke disse sobre os animais serem capazes de sentir a essência de outras criaturas, suas fraquezas e doenças, seus tumores e suas auras, e pondera se Speckles pode sentir a gravidez — considerando que haja uma. Talvez seja isso que tenha atraído o gato, em vez do cheiro de seus poderes latentes.

— Ah — ela chama na direção da cozinha —, a propósito, havia uma criança esperando do lado de fora do seu apartamento alguns dias atrás. Uma menininha. Sabe algo sobre ela?

— Que tipo de menininha?

— Bem, baixinha. Obviamente. Usa um penteado de coque de maria-chiquinha. Muito bonita.

— Não — ele diz, aparecendo na porta da cozinha com um copo na mão e uma caixa de suco na outra. — Não faço ideia.

— Você nunca a viu no prédio antes?

— Bem, nossa, essa é uma pergunta completamente diferente. Quero dizer, devem morar umas cem pessoas neste prédio. Talvez mais. O que ela queria?

— Ela não falou. Tentei fazê-la falar comigo, mas ela não quis. E a vi de novo depois, na rua, e ontem à noite eu... — Ela para, sem saber se confia em Julius o suficiente para compartilhar o que pode, de fato, ser evidência de sua própria iminente loucura. — Eu a vi em um táxi, lá em Chinatown. Sozinha, e é... — Para de novo, a fim de verificar se ele está ouvindo o suficiente para se preocupar com ela, mas sente que não. — É tudo meio estranho.

— Sim. Parece estranho. — Julius lhe entrega o copo de suco e, então, levanta o próprio copo de vinho tinto para ela e diz: — Saúde, Jessica. Para você, da minha parte e da parte do Speckles, muito obrigado por vir ao resgate e salvar o dia. Estamos muito, muito gratos.

Ela sorri e brinda com seu copo.

— Na verdade, foi divertido. Descobri que gosto de gatos.

— Então você deveria adotar um. Para te fazer companhia.

Jessica sorri.

— A louca dos gatos. Sou eu.

Julius faz uma expressão de preocupação fingida.

— Então, o que isso faz de *mim*?!

— Você tem um namorado, pelo menos.

— Bom, sim. Mas um que se recusa a morar comigo.

Jessica observa enquanto Julius leva o copo de vinho à boca. Ela vê o brilho do vinho vermelho se inclinando em direção à borda e a tensão superficial se rompendo enquanto o líquido escorrega entre os lábios dele. Ela estremece de leve, com uma mistura de repulsa e desejo. Quer desesperadamente beber. Anseia pelo calor do álcool, pela tonalidade quente de âmbar no substrato de uísque em seu apartamento, pelo vermelho- rubi sensual do merlot de Julius. Ela quer sentir sua mente se fechando com as cortinas suaves da embriaguez. Não fica tanto tempo sem beber desde... Não, ela nem consegue se lembrar. Mas, quando Julius tira o copo dos lábios e ela vê a mancha marrom nos dentes dele, sente o cheiro levemente de carne e sangue característicos do vinho, de repente pensa: *Estou bem. Consigo superar isso.*

Jessica leva seu suco aos lábios e bebe, apreciando o sabor ácido e livre de álcool.

Malcolm faz uma videochamada para Jessica minutos depois que ela volta ao próprio apartamento, carregada com sobras de comida tailandesa do banquete de Julius. Ela larga as caixas no balcão da cozinha, desliza o dedo para atender o telefone e fica surpresa, mais uma vez, com o brilho nuclear do cabelo de Malcolm.

— Malcolm. Oi.

— Oi, Jessica. Acabei de sair da aula de boxe. Está livre para conversar?

Ela olha para o relógio de parede da cozinha. Dez e quinze.

— Claro — concorda ela, indo para sua cadeira de escritório e colocando os pés em cima da mesa. — Como foi?

— Está *indo* — responde Malcolm, com empolgação malcontida. — Ainda está rolando. Estou na casa deles.

— *O quê*?! — Jessica abaixa os pés e se senta ereta na cadeira.

— Sério! Estou no banheiro deles agora. Olha! — Ele gira a câmera, mostrando um banheiro de mármore completo, com chuveiros duplos e duas pias com torneiras douradas enormes.

— Meu Deus. Como isso aconteceu?

— Usei meu encanto para entrar!

Jessica balança a cabeça levemente.

— De que jeito?

— De um jeito encantador. E contando muitas mentiras.

— Quem eles acham que você é, Malcolm?

— Bem... Eles meio que acham que conheço o Akinesiz pessoalmente. Também acham que tenho família no Reino Unido. Ah, e que meu pai é um grande agente esportivo e que moro na Park Avenue.

— Sério? — Jessica responde. — Eles acreditaram em tudo isso?

— Sim, acreditaram totalmente. E agora vamos jogar alguma coisa.

— Só vocês três?

— Não, tem outro cara. Ele se chama Jefferson. E a sra. Randall está pedindo sushi para a gente. Mas escuta. Tenho que ir agora ou eles vão achar que tenho SII, sabe, síndrome do intestino irritável ou algo assim. Se bem que, na verdade, isso poderia ser um bom detalhe para o Sly. SII. Sim, gosto disso. Te mando mensagem quando eu chegar em casa. Até mais!

A tela do celular se apaga, e Jessica pisca lentamente para ele por um momento antes de colocá-lo de lado. Sente-se um pouco atordoada e não sabe o que fazer. Seus olhos voltam para os cinco dedos de uísque em seu armário de arquivos. Com a bebida dentro de seu corpo, ela poderia flutuar devagar e suavemente dali para um sono profundo e entorpecido. Sem isso, sente-se um pouco perdida. Ela deseja estar jogando com Malcolm no apartamento de Amber Randall. Deseja estar em algum bar. Deseja ter um lugar para ir e alguém com quem estar. Dez e meia de uma sexta-feira à noite nunca foi algo tão solitário.

Jessica pega o telefone novamente e rola pelos contatos recentes. O número de Luke está perto do topo, e o encara, com força, como se o poder das emoções pudesse, espontaneamente, acionar uma ligação para ele. Então ela pressiona o botão de mensagem e digita rápido, antes que perca a coragem:

Ei. Estou sóbria e entediada. Posso ir aí?

Ela vê Luke digitando no mesmo instante, e seu coração acelera.

Estou aqui e esperando.

DEZ

A SENSAÇÃO DE acordar na manhã seguinte na cama de Luke com a cabeça limpa e a memória intacta da noite anterior é nova. Ela se vira em direção a Luke e apoia a cabeça na mão. Ele está deitado de costas, fitando o celular, e seu rosto se ilumina ao vê-la. Ele coloca o celular de lado e se vira para olhá-la totalmente.

— Bom dia, Jessica Jones.

— Bom dia, Luke Cage.

— Então é assim que você fica de manhã quando não está de ressaca.

— É, bonita, né? — Ela dá um sorriso bobo.

— É — diz Luke, aproximando seu rosto do dela. — Muito bonita.

Jessica empurra o rosto dele para longe de forma brincalhona.

— O que vai fazer hoje?

— Ah, você sabe, instalar prateleiras.

— Instalar prateleiras? Sério?

— Sim. Sério. Você deve ter notado que não tenho prateleiras. Também tenho coisas que precisam de prateleiras. Então, vou instalar prateleiras.

— E de onde você vai tirar as prateleiras?

— Eu já tenho as prateleiras. Comprei no fim de semana passado na IKEA.

— Você foi à IKEA?

— É, sim. Onde mais você acha que eu compraria prateleiras?

— Na verdade, nunca pensei sobre isso. Talvez eu só tenha imaginado que você derrubaria uma árvore e a esculpiria em pedaços com suas próprias mãos.

— Sério? — Ele ri. — Você pensa isso?

— Não. Eu não penso isso. Mas, sabe, montar móveis pode ser um inferno, até você pode precisar de ajuda com isso. Quer minha assistência? Eu poderia usar uma daquelas coisas com aquele negócio?

— Uma daquelas coisas com aquele negócio?

— Sim. Para fazer linhas retas. Tem tipo uma bolha de óleo no meio… Eu acho.

— Um nível de bolha?

— Isso! Um nível de bolha! Posso fazer isso, se você precisar?

Luke lhe sorri preguiçosamente e encontra suas mãos. Ele as segura e aperta com gentileza.

— Jessica Jones, eu *adoraria* montar prateleiras com você hoje. Obrigado.

— Não. Obrigada a você. É bom ter alguém para passar o tempo. Eu ando me sentindo… desde que parei de beber… tão…

— Entediada?

— Sim. Entediada. O tempo passa devagar, não passa?

Luke ri.

— Pode ser.

— Muito devagar. E os cômodos parecem tão… vazios. E minha mente. Ela viaja por aí. E me prega peças. Continuo vendo essa garota… — Ela faz uma pausa, incerta por um momento, mas depois mira para cima e vê o olhar suave de Luke sobre ela, então continua. — Uma garotinha. Parece ter uns cinco anos. No começo, pensei que fosse real. Mas agora não tenho certeza. E parece que talvez minha mente a tenha inventado. Eu não… não sei explicar.

— O que te faz pensar que ela não é real?

— Não sei. Porque ela com certeza parece real para mim. Mas, sempre que a vejo, ela está sozinha. Que tipo de criança de cinco anos está sempre sozinha? Nenhuma criança de cinco anos, óbvio. Não sei. Talvez eu esteja perdendo um pouco a cabeça.

— Estamos todos perdendo um pouco a cabeça.

— Você está perdendo a cabeça, Luke?

— Claro que estou. A cada minuto de cada dia.

— Tipo, agora?

— Não, agora não. Mas no resto do tempo, sim.

— Por que não agora?

Luke revira os olhos.

— *Dã* — ele diz. — Porque você está aqui.

O estômago de Jessica reage a isso com um sobressalto doce e enjoado.

— Rá — ela diz. — Interessante.

— Interessante de que jeito?

— Do jeito que parece que você está dizendo algo legal para mim.

— E por que eu não diria algo legal para você?

— Porque...

Jessica para. Ela quer dizer : *Porque sou uma perdedora.* Mas, por um momento, ela sente que talvez não seja uma perdedora, especialmente ali, na cama perfumada de Luke, com a cabeça limpa e um feixe de sol dourado atravessando uma fresta nas cortinas dele, com os olhos de Luke nela assim, como se ela fosse algo bom, não algo ruim, e o suave e chocante segredo que talvez esteja crescendo dentro de si agora.

— Não — ela diz, em vez disso. — Você está certo. Eu sou incrível pra caramba.

— Bem, eu não disse isso exatamente — ele responde com um brilho no olhar, e Jessica revira os olhos e o empurra de brincadeira antes de suspirar e se recostar nos travesseiros.

— Você pensa nos próximos dez anos, Luke?

— Que aspecto dos próximos dez anos?

— Eu não sei, acho que a essência disso, sabe? Para que eles vão servir? Quero dizer, você já pensou, sei lá, em ter filhos? Com alguma das suas ex?

— Filhos? — Luke solta uma pequena risada seca. — Não. Não, nunca pensei em filhos. Quero dizer, que tipo de mundo é este para trazer uma nova vida? Este mundo horrível e nojento. Não. Nunca esteve nos planos.

Jessica sente o clima descontraído se esvair e reprime um suspiro.

— E agora?

— Bom, eu não acho que o mundo vai melhorar. Você acha que vai?

— Então você não acha que o mundo de uma criança é o que você faz dele?

— Olha, sei que tenho superpoderes, mas não tenho certeza se eles incluem acabar com pobreza, racismo, guerra e doenças.

— Mas uma pessoa pode proteger seus filhos, não pode? Com certeza?

— Não tenho certeza se pode. Especialmente um filho meu, cuja pele teria a cor errada para este mundo. Talvez ela fosse inquebrável como a minha, mas com certeza todo mundo tentaria testar isso. Todos os dias seria uma batalha. E já estou cansado de lutar por mim mesmo, imagina por uma criança que não pediu para nascer.

Jessica assente, em silêncio.

— E você? — ele pergunta. — Já pensou em ter filhos?

Ela sorri de forma tensa.

— Sim, às vezes, eu acho. Mas aí penso "que tipo de mãe eu seria?". Você sabe. Com todos os meus *problemas*.

— Bem, é, tem isso também. Não é só o mundo que pode bagunçar uma criança. Pais e mães podem realizar um bom trabalho nisso também.

Jessica se sente um pouco atordoada com suas palavras, não foram as que ela esperava, não o que procurava. Em vez disso, foram uma confirmação de todas as dúvidas que já teve sobre si mesma e seu lugar neste mundo. Sente as lágrimas surgirem fortes atrás dos olhos, mas as empurra de volta, e, graças a Deus, seu telefone vibra, e o nome de Malcolm aparece na tela.

— Desculpa — pede ela. — Preciso atender. É trabalho. Alô? — ela atende abruptamente.

— E aí. Como você está?

— Por favor, não fique de conversa-fiada, Malcolm.

— É, desculpa. Mas escuta, tenho notícias. Tenho in-for-ma-ção.

Jessica revira os olhos com a divisão da palavra em quatro sílabas precisas e murmura:

— Desembucha.

— Não posso falar por telefone. Acho que a gente deveria se encontrar. Posso estar no seu escritório em dez minutos. Talvez sete?

— Não estou no escritório.

— Ah. Onde você está?

— Não é da sua conta. É sábado de manhã.

— É. Acho que sim. Mas...

— Olha, te encontro lá mais tarde, ok? Mas, enquanto isso, talvez você possa me escrever um relatório.

— Um relatório?

— Sim. Com palavras.

— Claro. Sim. Com certeza. Levo um relatório completo para você em... Quando posso ir?

Jessica se senta na beira da cama e contempla a vasta e bela extensão das costas nuas de Luke enquanto ele olha para o celular. De algum modo, ela sente que, se simplesmente ficasse ali agora, talvez nunca precisasse ir embora. Que poderia fluir suavemente para o próximo capítulo de sua vida, a parte boa, a parte suave. Que o sombrio apartamento em Hell's Kitchen de alguma forma ia se desintegrar e evaporar. Que a coisa ruim retrocederia até um ponto de inexistência. Que cada momento sombrio de sua vida colapsaria sobre si até não sobrar nada para lembrar. E que ela acordaria todas as manhãs em um estado de frescor, imaculada, de olhos marejados, com Luke ao seu lado lhe dizendo que queria que tivesse um filho dele.

Jessica desvia sua atenção das costas de Luke e suspira.

— Estou ocupada hoje — ela diz para Malcolm —, mas apareça às cinco. Estarei lá.

DOZE ANOS ATRÁS
Portsmouth, Hampshire, Reino Unido

As sandálias de tiras são o par de sapatos menos horrível da loja, mas, ainda assim, são bastante repulsivas. Tentando não fazer uma careta, a garota deixa uma delas pendurada na ponta do dedo bem cuidado à medida que atravessa o chão da loja em direção ao homem de pé, com os braços atrás das costas, olhando para o nada.

— Oi — ela diz, abrindo um sorriso fresco. — Você tem esse em um 34?

O jovem sai de seu devaneio e observa a sandália.

— Ah — ele diz, suavemente. — Não, nós não temos essa em tamanhos menores. Sinto muito.

— Um 35 está ótimo, então! — ela diz. O 34 que ela sempre pede é mais por fingimento, de qualquer forma.

O jovem balança a cabeça e pega a sandália.

— Deixe-me verificar…

Ela o observa conforme o funcionário se dirige ao estoque. Ele é magro, mas alto, provavelmente com mais de um metro e oitenta, e sem dúvida poderia ganhar corpo com um pouco de tempo na academia. Seu cabelo é terrível, mas limpo e espesso, fácil de consertar com uma ida a um bom barbeiro. O rapaz combina calça social e blusa de moletom estampada com uma espécie de logotipo. Horrível, simplesmente horrível. Mas, de novo, fácil de consertar. E o rosto levemente adunco? Está tudo bem. Ela já viu piores.

Ela pensa que consegue fazer isso. Consegue seduzir o Arthur Estranho da escola. Sem problemas. A moça fixa o sorriso no rosto quando ele volta.

— Temos, sim — Arthur diz, segurando uma caixa de sapatos de papelão com orgulho e indicando à cliente que se sente na cadeira surrada e esfarrapada.

— Obrigada. — A jovem se senta e, mantendo o olhar dele, lentamente tira suas botas com zíper.

Ela o vê paralisar por um segundo, como um animal encurralado, segurando a respiração.

— Posso? — ela pergunta, apontando para a caixa de sapatos nas mãos dele.

— Ah, sim, desculpe. Claro.

Um leve rubor perpassa o rosto do atendente, isso vai ser fácil demais. Ela desliza a sandália no pé e fecha a fivela lateral.

— O que você acha? — ela pergunta.

— Fica bonito. Aqui. Experimente a outra. — Ele lhe entrega o outro pé.

Ela desfila pela loja vazia, dando-lhe bastante oportunidade para assimilar seu jeans skinny bem justo, o suéter de gola alta apertado, a maneira como prendeu o longo cabelo loiro no alto da cabeça, revelando a curva do pescoço. Ela se posiciona diante dos espelhos e se avalia, estufa o peito, vira de um lado para o outro.

— Vou levar — avisa ela.

O rosto do rapaz se ilumina.

— Ótimo. Deixe-me embrulhá-las para você.

— Sabe — ela diz, enquanto está no balcão da loja e o observa colocar as sandálias de volta na caixa —, sinto que te conheço de algum lugar.

Arthur a olha de soslaio.

— Sério?

— Sim. Onde você estudou?

Ele menciona o nome da antiga escola dela, e ela sorri.

— Eu sabia — ela diz. — Eu também. Quando você saiu?

— Quatro anos atrás.

— É! Eu também!

— Foi quando terminei o Ensino Médio.

— Ah — ela diz. — Certo. Saí depois que fiz o segundo ano. Então você é dois anos mais velho que eu?

— Tenho vinte.

— Eu tenho vinte. Bem, quase vinte. Semana que vem. O que você tem feito desde que saiu da escola? Foi pra faculdade?

— Não. Meus pais precisaram que eu trabalhasse.

— Sério? Nossa, que surpreendente. Você era tão inteligente na escola. Eu lembro. Você era tipo um gênio de verdade.

Arthur cora com as palavras dela e fica um pouco mais aprumado.

— Isso é só temporário — comenta ele, gesticulando para a loja. — Ainda quero ir. Um dia.

— O que você gostaria de estudar?

— Física quântica.

— Física quântica? O que é isso?

Ele dá de ombros.

— É a ciência da matéria. Da energia. Do motivo de tudo existir.

— Uau — ela diz, fazendo um gesto com as mãos abrindo ao lado da cabeça, sugerindo que sua mente "explodiu". — Você é mesmo um gênio!

— Bem, não exatamente, eu só gosto de... sabe, entender como o mundo funciona. E ver até onde isso pode ser levado. — Arthur sorri e coloca o papel de seda de volta nas sandálias antes de fechar a caixa. — O mundo está cheio de potencial inexplorado.

— Um pouco como você — pontua ela, deliberadamente deixando as pontas dos dedos roçarem a pele dele enquanto entrega uma nota de dez e outra de vinte pelos sapatos.

Ele coloca o troco na mão da moça, que sente a eletricidade do interesse e da empolgação do jovem.

Arthur ri nervosamente.

— Sim. Acho que sim.

Ela toca os lábios com a ponta da língua e inclina a cabeça.

— Sabe, minha cabeça está cheia de ideias. Cheia de planos. Meu cérebro nunca para, é como uma máquina zumbindo, o dia todo. Mas nunca consigo encontrar a chave para tudo, o que é que estou buscando. Sinto que preciso conversar com alguém capaz de me ajudar a entender tudo isso. Alguém com uma mente brilhante e grandes ideias. Alguém como você...

Ela observa o rosto dele reagir a essa declaração e o leve rubor se tornando mais intenso.

— Talvez eu pudesse te levar para tomar um drinque hoje à noite e entender algumas das suas ideias.

— Bom, é...

— A que horas você sai do trabalho?

— Cinco. Mas depois eu tenho que ir para casa e ajudar minha mãe com o jantar.

A moça lhe lança um olhar de decepção.

— É só que... é uma coisa que fazemos juntos.

— Todas as noites? — Ela cruza os braços sobre o peito. — Sério?

— Sim. Todas as noites.

Ela suspira e se inclina para mais perto dele, por cima do balcão.

— Me encontre depois do jantar. Estarei no Claremont, no lounge, às oito da noite. Os coquetéis são por minha conta.

— Mas eu...

— Vejo você lá.

— É, é... Mas qual é o seu nome?

— É Polly.

Ela sorri enquanto deixa a porta da loja bater atrás de si.

ONZE

APÓS AS DURAS palavras de Luke, Jessica acha difícil retornar ao lugar aconchegante em que havia acordado. A conexão emocional que eles haviam experimentado na noite anterior parecia enfraquecida, quase boba. Em vez disso, ela e Luke seguem de maneira companheira e prática, construindo e instalando estantes, fazendo pausas para hambúrgueres e batatas fritas, brincando, trocando insultos divertidos, provocações sem segundas intenções, como irmãos. Então chega a hora de Jessica ir embora, e, quando ela fecha a porta de Luke atrás de si e sai para a tarde úmida de outubro, conjectura se acabou de tomar a decisão errada na sua vida.

Malcolm está esperando na rua em frente ao prédio dela quando Jessica chega, às cinco e dez. Ele está com o capuz levantado, pulando de um pé para o outro, segurando uma pasta de arquivo na mão. Ele salta em sua direção quando a vê se aproximar e acena com a pasta de forma exagerada.

— Meu relatório! Aqui!

O jovem tenta forçá-la a pegar, e Jessica se afasta dele.

— Calma, cara. Vamos olhar isso lá em cima.

No escritório dela, o aquecimento esteve desligado o dia todo, e ela praticamente consegue ver sua respiração no ar.

— Droga — ela diz, girando o termostato para 21 graus. — Droga.

Ela coloca um pouco de café na máquina, deixa para ferver e volta para a mesa.

— Então — começa a falar, esfregando as mãos para aquecê-las. — O que você tem?

Ele lhe entrega a pasta, e ela a empurra para o lado.

— Só me conta.

O rosto de Malcolm desanima.

— Trabalhei nisso o dia todo.

— Sim. Vou adicionar ao dossiê. Ótimo trabalho. Então, o que você descobriu?

— Bem, foi uma noite meio estranha, e, sim, entendo totalmente o que preocupa a sra. Randall. Aqueles gêmeos, eles são meio incríveis, sabe. Quero dizer, eles são meio que bonitos, obviamente. Mas eles estão bem... *distantes*? Como se estivessem em outro planeta. E acho que, mesmo se eu não estivesse investigando, teria notado. Enfim, fizemos a aula de boxe, e eles foram incríveis. O instrutor de boxe ficava elogiando, dizendo: "Não sei o que vocês têm feito neste verão, mas continuem assim". E uma garota se virou para mim e sussurrou: "Anabolizantes" no meu ouvido, e eu disse "Quê? Sério?", e ela respondeu: "Não sei, mas eles estão fazendo algo, os dois eram péssimos no ano passado".

"Então, fui falar com eles depois da aula e disse o quanto foram incríveis, aí meio que joguei o assunto sobre Akinesiz na conversa e depois mencionei a casa da minha avó em Londres e como meu pai representava todos esses jogadores de futebol famosos. Então pude perceber que eles estavam começando a simpatizar comigo, sabe, mas eu não esperava de verdade que os dois simplesmente me convidassem para voltar para casa com eles. Quer dizer, sei que sou bom, mas não sabia que era tão bom assim. Então, saímos da academia e pegamos um Uber. Apartamento na cobertura, as portas do elevador se abrem direto para um corredor colossal. Um cara, Jefferson, também apareceu. Comemos sushi. Você já comeu sushi? Quero dizer, eu já comi, mas esse era de outro nível, sério, diferente de tudo que eu já tenha comido antes. Então estávamos conversando à mesa, e o ponto principal é que, quando eles estavam no Reino Unido, saíam com uma garota chamada Belle, cujos pais moram no exterior. Disseram que ela mora com, tipo, uma governanta, vai para um internato, tem dezesseis anos, e foi isso. Tentei arrancar mais informações, mas isso foi tudo o que consegui. Eu disse: "Vocês têm as peles mais incríveis, qual é o segredo?", e os dois meio que sorriram um para o outro e disseram: "Sabonete e protetor solar", como se fosse uma piada interna. E eu disse: "Sério, nunca vi pele assim antes. Posso tocar?". E, Jessica, eles me deixaram tocar a pele deles, e parecia... vidro? E eu disse: "Uau, nem parece pele, vocês têm certeza de que são reais?". E eles se olharam de novo e disseram: "Somos perfeitamente reais". E os dois disseram isso *ao mesmo tempo*. Foi tão esquisito.

Jessica percebe que Malcolm não vai parar para respirar, então ela se recosta e o deixa falar.

— ... e o cara, o amigo do Fox, Jefferson, me lançou um olhar como quem me manda ficar na minha, sabe? Então, quando os gêmeos saíram da sala, ele me perguntou: "O que você acha deles?", e eu disse que achava que eles pareciam legais. O amigo do Fox meio que deu de ombros e disse: "Acho que sim", mas depois falou: "Você não acha que eles são meio esquisitos?". Eu disse que sim, que pareciam um pouco incomuns. Ele disse: "Desde que voltaram da Inglaterra, estão assim". Então eu perguntei: "O que você acha que aconteceu na Inglaterra?", e ele respondeu: "Não faço ideia, eles não falam sobre isso. Mas alguma coisa aconteceu lá, com certeza". Ele começou a me contar como o Fox ficou mais alto desde o verão e como as notas dele dispararam, tipo ele nunca foi um aluno nota dez, mas agora está tirando nota máxima em tudo. Depois disse que ele e o Fox costumavam jogar videogame o tempo todo, mas agora tudo o que o Fox quer fazer é assistir a filmes antigos dos anos 1980. E ouvir músicas antigas. Ele ficava tocando isto repetidamente...

Malcolm aperta o play em um vídeo no celular e, por baixo da conversa de adolescentes, Jessica consegue ouvir o início de uma música.

— Escuta a letra — Malcolm insiste.

Jessica escuta. Algo sobre olhos procurando em vão e, então, lá está... *Ela tem uma pele perfeita... ela tem uma pele perfeita.*

— Pesquisei no Google — diz Malcolm —, e é uma música dos anos 1980 de uma banda britânica chamada... ele lê do celular: Lloyd Cole and the Commotions? Não sei. Então perguntei a esse cara, Jefferson: "Você já perguntou o que está acontecendo?", e o cara disse: "Tentei, mas ele não fala comigo. Só fica dizendo que está tudo *perfeito*, *zen*". Então os gêmeos voltaram para a sala juntos, meio sincronizados, sabe? Marchando, tipo aqueles soldados arianos gigantes malucos ou algo assim.

Malcolm balança a cabeça, admirado.

Jessica pisca para ele.

— *E*?

— Bem, isso é meio que tudo. Exceto que, ah, dei uma espiada nos quartos deles, tirei várias fotos. Coisas nas paredes e tal. Posso te enviar por mensagem, ver o que você consegue descobrir. E olha isso...

Ele toca no celular e o mostra para Jessica. É uma selfie dele com os gêmeos, Fox à esquerda e Lark à direita. Todos estão sorrindo.

— Certo... — Jessica analisa com atenção para a imagem na tela, então percebe algo e dá um zoom na foto, nos olhos dos gêmeos. — Olha — chama ela, apontando para a tela. — Observa os olhos deles. E depois os seus. Percebe como dá para ver as luzes refletidas nos seus olhos, mas não nos deles?

— Eu sei, né? — concorda Malcolm, pegando o celular de volta. — É estranho, e acho que tem algo aí. Tenho pesquisado, tipo, sobre as tecnologias de filtro mais recentes. Especificamente, tecnologia de IA. Deepfakes. Lensa. Tudo isso. Escrevi tudo para você. — O garoto aponta com impaciência para a pasta na mesa. — Está. Tudo. Ali. Dentro.

Jessica suspira.

— Me explica como se eu tivesse cinco anos.

— Bem, tipo, é difícil de explicar mesmo. Tem muita coisa acontecendo no mundo agora, e a tecnologia está ficando cada vez mais louca. Não achei nada definitivo, mas pesquisei na área onde os gêmeos estavam. Você disse Essex, certo?

— Sim.

— Então, tipo, às quatro da manhã, juro que fiquei acordado a noite toda fazendo isso, encontrei uma conta no Instagram de uma garota que se descreve como "bruxa da IA e esteticista". A página dela é privada, mas usei um aplicativo para rastrear o IP dela, e olha só: está em Essex.

— Me mostra essa garota, essa bruxa da IA.

Malcolm mexe no celular e, então, passa para a detetive.

Na tela está está o perfil de uma garota cuja foto tem um filtro tão pesado no rosto que ela mal parece humana. O nome do perfil é Perfect Peach, e a biografia dela, logo abaixo, diz: "Bruxa de *ia*, esteticista, siga-me para ter uma pele perfeita e muito mais", seguida por uma sequência de emojis, incluindo seringas, pêssegos e OVNIs.

— Pode ser ela, né? Pode ser a Belle?

Jessica faz uma careta. Tudo isso é muito confuso. O que significa? Ela suspira alto e se recosta na cadeira do escritório. Então, senta-se reta novamente e bate a mão na pasta.

— Certo, parece que tenho bastante material de leitura. Bom trabalho, Malcolm. Muito bom trabalho. Algum plano de ver os gêmeos de novo?

— Sim. O Fox me chamou para sair depois do jogo de rúgbi dele na quarta-feira.

— Onde você disse que estudava?

— Ah, respondi que frequentava uma escola pública onde eu sabia que eles não teriam amigos.

— Mas você não disse que era rico?

— Sim. Mas eu disse que meu pai me manda para uma escola pública porque quer que eu me mantenha com os pés no chão.

Jessica concorda. Esse garoto é um tipo de gênio do mal.

— Ótimo — elogia ela. — Bom trabalho. E, a partir de terça, estarei na Inglaterra. Então, tipo, você pode usar meu escritório como base. Seria ótimo se você pudesse vir uma vez por dia, manter o aquecedor ligado, atender o telefone. Pode fazer isso?

— Sim, claro, posso fazer isso. *Com certeza*! Saio da escola às duas e meia na maioria dos dias. Venho direto para cá, faço a lição de casa e mantenho tudo em ordem para você. Mas como eu vou entrar?

Jessica abre uma gaveta em sua mesa e mexe com as mãos por um momento, deslocando todo tipo de objeto aleatório e irreconhecível até encontrar a chave reserva que colocou ali no dia em que se mudou.

— Aqui. — Entrega-a para Malcolm. — Não perca essa droga, tá? E não deixe ninguém entrar aqui com você, sob nenhuma circunstância.

Malcolm junta as mãos em gesto de oração.

— Eu juro pela vida da minha mãe.

— Bom. Agora vai fazer o que costuma fazer num sábado à noite, seja lá o que for.

Depois que Malcolm vai embora, Jessica sente tudo se fechando sobre si de novo, todo o tédio, toda a escuridão. Ela se serve de um café da máquina, ignora a forte tentação de misturar uísque nele, depois pega o celular, o notebook e o relatório de Malcolm e vai para sua cama fria, onde permanece até a manhã seguinte.

DOZE

AMBER ESTÁ USANDO um casaco de pele sintética que vai até o tornozelo, um boné de beisebol e óculos de sol quando Jessica a encontra no parque às dez horas. Uma mão fina segura um café em um copo de metal reutilizável, e a outra, a coleira de um cachorrinho preto que está muito quieto aos seus pés.

— Bom dia, Jessica — cumprimenta ela animadamente. — Como você está hoje?

Jessica resmunga.

— Quem diria que dormir tão cedo poderia te deixar tão cansada?

— Venha — chama Amber. — Vamos dar meia-volta ao redor do lago. Vai ajudar a espanar as teias de aranha.

O parque está movimentado na manhã de domingo. Os caminhos estão adornados com os primeiros sinais de folhas de outono, e há cachorros, muitos cachorros. Em especial, muitos cachorros usando *roupas*. Amber anda rápido para uma pessoa pequena com botas grandes, e Jessica tem que se apressar para acompanhar.

— Qual é o nome do cachorro?

— Charlie.

Jessica acena com a cabeça. Amber dá nomes de animais aos seus filhos e nome humano ao seu cachorro. Gente rica é estranha.

— Então — diz Amber. — Seu amiguinho apareceu na noite de sexta-feira.

— É, eu sei. E ele não é meu amigo. Ele é meu… — Ela ainda não sabe do que chamar Malcolm. — Meu *estagiário*.

— Desculpa. Sim. Que figura.

— Isso é.

— Ele conseguiu alguma coisa?

— Bem, sim, um pouco. Encontrou uma garota bonita no Instagram que mora em Essex e parece ser algum tipo de influenciadora de beleza que usa filtros estranhos e tem uma obsessão pela palavra "perfeito". Ele acha que ela pode ser a Belle do Fox, então enviou uma solicitação para seguir a menina. Mas, mais importante, ele já tem planos de ver o Fox novamente na quarta-feira à noite.

Os olhos de Amber se arregalam de leve, e ela acena com a cabeça.

— Uau — comenta. — Isso é impressionante. Meus dois filhos são bem amigáveis, mas deixar alguém entrar assim, de repente, é muito incomum. Ele claramente tem um dom. O tipo de dom que poderia ser usado para fins muito ruins, se ele quisesse.

— Sim — concorda Jessica. — Entendo o que você quer dizer. Mas ele é um bom garoto. Prometo.

— Espero que você esteja certa. Enfim. — Amber pega sua bolsa a tiracolo e puxa um envelope plástico. — Aqui está tudo de que você precisa para pegar seu passaporte amanhã. E todos os seus detalhes de viagem. Você precisará fazer o check-in on-line assim que tiver os dados do passaporte. Seu voo sai às dez e dez da manhã de terça-feira e chega em Heathrow às dez da noite no mesmo dia. Reservei um carro para te levar a um hotel em Kensington, já que você vai chegar tarde, e na quarta-feira, logo cedo, outro carro te levará para Essex. Sua reserva é no hotel Manston Oak, sete noites, mas pode ser estendida. Ainda não reservei seu voo de volta. Vamos ver como as coisas fluem. Mas fique em contato. Podemos nos falar pelo FaceTime a qualquer hora. Ou via telefone. O que for. Mantenha o controle das despesas. E, acima de tudo, fique segura.

Amber entrega o pacote para Jessica, que sorri.

— Obrigada — ela diz, sentindo-se estranhamente tocada pela preocupação de Amber.

— Até onde sei, Sebastian continua na casa de Essex supervisionando as reformas, e preciso que você encontre um jeito de falar com ele sem dar pistas de que eu te enviei. Você vai precisar de uma história de fachada. Sebastian é tipo um romancista frustrado, então eu estava pensando que você poderia dizer que está pesquisando para um romance, que tal?

— Um romance? Acha que eu consigo me passar por uma escritora? — Jessica aponta para si mesma.

— Sim. Claro. Por que não? Como uma romancista se parece, afinal?

— Não sei. Mas não sou eu, tenho certeza.

O cachorro se agacha para fazer cocô. Amber suspira e puxa um saco plástico verde de um tubo preso à coleira do cachorro e o abre.

— Apenas diga que você está escrevendo um romance policial — ela diz, agachando-se para colocar o cocô dentro do saco. Ela se levanta devagar e sorri para Jessica, com o saco pendurado na ponta dos dedos. — Ouça — ela diz —, você é uma investigadora particular. Não precisa que eu lhe diga o que fazer. Mas, Jessica, antes de você ir, eu queria reiterar o que te disse da última vez que te vi. Eu ficaria feliz em te receber para uma sessão, quando você estiver pronta. Você parece... e, por favor, não me entenda mal... mas você parece alguém que está deixando o trauma tomar o controle, e eu posso sentir — ela empurra suavemente o punho contra a clavícula de Jessica — a dor aí dentro. É quase palpável, Jessica. E eu gosto de você. Não te conheço. Mas gosto de você. E eu gostaria muito, muito mesmo, de te ajudar. Uma garota como você não deveria estar vivendo sozinha naquele apartamento. Uma garota como você deveria...

E há algo no tom da voz de Amber e algo sobre a inocência disso, uma ensolarada manhã de outono no Central Park, cercada pelo tipo de pessoa que passeia no Central Park em ensolaradas manhãs de outono, que faz Jessica sentir que poderia simplesmente se abrir e contar, e ela abre a boca e diz:

— Sabe, acho que eu posso estar... — Mas uma nuvem passa pelo sol, o momento morre, e ela para.

Amber inclina a cabeça para a detetive.

— Você acha que pode estar o quê?

Jessica sorri, de forma contida.

— Nada. Só acho que estou cansada. Só cansada.

— Bem, dizem que passar por uma mudança é tão bom quanto descansar. Talvez essa viagem seja exatamente aquilo de que você precisa. Mas, sério, quando voltar, por favor, venha e converse comigo. Eu adoraria te ajudar.

Jessica sorri.

— Claro — concorda ela. — Quando eu voltar.

PARTE DOIS

TREZE

JESSICA OLHA ATRAVÉS das janelas de sua limusine enquanto o motorista a leva pelos arredores feios do oeste de Londres. Ela encara o grande céu noturno cor de lama e os prédios altos, sentindo-se estranhamente pequena e sozinha. São dez da noite ali, o que significa que são cinco da tarde em Nova York, e Jessica pega seu telefone e envia uma mensagem para Malcolm:

Tudo bem?

Imediatamente vê que Malcolm está digitando uma resposta:

Sim

Jessica está prestes a responder quando vê que ele ainda está digitando, então:

Sua casa está suja, cara.

Além disso, sua geladeira tem mofo.

Eu posso limpar.

Abaixo tem um emoji de mãos rezando. Jessica suspira.

Não toque em NADA

Sério

Ela desliga o telefone e balança a cabeça. Pondera sobre o que estava pensando quando deixou aquele garoto entrar em seu espaço privado, entregando-lhe as chaves do apartamento.

O carro desliza em frente a um pequeno hotel em uma rua lateral luxuosa em algum lugar de Kensington. O motorista abre a porta para Jessica e lhe entrega sua mochila surrada como se fosse uma peça de couro Mulberry de mil dólares. O hotel é reluzente, elegante, claro e tudo o que Jessica esperava que fosse, dado que Amber o havia escolhido para ela. Lá dentro, descobre suas acomodações incluem um pequeno quarto duplo com vista para um beco úmido, mas o banheiro é revestido, do chão ao teto, com mármore de veios cinza-escuro, e tem um chuveiro de alta pressão. A cama está cheia de travesseiros, e há um pequeno frigobar e uma grande TV. Após um dia inteiro de viagem, ela não precisa de uma boa vista, apenas de um banho quente e uma cama confortável.

Jessica coloca a mão na tampa de metal de uma minigarrafa de uísque e está prestes a abri-la, mas para. Fecha os olhos e suspira alto, depois olha para sua barriga. Lembra-se das palavras de Luke no sábado e pensa: *O que quer que esteja aqui, se é que há algo aqui, não é real.* É apenas pó de fada e gosma. Não será um bebê, a menos que ela queira que seja um bebê. Jessica coloca a minigarrafa de volta no lugar, pega o controle remoto, tira as botas e se joga na suavidade densa da cama do hotel para assistir a um documentário relaxante sobre a vida selvagem de Madagascar.

Cinco minutos depois, ainda completamente vestida, ela está dormindo.

Há uma mensagem de Amber no celular de Jessica quando ela acorda de maneira súbita e horrível na manhã seguinte.

Carro chegando às 9h para te levar a Essex. É uma viagem de duas horas.

O horário atual é 4h45, e ela está meio delirante por causa do fuso horário. Jessica prepara café puro na pequena máquina Nespresso e toma goles de água mineral morna da garrafa. Pela fresta das cortinas, se depara com gotas de chuva na janela, o céu escuro ao longe. Todos nos Estados Unidos estão se preparando para dormir, e na Inglaterra todos ainda estão profundamente adormecidos. Por um minuto, ela se sente como a única pessoa no mundo. Calça as botas, veste a jaqueta de couro, localiza o cartão-chave e desce.

A mulher na recepção lhe sorri e cumprimenta:

— Bom dia.

— Oi — diz Jessica. — Tem algum lugar aqui perto que fica aberto o tempo todo? Que tenha algo para comer?

— Não exatamente — responde a mulher. — Tem um Tesco Express na esquina, fica aberto 24 horas.

— O que é um Tesco Express?

— É um supermercado. E tem uma lanchonete que fica aberta a noite toda, mas fica a uns vinte minutos a pé.

— Ok. Isso serve. Em que direção?

A recepcionista explica o caminho, e Jessica sai para a manhã úmida. Suas botas pesadas espirram a água suja de poças rasas durante a caminhada. Sua cabeça gira por tudo: cansaço, fome, solidão, medo.

Sua vida inteira tem sido um engavetamento em câmera lenta. Ela vive na beira de tudo, no canto afiado da existência, entre a normalidade e o extraordinário, onde não é nem uma coisa, nem, na verdade, a outra. Ela consegue fazer coisas extraordinárias, mas não gosta de fazê-las. Porém, também não pode ser normal, pois está destruída demais, é muito diferente. Enquanto caminha, tenta imaginar suas mãos segurando o guidão de um carrinho de bebê, um bebê envolto em camadas de roupas macias presas por botõezinhos abotoados por seus próprios dedos amorosos. Mas as imagens em sua cabeça logo se distorcem e se retorcem, as mesmas mãos levantam o carrinho e o lançam a trinta, sessenta metros pelo ar; aquelas mãos pegam homens adultos e os jogam contra as paredes, essas mesmas mãos levantam pedaços de metal sólido, viram carros, quebram paredes ao passo que os motores sujos dentro dela a impulsionam.

Jessica balança a cabeça. Não. Ela não é mãe, e com certeza não há bebê.

Mesmo com esse pensamento, ela vê que Londres parece bonita como um cartão de Natal na escuridão antes do amanhecer. Os postes de luz ali brilham com uma luz suave dourada através das árvores enferrujadas, as casas são brancas e ficam em fileiras ordenadas ao redor de pequenos jardins quadrados, cercados por grades de ferro forjado. E, então, a lanchonete surge como uma miragem na escuridão amarelada de uma larga estrada de duas pistas, toda em cromo e veludo cinza, e ganha vida quando ela abre a porta e ouve o chiado e estalo de uma gigantesca máquina de café atrás do balcão, junto ao burburinho de estudantes de aparência rica nas cabines e pessoas mais velhas conversando rapidamente em idiomas que Jessica não entende. Ela fixa o olhar em uma enorme cesta de laranjas atrás do balcão até que alguém a acompanha até uma mesa. Examina o cardápio de papel e considera algo chamado "borbulha e chiado" por um longo momento antes de pedir bife com ovos e um café americano grande. Depois, vira-se para observar através da janela, sentindo a estranheza de tudo, a dor surda do vazio, até que, de repente, sua atenção é desviada para uma figura refletida no vidro, parada bem ao seu lado.

Ela gira a cabeça, e é ela. A garota com o casaco prata acolchoado.

A garota se senta na cabine ao lado e encara Jessica.

— Oi — cumprimenta ela. É a primeira vez que fala.

— O quê...? — Jessica olha de um lado para o outro e para trás para ver se alguém pode enxergar essa criança. — O que é isso? O que você está fazendo aqui?

— Estou de férias.

— O quê? Isso é... Não seja maluca. Onde está sua mãe?

— Estou esperando por ela.

Jessica olha ao redor de novo, depois estreita os olhos para a pequena garota.

— Quantos anos você tem?

— Tenho cinco.

— É muito nova para estar sentada sozinha em uma lanchonete, não acha?

— Não estou sozinha. Estou com você.

— Sim, mas... — Jessica aperta a ponte do nariz. — Por que está aqui? O que está acontecendo? Você é mesmo... *real*?

— Claro que sou real. Aqui, pode me beliscar.

Ela puxa a manga do casaco prata e estende o braço.

Jessica fecha os olhos.

— Não. Pelo amor de Deus, não, eu não quero te beliscar. Só quero saber o que está acontecendo. Talvez eu esteja ficando louca. Provavelmente estou.

O grupo de homens estrangeiros se prepara para sair. Jessica se vira e os observa colocando jaquetas e casacos, e, quando estão perto o suficiente, ela chama e diz:

— Ei, vocês estão vendo essa criança?

Eles olham para a garota e depois de volta para ela. O mais velho concorda com a cabeça, e depois o grupo segue em frente.

Jessica balança a cabeça com força, certa de que há algo preso em seu cérebro que ela poderia liberar se tentasse com força suficiente. Aperta os olhos, e, quando os abre, a criança se foi. Jessica a vê lá fora, caminhando sozinha pela escuridão da manhã, com o tecido brilhante de seu casaco reluzindo iridescente sob os postes de luz e os pálidos raios de lua.

DOZE ANOS ANTES
Portsmouth, Hampshire, Reino Unido

Arthur parece perdido diante da possibilidade de pedir uma bebida no bar chique onde ele e Polly se encontraram para tomar algo.

— Hã… — ele diz, com os olhos percorrendo freneticamente a lista de coquetéis. — Erm…

Polly sorri para o belo barman, que olha de Arthur, todo desleixado, para Polly, toda arrumada, claramente se perguntando o que os dois estão fazendo juntos.

— Tequila *sunrise* — anuncia Arthur, decidido, um momento depois.

— Sério? — pergunta Polly, rindo um pouco e trocando outro olhar conspiratório com o barman.

— Sim — responde Arthur. — É a bebida favorita da minha mãe. Eu me lembro dela me dizendo isso uma vez.

Polly se anima com a alegria de Arthur, que leva a conversa exatamente para onde ela queria.

— Me conte sobre sua mãe e seu pai.

— Ah. Não tem muito o que contar. Meu pai é estadunidense. Seguiu minha mãe até aqui por *amor.* — Ele cora ao proferir a palavra boba. — E minha mãe é vidente. Ela trabalha no píer, joga tarô e coisas do tipo. É isso. E você?

— Ah, certo. Bem, minha mãe é uma vagabunda preguiçosa, e meu pai já morreu. E eu tenho um irmão de dezessete anos que nunca sai do quarto, exceto para comprar maconha.

— Ah. — Arthur parece momentaneamente pasmado. — Isso é…

Polly dá de ombros, indiferente, como se estivesse acostumada a carregar o peso do mundo nas costas.

— É o que temos. Estou seguindo em frente. Sou uma empreendedora. Pelo menos, quero ser uma empreendedora.

— Ah — diz Arthur — Uau. Isso é ótimo. Em que tipo de negócio está pensando em investir?

— No ramo de beleza — responde Polly com firmeza. — Estou fazendo unhas no momento. Mas quero mais. Muito mais. Estou pesquisando novos produtos. Novas maneiras de fazer as pessoas parecerem perfeitas. — Ela fica um momento em silêncio para deixar suas palavras ecoarem.

— Perfeitas?

— Sim, perfeitas... Sabe, Arthur, você deveria ir para a faculdade. Conseguir um emprego de verdade. Sair daqui. Então poderia de fato ajudar a sustentar sua família. Muito mais do que apenas trabalhar em uma loja de sapatos de merda.

Arthur se encolhe com a ofensa.

— Eu sou o gerente. Não só trabalho lá.

— Sim. Mas mesmo assim. Você é inteligente. Poderia fazer mais. Consigo enxergar isso em você...

Ela vê um lampejo de orgulho passar pelo rosto dele e sabe que está prestes a convencê-lo.

— É... só... meus pais. Eu não posso deixá-los.

— Por quê? — ela diz diretamente. — Há algo de errado com eles?

— Não. Não exatamente. É que... somos muito unidos. Sempre fomos. Muito, muito unidos. Sou o único filho deles. Minha mãe... ela esperou muito tempo para eu nascer. Um tempo bem, bem longo. E meu pai. Ele tem alguns problemas de saúde mental. Os dois sacrificaram muito para que eu nascesse, e às vezes sinto que, se eu não estivesse aqui, eles desabariam.

Polly resiste à vontade de suspirar. Que patético! Pessoas adultas que não conseguem viver sem o filho! Em vez disso, dá um sorriso simpático e faz um aceno grave, como se entendesse completamente.

— Então, aonde você disse a eles que estava indo esta noite?

— Eu disse que ia ver amigos da escola.

— Acha que eles acreditaram em você?

Arthur dá de ombros.

— Provavelmente não, já que eu não tinha amigos na escola. — O barman entrega seu coquetel cafona, e Arthur o pega e dá um gole. Polly observa suas mãos, nota que são elegantes, com unhas estão limpas e bem cuidadas. Ela sente uma súbita e estranha compulsão de tocá-las.

— Você poderia fazer faculdade aqui — ela sugere. — Não precisa se mudar.

Ele a olha de relance.

— Não é só sobre estar em casa. Precisamos do dinheiro também.

A moça suspira.

— Bem, se me permite opinar, a menos que você tenha ambições de um dia ser o CEO da Shoe Fayre, acho que está desperdiçando sua vida.

Arthur dá de ombros.

— É — concorda ele —, acho que sim.

— Você está se deixando ser preso.

— É. Eu sei. Mas…

— Posso te ajudar.

— Como?

Polly morde o lábio e se inclina para mais perto do rapaz. Ela vê seus olhos piscarem, nota o subir e descer de seu pomo de adão. Ela baixa a voz para que fique rouca e ofegante.

— Eu vou sair daqui — ela diz, com os olhos fixos nos dele — e acho que você deveria vir comigo. Topa ou não?

QUATORZE

O CARRO CHEGA ao hotel de Jessica às nove da manhã. Ela entrega sua mochila ao motorista e desliza para o banco de trás. Puxa a papelada da pasta que Amber lhe deu sobre o ex-marido. Nas fotos que ela entregou a Jessica, Sebastian Randall tem uma cabeça grande que abriga traços pequenos. Ele usa óculos de tartaruga modernos e tem cabelos escuros e grossos que recuam nas têmporas, fazendo sua cabeça parecer ainda maior. Tem um ar de satisfação de homem que escutou da mãe que ele era o menino mais bonito do mundo e acreditou nisso a vida toda.

Sebastian Randall é um milionário de fundo fiduciário, via Janet e David Randall, que possuem uma empresa global de roupas casuais. Ao longo de seus cinquenta anos, ele foi ator, dançarino, marchand de arte, antiquário, romancista e palestrante. E, claro, atualmente está supervisionando a restauração de uma casa jacobina de sete quartos no meio de Barton Wallop, chamada Barton Manor.

Jessica está hospedada no hotel da vila, onde os quartos, segundo o site, custam a partir de 225 libras por noite. O hotel tem um jardim de topiaria e uma champanheria.

— Não vai meio que chamar atenção? — ela havia perguntado a Amber.

— Quero que você chame atenção — respondeu a mulher com aparência de pássaro. — Quero que Sebastian note você. Ele ama os Estados Unidos, ama mulheres bonitas e ama escritores. Vai ficar completamente na sua. E é isso que queremos. Queremos que você entre no círculo íntimo dele.

O carro para em uma entrada diminuta, antigamente usada para carruagens, em frente a um hotel bonito. Do outro lado da rua estreita, há um pub, uma loja de roupas, uma clínica veterinária, uma farmácia e um veterinário.

Tudo no hotel é minúsculo: janelas minúsculas, portas estreitas, tetos baixos. Uma inscrição gravada na pedra diz que foi construído em 1687, quando, Jessica supõe, as pessoas eram muito pequenas. Ela faz o check-in e leva sua mochila para o quarto, localizado em uma ala mais recente nos fundos do hotel, com uma porta de tamanho normal, e depois sai para explorar a vila.

Ameno para outubro, o céu está claro e azul. Na delicatéssen, ela compra um café puro e um sanduíche de presunto com salada na baguete e os leva para um banco no fim da rua principal, de onde observa a mansão de Sebastian Randall, que de fato tem um fosso ao redor, onde patos flutuam em sentido horário.

Jessica come o sanduíche, toma o café e pratica seu discurso dentro da cabeça. Ela é Jessica Allan, uma escritora de Nova York fazendo pesquisa para um romance policial sobre um assassinato em uma vila inglesa. É seu primeiro romance, ela não publicou nada e, antes disso, foi administradora na polícia de Nova York por dez anos, o que a levou à ideia de escrever sobre crimes. Divorciou-se recentemente e estará ali durante uma semana. Uma história de fachada simples e quase infalível. Menos é sempre mais quando se trata de contextualizar um disfarce. E os homens sempre pensam que uma mulher divorciada está ansiosa por companhia.

Após quinze minutos, não há sinal de vida na mansão de Randall, e Jessica joga seu copo de café vazio e o saco de papel em uma lixeira e volta para o centro da vila. Do lado de fora do pequeno e instável pub, com janelas tão baixas na fachada a ponto de quase tocarem a calçada, um quadro de giz anuncia que haverá música ao vivo hoje à noite: THE MIKE MILLER BAND + CONVIDADOS. Começa às sete, o que dá a Jessica pouco mais de seis horas para dormir e se arrumar como uma aspirante a romancista.

Está prestes a voltar para o hotel quando seu olhar é atraído pela próxima loja, a farmácia. Indo até lá, ela para por um momento na entrada, então respira fundo e abre a porta. Como tudo ali, a loja é minúscula, com duas fileiras de produtos. No fundo, há um balcão alto de mogno, atrás do qual está sentado um rapaz muito jovem, que com certeza não tem muito mais que dezessete anos. Ele encara um livro didático aberto à sua frente e depois levanta os olhos, sorrindo preguiçosamente quando vê Jessica.

— Bom dia — ele diz.

— Erm... oi. — Jessica lhe dá um sorriso com o canto de boca e segue pelo primeiro corredor. Lá, entre os anticoncepcionais e os desodorantes, está o que ela precisa. Kits de teste de gravidez. Ela pega um e o vira nas mãos.

— Precisa de ajuda?

Ela deixa a caixa cair e se apressar em pegar algo mais para pegar. Um desodorante aerossol Dove.

— Não — ela responde. — Estou bem, obrigada.

Jessica leva o desodorante até o balcão e paga por ele.

— Você é estadunidense? — pergunta o garoto.

— Sim.

— De onde você é?

— De Nova York.

— Oh — exclama ele, escaneando o código do desodorante. — Você tem alguma coisa a ver com os gêmeos?

Ela se encolhe de leve.

— Gêmeos?

— Sim, os gêmeos da mansão no final da vila? Acho que eles são de Nova York.

— Não conheço ninguém aqui. Pura coincidência. Eles estão aqui agora?

— Não. Acho que não. Só ficaram aqui por umas semanas no último verão.

— Quais são os nomes deles? Talvez eu os conheça.

— Rá, isso é como dizer que só porque é de Nova York, você conheceria, tipo, o *Demolidor*.

Jessica segura uma risada sarcástica.

— É... suponho que seja. Mas tenta.

— Randall. É o sobrenome deles. Não sei quais são os primeiros nomes. Eles não são exatamente amigáveis.

— Não, não conheço nenhum Randall. Mas conheço muitos nova-iorquinos antipáticos. — Jessica entrega uma nota de cinco libras e espera pelo troco. — Obrigada.

O atendente lhe entrega o desodorante em uma pequena sacola e o troco, sorrindo.

Ao sair, ela passa de novo pelos testes de gravidez e suspira. Dois dias mais, ela diz a si mesma. Mais dois dias, e, se sua menstruação não tiver vindo até lá, ela fará o teste.

O pub é ridiculamente pequeno. Pequeno demais para pessoas normais. As vigas do teto têm placas dizendo CUIDADO COM A CABEÇA, e o lugar todo é apenas uma série de salinhas conectadas por entradas minúsculas. Jessica vai até o bar e espera que a mulher a note.

Quando isso acontece, a bartender abre um sorriso amplo e indaga:

— O que posso lhe servir, querida?

— Ah — ela diz, surpresa por ser chamada de *querida*. — Sim. Posso pedir uma… hum… Coca zero?

Ela leva o refrigerante para uma mesa vazia em uma das salas no fundo do pub. Seu telefone vibra com uma mensagem. É Amber.

Amber: Como estão as coisas?

Jessica: Estou no pub. Sendo chamativa pra caramba. Alguma novidade aí?

Amber: Não. As crianças continuam fingindo ser normais.

Jessica: OK. Meu assistente vai ver o Fox hoje à noite. Com sorte, teremos algo amanhã.

Ela termina de digitar, olha para cima e encontra um homem a encarando. Ele tem mais ou menos a sua idade, talvez um pouco mais velho. Tem uma barba curta, e na mão cheia de calos segura o que parece um copo de água imprópria para consumo.

— Como vai? — ele pergunta.

Jessica estreita os olhos para o homem. Todos os seus instintos a fazem querer mandá-lo embora. Ela não voou para o outro lado do mundo para receber cantadas de homens de barba e olhos vidrados. Se quisesse ser xavecada por caras bêbados em bares, poderia ter ficado nos Estados Unidos. Mas, lembrando-se de que é por isso que Amber Randall gastou milhares de dólares para enviá-la até ali, Jessica consegue esboçar um pequeno sorriso e diz:

— Estou bem, obrigada.

— Estadunidense?

— Sim. Sou, sim.

— Nova-iorquina?

— Nova-iorquina — confirma ela, o sorriso começando a ficar um pouco forçado.

— Ah, certo. Nunca estive lá, sempre quis ir. Tenho família na Flórida, mas não dá conhecer os dois na mesma viagem, dá?

— Não. Acho que não dá.

— Você se importa se eu...? — Ele aponta para o banquinho à frente dela.

Jessica dá de ombros.

— Claro.

— Meu nome é Gavin, a propósito.

— Jessica. — Ela lhe oferece a mão para apertar.

— Então, o que te traz aqui? Você tem algo a ver com aquele tal de Randall?

— Randall? Não. E essa é a segunda vez hoje que alguém me pergunta sobre ele. Quem é?

— Ah, um sujeito rico, comprou a mansão no ano passado.

— Ah, então você o conhece?

— Não. Não exatamente. Só no sentido de que todo mundo o conhece, porque ele é dono do casarão. — Gavin olha para o seu drink turvo e depois para Jessica. — Então, o que está fazendo por aqui?

— Um pouco de pesquisa. Para um livro.

— Ah, é? Que tipo de livro?

— Romance policial histórico.

— Ambientado *aqui*?

— Não. Ambientado em uma vila fictícia, parecida com esta, mas não exatamente esta.

Gavin a encara com desconfiança, mas parece decidir que a ideia é aceitável e acena com a cabeça. Os dois permanecem em silêncio por um momento antes de Gavin levantar os olhos para ela e perguntar:

— Você é casada?

— Ah, não. Não, eu não sou.

— Tem namorado?

— Não. Não que eu saiba.

— Não estou te cantando, aliás. Sou um homem felizmente casado. — Ele mostra o anel. — Só não gosto de ver uma mulher bonita sentada sozinha.

— Ah, que gentil da sua parte.

— Sim, bem, somos assim por aqui. Somos boas pessoas. Olha, a música está prestes a começar no bar da frente. Quer ir? Posso te apresentar a alguns moradores. Talvez uns deles possam te ajudar com seu… — ele faz um gesto com os dedos de forma desdenhosa — … romance policial.

Jessica solta um longo e silencioso suspiro antes de pegar sua bebida e dizer, com o máximo de entusiasmo que consegue:

— Parece ótimo!

Ela segue Gavin de volta para o bar principal, e ele a acomoda em uma mesa com um grupo de homens e mulheres de idades variadas, anunciando:

— Esta aqui é a Jessica, de Nova York. Ela está escrevendo um livro.

Enquanto todos a observam, Jessica levanta o copo.

— Saúde — brinda ela, desejando de súbito, e com muita intensidade, estar sozinha no quarto do hotel olhando para a parede.

— Uau — diz uma mulher com mechas rosas no cabelo. — Sobre o que é o seu livro?

— Bem, eu ainda não comecei a escrevê-lo. Mas vai ser um romance policial histórico, ambientado no século XIX.

— Ah — responde a mulher. — Eu adoro crimes históricos. Já leu algum livro da S. J. Parris?

Jessica ri com nervosismo.

— Ah, provavelmente. Sou péssima para lembrar o que já li.

— Você já publicou alguma coisa?

— Não. Ainda não. Ainda não comecei a escrever. Só estou pesquisando.

— Aah — outra mulher se junta à conversa. — Sabe com quem você deveria falar? — Ela se vira para a amiga. — Qual é o nome dele? O cara da mansão

A amiga franze a testa e, então, diz:

— Sebastian Randall?

A mulher acena com a cabeça.

— Sim. O próprio. Ele já publicou um romance. Acho que não era histórico, mas era ambientado numa vila de Essex. Aposto que ele teria ótimos conselhos para você.

— Randall? — diz Jessica, virando-se para Gavin. — Não é o cara de quem você estava me falando?

— Sim! Eu não sabia que ele tinha publicado um romance.

— Sim, faz uns anos — conta a mulher. — Mas acho que não vendeu nada. É provável que tenha sido mais um projeto de vaidade... Eu não ficaria surpresa.

Um murmúrio de desprezo percorre o grupo, e Jessica percebe isso como um sinal de que Sebastian Randall não é muito bem-visto na vila de Barton Wallop.

— Qual é o problema com esse cara? Não gostam dele?

— Bem — diz a mulher de cabelo rosa —, eu não diria isso. É só que, sabe, esses forasteiros chegam e não tentam se enturmar. E a namorada dele é meio metida, uma vaca arrogante.

Jessica esconde sua surpresa.

— Namorada?

— Sim. Ela é muito mais jovem que ele, se veste como uma boneca Barbie, carrega seus cachorros em bolsas. Acho que ela pensa que é uma celebridade.

— Ah — diz Jessica, processando o fato de que Sebastian tem uma namorada, algo que claramente não contou a ninguém. — Qual é o nome dela?

— Não faço ideia. Nós a chamamos de Barbie.

— Espera. O nome dela não é Belle, é?

— Belle? Não. Acho que não. Por quê?

— Ah, por motivo nenhum. — Ela pega sua Coca zero e dá um longo gole, ciente de que provavelmente acabou de se revelar como alguém com mais interesse em Barton Wallop do que apenas como ambientação para um romance policial. — E como é esse cara, o Sebastian? — ela pergunta, tentando mudar de assunto com agilidade.

— Ele é só meio idiota, na verdade. Mas inofensivo, sabe.

— Bem... — diz Jessica. — Parece que ele seria bom para conversar, e talvez eu consiga dar uma espiada dentro da casa dele para pesquisa também. Alguém tem o número dele?

— Posso fazer melhor do que isso — pontua a mulher com as mechas rosas. — Meu marido cuida do fosso.

— Cuida do fosso? — Jessica repete. — O que ele faz com o fosso?

— A manutenção. Ele vai lá amanhã. Vou pedir ao meu marido que mencione você para o Sebastian. Onde está hospedada?

— Estou no hotel do outro lado da rua.

— Ah, minha filha trabalha lá! Posso pedir que ela leve um recado para você. Jessica, não é?

— Sim. Jessica Allan.

— Fique de olho — avisa a mulher. — Mas, enquanto você espera, tem um pequeno centro de memória local, com biblioteca, logo acima da farmácia. Só abre pela manhã. Talvez valha a pena dar uma olhada lá. Esta vila tem histórias muito estranhas para contar.

— Tem?

— Ah, sim. Mais estranhas do que qualquer ficção. Muito, muito mais estranhas.

DOZE ANOS ATRÁS
Portsmouth, Hampshire, Reino Unido

Arthur aparece na porta da pequena casa geminada, parecendo apreensivo e vagamente aterrorizado. Ele olha para cima e para baixo na rua e depois de volta para Polly, antes de sussurrar:

— Entre. Rápido!

O pai de Arthur tem uma consulta médica. A mãe está trabalhando no cais. Arthur tirou a tarde de folga do trabalho. Eles têm exatamente duas horas e meia antes que o pai de Arthur retorne, e é nítido que o rapaz não se sente confortável com esse plano.

— Calma — diz Polly. — Posso entrar na sua casa. Não há lei contra isso.

— Eu sei — responde Arthur, passando as mãos com ansiedade pelo cabelo liso. — Eu só não quero que ninguém veja. Caso alguém diga algo.

Polly revira os olhos e entra na casa. Ela analisa ao redor. É simples, do início dos anos 1980: paredes revestidas de pinho, paisagens em aquarela, um tapete estampado subindo as escadas, uma entrada arqueada para uma cozinha marrom, descendo três degraus na parte de trás da casa, com janelas de vidro ondulado para um jardim. Um gato está sentado no degrau mais baixo e a observa.

— Quem é este?

— Este é o Sr. Smith.

É um gato com aparência desgastada, magro e esquelético.

— Ele parece muito velho.

— Ele *é* muito velho. Minha mãe o tem há muito tempo.

O olhar de Polly recai sobre uma foto de família emoldurada na parede com revestimento texturizado. Um homem alto com cabelo preto e óculos de armação grossa, uma mulher pequena com um corte pixie loiro e joias grandes e três meninas pequenas vestidas com roupas coloridas. Ela lança um olhar questionador para Arthur.

— Não é nossa casa — ele diz, de forma estranha. — Os donos estão morando no exterior por um ano e têm dois porquinhos-da-índia que não queriam levar junto. Então estamos cuidando da casa para eles. Apenas até o Natal. Depois temos que ir.

— Ir? Para onde você vai?

Arthur dá de ombros.

— Não sei. De volta ao conjunto de chalés, acho.

E ao dizer isso, ela se lembra.

— Que conjunto?

— Spring Dene.

Um calafrio percorre seu corpo.

— Spring Dene? — ela repete. — Aquele na praia Eastney?

— Sim. Nós moramos lá por cerca de três anos. Você conhece?

Polly conhece. Um condomínio de férias que se deteriorou, com pequenas casas de madeira agora entregues a inquilinos de longo prazo.

— Sim. Eu tinha um namorado que costumava comprar maconha lá. Acho que até te vi lá algumas vezes.

— Não me lembro — ele responde, nervosamente, como se fosse um teste.

— Não. Mas eu me lembro.

O frio se instala na base de sua coluna. Ela se lembra do chalé dos traficantes. Lembra-se de eles falarem sobre o cara da casa ao lado, não Arthur, mas seu pai. Disseram que ele era um pedófilo. Disseram que era esquisito. Disseram que as pessoas entravam naquele chalé e nunca saíam. Havia barulhos estranhos. Entradas e saídas. Uma má vibração.

Ela abre um sorriso amplo para afastar os pensamentos desconfortáveis de sua consciência.

— Você pode fazer um tour pela casa?

— É… sim. Claro. Mas posso… te oferecer uma bebida? Tenho champanhe. Não é bem champanhe, é algum tipo de espumante, coloquei no congelador há cerca de uma hora, deve estar boa e…

Ela toca com suavidade o rosto de Arthur com a mão.

— Me mostre a casa primeiro, depois podemos beber o tal espumante.

— Certo. Sim. Venha por aqui.

O rapaz a leva até a sala de estar: velha e desleixada, com sofás de chita desgastados, uma mesa de café de mogno brilhante, uma luminária de teto branca e dourada, carpete bege, flores artificiais, uma mesa de jantar coberta com uma toalha de mesa estampada com paisagens rurais.

— E aqui está o jardim de inverno...

Ele desliza uma porta nos fundos da casa, que dá acesso a um pequeno solário que parece feito de papel vinílico transparente, com móveis de bambu estofados em flores. Ele tem vista para um jardinzinho de cascalho com bebedouro de pássaros no meio. De um lado da sala, há uma grande gaiola cheia de túneis, terraços e brinquedos.

— Hobnob e Gingernut — diz Arthur. — Os porquinhos-da-índia. Olhe.

Ele ergue a tampa da gaiola e se inclina para dentro, saindo com um punhado de pelos vermelhos.

— Este é o Gingernut — ele diz, passando-o para ela.

Polly o pega da mão dele e faz um som suave.

— Legal — elogia ela. — Fofo.

Mas a jovem não está ali para olhar porquinhos-da-índia e a parte interna da casa, ela está ali para descobrir quem essas pessoas realmente são.

Ela segue Arthur pela escada íngreme até o próximo andar, com um pequeno patamar, dois quartos pequenos e um banheiro acarpetado que faz seu estômago revirar. Ela vai empurrar a porta de um dos quartos e Arthur a para.

— Não — adverte o rapaz. — Não entre aí.

— Por que não?

— É o quarto dos meus pais. É privado.

— Certo — ela diz, pressionando a mão contra o peito. — Entendi.

Pelas costas de Arthur, ela revira os olhos e, em seguida, empurra a porta do outro quarto.

Arthur limpa a garganta.

— É muito pequeno — desculpa-se ele. — Quero dizer, é bom, mas... você sabe...

Uma cama de solteiro arrumada com edredom listrado em bordô e travesseiros azul-marinho, pôsteres de vários super-heróis e action-figures pregados nas paredes e expostos nas prateleiras, uma grande tela de computador em uma mesa, uma cadeira gamer surrada em vermelho brilhante e preto. O quarto de um menino de dezesseis anos, não de um homem de vinte e dois.

Ela o ouve limpar a garganta outra vez.

— Enfim… vamos descer. Vou abrir o champanhe.

— Certo — ela diz, acariciando a cintura dele distraidamente. — Já volto. Só vou usar o seu banheiro primeiro.

A moça observa a incerteza passar pelo rosto dele, um lampejo de desconfiança.

— Vou esperar aqui.

— Não, não — concorda Polly, afastando-o. — É indelicado esperar do lado de fora do banheiro quando tem uma dama lá dentro. Vai para baixo. Te vejo em um minuto.

O rosto dele se suaviza com rendição. A jovem lhe aperta a cintura novamente, sente-o derreter ao seu toque. Arthur se vira para descer as escadas.

Polly fica no banheiro contando até vinte, com a respiração pura contra o cheiro úmido do carpete velho, ao pensar em trinta anos de xixi mal direcionado. Então, abre e fecha a torneira outra vez e, muito silenciosamente, pisa com leveza pelo corredor em direção ao quarto principal.

Ela a sente no momento em que abre a porta — uma energia crua que não consegue definir. Isso a abala: algo sombrio, mas, ao mesmo tempo, terno. E há um odor, denso e metálico, como moedas velhas. Ela examina rapidamente o quarto. Abre potes e frascos e cheira o conteúdo. Os produtos têm aquele mesmo cheiro de moeda velha que permeia o ambiente. Ela esfrega um pouco de creme nas sardas do dorso da mão e as observa por um momento. Nada acontece.

Há um zumbido monótono no quarto, um ruído profundo, e ela o rastreia até os armários embutidos que se estendem pela parede do fundo. Dentro de um armário, há uma pequena geladeira trancada com um cadeado.

Polly recua, puxando o ar seco. Ela estende a mão para tocar o cadeado, ponderando sobre ele.

— Polly?

Ela ouve Arthur chamando-a lá de baixo e deixa o cadeado cair.

— Polly? Você está bem?

Seu coração acelera.

— Sim! — exclama ela, andando rapidamente para o corredor. Estou indo.

Ela fecha a porta em silêncio atrás de si e desce de volta, para Arthur, para suas bebidas gaseificadas, para fechar os olhos com força conforme ele a beija com seus lábios inexperientes e sua língua amadora, com suas mãos de menino sobre seu corpo de mulher.

Polly vai fechar os olhos e fingir que ele é outra pessoa completamente diferente.

Ela lança um olhar para sua mão no apoio da escada à medida que se prepara para descer as escadas.

No local em que espalhou o creme dermatológico de Ophelia, suas sardas desapareceram por completo.

QUINZE

QUANDO JESSICA VOLTA ao quarto de hotel, duas horas e meia depois, ela cantarola, distraída, clássicos do *soft* rock e se sente estranhamente feliz. Ela gostou de Mike Miller e sua banda de velhos cabeludos com rostos travessos, incluindo o pequeno magricela de cabelo preto tingido que não parava de piscar para ela. Gostou de todas as pessoas que conheceu naquela noite no pub. Jessica pensa no eco solitário em seu apartamento em Hell's Kitchen, na cama vazia, nos longos dias e nas noites ainda mais longas. Talvez — ela pensa, enquanto tira a roupa e liga o chuveiro —, talvez devesse sair da cidade, encontrar um lugarzinho na costa, uma vilazinha charmosa com um bar aconchegante, uma farmácia e uma associação de moradores que preserva a história local. Poderia abrir uma pizzaria. Ou talvez até escrever aquele maldito romance.

Jessica se perde em fantasias ridículas de cidades pequenas ao passo que a água quente cai sobre sua cabeça e ela espalha sabão por todo o corpo até sua mão chegar ao retângulo de pele acima da virilha, e seu cérebro se enche com algum tipo de filmagem acelerada que ela deve ter visto na TV em algum momento da vida: um espermatozoide infiltrando-se em um óvulo para fertilizá-lo, o óvulo se dividindo e duplicando, e dividindo e duplicando, membros e olhos, mãos e pés, dedos das mãos e dos pés surgindo, e Jessica aperta os olhos com força exatamente no momento em que a imagem em sua cabeça se assemelha a um bebê real. Ela rapidamente desliga a água, pega a toalha no suporte e se esfrega com vigor, expurgando e esfoliando, rosnando para si mesma em voz baixa, afinal, como ela pode fazer pizzas em uma cidade pequena se nem consegue fazer uma refeição quente na própria cozinha? Como pode fazer amizade com estranhos se não sabe nem quem ela mesma é? E como pode ser mãe se nem consegue ser humana?

O mesmo rapaz que a atendeu na farmácia no dia anterior a deixa entrar pela porta com a placa que diz ASSOCIAÇÃO HISTÓRICA E MUSEU DE BARTON WALLOP E BARTON WALDEN.

— Ah — ela diz. — É você de novo.

— Sou eu, sim. Bom dia.

Ela o segue por um lance estreito de escadas cobertas por carpete cinza.

— Então, você também é dono deste lugar?

— Nós somos donos de todo o prédio, sim.

— E quem administra a associação?

— Minha mãe. Ela é historiadora. Mas eu a ajudo com isso.

— Enquanto administra a loja?

— Sim. E estudo para os exames do Ensino Médio.

— Você é um garoto ocupado.

— Sou. Verdade.

— Onde estão seus pais?

— Estão de férias. Na Turquia. — O garoto encaixa uma chave na porta no topo da escada e a empurra para abrir. — Eles voltam na próxima semana. Aqui. — Acende algumas luzes. — Desculpe, está meio frio aqui. Não vale a pena ligar o aquecedor quando ninguém usa. Mas posso ligar para você, para que não morra de frio.

— Claro — diz Jessica, olhando ao redor da sala. — Obrigada.

É uma sala linda, com pé-direito alto decorado com molduras ornamentadas em gesso. Ao redor, há armários de mogno e caixas de vidro repletas de documentos e objetos antigos, uma bandeira de seda bordada decorada com figuras de aparência medieval presa a uma das paredes, e as paredes estão cobertas de cartas e mapas emoldurados e fotografias sépia.

— Onde eu encontraria informações sobre a casa no outro lado da rua, aquela com o fosso?

— Barton Manor? É onde vivem os Randall. A família de quem eu falei, com os adolescentes estadunidenses. É uma das residências mais antigas da vila, então tem muitas informações sobre ela aqui. — O rapaz abre uma gaveta e puxa um grande livro com capa de tecido. — Recortes de jornal, registros, plantas, todo tipo de coisa aqui.

— Obrigada — diz Jessica, levando o livro para uma pequena mesa perto da janela e puxando uma cadeira.

— Enfim. É só gritar se precisar de mais alguma coisa. Fechamos às 13h, então você tem bastante tempo.

— Ótimo — ela murmura por cima do ombro. Então ouve a porta se fechar e passos descendo as escadas, e ela está sozinha nesta sala estranha, nesta vila estranha, neste país estranho. — Certo — fala para si mesma. — Vamos começar logo com isso.

Uma hora depois, encontra algo em um livro chamado *Os Barton através dos séculos*, de uma tal srta. Anne Satchel, que aparece em uma foto na contracapa como uma senhora idosa com um pequeno poodle branco sentado em seu colo, em frente a um arbusto de rosas cor-de-rosa desbotadas. O livro foi publicado em 1978, e Jessica suspeita fortemente que nem a autora, nem o cão permaneçam entre os vivos.

Bem pouco se sabe sobre o vilarejo de Barton Wallop no século XV, começa o texto, *mas uma pequena placa na capela local, de São João e São Pedro, marca o acontecimento de uma terrível tragédia que assolou o vilarejo por dezenas de anos.*

Em 1436, Barton Wallop tinha uma população de pouco mais de trezentas pessoas. Era uma terra agrícola, na maior parte pertencente ao Lorde Thomas de Walden, que residia com sua numerosa família na vasta propriedade de Walden Manor, a qual foi demolida no século XIX e hoje abriga o mercado da cidade de Barton Walden, a oito quilômetros de Barton Wallop.

Em setembro de 1436, as safras haviam sido colhidas. Tinha sido um ano excepcional para as plantações, e os agricultores locais ficaram sem espaço para armazená-las, então cavaram o solo para aumentar a capacidade de armazenamento. No final de setembro, houve três dias de chuva torrencial que transformaram um armazém recém-cavado em um banho de lama.

Doze crianças locais correram para a banheira de lama para brincar depois da missa em um domingo e foram enterradas vivas quando ela desabou sobre elas. As crianças tinham entre nove e dezoito anos e representavam mais de 30% da juventude do vilarejo. Toda a aldeia entrou em um longo período de luto que durou mais de cinco anos.

Por muitos séculos, este solo foi considerado tanto amaldiçoado quanto abençoado, e rituais ocorreram para impedir que o terreno fosse usado para construção. A terra permaneceu vazia por mais três séculos, até que todos os descendentes e as memórias das crianças perdidas desapareceram. Em 1789, o terreno foi comprado por um comerciante londrino para ser um refúgio campestre, e uma grande casa foi erguida exatamente no local onde as crianças pereceram. A casa foi construída em um terreno trapezoidal, cercada por um fosso, e até hoje é conhecida como Barton Manor.

Barton Manor?, pensa Jessica, sentindo um calafrio percorrer seu corpo. Essa é a casa de Sebastian Randall. E parece, de acordo com a srta. Satchel, que foi construída em terreno amaldiçoado e sagrado, sobre os corpos de doze crianças mortas.

Ela não faz ideia do que isso tem a ver com os gêmeos Randall voltando para casa com pele perfeita e ossos estalando, mas agora está mais desesperada do que nunca para entrar naquela casa.

— Srta. Allan!

Jessica não se vira ao ouvir o chamado da recepcionista ao atravessar o saguão rumo ao seu quarto, porque ela não é a srta. Allan, mas, quando o nome é chamado pela segunda vez, ela se lembra.

— Desculpa! — exclama ela, virando-se para a recepção. — Sim!

— Tenho um bilhete para você!

— Ah, obrigada.

Ela leva o bilhete para o saguão na parte de trás do prédio e o abre ao lado de uma lareira acesa, sentada em uma poltrona macia. É um cartão rígido com as palavras *S. J. Randall, Barton Manor* impressas no topo em uma caligrafia cursiva elegante. Abaixo, em uma letra desleixada, diz:

Oi, Jessica. Meu nome é Sebastian Randall. Ouvi dizer que você está na cidade pesquisando para um romance e adoraria conversar sobre isso, já que também sou um aspirante a escritor! Você poderia vir tomar uns drinques hoje às 18h?

Jessica solta o ar com força e reprime um largo sorriso de triunfo.

Apenas 24 horas em Barton Wallop, e ela já está atravessando a ponte levadiça.

DEZESSEIS

CINCO MINUTOS DEPOIS de Jessica voltar para o quarto do hotel, seu celular toca.

— Oi! Jessica!

Jessica fecha os olhos e respira fundo contra a avalanche de energia de Malcolm Powder vinda de Nova York pela linha telefônica.

— Oi pra você também. O que está acontecendo?

— A noite passada, é isso o que está acontecendo.

— Então me conta.

— Você tem café?

— Tenho café, Malcolm. Fala comigo.

— Ok, então, nos encontramos na frente do prédio do Fox. Ele quer que eu o leve para a minha casa, e eu digo: "Não, meu pai está lá, não quero ver ele", e ele não faz perguntas. Fox diz: "Vamos dar uma volta". Comenta que não quer ficar em casa porque a mãe dele está pegando no pé dele. Eu pergunto sobre o quê. Ele diz que a mãe tem "agido de maneira estranha" desde que voltaram do Reino Unido. Eu fico tipo: "Estranha de que jeito?". Ele diz que a sra. Randall está sempre o encarando de forma esquisita e perguntando se ele está bem. Eu digo: "E você? Você está bem?", e Fox diz: "Claro, estou perfeito". E eu fui direto ao ponto. *BAM*!

Jessica se assusta levemente e recua do telefone.

Malcolm continua, sem perceber.

— Eu disse: "Você usa muito essa palavra. Você e sua irmã" e "Qual é o lance com 'perfeito'?". Ele diz: "Não sei. Acho que é só uma maneira de dizer 'bom', sabe? Mas melhor. Tipo, qualquer um pode ser bom, mas ser perfeito... Não é esse o objetivo?". Então eu digo: "Acho que sim. Qual é o seu segredo?". Ele fica tipo: "Meu segredo?". Eu digo: "Sim. Você tem, tipo, dezesseis anos. Mesmo assim, é tão estiloso, tão suave, tão masculino".

Jessica faz uma careta.

— Você disse a ele que ele era masculino?

— Sim. Por que não? Sly é seguro de si. E ele respondeu: "Genética boa, eu acho". E, então, ele para, bem ali na calçada, as pessoas xingam, ele para e encara o céu, só fica olhando e olhando, e eu pergunto: "O que tem lá em cima?". E ele diz: "Apenas... Miranda."

— Espera, *o quê*? Quem é Miranda?

— Não tenho *ideia*. Eu pergunto a ele, e Fox diz: "Ah, nada. Ninguém. Só pensando em alguém". "Sua namorada?", eu pergunto, e ele ri e diz: "Não. Não é minha namorada". Eu digo: "Ah, sim, sua namorada se chama Belle. A menos que você tenha duas namoradas". Ele ri. "Não", nega ele. "Não. Miranda não é uma garota. Miranda não é ninguém". E aí muda de assunto, e começamos a andar de novo e estamos andando, andando, andando, e começa a escurecer. E eu questiono: "Para onde estamos indo?". Mas ele responde: "Para lugar nenhum". Então eu digo: "Estou com frio, cara. Vamos entrar em algum lugar". Então entramos em um Starbucks e compro uns cafés para nós. Ei, guardei o recibo, posso colocar isso nas despesas, né?

— Pode — responde Jessica.

— Enfim, eu me sento e ele está olhando de novo, pela janela, para o céu. Eu me pergunto o que diabos é isso. Por que ele queria me encontrar? Por que estou aqui? O que Fox quer comigo? Eu digo: "Você tem *certeza* de que está bem?". E ele diz: "Escuta. Quer ver algo legal?". E eu digo: "Claro". Ele chama um Uber e acabamos no Harlem, numa rua sem saída toda estragada, atrás da Broadway, e ele nos leva para dentro de um bar abandonado, todo fechado com tábuas, morto e vazio. Ele abre a porta *com uma chave*, então eu fico tipo: "Onde você conseguiu a chave desse lugar, cara?". Ele toca o nariz. Eu digo: "Tá bom, certo, tanto faz. O que é este lugar, afinal?". Ele diz: "Pertence à família da Belle". E eu, tipo, "A Belle do Reino Unido?", e ele diz: "Sim". Então eu pergunto: "Como assim?". Ele responde: "Não sei. Mas ela me disse que tem um porão secreto aqui. Eu continuo voltando aqui para encontrá-lo, mas não consigo ver. Quer me ajudar a procurar?".

"Então passamos uns trinta minutos apenas procurando nesse bar, no quintal, na calçada da frente. Procuramos por entradas escondidas, portas secretas... Tipo, onde está esse porão secreto? Eu digo: 'Olha, cara, não tem porão aqui, acho que a Belle estava te enganando'. Ele diz: 'Juro, está aqui. Ela não estava mentindo. E é para...'. Então ele meio que se interrompe, sabe? Apenas para de falar. Depois ele diz: 'Vamos sair daqui'. Ele chama um carro. Eu pego o metrô. Uma hora depois estou na cama pensando: *O que diabos acabou de acontecer?* Estou te dizendo, foi a noite mais estranha da minha vida, Jessica. Tem algo errado com aquele garoto, e, seja lá o que for, aquele bar abandonado assustador tem algo a ver com isso.

DOZE ANOS ATRÁS
Portsmouth, Hampshire, Reino Unido

Demora quatro longas horas para o pai de Arthur sair de casa na quinta-feira, quatro longas horas, enquanto Polly fica embaixo de um uma sombrinha na chuva. Ele só sai depois do almoço, quando finalmente para de chover. Ela o observa do outro lado da rua: homem de aparência cansada, uns sessenta anos, usando jeans desgastados, suéter verde de pescador, cachecol, jaqueta encerada e boné. Ele tem uma barba desgrenhada, e óculos de leitura descansam em cima do boné. Botas de operário. Mãos ásperas. Ele é meio atraente. Um coroa gostoso, até. Não parece um pedófilo ou esquisitão. Ele joga uma bolsa em volta do corpo e finalmente segue para o terreno que Arthur mencionou dias atrás, depois de ela dar uma sondada cuidadosa.

Polly espera mais um ou dois minutos antes de ir até a porta da casa. A chave está um pouco dura no começo, pois ela fez a cópia no dia anterior, a partir da chave de Arthur, que ela pegou discretamente durante o almoço e depois devolveu no final do dia, fingindo que ele a havia deixado na mesa. Mas a fechadura cede um momento depois, e ela entra.

O gato aparece do nada e a encara, com severidade.

— Olá, Sr. Smith — saúda a moça, agachando-se ligeiramente para cumprimentá-lo. Mas ele se afasta, arrepiando os pelos, e solta um silvo penetrante. — Tá bom, então — retruca ela, se endireitando. — Tanto faz.

Ela sobe as escadas.

Na metade do caminho, o gato bloqueia sua passagem.

— Xô, gato.

O felino sibila para ela novamente.

Ela o encara nos olhos, e, por um momento, sua cabeça gira e seu estômago se revira. As pupilas dele ficam como sementes de melão. Íris douradas. Mas, à medida que observa, ela vê que as íris giram, caleidoscópicas, como óleo na água. Ela pisca com força, uma vez, duas vezes. Quando abre os olhos, o gato se virou, afastando-se dela. Polly solta o ar e pisa no corredor. Rapidamente, entra no quarto, descarrega a bolsa, tira os potes e frascos de amostras que trouxe consigo, as colherzinhas e sacolinhas e a seleção de objetos que trouxe para tentar destrancar a geladeira no guarda-roupa.

Ela espreita pela janela da frente só para verificar se o pai de Arthur não esqueceu algo e voltou. Com o caminho livre, ela se vira de volta para o quarto, abrindo os potes e frascos de Ophelia, fazendo raspagens e coletando amostras, selando-as em sacos plásticos para sanduíche. Ela passa um pouco de creme no nariz e sente uma leve fisgada, um calor.

Então, volta-se para a geladeira no guarda-roupa. É um pequeno cadeado, um que abre com uma chave minúscula, como a que ela tinha no seu diário de High School Musical quando era adolescente. Ela até trouxe a chave junto, na vã esperança de que fosse a mesma, mas, é claro, não chega nem perto de abrir. Ela tira grampinhos e chaves de fenda minúsculas e continua mexendo até sentir um suor pegajoso brotando por todo o corpo.

— Merda — ela sussurra para si mesma, balançando-se sobre os calcanhares.

Ela respira fundo e, então, recomeça, desta vez com um alicate pequeno. Há um estalo sutil dentro do mecanismo da fechadura e então um clique, e o gancho cede. Ela o retira, levanta a aba e agarra a maçaneta, a porta range ao abrir, e... ela ofega, quase fechando-a novamente com força.

O quê?, ela pensa. O que raios ela está olhando? Fileiras de pequenos frascos de vidro, todos etiquetados e preenchidos com o que parece ser... *sangue*?

Ela tira um da prateleira e estuda o rótulo. É ininteligível. Letras, números, símbolos, nada que signifique algo. Ela o coloca de volta e pega outro. A mesma coisa. Na prateleira seguinte, há mais frascos e tubos de ensaio, estes repletos de líquidos viscosos e claros. Na porta, há garrafas maiores, que parecem garrafas plásticas reaproveitadas, com os rótulos arrancados, e cheias da mesma substância escura e com cor de sangue dos recipientes menores. Ela vira uma para ler corretamente a inscrição de seis dígitos no adesivo. São datas, ascendendo conforme a ordem cronológica. A maioria é deste ano. O que quer que esteja nessas garrafas, e parece mesmo muito sangue, é fresco. Mas de quem é? E por quê? O pai de Arthur é diabético ou algo assim? Com certeza Arthur teria mencionado isso, se fosse o caso. E é isso que as pessoas fazem quando têm diabetes? Coletam sangue? Em garrafas de água vazias?

A garota pensa nos traficantes de drogas no chalé com cortinas grossas, vizinhos de Arthur no conjunto de chalés, suas conversas sombrias sobre pessoas desaparecidas e ruídos estranhos. Pensa em como a família de Arthur é fechada em relação ao mundo. Lembra-se do cheiro de moedas antigas do creme nos potes de Ophelia, aquele tom metálico e ácido. Polly vai até o espelho na cômoda, fita o seu nariz, e percebe que as imperfeições sumiram, os minúsculos cravos agora são invisíveis, como se tivessem sido retocados. Ela se inclina para mais perto, vira o rosto para cá e para lá. De qualquer forma que olhe, aquela área da pele permanece perfeita, impecável.

Ela inspira rapidamente e sente uma onda gigantesca de adrenalina percorrer seu corpo ao ouvir o som de uma chave na porta lá embaixo. Ela espia pela janela e nota que voltou a chover. Há quanto tempo já está chovendo? Tempo suficiente para que o pai de Arthur tenha abandonado seu passeio?

— Droga — ela sussurra.

A geladeira ainda está aberta, sua coleção de bolsas e instrumentos, espalhada pelo chão. A porta da frente se fecha com força, e o gato mia alto, enquanto ela ouve a voz de um homem dizendo:

— O que há com você, amigo? Algo te deixou agitado?

É um sotaque estadunidense, profundo e palpável.

— Tem algo lá em cima? — ele pergunta ao gato. — O que há lá em cima?

— Merda — Polly sussurra entre os dentes, caindo de joelhos para juntar todas as suas coisas, atirando-as na mochila. Ela fecha a geladeira, mas não antes de pegar um pequeno frasco de sangue do fundo e jogá-lo em sua bolsa também. Fecha o cadeado e a porta do guarda-roupa silenciosamente. E, então, se encolhe debaixo da cama e prende a respiração, ouvindo o rangido de alguém parado no corredor do lado externo do quarto, sua respiração profunda, o rangido da porta do quarto e, então, um suspiro.

— Não — ela o ouve dizer ao se acomodar na cama, a poucos centímetros do seu rosto. — Não tem ninguém aqui em cima, Sr. Smith.

O gato mia, e o homem faz um som de reprovação.

— Já chega. Deixe-me em paz.

Ela ouve o homem mexendo em um monte de chaves, depois se levantando pesadamente, com sua respiração irregular e difícil.

— Ok — ele murmura para si mesmo. — Ok.

Ela o vê abrir o guarda-roupa e se inclinar para dentro dele, ouve o clique do cadeado, o tilintar dos frascos de vidro se batendo uns nos outros e, então, o vê pegar uma das garrafas grandes da porta da geladeira.

— Só uma gota agora — ele diz para si mesmo. — Só para aliviar um pouco. O frio me pegou. Bem nos meus ossos. Só uma gota.

Polly ouve o girar da tampa de plástico, depois um som que a faz sentir um nó dentro do estômago, de líquido sendo despejado. Lábios estalando. *Uhmm-mm.* A tampa sendo colocada de volta na garrafa, a garrafa voltando para a geladeira, a porta se fechando, o cadeado se fechando com um estalo.

Ela controla a vontade de vomitar, lutando firme contra as convulsões que se acumulam por todo o seu corpo.

DEZESSETE

O PRÓPRIO SEBASTIAN recebe Jessica na porta de sua casa naquela noite. Ele veste uma camiseta do Nirvana e jeans, e Jessica fica surpresa com o fato de que ele é uns três centímetros mais baixo que ela. A detetive pensa na mãe dos gêmeos, com seus ossos delicados e pés minúsculos, e não consegue entender de onde essas crianças herdaram a altura.

— Boa noite, Jessica! — cumprimenta ele, pegando sua mão e sacudindo-a para cima e para baixo duas vezes. — Por favor, desculpe a bagunça. — Sebastian a conduz para uma enorme sala de estar com quatro sofás e uma lareira queimando atrás de uma grade do tamanho de um carro pequeno. — Estamos em reforma.

Jessica olha ao redor do ambiente opulento em que está e diz:

— Sinceramente, eu trocaria feliz meu apartamento inteiro pelo pior quarto desta casa.

— Ah, obrigado. Mas é um trabalho enorme e estou lutando para dar conta de tudo. Sempre tem vento assobiando por uma janela, ou chuva escorrendo pelas paredes, ou algo ameaçando desabar à noite. — O anfitrião sorri e se dirige a uma bandeja de bebidas em um armário. — O que posso lhe oferecer? Tenho todas as opções habituais. — Ele acena com a mão sobre uma fileira de garrafas cintilantes. — Ou posso fazer uma margarita picante?

Jessica esboça uma careta, e Sebastian interpreta mal sua expressão e diz:

— Ou vinho? Cerveja? Chá?

— Chá! Sim, chá. Obrigada.

Jessica espera finalmente beber um chá inglês de verdade e meio que imagina que Sebastian vai tocar uma campainha e um velho vai aparecer com uma grande bandeja de prata. No entanto, em vez disso, ele apenas acena com a cabeça e diz:

— Volto em um instante. — E desaparece por uma porta.

O homem reaparece um momento depois, sem bandeja, sem bule, apenas com uma grande caneca branca, que coloca na frente dela.

— Ah — diz Jessica, olhando para o círculo de líquido marrom leitoso. — Obrigada.

— Então, você está escrevendo um romance — diz Sebastian, servindo-se de um grande copo de uísque e levando-o consigo para o sofá. — Isso é muito empolgante. Me conte tudo sobre isso.

Sebastian é surpreendentemente agradável, e Jessica sente uma culpa meio estranha por manipulá-lo assim. Mas é necessário, e ela lhe lança um olhar sincero.

— Bem, não há muito o que contar ainda. Estou chamando isso de viagem de pesquisa, mas, na verdade, é mais uma viagem de inspiração. Estou apenas tirando muitas fotos e absorvendo as sensações.

— E por que Essex? Quero dizer, você é nova-iorquina, pelo que ouvi, certo?

— Sim. Sou.

— Então, o que faz com que uma ex-policial...?

— Bem, não ex-policial, só alguém que trabalhava com números.

— Mas, ainda assim, você trabalhou nesse ambiente, que deve ser um local bem incomum, e depois escolheu ambientar um romance aqui. — Ele faz um gesto com o braço, sugerindo sua sala de estar, mas se referindo à vila de Barton Wallop.

— O que posso dizer? Tive um sonho.

— Você sonhou com Barton Wallop?

— É. Mais ou menos. Ou com algum lugar parecido. E eu estava lendo sobre esta casa mais cedo, no centro histórico da vila. Ela tem uma história bem vívida, eu me senti bastante inspirada, então, tipo, dez minutos depois, recebi seu convite para visitá-la. Sincronização perfeita. Muito obrigada. — Ela levanta sua caneca de chá marrom em direção a Sebastian, que ergue seu uísque em resposta.

— De nada — ele diz. — Sempre fico animado em conhecer outros escritores.

— Então, é verdade o que me disseram no bar ontem à noite, que você publicou um romance?

— Sim! Sim, de fato publiquei! Foi... Bem, digamos que não incomodou os mais vendidos de forma alguma. Mas foi uma ótima experiência, e estou sempre fantasiando sobre escrever outro. Mas isso terá que esperar até eu conseguir controlar este poço sem fundo. — Ele sorri, e Jessica retribui o gesto.

— Ouvi dizer que você tem filhos em Nova York — ela diz.

— Sim, tenho. Lark e Fox. Gêmeos. Minhas joias preciosas.

— Deve sentir falta deles, né?

— Bem, sim. Não os vejo tanto quanto gostaria, é verdade. Mas estiveram aqui durante o verão. Por quatro semanas.

— Deve ter sido divertido — diz Jessica. — Quantos anos eles têm?

— Dezesseis.

— Que tipo de adolescentes eles são?

— Ah, são ótimos. Muito legais. Convencidos. Mas também são divertidos. Aqui...

Ele pega o telefone e desliza a tela algumas vezes antes de mostrar a galeria de fotos para Jessica.

— Estas são do verão.

Jessica já está tão familiarizada com os rostos na tela que tem que fingir estar surpresa novamente com a beleza deles.

— *Uau* — elogia ela. — Filhos lindos.

— Sim. São bem encantadoras. Herdaram isso da minha mãe.

— Ah, não da mãe deles, então? — Jessica pergunta, sentindo-se estranhamente na defensiva por esse homem roubar a superioridade genética dos filhos da família de Amber.

— A mãe deles é uma mulher muito atraente. Mas essas crianças estão em outro nível.

Jessica ignora o comentário indireto contra sua cliente o melhor que pode.

— Então, adolescentes de dezesseis anos acostumados com as luzes brilhantes da cidade. Devem ter achado um desafio ficar aqui no meio do nada. Como você os entreteve?

— Ah, eles encontraram maneiras de se entreter. Foi um verão glorioso, quente e seco todos os dias. E eles fizeram amigos locais.

— Na vila?

— Bem, não exatamente na vila, a vila é... é...

Ela espera que ele encontre palavras não ofensivas.

— Não é exatamente o tipo de pessoa de que eles gostam, sabe. E provavelmente há apenas umas dez crianças aqui. Mas, felizmente, havia uma amiga na estrada, a uma curta caminhada, e eles passaram a maior parte dos dias com ela.

— Ah, é? Quem era?

— Uma garota chamada Belle.

Bam! Aí está.

— Ela mora num lugar chamado O Velho Casarão, mais adiante.

— Como ela era?

— Ah, não cheguei a conhecê-la. As crianças me disseram que ela era, hum, agorafóbica, sabe, nunca sai de casa. Os jovens de hoje em dia e todas as suas neuroses. Loucura. Por que não podem simplesmente aproveitar a juventude, como nós fazíamos?

— Rá — diz Jessica secamente, pensando em sua própria infância horrivelmente conturbada. — É.

— De qualquer forma — ele lhe lança um de seus sorrisos encantadores de idiota —, o que acha de um tour pelo lugar? Para sua pesquisa?

— Sério?

— Ah, sim. Adoraria mostrar tudo a você. Mas vai ter que me perdoar pelo estado de determinadas partes. Ainda tem muito trabalho em andamento. Aqui — ele estende a mão para a caneca ainda cheia dela, e ela a entrega —, siga-me.

Jessica já esteve em algumas casas notáveis em sua vida, mas rapidamente percebe que nunca havia estado em uma tão extensa e ornamentada como essa. Ela fica maravilhada ao descobrir que não há apenas uma, mas duas bibliotecas, uma delas revestida com painéis de mogno entalhados em estilo *linenfold* e que contém uma porta secreta para a outra, que, segundo Sebastian, foi construída apenas para abrigar as primeiras edições do proprietário original. Há uma enorme cozinha com vista para os jardins, que Sebastian alega estar prestes a ser arrancada e substituída, porque as peças são marrons, e cozinhas marrons são coisa do passado.

— Azul-petróleo — revela ele, pensativo, enquanto estão na porta. — Ou talvez um verde-sálvia vibrante.

— Você é excelente com cores — ela diz, de forma brincalhona.

— Ah, não — ele responde, ligeiramente envergonhado. — Não sou eu. Minha namorada. Ela é ligada em design de interiores.

A namorada secreta! Jessica esconde sua empolgação.

— Ah — comenta Jessica. — Entendo. O toque feminino. Eu achei que tinha notado isso. Vocês estão juntos há muito tempo?

— Ah, não, só há alguns meses. Quer dizer, para ser honesto, eu nem contei para minha ex sobre ela ainda. Ainda parece um pouco cedo, sabe? É bem recente. Não quero, é... causar nenhum problema.

Jessica avista uma escada em espiral descendo de um canto da cozinha.

— O que há lá embaixo?

— Uma adega, pelo que me disseram — responde ele. — Mas estou com muito medo de descer.

Ela o olha, desconfiada.

— Aranhas — explica, com um leve arrepio afetado. — Por todo lado. Tenho fobia.

Ela acena com a cabeça.

— Sabe, quando eu estava na Associação Histórica hoje, na vila, li em um livro que esta casa foi construída em um terreno amaldiçoado.

Sebastian suspira profundamente.

— Sim... foi o que me disseram. Embora eu não tenha descoberto isso até *depois* de ter pagado o preço cheio pela casa. — Ele solta uma risada irônica. — Bem, não posso dizer que me surpreende muito. Às vezes esta casa realmente parece amaldiçoada.

— Como assim?

— Ah, sabe, tudo que pode dar errado, dá errado, e a parte elétrica é uma loucura.

Jessica aponta para a escada.

— Posso... Está tudo bem se eu der uma olhada?

— Sim, fique à vontade. Por mim, tanto faz. Não há muito lá embaixo. Bem, pelo menos de acordo com minha namorada.

— *Ela* não tem medo de aranhas, então?

— Não. Não posso dizer que ela tenha medo de nada, para ser honesto. Ela é bastante formidável.

O homem sorri de forma encorajadora, e Jessica desce a escada estreita, dando voltas até chegar à adega. Ela usa a lanterna do celular para iluminar o interior.

Como Sebastian havia dito, não há nada lá embaixo. Um chão de concreto liso, encanamentos, uma tela em branco.

Mas, então, ela sente algo diferente. Algo sombrio, algo elétrico no ar. Sente uma vibração nas veias, seus pelos se arrepiam. Mirando a base de concreto, vê buracos perfurados. Agacha-se e coloca as mãos nos buracos, sente o interior com os dedos: são lisos por dentro, não muito sujos, então foram perfurados recentemente. Deve ter relação com controle de umidade, ela supõe, antes de voltar a se levantar.

— O que você disse que este espaço era? — ela pergunta para Sebastian.

— Não faço ideia. Quero dizer, suponho que já tenha sido usado para armazenamento. Mas agora é só um lugar para manter os canos de água. Se eu não tivesse tanto medo de descer aí, poderia usá-lo como adega. Ou como academia. Talvez até montar um cinema em casa.

Jessica ilumina o espaço vazio com a lanterna mais uma vez, sente um calafrio e depois sobe de volta para a cozinha.

— Encontrou algum fantasma? — pergunta Sebastian quando ela reaparece.

— Não — ela diz. — Também não vi aranhas. Está impecável. Você fez algum trabalho lá embaixo?

— Apenas alguns encanamentos. Uma bomba d'água para os chuveiros que minha namorada me disse para instalar no andar de cima. Ao que parece, *temos* que ter chuveiros com alta pressão na água, caso contrário, somos basicamente neandertais. — Ele dá de ombros e, em seguida, a conduz de volta ao corredor e sobe uma imponente escadaria até um cômodo chamado "galeria dos menestréis". É construída com madeira escurecida torneada nos balaústres, e ao redor da galeria há portas pretas com entalhes ornamentados. — Sete quartos — ele diz, apontando para as muitas portas. — Apenas três foram reformados até agora. O meu e, claro... — Ele abre a porta que dá para dois quartos adjacentes com janelas arqueadas de chumbo, com vista para os jardins bem cuidados na parte de trás da casa. — Os dos meus preciosos filhos.

— Bonitos — elogia Jessica, acariciando o pé de uma cama de veludo rosa-choque com cabeceira almofadada.

— Sim. Tive que preparar esses quartos primeiro, é claro. De jeito nenhum aqueles adolescentes aceitariam ficar em quartos de qualidade inferior.

— Bem, você tem um ótimo gosto, tenho que dizer.

— Ah — ele diz —, isso é mérito da minha namorada novamente. Embora minha filha, Lark, tenha se referido a essa cama como sua "cama de bumbum grande", então não tenho certeza se foi *totalmente* do gosto dela.

Jessica solta uma risada e depois pede para usar o banheiro. Sebastian abre uma porta que revela um banheiro compartilhado entre os quartos dos adolescentes, que ele chama de banheiro Jack e Jill.

— Vou te deixar à vontade — ele diz. — Te vejo lá embaixo.

Jessica espera perto da porta do banheiro até ouvir o rangido dos passos de Sebastian na escada e, então, abre o guarda-roupa de Lark: moletons solitários pendurados; um par de tênis desgastados no chão; em uma prateleira, um vidro pela metade de um perfume barato chamado Brazilian Crush ao lado de camisetas amassadas; e, em outra prateleira, um sutiã com bojos incrivelmente pequenos. Ela se ajoelha e espreita sob a enorme cama de veludo. Meias. Um cabo de carregador de celular. Elásticos de cabelo. Ela abre e fecha várias gavetas, depois olha atrás das cortinas e levanta a almofada do assento da janela, mas não encontra nada além de fiapos, cabelos e um grampo de cabelo.

A detetive passa pelo banheiro e entra no quarto de Fox, fazendo outra busca. Encontra a mesma bagunça adolescente e está prestes a desistir e descer quando percebe algo no chão, debaixo de uma mesa. É um desenho, em um pedaço de papel, que parece mostrar uma criança pequena emergindo da terra com os braços levantados em direção aos raios do sol. Abaixo do desenho está a palavra *Miranda*.

Sua mente explode com a lembrança de Fox no corredor, do lado de fora do banheiro no Bleeding Heart, falando com o teto e, então, do relato de Malcolm mais cedo sobre a estranha fala de Fox nas ruas de Nova York.

Miranda?, ela pensa. *Quem diabos é Miranda?*

Ela guarda o desenho no bolso da jaqueta e desce de volta para encontrar Sebastian.

DEZOITO

MAIS TARDE NAQUELA NOITE, quando Jessica volta a seu quarto, já são quase nove horas, logo, quatro da tarde em Nova York. É o horário perfeito para falar com Malcolm, que deve ter acabado de sair da escola e já deve estar sentado em seu escritório. Ela abre o Google Earth enquanto espera Malcolm atender a chamada. O telefone toca e toca, e, quando ela pensa que vai cair na caixa postal, ele atende.

— Oi, Jessica.

Sua voz está baixa, muito baixa.

— Malcolm. Você está bem?

— Sim.

Ele está sussurrando.

— Por que está sussurrando? Onde você está?

— Estou na Old Broadway. De volta ao Upside Down.

— O quê?

— O bar. Você sabe. Aquele onde o Fox me trouxe ontem à noite.

— Mas como você entrou? Droga, Malcolm. Eu prometi à sua mãe que você não faria nada perigoso!

— Não estou fazendo nada perigoso. Literalmente só entrei por uma janela dos fundos. Eu a destranquei ontem à noite quando o Fox não estava olhando.

— Bem, ilegal, então. Se você for pego, Harvard vai sair da lista.

— Bem, estou lisonjeado, é óbvio, mas Harvard não é exatamente…

— Isso vai tirar *todas* as faculdades da lista, Malcolm! Sai daí *agora*!

— Sim, sim, sim, estou saindo, só me dê um minuto. Só quero encontrar esse porão…

Malcolm muda para videochamada, e Jessica abaixa o telefone a fim de enxergar a tela. É o interior de um bar decadente e desativado, com prateleiras empoeiradas presas à parede, mesas e cadeiras encostadas nas bordas do cômodo, uma grande janela com vista para um quintal malcuidado e pôsteres antigos descascando das paredes.

— Tipo, até fiquei empurrando, sabe, essa parede sólida aqui, pensando que talvez fosse uma porta secreta. Mas nada.

— Olha. Tanto faz. Saia daí agora, pelo amor de Deus. Volte para a rua. — O coração de Jessica está disparado.

— Ok. Ok. Só quero tirar algumas fotos. Te ligo de volta.

— Vou esperar.

Ela encerra a chamada e suspira profundamente, questionando suas escolhas mais uma vez. Imagens mentais de Malcolm sendo arrastado para fora do bar vazio por dois policiais e jogado no banco traseiro de um carro, a mãezinha de óculos de Malcolm se registrando na recepção de uma delegacia no Harlem, com o rosto transtornado ao ver seu menino perfeito algemado, seu futuro arruinado... Tudo passa pela cabeça dela em uma onda nauseante.

— Vamos logo — ela murmura para si mesma. Então, finalmente, seu telefone vibra e o nome de Malcolm aparece na tela.

— Você saiu? — ela fala alto.

— Sim. Saí.

— Bom, agora escuta. — Ela faz uma pausa para se acalmar. — Mais cedo, quando estava me contando sobre o Fox, você disse que ele mencionou o nome de uma mulher enquanto olhava para o céu. Me diz de novo qual era?

— Era Miranda.

— É. Era o que eu achava. Miranda. É o mesmo nome que estava escrito em um desenho que encontrei no quarto do Fox aqui no Reino Unido. E acabei de ouvir novamente o áudio da minha vigilância do Fox no restaurante semana passada, e com certeza foi isso que ele disse: Miranda.

— Sério?

— Sim. Sério. E passei esta noite com o pai dos gêmeos. Ele disse que nunca conheceu Belle porque ela era, adivinha só: agorafóbica.

— Rá — diz Malcolm. — Que conveniente.

— Sim. Muito conveniente. Mas agora sei onde ela mora, então amanhã vou direto para lá, para a casa da Belle, logo cedo, ver o que consigo descobrir. Parece bem segura, pelo que vi na internet. Muros altos, sabe? Mas tenho certeza de que posso encontrar uma maneira de entrar.

— Ei, você deveria arranjar um drone.

— Rá! — Ela dá uma risada curta. — Um drone. E onde exatamente vou conseguir um drone aqui, no fim do mundo?

— Na Amazon?

Jessica suspira.

— Sim. Talvez. Por que não pede um pra mim? Eu te mando meus dados bancários.

— Claro — confirma Malcolm. — Pode deixar.

— E escuta: amanhã você vai ver o Fox e a Lark, certo? No boxe?

— Uhum.

— Descubra quem diabos é Miranda, pode ser?

— Sim. Sim. Totalmente. Vou fazer isso, eu…

Outra chamada está chegando. É Amber Randall, e Jessica troca a chamada sem se despedir. Ela rearranja os travesseiros volumosos do hotel atrás de si para se sentar mais ereta. Isso a faz se sentir mais profissional.

— Oi.

— Oi, Jessica. Como foi?

— Foi bem. Quer dizer, o Sebastian parece não saber de nada.

Amber suspira.

— É — ela diz. — É bem o jeito dele. Como ele estava?

— Ah — começa Jessica, sem saber o que Amber quer ouvir. — Ele parecia, sabe, bem, eu acho. Parece um cara legal.

— Ele é. Ele é um cara legal. E é por isso que fiquei tão agitada no seu escritório quando você sugeriu algum tipo de atrito entre nós. Sabe, não é assim. Ele é só um tipo de idiota inofensivo, sabe? Como está a casa dele?

Jessica pisca e concorda lentamente.

— É, hum, meio incrível, mas também meio que uma bagunça.

— Não sei o que ele estava pensando ao comprar aquele lugar. Um verdadeiro buraco de dinheiro, e pra quê? Quer dizer, sete quartos. Quem é que precisa de sete quartos? É...

— Escuta —Jessica interrompe, não querendo se envolver numa disputa conjugal. — Como estão os gêmeos? — Ela tira as pernas da cama e se senta na beirada.

Amber suspira.

— Estão bem. Ainda agindo de um jeito estranho. Ouvi dizer que seu estagiário saiu com Fox ontem à noite. Ele tem algo para relatar?

— Bem, sim.

Jessica faz um relato resumido da falação de Malcolm, e Amber respira fundo quando ela chega à parte em que Fox entrou em um bar abandonado no Harlem com uma chave.

— Você está falando *sério*?

— Sim, bem, foi o que Malcolm me contou. Disse que a Belle do Fox deu a chave para eles quando estavam na Inglaterra. Disse que havia um porão secreto lá. Os dois procuraram, não conseguiram encontrar, e, quando Malcolm pressionou Fox por mais detalhes, ele se calou. Parou de falar.

— Mas, quer dizer, um bar no Harlem? Eu não entendo. O que isso poderia ter a ver com os gêmeos?

— Realmente não sei, Amber. Talvez você possa perguntar.

— Não. Eu não vou perguntar. Eles vão querer saber como sei, e como eu explicaria isso?

— Você poderia dizer que os seguiu?

— *Não* — Amber responde com firmeza. — Tenho que manter a confiança deles. Se acharem que estou espionando, quem sabe o que farão. E, de qualquer forma, não adianta perguntar nada, eles simplesmente não estão falando comigo. Estão fechados. Estão vazios.

Jessica suspira.

— Os gêmeos mencionaram alguém chamado Miranda alguma vez?

— Ah! — ela exclama. — Sim! Ouvi Lark outro dia, conversando com alguém chamada Miranda quando ela estava no quarto. Achei que estivesse ao telefone, mas, quando entrei, o celular dela estava carregando do outro lado do quarto. Eu disse: "Com quem você estava falando?", e ela disse que com ninguém. Não insisti, porque, bem, você sabe. Quem você acha que é essa tal de Miranda?

— Ainda não tenho ideia, mas acredito fortemente que a conheceram aqui, no Reino Unido. E que ela está relacionada a Belle. Então, amanhã, esse vai ser meu principal objetivo. Vou caçar a Miranda.

Quando Jessica acorda, na manhã seguinte, há uma mensagem de Malcolm em seu telefone que diz LEIA-ME e vem com um link, em que Jessica clica rapidamente.

Em um site de aparência amadora, com texto em marrom sobre um fundo que lembra papel amarelado, ela lê:

O prédio na Old Broadway, nº 14 foi construído em 1877. O andar inferior era originalmente uma padaria, mas, no início da década de 1980, os andares inferiores foram convertidos em um bar e uma boate chamada Upside Down. O clube fechou definitivamente em 1994, e em 1998 o prédio ficou brevemente infame após a descoberta, durante a manutenção de uma linha de gás, dos restos mortais de três homens jovens sem-teto embaixo da pista de dança, no porão. Seus corpos estavam mumificados e haviam tido o sangue drenado, o que levou o assassino desconhecido a ser apelidado de Vampiro do Harlem. O porão da boate foi murado, e o prédio agora está vazio.

Malcolm continua abaixo:

Jessica, O QUE DIABOS ESTÁ ACONTECENDO?????

DOZE ANOS ANTES
Portsmouth, Hampshire, Reino Unido

Polly ouve a cama ranger quando o pai de Arthur se levanta, depois seus passos pesados atravessando o corredor e sua voz vindo de baixo um momento depois, falando com o gato.

— Vamos te alimentar, então, tá bem?

É difícil acreditar que é a mesma voz do homem que, dois minutos atrás, estava sentado na beira desta cama *bebendo sangue.* Polly segura sua mochila firmemente contra o estômago, vendo-a subir e descer no ritmo da sua respiração. A adrenalina corre por seu corpo, e sua pele parece gelada. Ela tenta entender o que acabou de acontecer, mas não consegue.

O pai de Arthur guarda sangue em uma geladeira no quarto, e ele o bebe para "dar uma levantada". Ele é um vampiro? Ophelia é uma vampira? E quanto a Arthur? Ela se arrepia de desgosto ao pensar que talvez venha transando há semanas com um assassino bebedor de sangue.

Quem diabos são essas pessoas?, ela pensa. *Quem diabos eles são?*

Talvez devesse abandonar tudo isso. Polly já tem suas amostras dos cremes de Ophelia. Se conseguir sair viva dali, pode levá-las para casa e tentar recriá-las. Não precisa mais de Arthur. Não precisa de nenhum desses esquisitões.

Mas então... ela pensa... e se o sangue tiver algo a ver com o creme mágico? E se tudo fizer parte da mesma coisa? E se for o sangue que faz o creme funcionar? Ela precisa descobrir. Precisa *saber.*

Ela desce as escadas na ponta dos pés e, ao ver o pai de Arthur na cozinha, inclinado para colocar biscoitos na tigela do gato, sai silenciosamente da casa, com a mente girando fora de controle.

No dia seguinte, Polly segue o pai de Arthur até seu terreno. O dia está claro, com nuvens suaves deslizando pelo céu azul e límpido. As primeiras luzes de Natal da temporada começam a aparecer nas vitrines das lojas, mas ainda parece início de outono.

Os terrenos ficam no fim de uma rua sem saída, a três quarteirões da casa de Arthur. Há um portão de metal entre dois muros altos, e o pai de Arthur pega uma chave do grande molho que carrega no cinto e o destranca. O portão fecha devagar o suficiente para Polly agarrá-lo e se espremer antes que ele trave novamente.

A extensão dos lotes é pequena na frente, mas ao fundo se estende em direção ao horizonte aberto. Ela vê o pai de Arthur indo para a esquerda e o segue. O terreno dele está mais ou menos no meio, um pedaço de terra bagunçado com um pequeno galpão improvisado, uma mesa com tampo de fórmica e duas cadeiras de madeira quebradas. Está à sombra de uma grande árvore, escondido da vista. O pai de Arthur se senta à mesa e serve-se de chá de um garrafa térmica. Ele come um sanduíche que desembrulha do papel-filme. Depois, come três biscoitos de um pacote que guarda de volta em sua bolsa a tiracolo. Ele tira o chapéu, alisa o cabelo, coloca o chapéu de volta e se põe a trabalhar.

Com discrição, Polly deixa o loteamento e espera do lado de fora por cerca de uma hora, até ouvir o barulho do portão de metal e ver o pai de Arthur saindo com a bolsa pendurada no ombro, e, então, ela volta para dentro. O galpão no terreno dele está trancado com dois cadeados, um na parte superior e outro no meio. Ela coloca um par de luvas de camurça ajustadas, desparafusa os cadeados que protegem a madeira barata e os coloca no bolso.

Então, abre a porta.

Ela dá um passo para entrar, mas imediatamente recua ao ver o que há dentro. Equipamentos de jardinagem, sim: tesouras de poda, pás, um ancinho, cortador de grama, pás pequenas, vasos e bandejas. Mas também outros itens que não têm nenhuma relação com jardinagem: bandejas de metal usadas em cirurgias, caixas de tubos de ensaio, cintos, corda, um pote de braçadeiras plásticas, tecidos de gaze, curativos, seringas de metal, seringas de plástico, grampos, fios, bisturis, pacotes de luvas de PVC, um monitor cardíaco. Atrás de um casaco impermeável encerado, ela encontra um avental de plástico branco.

Um bolo de vômito surge no fundo de sua garganta, mas ela o engole, determinada a manter sua coragem.

O quê?, ela pensa. *O que é isso? Quem são essas pessoas?*

Ela quer sair correndo dali tão rápido que mal consegue respirar. Mas também, de forma mais avassaladora, quer *saber*, quer entender. A geladeira cheia de sangue, o galpão cheio de instrumentos cirúrgicos, a estranha família isolada, os rumores sombrios, o gato com olhos que giram, aquele som que o pai de Arthur emitiu ao engolir o sangue, um ruído que tem assombrado Polly desde então.

Ela tira fotos de tudo, depois cuidadosamente parafusa os cadeados de volta no lugar e vai embora.

DEZENOVE

NAQUELE DIA, JESSICA ENCONTRA Gavin, do pub, quando sai do hotel. Ele usa agasalho e carrega um balde e um esfregão.

— Ah, oi, Jessica! Que manhã adorável, não é?

Jessica olha para o céu, que está em um tom suave e cremoso de azul.

— É — ela concorda. — Está mesmo.

— Para onde você está indo?

— Ah, só vou fazer umas pesquisas.

Ele assente, sem dar muita importância, e diz:

— Olha, não sei se você está livre esta noite, está? Eu e minha esposa estamos, bem… para ser honesto, estamos passando por um momento difícil, e ela foi ficar na casa da mãe dela, e eu não sou muito bom em ficar sozinho, sabe? Seria bom ter alguém para compartilhar a noite.

Ele cora ligeiramente enquanto fala, e Jessica o observa com os olhos apertados.

— Você literalmente me disse há duas noites que estava feliz no casamento. O que aconteceu?

— Bem, eu tinha acabado de te conhecer. Não ia te contar logo todos os meus problemas pessoais, né?

Jessica faz um beicinho e admite, com um aceno de cabeça, que aquilo faz sentido.

— Acho que sim — ela diz, ainda assentindo, na tentativa de ser educada. — Mas olha, realmente não estou aqui para esse tipo de coisa, sabe? Tem muita coisa acontecendo na minha vida agora e preciso me manter na linha... — Ela descreve uma linha reta com a mão. — Mas obrigada, Gavin. Nos vemos por aí.

Ela lhe lança o que realmente espera ser um sorriso gentil, mas também está ciente de que sorrisos gentis não fazem parte de seu repertório físico, e, como esperado, o rosto de Gavin ganha uma expressão triste, e ele diz:

— Você não precisava ser tão condescendente. Eu só estava tentando ser amigável.

Jessica respira fundo, segurando a vontade de realmente lhe mostrar o que é ser condescendente, bastante consciente dos ombros caídos de Gavin, com esfregão, balde, agasalho desgastado, o ego minúsculo ferido, murchando na calçada atrás dela enquanto a detetive se afasta.

Há quinze minutos da vila, a uma curta caminhada da mansão de Sebastian, Jessica encontra o portão alto enferrujado e a placa com o nome O GRANDE CASARÃO que ela tinha visto no Street View mais cedo. Há um botão ao lado do portão, e ela reflete por um momento que poderia simplesmente pressioná-lo, e averiguar que tipo de recepção recebe como visitante inesperada. Entretanto, seus instintos lhe dizem que a recepção não seria calorosa, então segue o muro do terreno por um tempo à medida que se encurva rumo a uma viela. A cerca de quatrocentos metros acima dessa parte do perímetro, há um muro, com uma parte construída mais baixa para acomodar uma árvore curvada. É baixo o suficiente para conseguir passar de um jeito que geraria comentários dos moradores caso a vissem, e ela se prepara para a manobra, aciona os motores, puxa o acelerador invisível dentro dela, e então se lembra de que pode haver outra coisa dentro dela, e sua mão instintivamente vai até a barriga.

Ela conjectura se deveria interromper a tarefa. Será que é algo que se equipara a beber álcool e a andar em montanhas-russas como atividades que uma mulher recém-grávida não deveria fazer?

Não é aconselhável usar seus superpoderes no primeiro trimestre.

Ela tem certeza de que o Google não tem uma resposta para esse enigma em particular, portanto, novamente precisa confiar em seus instintos, os quais lhe dizem que o muro não é tão alto e que é provável que uma pessoa realmente em forma conseguiria passar por ele sem superpoderes, assim como ela também pode. Jessica encaixa a ponta da bota em uma fresta na superfície, se impulsiona até onde pode agarrar o topo da parede com ambas as mãos e se puxa para cima até ficar agachada como uma enorme ave de rapina prestes a decolar. Um segundo depois, aterrissa de modo suave, flexível e forte, na grama do outro lado. E é então que ela ouve. O terrível som de um bando de cães se aproximando.

Os animais surgem através da grama alta como um borrão de pelos, carne, dentes e gengivas, e Jessica se vira e agarra os galhos da árvore mais próxima, puxando-se para cima o mais alto que consegue e encarando suas mandíbulas abertas, com a adrenalina correndo por suas veias e pulsando em sua cabeça até que seus olhos latejem.

— Ah, meu Deus, *merda* — murmura para si mesma, com a mão sobre seu coração pulsante. — Desçam, meninos. *Sumam* daqui.

Mas, quanto mais fala com eles, mais alto os cães latem, mais seus lábios sobem sobre as gengivas, e mais suas enormes orelhas de morcego ficam planas contra suas enormes cabeças. Então, de repente, tão rapidamente quanto o barulho começou, faz-se o silêncio, e uma garota aparece atrás dos cães, fazendo estranhos sons de clique com a língua contra os dentes. Os seis cães a cercam, ofegantes, com línguas molhadas balançando sobre lábios espumantes.

A garota usa um casaco *oversized* de estilo militar com botões de metal e um gorro vermelho tricotado com pompom. Ela olha para cima, em direção aos galhos da árvore, e sorri amplamente para Jessica.

— Oi! — cumprimenta ela. — Quem é você?

Jessica olha para ela lá embaixo.

— Meu nome é Jessica. O que raios são aquelas coisas?

— São cães.

— Não, quero dizer, de que *raça*? Eles parecem lobos.

— Não. Eles são pastores-belgas-malinois.

— Chique — comenta Jessica. — Já é seguro descer agora?

— Claro. Aqui. — A garota se move em direção a Jessica. — Você precisa de uma mão?

— Não — responde Jessica, navegando pelos galhos até estar perto do chão o suficiente para pular. — Está tudo bem.

A garota a observa, com um sorriso sutil brincando em sua boca, então estende a mão.

— Belle. Prazer em conhecê-la.

O coração de Jessica salta. É ela. Esta é a perfeita Belle. Exceto que ela não parece perfeita, parece só... *normal.*

Jessica pega a mão de Belle.

— Prazer em conhecê-la também.

A garota sorri friamente para ela.

— *Então*... o que te traz por cima do meu muro?

— Eu, hum... bem, é meio louco, mas estou pesquisando para um romance e vi este lugar em um mapa e achei que parecia legal. Desculpe. Eu não sabia que alguém morava aqui.

— Por favor, não se desculpe. Fico sempre feliz em ver um rosto novo. É solitário estar presa aqui.

— Você não mora com ninguém? Com uma família?

— Bem, mais ou menos. Tenho tipo uma guardiã. Meus pais moram no exterior. Estudo em um internato, mas volto para cá nas férias.

— É época de férias agora?

Belle parece momentaneamente desconcertada.

— Não — admite Belle por fim. — Não, não é.

— Então, por que está aqui?

O nariz dela se enruga ligeiramente.

— Acho que devo ter sido dispensada.

— Disp...?

— É como se fossem miniférias. Normalmente não volto, mas eu devia estar sentindo falta dos cães. E agora meio que preferia estar de volta à escola. É sempre assim... Nunca há um lugar onde eu realmente queira estar.

Jessica a observa de modo gentil. Há uma falta de expressão na garota. Uma tristeza. Jessica observa além da garota, seu olhar percorre os arredores.

— Há mais alguém aqui? — ela pergunta.

— Não, só eu e Debra. Minha tutora.

Debra, Jessica percebe. Não Miranda.

— Ela está aqui?

— Sim, sim. Está na casa. Fazendo o almoço.

Jessica assente.

— Suponho que não... — ela começa. — Quer dizer, pode me mandar embora, obviamente, mas, já que estou aqui, será que posso dar uma olhada nos arredores, para o meu romance?

Os olhos de Belle se estreitam, ela se vira para olhar atrás de si e então dá de ombros.

— Acho que sim. Por que não?

Os cães, agora tranquilos como poodles, as seguem ansiosamente enquanto caminham, ofegantes e cheirando a grama.

— Como você fez isso? — Jessica pergunta a Belle. — Como conseguiu acalmá-los assim?

Belle lhe lança um sorriso doce.

— Truques do ofício — ela diz. — Debra me ensinou. Cliques. E petiscos. — Conforme Belle fala, Jessica a vê passar um naco de carne-seca do bolso de seu casaco para um deles. — Você sempre precisa ter algo que eles queiram — conclui ela, então se vira novamente.

Devagar, à medida que caminham, uma casa se revela através da paisagem descuidada. É uma casa de fazenda de tijolos. Desleixada. Desordenada. Tem uma estufa de vidro coberta de musgo anexa a um lado, uma garagem em ruínas do outro, e um carro enferrujado na entrada. Um grande celeiro se inclina do outro lado da entrada, com dois contêineres de metal cobertos de hera nas proximidades. Tudo está crescido e selvagem, com um ar de leve abandono.

— Há quanto tempo você vive aqui, Belle?

— Não tenho certeza. A vida toda, eu acho. Quer entrar?

— É... sim. Claro. Obrigada.

— Ótimo!

Ela segue a garota através de uma porta dos fundos salpicada de lama e diretamente para uma cozinha com piso de terracota e armários verde-menta descascando. Uma mulher de meia-idade está na cozinha, cutucando um pedaço de carne cozida em uma assadeira.

— Ah! — exclama a mulher ao erguer a cabeça e se deparar com Jessica. — Olá!

— Jessica, esta é Debra. Debra é a zeladora do Velho Casarão.

Jessica vê uma expressão de alarme passar pelo rosto de Debra, que rapidamente disfarça com um sorriso caloroso e acolhedor.

— *Zeladora* — repete ela, com desdém, secando as mãos em um pano de prato. — Me faz parecer um homem de cem anos que manca. Prefiro "governanta". Prazer em conhecê-la, Jessica.

Jessica aceita a mão estendida e nota a pele seca e o aperto firme.

— Prazer em conhecê-la também.

— Quer uma xícara de chá?

— Ah, obrigada, isso seria ótimo.

— Belle, faça uma xícara de chá para nossa convidada. Boa menina.

Debra é uma mulher alta, com idade entre quarenta e cinquenta anos, ou um pouco mais. Ela tem cabelo escuro preso em um coque e franjas brilhantes que caem sobre olhos tristes emoldurados por óculos de leitura vermelhos de plástico. Ela veste um suéter preto folgado e leggings pretas, com meias grossas e luvas verdes sem dedos.

— Então, o que a traz às terras selvagens de Essex? — Debra pergunta, despejando um jarro de caldo sobre o pedaço de carne e cobrindo-o novamente com papel-alumínio. — Isso soa como um sotaque de Nova York para mim.

— É — diz Jessica. — Nasci e cresci lá. E, na verdade, eu estava conversando com o cara da farmácia...

— Elliot — corrige Debra.

— Certo. Elliot. — Jessica se vira para Belle. — Ele me disse que havia outros nova-iorquinos aqui neste verão. Dois gêmeos da sua idade. Você os conheceu?

Belle balança a cabeça.

— Não — ela diz. — Eu estive fora o verão todo, com meus pais.

Jessica faz uma pausa, absorvendo essa mentira inesperada.

— Ah, você não estava aqui neste verão?

— Não — ela diz vagamente. — Acho que não.

— Eu os vi — Debra interrompe. — Acho que foi em julho. Um menino e uma menina. Eu os vi por aqui.

— Ah. Você conseguiu falar com eles?

Debra faz um som de desprezo.

— Hum, não. Eles não eram bem o que dá para chamar de amigáveis.

— É. Ouvi dizer mesmo. — A mulher está mentindo, e Jessica precisa saber por quê. — Então, há quanto tempo você é a governanta aqui?

— Ah, faz uns anos. Desde que os pais da Belle se mudaram para o exterior.

— Onde eles moram? — pergunta Jessica.

— Na Espanha — diz Belle.

— Perto de Barcelona — Debra completa. — Eles administram um hotel.

— Imagino que você vai vê-los em breve, né?

Belle lança um rápido olhar para Debra, com um sorriso forçado nos lábios.

— No Natal — Debra diz e se endireita. — A Belle vai visitá-los no Natal.

— Eles não voltam aqui? Para ver você?

Belle espia Debra outra vez.

— Eles não podem mesmo deixar o hotel — explica Debra. — Consome todo o tempo deles.

— É. — Jessica acena com a cabeça, alternando entre as duas. — Sim, imaginei que fosse.

O que está acontecendo aqui?, Jessica se pergunta. *Esta menina está sendo mantida aqui contra sua vontade? Está sendo manipulada? E, se sim, por quê? Quem é essa mulher, Debra, e qual é a dela?*

— Sabe — diz Jessica —, estive fora a manhã toda e realmente preciso usar o banheiro. Tem algum problema?

A postura de Debra se endurece ligeiramente, mas ela sorri.

— Sim, claro. É bem nos fundos da casa, logo além das escadas. O cordão da luz está quebrado, você terá que puxá-lo algumas vezes antes que a luz acenda. E provavelmente há um gato idoso lá dentro. Apenas o ignore.

Ao sair da cozinha e caminhar pelo corredor, Jessica vê um carpete vermelho sujo e desgastado se desprendendo dos degraus da escada, papel de parede desbotado pendurado em tiras, cantos adornados com teias de aranha antigas e empoeiradas. Apesar de Jessica conseguir imaginar que este já foi um belo lar para belas pessoas, o que *não* parece é uma casa pertencente a um casal de pais legais da geração X que possuem um hotel em Barcelona. Algo está errado com absolutamente todos os elementos da situação, mas a detetive não tem ideia do que é.

Ela empurra a porta do banheiro. Enrolado como uma bola retorcida, em um tapete de banheiro surrado, está o gato muito idoso. Ele olha para Jessica com os olhos embaçados e, então, tenta se desenrolar de sua bola para vir cumprimentá-la.

Como uma apaixonada por gatos recém-convertida, Jessica fica feliz em conhecê-lo e acaricia o pobre animal. Em seguida, abre e fecha a torneira, dá descarga no vaso sanitário e se afasta do banheiro, avançando pelo corredor dos fundos. Ali há uma pequena maçaneta de bronze embutida no papel de parede com estampa de rosas, e Jessica avança na ponta dos pés, com as antigas tábuas do chão rangendo de modo suave sob os pés, até que, no final do corredor, sua mão se estende em direção à maçaneta. Ela a toca, mas se assusta com o som de alguém limpando a garganta atrás de si. A detetive pula, com a mão no peito, e se vira para ver Debra.

— Está tudo bem?

— Ah, sim, desculpe. Eu estava, hum, essas casas antigas me fascinam um pouco, e avistei essa porta secreta. Eu estava só sendo muito curiosa.

Debra sorri.

— Entendo. É tentador, não é? Quer que eu te mostre?

Jessica lança-lhe um olhar incerto.

— O quê? Tem tipo um hobbit lá dentro?

Debra ri antes de girar a maçaneta e abrir a porta secreta, revelando uma parede de tijolos.

— Ah — diz Jessica, e seus olhos buscam na superfície sólida alguma pista do porquê de estar ali.

— Sim. Eu sei. Estranho, não é? Acho que deve ter havido algo ali algum dia, e eles derrubaram. Mas quem sabe, né, com uma casa tão velha quanto esta. Deve estar cheia de segredos. — Debra acena em direção à parede de tijolos. — Vai colocar isso no seu romance?

Jessica a observa curiosamente.

— Belle me contou.

A detetive acena com a cabeça.

— Sim, sabe, talvez coloque. Isso e o gato ancião que vive no banheiro.

— Ah, sim. O Sr. Smith. Ele está neste mundo há muito, muito tempo.

— Quantos anos ele tem?

— Ninguém sabe exatamente. Ele já era velho quando o adotei, e o tenho há quinze anos. Ele deve ter pelo menos vinte.

— Uau.

— Sim. Todo dia é uma bênção. De qualquer forma, já que está aqui, por que não fica para o almoço? O cordeiro está quase pronto.

O cheiro de carne assada se espalha pelo corredor em direção a elas, e Jessica não comeu nada ao longo da manhã.

— Seria ótimo, muito obrigada.

Os cães se sentam e as observam comer. Eles ofegam pesadamente. Um deles tem um fio de saliva pendurado da mandíbula. Jessica vê Belle alimentá-los com pedaços de cordeiro do seu prato quando Debra não está olhando.

— Então… — diz Debra. — O que te trouxe até aqui, em Barton Wallop, para este romance que está escrevendo?

— Tive um sonho.

— Sério?

— De verdade. Louco, né?

— E tinha algo no seu sonho que te levou a esta casa em particular?

Jessica dobra seu guardanapo com cuidado e o coloca de volta em seu colo.

— Bem, não. Não exatamente. Na verdade, foi com a casa na vila que eu sonhei, aquela com um fosso, sabe?

— Ah. — Uma das sobrancelhas de Debra se levanta. — Rá.

— Você a conhece?

— Bem, sim, claro. É a casa mais chique da vila. Óbvio que eu conheço.

— O cara que mora lá me convidou para um tour ontem. Sebastian Randall?

— Ah, sim, já ouvi o nome.

— Ele é o pai dos gêmeos que mencionei antes. Parece que era lá que os garotos passaram o verão.

Há um silêncio estranho, que Jessica deixa se alongar de propósito.

— Bem — diz Debra —, isso foi gentil da parte dele, deixar você fazer um tour. Como é a casa dele?

— Sim. Meio excêntrica. Meio grandiosa. Meio assustadora. Ele acha que é assombrada.

— Ah, é?

— Uhum.

— Bem — observa Debra de forma incisiva —, eu não acredito em fantasmas. E você?

— Não — responde Jessica. — Acredito em muitas coisas. Mas não em fantasmas.

— Quando se está morto, está morto — argumenta Debra. — Não acha?

— Sim. Sem dúvida concordo. Pelo menos espero que sim! — Ela ri secamente da própria tentativa de piada, mas, então, olha para Belle e percebe uma expressão estranha em seu rosto, como se ela quisesse verbalizar algo, mas não conseguisse encontrar as palavras. A atmosfera se torna tensa e ligeiramente nervosa. Algo mudou, e Jessica não tem certeza do que é.

Então Debra empurra a cadeira para trás e anuncia:

— Devo dizer que foi muito bom receber visita, mesmo que tenha sido um pouco inesperado, mas Belle e eu deveríamos voltar aos nossos afazeres agora.

— Você foi muito hospitaleira — pontua Jessica, espelhando a ação de Debra e empurrando a própria cadeira para trás. — Muito obrigada pela comida deliciosa. Faz tempo que não desfruto de uma refeição caseira como essa.

— Bem, não estão cuidando muito bem de você, hein?

Jessica para e olha para Debra.

— Como é que é?

— Desculpe — pede Debra. — Eu tenho percepções sobre as pessoas. E sinto que alguém deveria estar cuidando de uma garota legal como você, e não está. — A governanta sorri, e é uma expressão estranhamente calorosa, quase irritante, de tão maternal.

Jessica sente um aperto no fundo do estômago e retorna um sorriso rígido. Ela pega sua jaqueta e aponta para a porta da frente.

— Como chego à entrada principal? Meio que entrei pelo lado.

— Ah, sim, basta seguir a estrada para a esquerda, então você chegará a um pequeno bosque. Atravesse-o, vire à direita sobre a ponte e de lá volte à rua. E aí levará mais ou menos dois minutos.

— Ótimo! Obrigada. Foi bom conhecer vocês duas. Estou na cidade por mais alguns dias, então talvez eu encontre vocês na vila?

— Ah, duvido. Não saímos muito — Debra faz a afirmação com outro sorriso caloroso, mas, ainda assim, suas palavras deixam Jessica com um frio na barriga.

Jessica sai da casa degradada e segue pelos terrenos cobertos de mato. Um momento depois, ouve passos atrás de si e se vira ao ver Belle correndo para alcançá-la.

— Oi! — exclama a garota. — Achei que deveria te guiar, para garantir que não se perca. — Ela lança um olhar sutil na direção da casa junto à declaração. As duas caminham em silêncio por um tempo, com uma brisa cortante bagunçando seus cabelos, e o único som é o dos cães farejando e ofegando atrás de si.

De repente, Belle se vira para Jessica, com as mãos enfiadas nos bolsos de seu casaco de estilo militar, as bochechas coradas. Ela fixa o olhar nos olhos de Jessica.

— Por favor — pergunta Belle —, me diga, eu sou *real*?

DOZE ANOS ATRÁS
Portsmouth, Hampshire, Reino Unido

Depois do trabalho no dia seguinte, Polly pega o ônibus rumo ao conjunto de chalés no outro lado da praia de Eastney. Suas lembranças sobre a configuração do conjunto são vagas. Ela não vai ao local desde que tinha os dezesseis anos, mas se lembra de uma área central, como uma pequena rotatória com um relógio de sol de pedra no centro, e trilhas de cascalho que se irradiam a partir dali em várias direções. Polly se recorda de que ela e seu ex costumavam atravessar a rotatória com o carro dele e que o chalé dos traficantes ficava no meio do caminho, com uma vista do mar bem obstruída, logo antes de uma curva na estrada.

E então lá está, bem na sua frente, exatamente como ela se lembra. Com muitas cortinas, desleixado. Será possível, pondera, que aqueles rapazes irresponsáveis que um dia forneceram maconha para metade dos estudantes do décimo ano de Portsmouth ainda morassem ali?

Ela bate à porta ainda familiar e ouve uma voz rouca.

— Oi. Quem é?

— É a Polly. Eu costumava sair com o Jordan Brown.

— Polly?

— Sim. A ex do Jordan, de quatro anos atrás.

— Calma.

A jovem ouve as fechaduras girando, então a porta se abre, e um homem de quem Polly se lembra vagamente está diante dela. Pelo que ela recorda, aquele era o mais gentil dos dois que moravam ali.

— Ah, sim — comenta o homem, com seus olhos vagando para cima e para baixo em seu corpo. — Polly. Sim. Eu me lembro de você. Legal. Você vai entrar?

— Sim. Por favor.

Ele gesticula para que ela entre, o cheiro é como ela se lembrava, pungente, com os aromas combinados de gambá, homens e camisetas sujas. Ela se acomoda cuidadosamente em uma cadeira dobrável.

— Então — diz o cara, cujo nome ela não consegue lembrar. — Polly. Tudo bem com você?

Ela assente.

— Tudo bem.

Ele coloca a mão em uma chaleira de plástico barata.

— Quer chá?

— Não. Obrigada.

O homem tira a mão da chaleira e se senta na frente dela.

— Ainda está saindo com o Jordan?

Ela balança a cabeça.

— Não. Ele se mudou.

O cara acena, depois a avalia.

— Veio para comprar?

— Não. Não vim, não. Eu… — Ela se ajeita na cadeira desconfortável e suspira. — Escuta. Você se lembra da família que morava ao lado de vocês naquela época?

O cara franze a testa.

— Você quer dizer aquele, tipo, *assassino em série*?

Polly se assusta de leve.

Ele sorri, revelando a ausência de um dente.

— Estou brincando com você. É óbvio. Era só, tipo, uma piada que rolava, sabe.

— Mas qual era a história dele? Eu me lembro de você dizer que coisas estranhas aconteciam lá.

— Sim. Certa vez uma mulher apareceu aqui, batendo na porta deles, gritando pelo filho dela.

— O que ela estava gritando?

— Ah, sim, era algo tipo: "Eu sei que ele estava aqui! Sei que ele estava aqui! Onde ele está?", esse tipo de coisa. E aquele homem, o pai, tipo, ele sempre tentava ser simpático com meus clientes. Lá fora. — Ele faz um gesto com a cabeça. — Mexendo com carros, com macacão, puxando conversa. Fazendo perguntas estranhas.

— Que tipo de perguntas estranhas?

— Só sobre as famílias deles, sabe. Sobre a saúde deles. Esse tipo de coisa. Eu dizia pra ele: você é tipo o quê? A porra de um médico? — O cara ri.

Polly sorri para manter a conversa fluindo.

— E o que ele respondia?

— Nada. Desgraçado sem educação. Nunca falou com a gente. Os três eram iguais.

— A mãe e o filho?

— Sim. Agiam como se fossem as únicas pessoas no mundo. A mãe, sabe, ela é tipo médium ou algo assim. A gente costumava... *sentir* coisas. Vindas de lá.

— Coisas?

— É. Vibrações. Ou tipo... tipo... — Suas mãos se movem enquanto ele busca a palavra certa — Ondas, mais ou menos. A gente chamava de *os tremores.* — Ele mexe os dedos. — Sabe, tipo quando alguém abre a janela de trás do carro quando você está dirigindo rápido? E esses barulhos loucos. Pensamos que talvez ela estivesse, tipo, fazendo uma sessão espírita ou algo assim. Convidando, tipo, espíritos malignos. Entende? E aquele garoto. Qual era o nome dele?

— Arthur?

— Sim. — Ele estala os dedos. — Arfur. Isso mesmo. Costumava ouvir o moleque chorando o tempo todo. Então, teve uma vez... — Ele inspira profundamente. — Ele trouxe um amigo pra casa, sabe? Ouvi de tudo naquela noite: batidas, gritos. O garoto chorando. Que merda. — Ele respira fundo de novo.

— Então, você chamou a polícia?

O traficante a encara com espanto e depois dá uma olhada ao redor em seu esconderijo.

— Tá de brincadeira?

— Ah, sim — ela diz, percebendo a estupidez da pergunta. Espia pela janela em direção ao outro chalé. — Quem mora lá agora?

— Ninguém. Está vazio. Ficou assim desde que eles saíram.

— Sério?

— Sim. Sério. Acho que precisava arrumar muita coisa, então a administração decidiu que seria mais barato deixar assim. Além disso, é difícil de alugar, considerando os... hum, vizinhos ao lado, sabe. — Ele sorri timidamente. — Então, por que todas essas perguntas?

— Sem razão. Só encontrei o filho deles na cidade outro dia. Pareceu legal, mas lembrei que você os tinha mencionado antes.

— Sim. Para ser sincero, eu não chegaria perto deles nem com uma vara. Não chegaria nem perto. Bando de malucos.

Polly acena com a cabeça, refreando um sorriso.

Ele não sabe nem a metade, ela pensa. *Não sabe nem a metade.*

Polly se levanta, limpa os joelhos dos jeans, arruma o cabelo atrás das orelhas e perscruta ao redor. O interior do velho chalé é tão desolador e pouco acolhedor quanto a casa da qual a família de Arthur está cuidando na cidade, mais frio por dentro do que por fora, com o carpete sujo para todo lado e cheiro de carne e mofo. O lugar foi despido: apenas colchões em cada um dos dois quartos, tapetes hippies desgastados nos pisos de madeira laminada, um apanhador de sonhos, uma caixa de papelão cheia de livros didáticos antigos, um velho prato de comida para gatos.

Mas, mesmo através do vazio, Polly pode sentir algo... algo vivo e exigente, uma energia que a permeia de um jeito desagradável. A jovem puxa a caixa de livros didáticos para si e os folheia. Como esperava, é principalmente material de estudos de informática, além de matemática, ciências, caça-palavras, histórias em quadrinhos, revistas sobre OVNIS. Mas ali, na parte inferior da pilha, encontra um objeto inesperado e perturbador. Ela o puxa lentamente para si.

É um caderno de desenho, de tamanho diminuto, com uma capa preta. Na página interna está escrito *Ophelia Simms, de 13 anos* em uma caligrafia antiga, com caneta-tinteiro, e lá, na primeira página, sob um esboço de duas crianças brincando com uma bola na praia, estão as palavras *Magnus e eu, praia de Eastney, 27 de outubro de 1812.*

Polly balança a cabeça levemente e começa a assimilar a situação. Ophelia deve ter sido nomeada em homenagem a uma parente. Mas na página seguinte há uma fotografia: é um retrato minúsculo em preto e branco, impresso em papel grosso, e é de uma linda jovem com cabelo preto, sorriso cúmplice, jaqueta com gola de renda, e é ela. É Ophelia. Só que não pode ser Ophelia, porque Ophelia tem apenas uns cinquenta anos, e a foto é datada de 1822. Polly guarda a foto no bolso e continua virando as páginas. Mais esboços de cenas familiares, fragmentos de poesia, recortes de notícias de jornais amarelados. E, então, há uma tira de fotografias 3 × 4 de uma cabine antiga, e é a mesma garota, a jovem Ophelia, mas desta vez com delineador preto e um corte de cabelo curto, e embaixo diz: *Eu, 1963*. Mas em 1963 Ophelia mal devia ter nascido. Polly coloca a tira na bolsa ao lado da foto em preto e branco e continua folheando o livro.

Mais ou menos na metade do livro, o tom muda: as imagens são de estrelas do pop, rostos que Polly reconhece vagamente. Há um que se parece com Morrissey, outro que se parece com o vocalista da banda The Cure. Tem artigos tirados de antigas revistas de música, um datado de *12 de janeiro de 1983*, outro datado de *20 de julho de 1984*. E então, Polly prende a respiração: um artigo arrancado de um exemplar da *NME*. É sobre uma banda britânica chamada Diagonal, que estava fazendo turnê nos Estados Unidos pela primeira vez, e há uma resenha do primeiro show deles, em um local em Nova York chamado Upside Down. E lá, embaixo da resenha, está uma fotografia da banda após a apresentação, posando com cabelo suado e cervejas nas mãos ao lado do gerente do bar, um homem chamado John Warshaw.

Polly puxa o artigo para mais perto de si e o inclina em direção à luz da janela.

Ela observa de perto a fotografia e, então, ofega suavemente ao perceber que o homem na fotografia, o gerente do bar Upside Down, fotografado muitos anos atrás, quando era jovem, é ninguém menos que o pai de Arthur.

VINTE

JESSICA PARA NOS portões do Velho Casarão e pisca para Belle.

— Como é?

— Tem certeza de que sou real? Eu pareço real?

Jessica hesita. *Aqui está*, ela pensa. Aqui está a coisa estranha que motivara sua visita. É isso.

— Bem, sim. Você parece real. Extremamente real. Por que está perguntando?

— Não sei. É só que, às vezes, quando estou aqui, neste lugar, tudo parece meio… nebuloso? Como se não fosse real? E então, quando volto para a escola, parece que nunca estive aqui de verdade. Mas depois começo a sentir essa vontade de voltar para cá. O tempo todo. E isso também não parece real.

Jessica observa Belle por um momento, com os pensamentos girando loucamente, ciente de que precisa avançar com muito cuidado agora, que este momento é tão delicado quanto vidro.

— Lá dentro — ela começa —, agora há pouco, quando estávamos falando sobre a casa de Sebastian Randall. Sobre fantasmas. Você parecia querer dizer algo. O que era?

Belle sorri tristemente.

— Eu não sei — replica a garota. — Esse é o problema. Fico me perdendo o tempo todo. É como se houvesse duas histórias passando pela minha mente o tempo todo, e ambas se sobrepõem, se entrelaçam e se misturam continuamente. Nunca consigo colocá-las em ordem. E, quando você mencionou a casa de Sebastian, isso me fez lembrar de algo. Fantasmas. Pessoas mortas. Mas agora eu não consigo lembrar o que era.

— Belle. Você conhece alguém chamada Miranda?

Belle franze a testa.

— Miranda? Não, acho que não. Mas talvez eu conheça. Não sei. Simplesmente não sei.

— Você se sente em segurança, Belle? Com a Debra?

— Sim. Sempre. Debra cuida de mim. Debra me ama. Eu me sinto muito segura com ela.

Jessica suspira e olha ao redor. Precisa dar um jeito de descobrir quem essa garota realmente é. Assim, pergunta:

— Em que escola você estuda?

— Ah, só um lugarzinho pequeno, perto da costa, em Suffolk.

— Como se chama?

— Truscott House.

Jessica assente.

— Devo ligar para lá?

— Para quê?

— Pedir para falar com você. Ver o que eles dizem. Aí você saberia se é real ou não. Sim?

Os olhos de Belle se arregalam.

— Ah — concorda ela. — Sim. Por que não?

— Qual é o número?

— Não faço ideia.

— Ah, ok, vou procurar no Google.

Ela vai pegar o telefone no bolso, mas, então, Belle avisa:

— Literalmente não chega sinal nenhum aqui.

Jessica suspira.

— Vou ter que fazer isso quando retornar à vila. Você pode vir comigo, se quiser. Pelo que ouvi, servem um chá da tarde no meu hotel a partir das duas. Estou querendo experimentar. Quer dizer, o que é exatamente um chá da tarde?

Ela lança para Belle um sorriso que espera ser livre de intenções ocultas.

Belle devolve o sorriso.

— É só chá servido de um bule, com alguns bolos e sanduíches de acompanhamento.

— Chá de bule! Estou aqui há três dias e nenhuma pessoa sequer me serviu chá de bule. Tenho que dizer que estou um pouco decepcionada.

— A vida é muito curta para bules — pontua Belle com um sorriso. Então, a garota olha para trás, na direção da casa. — Quer dizer, parece bom, mas, tipo, eu não vou mesmo até a vila.

— Por que não?

— Não sei bem. É só que... eu chego ao portão, então... algo sempre acontece. Ou às vezes nem chego ao portão. Talvez eu seja um pouco agorafóbica.

Jessica franze a testa ante o reaparecimento da palavra.

— Sério? Mas e quando você vai para a escola?

— Não tenho muita certeza. Acho que só entro no carro e vou. Mas quando se trata de eu... sabe, sair, isso nunca acontece de fato.

— Bem, vamos testar isso, pode ser? — Jessica faz um gesto para Belle com um aceno de cabeça.

Belle retribui o aceno e as guia em direção à entrada e ao par de portões enferrujados.

— Como eles abrem?

— Tem um botão — Belle responde. — Logo embaixo daquele arbusto.

Jessica o encontra e o pressiona. Os portões enferrujados começam a se abrir lentamente. Belle ordena que os cães fiquem, com estalos estranhos de língua, então se põe a andar em direção à abertura. Jessica fica parada observando. Tudo parece normal, tudo parece bem. Então, de repente, o céu azul fica negro com nuvens de tempestade, e a chuva começa a cair, tão forte e imediata, que as duas ficam encharcadas até os ossos em questão de segundos.

— Meu Deus — diz Belle, levantando a gola do casaco e correndo de volta na direção da casa.

— Espere! — chama Jessica. — Espere! É só chuva!

— Eu odeio chuva! — Belle grita de volta. — Vamos outra hora.

— Não! — Jessica berra. Então sente aquilo chegando, o diesel e a sensação ruim, e ela sabe que deveria resistir, mas também sabe que deseja ir para casa. Porém, não pode voltar para casa até ter progredido no caso, e sabe que este momento, agora, essa chuva louca, essa é a chance de fazer progresso no caso. Então permite-se ser preenchida pela sensação e corre de volta para Belle. Leva um segundo para pegá-la nos braços — a garota parece leve como o ar — e mais um segundo para saltar, através da chuva forte e pelos portões altos e enferrujados, até parar na grama macia do outro lado da estrada, onde ela gentilmente solta Belle no chão.

Belle a encara ofegante.

— O que *foi* isso? — ela pergunta, maravilhada.

Ambas fitam o céu azul, azul, depois para a grama seca, seca, para a camada de poeira sobre a superfície opaca da estrada e, então, para as poças de chuva brilhantes na entrada da casa de Belle, conforme os portões se fecham com lentidão, emitindo um ruído metálico ameaçador.

Jessica olha para Belle e dá de ombros.

— Você acabou de voar? — pergunta Belle, olhando para a outra com olhos arregalados.

— Eu não chamaria isso de voar. Foi apenas um pulo muito hábil.

Belle faz um som de descrença.

— Ah, meu Deus — ela diz. — O que você é? Você é uma super-heroína?

— Não. Só sou do tipo esportista. Mas, ei, vamos falar sobre *isso*. — A detetive aponta para o céu, agora azul, sobre a propriedade de Belle. — O que acabou de acontecer ali?

— Eu não sei. Isso... — Belle parece perdida nas palavras, com as mãos levantadas ao lado do corpo. — Eu não sei — ela repete, deixando as mãos caírem.

— Você acha que foi normal o que acabou de acontecer? Isso já aconteceu antes?

Belle assente.

— Sim. Acontece com frequência. Acho que é um microclima.

Jessica reclama.

— Um *microclima*? Pelo amor de Deus. Não, aquilo não foi um microclima. Aquilo foi alguma loucura de vodu. Aquilo foi...

— Ela se interrompe ao ver a expressão meio vazia da garota. *Que diferença faz?* — Como está se sentindo?

— Me sinto bem.

— Está se sentindo bem?

— Sim.

— Então, sem agorafobia?

— Sim.

— Está a fim de dar uma volta?

— Sim! Mas primeiro eu provavelmente deveria avisar a Debra a respeito de onde estou indo.

— Você não pode mandar uma mensagem para ela?

— Ela não tem telefone.

— Ela não tem um…?

— Sim. Eu sei. É estranho. Ela é contra a tecnologia. Meio que vive nessa pira de distorção temporal. Presa para sempre nos anos 1980, quando tudo era *perfeito*, aparentemente. Odeia coisas modernas.

— Espera — intervém Jessica. — O que você acabou de dizer? Perfeito? Debra gosta que as coisas sejam perfeitas?

Mas, ao dizê-lo e antes que Belle responda, há um barulho metálico alto, e os portões enferrujados se reabrem lentamente. Debra aparece entre eles, com os braços cruzados sobre o peito e os cães ofegantes atrás de si. De alguma forma, parece diferente, menos discreta, mais ameaçadora, e Jessica sente uma vibração de energia passar entre elas, algo sombrio e palpável. Reflete, por um momento, se Debra tem superpoderes, mas guarda o pensamento.

— O que está acontecendo? — questiona Debra, olhando de Jessica para Belle e de volta para Jessica.

Jessica segura o braço de Belle, suavemente.

— Vou levar Belle para tomar um chá da tarde no meu hotel. Quer vir?

Debra estreita os olhos.

— Na verdade, Belle não deveria…

— O quê? Sair?

— Os pais dela preferem que ela fique em casa, para que saibam onde está.

Jessica olha para Belle.

— Quantos anos você tem? — ela pergunta.

— Dezesseis.

Jessica volta a olhar para Debra.

— Na minha opinião, é provável que seja seguro para Belle dar uma volta pela vila para tomar chá e comer bolo às duas da tarde com um adulto responsável.

— Sinto muito, Jessica, mas, independentemente do que você diga, sou totalmente responsável, e minhas instruções são muito claras. Belle deve permanecer na propriedade o tempo todo.

Jessica olha para Belle.

— O que *você* quer fazer?

— Eu quero ir tomar chá — ela diz, baixinho.

Debra se endireita e declara:

— Sinto muito, mas, se você der mais um passo com Belle para fora desses portões, não terei escolha a não ser chamar a polícia e dizer que ela foi sequestrada.

O fogo dentro de Jessica se apaga. Ela não pode envolver a polícia, não nessa fase de uma investigação particular delicada.

— Tudo bem. — Ela se vira para Belle. — Sinto muito. Faremos isso outra hora. Estarei aqui por mais alguns dias. E, aqui, pegue meu número. Me ligue se precisar de mim, a qualquer momento.

Ela entrega um pedaço de papel com seu número rabiscado rapidamente e depois fica parada observando enquanto Belle passa de volta pelos portões enferrujados, com a mão de Debra em suas costas, guiando-a para longe, enquanto os portões se fecham com vagarosidade atrás delas. Seu coração dói, não apenas pelo golpe em sua investigação, mas pela garota. Belle. A vulnerabilidade dela. A tristeza. Ela não está segura, e Jessica quer salvá-la.

De volta ao hotel, Jessica vai direto para o seu quarto, ignorando o jardim de inverno cheio de pessoas aproveitando seus chás da tarde, o murmúrio suave e o tilintar de colheres contra a porcelana. Ela faz um expresso em sua pequena máquina — *me processe, criança que ainda não nasceu* —, abre o notebook e pesquisa o nome do internato que Belle mencionou. Ela liga para o número, e, um momento depois, uma mulher atende:

— Boa tarde. Truscott House.

— Ah, olá. Boa tarde. Eu estava esperando falar com uma de suas alunas. Ela se chama Belle.

— Por favor, aguarde um momento, obrigada.

A mulher volta e diz:

— Sinto muito, mas não há nenhuma Belle nesta escola.

— Ah. — Jessica está surpresa e, ao mesmo tempo, nem um pouco surpresa. — Você tem certeza? Esta é a Truscott House, certo, em Suffolk? Perto do mar?

— Sim, está correto. E sim, tenho certeza. Sinto muito por não poder ajudar mais.

— Não — diz Jessica. — Não, de verdade, você foi mais do que útil. Muito obrigada.

Jessica encerra a chamada, e, então, algo chama sua atenção na tela do notebook. Nos resultados da pesquisa por Truscott House, à esquerda da caixa de recursos do Google, onde ela encontrou o número de telefone, há um resultado com a manchete:

TRUSCOTT HOUSE: ALUNAS CONTINUAM DESAPARECIDAS APÓS VIAGEM ESCOLAR

Sua respiração para, e ela clica no link. A notícia é de julho de dois anos atrás, vinte e sete meses atrás.

Pais de três alunas desaparecidas do internato para meninas Truscott House, em Aldeburgh, Suffolk, continuam nesta noite aguardando com angústia notícias do paradeiro de suas filhas. Já se passaram três dias desde que Grace Partridge, Audrey Hill-Lock e Amina Sultanov, todas de quinze anos, não voltaram para o ônibus após uma excursão escolar para Saffron Walden. As três meninas desaparecidas foram vistas pela última vez participando de uma "caça ao tesouro" na pitoresca cidade de Essex, onde as estudantes receberam uma série de pistas que as guiariam pela cidade, descobrindo fatos históricos.

As meninas foram divididas em grupos de três, e as imagens das câmeras de segurança mostram a última vez que o grupo de Grace foi visto, às 16h45, saindo de uma loja de doces e virando na Museum Street, em direção à Igreja de Santa Maria, a cinco minutos de caminhada do estacionamento onde deveriam encontrar o ônibus. As meninas nunca voltaram. Colegas de classe da escola, que cobra 8 500 libras por semestre, afirmam que o trio estava "obcecado" com uma conta do Instagram administrada por uma influenciadora de beleza e passava horas falando sobre a dona da conta, cuja identidade é desconhecida. Uma estudante disse que as meninas desaparecidas falavam que queriam ir vê-la para uma consulta de beleza pessoal. "Parecia que elas estavam sendo recrutadas para um culto", disse uma aluna que dividia o quarto com uma das meninas desaparecidas. "Como se a influenciadora tivesse feito lavagem cerebral nelas. Era estranho."

Ao lado do artigo, há fotografias das três meninas desaparecidas. Audrey está no que parece ser o terraço de um hotel em algum lugar em que faz calor, com o cabelo loiro preso, braços bronzeados, uma regata branca e um sorriso suave que forma uma covinha na bochecha esquerda. Amina está sentada em um sofá ao lado de seu irmão mais novo, com os braços apertados ao redor dos ombros dele, sorrindo amplamente para a câmera. Grace aparece em uma foto oficial da escola, vestindo uniforme escolar. Trata-se de uma menina pequena, muito bonita, mas com sombras escuras sob os olhos e cabelo castanho fino, preso em um rabo de cavalo. Ela sorri na fotografia, mas ainda parece triste.

Jessica se aproxima da tela, dá zoom na foto e, então, ofega ao perceber, de repente, que a menina triste na fotografia se parece exatamente com Belle.

VINTE E UM

JESSICA ESTÁ A QUILÔMETROS de profundidade na internet, pesquisando o desaparecimento das três alunas da Truscott House, quando seu telefone vibra.

É Amber. Ela se arrasta para fora da toca do coelho e suspira antes de atender a ligação.

— Oi.

— Escuta. Houve um progresso. Recebi uma ligação da escola dos gêmeos hoje de manhã e estou saindo da sala do diretor agora. Ele está preocupado com os dois. Disse que ouviu rumores sobre algum tipo de *culto*.

— Um o quê?

— Sim. Eu sei. Ele foi vago nos detalhes. Mas chegou ao ouvido dele que os gêmeos supostamente estão fazendo lavagem cerebral nos amigos. Quer dizer... é, não sei, parece uma loucura. É claro que eles não estão fazendo lavagem cerebral nos amigos. Mas é possível que estejam envolvidos em algum tipo de coisa ou organização sinistra on-line e que os amigos queiram fazer parte disso? Sabe, por causa da *pele perfeita* e tal. — Amber suspira pesadamente do outro lado da linha. — O diretor está iniciando uma investigação interna. Então, sim, a situação está ficando séria e, sério, o que quer que você tenha daí, preciso disso o mais rápido possível. Se isso acabar com meus filhos sendo expulsos da escola, eu já quero estar preparada. Preciso saber. Então, o que você conseguiu, Jessica? Por favor.

Amber parece desesperada e exausta, e Jessica sente uma pontada de empatia por ela.

— Meio que não sei por onde começar — admite. — Tudo isso, Amber. É meio louco.

Ela conta sobre ter conhecido Belle e Debra, sobre as meninas desaparecidas, a incapacidade de Belle de deixar a propriedade, a semelhança dela com Grace Partridge.

— E essa mulher, Debra — acrescenta. — Sei lá, tem algo estranho nela. Ao mesmo tempo discreta e bastante assustadora. Tenho quase certeza de que ela está por trás do sequestro das três meninas da escola, de que Belle é Grace Partridge e também de que Debra está usando algum tipo de controle mental ou drogas para mantê-la lá contra a vontade da garota. Preciso voltar àquela casa, tirá-la de lá, mas ela é guardada por esses, tipo, cães-lobo, eles vão me despedaçar.

— Mas certamente você poderia só... — Amber deixa a frase no ar.

— Só o quê?

— Bem, você tem, quero dizer... Espero que isso não seja pessoal, Jessica, mas você tem seus superpoderes, não tem? Você poderia... ultrapassá-los? Eles não poderiam te machucar de verdade...?

— Ok — diz Jessica. — Quer dizer, sim, tecnicamente eu poderia ultrapassá-los, e não, eles não poderiam me machucar. Mas os cães ainda iam surtar e revelar minha presença. E também... — A detetive respira fundo e depois solta o ar novamente. A detetive não quer contar isso a ninguém, mas, ao mesmo tempo, não consegue manter isso para si mesma por mais um momento sequer, e, por algum motivo, Amber é a pessoa com quem ela se sente mais inclinada a compartilhar. — Há uma chance muito pequena — diz, tensa — de que eu esteja grávida.

Grávida.

A palavra soa selvagem, louca, surreal e ridícula saindo da sua boca. Amber certamente vai rir da ideia em si.

Mas Amber não ri, e, de fato, a ideia parece mudar completamente seu humor, e ela responde com a voz mais animada que Jessica já ouviu dela.

— Ah! Parabéns! Eu me perguntei, tenho que dizer, durante aquelas reuniões com você no meu clube. A forma como você lidava com a comida. A palidez. Isso me ocorreu. De quantas semanas você está?

— Umas oito semanas, acho. Mas nem sei se estou. Eu ia fazer um teste amanhã.

— Jessica, por que esperar?

— Eu... — A detetive hesita. É uma pergunta muito complicada para dar uma resposta simples. — Na verdade, não há motivo. Acho que só não estou pronta para isso. O pai não sabe. Não tenho certeza se vai querer saber. E, bem, *como você sabe*, eu sou *diferente*. Há coisas que não entendo sobre meu corpo. Sobre como funciona. E a ideia de criar outro corpo dentro deste corpo é meio esmagadora. Assustadora. E a minha vida, aquele lugar onde moro, você já viu. Que tipo de lugar é aquele para uma criança? E eu na verdade, apenas *eu*. Não sou...

— Não é o quê?

— Não sou boa o suficiente.

— Não é boa o suficiente como?

— Sou uma bagunça. Fico com várias pessoas. Bebo demais. Não troco os lençóis da cama, tipo, *nunca*...

Ela ouve Amber suspirar alto.

— Jessica. Ouça. Essas coisas dos poderes, não sei. Você talvez precise encontrar um ginecologista obstetra para dissipar seus medos. "Reúna os Vingadores" para ajudar, se necessário. E, quanto ao pai, dê-lhe uma chance. Ele não sabe como vai se sentir sobre isso, assim como você. Mas as outras coisas? Sério, você acha que as mães saem de uma linha de montagem, todas embaladas e cortadas como biscoitos? Sem histórias? Sem arrependimentos? Nenhuma mãe é assim. Nenhuma mulher se torna mãe sem algum senso de medo e até mesmo algum... *desgosto* à ideia de si mesma nesse papel. Todas nós tivemos mães, e essas mães deixaram suas próprias marcas em nós, algumas boas, outras nem tanto. Isso é uma bagagem e tanto para trazer ao balcão de check-in, sabe? Então, seja gentil consigo mesma, Jessica. Se eu posso ser mãe, acredite, *qualquer* uma pode ser mãe.

Jessica faz um som de escárnio ao telefone.

— Não — diz Amber. — É verdade. Bulimia, automutilação, abuso... hum, sexual. Você sabe. Já estive nesse lugar, passei por isso, ainda estou aqui. Então, sim. Faça esse teste, Jessica. Obtenha sua resposta. Depois siga em frente.

Elliot olha para cima, surpreso, quando Jessica entra na farmácia momentos depois.

— Olá novamente.

Ela diz "Oi" e, então, se afasta em direção ao corredor onde estão os itens para bebês. Ela escolhe um pacote rapidamente e o leva ao balcão. O garoto não olha para o pacote, apenas o passa pelo leitor, distraidamente, enquanto pergunta como está a pesquisa dela. Ela passa o cartão pela máquina e o observa colocar o pacote em um saco de papel. Jessica sorri de forma amarga ao recebê-lo, aliviada por Elliot não ter notado a compra. Ou talvez tenha notado, mas seja jovem demais para se importar...

Ela desliza o saco de papel para o bolso da jaqueta.

— Ah, Elliot...?

Ele franze a testa para Jessica.

— Como você sabe meu nome?

— Er, almocei mais cedo com uma mulher. Chamada Debra. Você a conhece?

— Do Velho Casarão? — ele diz. — Com vários cachorros?

— Esse mesmo.

— Você almoçou *lá*?

— Uhum.

— Uau. Que surpreendente.

— É?

— Sim. A mulher que mora lá, Debra, ela é basicamente uma reclusa, mantém-se completamente isolada, recebe toda a comida e os suprimentos por entrega. Ninguém a vê há anos.

— Parece que é assim mesmo. E o que você sabe sobre a garota que mora lá? Belle?

— Garota? — Ele faz uma careta e balança a cabeça. — Nunca vi uma garota lá.

— É, aparentemente ela é agorafóbica. — Jessica suspira. — Você não sabe o sobrenome da Debra, sabe?

— Não. Acho que não. Mas provavelmente está na internet, sabe, no registro de propriedade ou algo assim.

— Claro! — Ela bate com o punho no balcão algumas vezes, lhe lança um sorriso tenso e então se vira e sai.

DOZE ANOS ATRÁS
Portsmouth, Hampshire, Reino Unido

Polly finalmente convenceu Arthur a marcar um encontro com seus pais. Não precisou se esforçar tanto no fim das contas; não depois que ela fez uma rápida pesquisa na internet sobre "John Warshaw" e descobriu que o pai de Arthur era procurado por torturar e assassinar três homens em situação de rua no Harlem nos anos 1980.

Eles se encontram em uma manhã de sábado do lado de fora de um café à beira-mar. O ar frio é cortante e preenchido com gotas de chuva. Polly vê um relance de reconhecimento passar pelo olhar de Ophelia enquanto Arthur os apresenta. O pai dele parece distraído, mirando o oceano.

— Acho que já nos conhecemos — declara Ophelia.

— Já — responde Polly. — Você trabalha no píer.

— Isso mesmo.

— Fui ver você há alguns meses. Fiquei perguntando sobre sua pele linda.

— Eu me lembro. Você estava falando sobre suas... ambições.

— Você tem uma excelente memória.

— Com certeza.

Ophelia fixa em Polly um olhar penetrante. Polly percebe que a mulher mais velha acha que pode expulsar essa intrusa indesejada de sua vida, mas ela não tem ideia, pensa Polly, nenhuma ideia de com quem está lidando.

Polly segura a porta do café aberta para ela.

— Depois de você — diz ela.

Melhor idade do que beleza, diz seu monólogo interno.

O café é barulhento e movimentado. As janelas estão embaçadas com a condensação de conversas excessivamente altas. Uma garçonete lhes traz cardápios plastificados, que elas examinam em um silêncio constrangedor. Polly lança um olhar para o pai de Arthur, sentado à sua frente. Ele parece inofensivo. Parece muito um homem que cuida de horta e alimenta um gato com ração, não um homem que tortura pessoas e bebe sangue de garrafas.

— Prazer em conhecê-lo, sr. Simms.

— Não sou Simms — ele diz de forma direta. — Esse é o nome da minha esposa. E do meu filho. Meu nome é John Jackson. Você pode me chamar de John.

Polly controla sua empolgação ao flagrar a mentira descarada.

— Bem, prazer em conhecê-lo, John.

— Igualmente — ele diz, olhando para ela com intensidade. — Igualmente.

Depois de fazerem os pedidos e de os cardápios serem recolhidos, Polly sorri para Ophelia.

— Estou superagradecida por terem concordado em nos encontrar — ela começa com cuidado. — Sei que vocês não querem que Arthur tenha uma namorada...

Ophelia interrompe.

— Claro que queremos que Arthur tenha uma namorada.

— Bem, você com certeza deu a Arthur a impressão de que preferiria que ele não tivesse.

Ophelia se altera.

— Arthur pode fazer o que quiser. É um homem adulto.

Polly sorri e aperta a mão de Arthur em cima da mesa.

— Fico dizendo isso a ele. Não é, Arthur?

O rapaz dá de ombros.

Polly suspira.

— É um homem de poucas palavras.

— Arthur é cerebral. Está tudo lá dentro. — Ophelia aponta para a cabeça do filho. — Mas não costuma andar por aqui. — Ela gesticula para o espaço físico ao redor.

— Sim. Entendo isso. É uma das coisas que amo nele.

— O que mais você ama nele? — John pergunta com ceticismo, fazendo parecer uma pergunta capciosa.

Polly move sua mão abaixo da mesa, para a perna de Arthur, e fixa o olhar de John diretamente no dela.

— Eu amo o cérebro dele. Amo sua alma gentil. Amo suas mãos. Mas, principalmente, amo o quanto ele ama vocês dois.

Ophelia inclina um pouco a cabeça para trás e, então, acena com a cabeça.

— Somos muito unidos.

— Sim. E eu admiro isso. Não é nada como o que tive.

— Como é sua família?

Polly pisca lentamente.

— Minha mãe sofre de dor crônica e depressão há muito tempo e passa a vida inteira no sofá se drogando com meu irmão, que só sai de casa para comprar mais maconha. Meu pai já morreu. A família da minha mãe não quer nos conhecer. Somos meio que uma família de merda, na verdade. É por isso que valorizo tanto o que Arthur me contou sobre vocês.

A jovem nota um amolecimento nas feições de Ophelia.

— Família é tudo — a mulher diz, com um leve aceno de cabeça.

— Concordo. — Polly volta seu olhar para John. Ele contempla o horizonte, desinteressado. Tem aquele olhar sombrio que Polly às vezes percebe em Arthur. Um vazio.

De repente, o homem se vira para fitar Polly e diz:

— Sinto muito. Não quero parecer cético, mas o que uma garota como você vê em um garoto como Arthur? Além de um grande cérebro, um bom coração e mãos bonitas?

— O que mais eu deveria querer?

— Uma garota como você, toda... — Ele agita os dedos. — Toda arrumada, toda polida, suas unhas assim, seu cabelo assim, o jeito que você deixa a boca...

— O jeito que eu...?

— Assim. — Ele faz bico. — Como se alguém estivesse prestes a tirar uma foto sua.

— *Pai* — intervém Arthur.

— Não, Arthur — diz Polly. — Está tudo bem. Posso cuidar de mim mesma. E acho que é uma pergunta razoável. Entendo que talvez sejamos um casal um pouco estranho. Mas, na verdade, nós nos complementamos. Estamos ambos em busca das mesmas coisas.

— Tipo o quê, exatamente?

— Tipo uma chance de usar nossas habilidades. De nos libertarmos.

— Libertar de quê?

Ela gesticula ao redor do café bagunçado e para o mar marrom e espumante.

— *Disso.*

— O que há de errado com isso? — pergunta Ophelia.

Ela vê um músculo no canto da boca de John se contrair e sabe que ele sabe *exatamente* o que há de errado com isso. Ele está preso ali por causa do que é, por causa do que fez. Não há escapatória para ele.

— Está tudo bem — apazigua ela. — Mas não é o suficiente. E, com meu instinto comercial e o cérebro do Arthur, nós poderíamos realmente fazer algo acontecer. Você viu o site que ele fez para mim?

A jovem pega o telefone da bolsa, acessa seu site e o vira para Ophelia. O produto exibido é chamado Beauty X. Ainda não foi lançado, mas parece refinado e empolgante. A página da internet tem grandes espaços em aberto, que vão alocar textos e fotos ficarão quando Polly tiver uma linha completa de itens à venda. No topo está escrito "Você quer uma pele perfeita? Bem, você veio ao lugar certo!", e o logo é um *X* com uma marca de beijo atrás.

— Sabe — ela diz —, como um beijo, e outro beijo.

Ophelia vira a tela do telefone de Polly para John, que acena com a cabeça de forma neutra.

— E também tem essa nova rede social chamada Instagram. Foi lançada há poucos anos. Tenho conta lá. Tenho poucos seguidores no momento, mas, assim que meu produto estiver pronto para ser lançado, farei a maior parte do meu marketing lá. E Arthur também vai me ajudar com isso. Ele é tão bom em todas essas coisas.

Ela faz uma pausa enquanto pega o telefone com Ophelia e o coloca de volta na bolsa.

— Só preciso, na verdade, aperfeiçoar o produto. É onde você entra.

Polly deixa a afirmação no ar, pairando entre o grupo. John olha para ela e, em seguida, para a janela, onde o oceano cinza sem fim se move bem levemente.

Arthur se inclina um pouco para a frente e fixa o olhar na mesa.

— Não sei do que você está falando — diz Ophelia, por fim.

— Sabe — Polly responde simplesmente. — Sabe, sim. Sabe exatamente do que estou falando. — Ela mergulha a mão na bolsa e retira as fotografias que pegou no caderno de esboços encontrado no velho chalé, o recorte de jornal sobre o bar no Harlem e o relatório da polícia sobre os corpos encontrados sob a pista de dança.

A jovem espalha as imagens à sua frente, na frente de Ophelia e de seu marido e observa suas reações. — Sei tudo isso sobre vocês e, mesmo assim, ainda quero fazer parte da sua família. Então, tudo o que estou pedindo, Ophelia, é que me deixe entrar.

Ela para e deixa o silêncio ensurdecedor subsequente a esse discurso se desenrolar, deleitando-se com o horror e a profundidade disso. Mas não está preocupada. Ela tem todo o poder agora.

Ela tem o filho de Ophelia e os segredos de Ophelia.

Não vai demorar, ela pensa, até que Ophelia dê a Polly tudo o que ela quer.

VINTE E DOIS

O BASTÃO DE PLÁSTICO está na beira da pia. Jessica está sentada na tampa fechada do vaso sanitário. O timer no celular dela conta os segundos.

Cinco minutos depois, o bipe avisa que o resultado está pronto. Mas ela não está. Realmente não está.

Jessica afasta o cabelo do rosto com a mão e solta um suspiro.

Então, pega o bastão.

Lá está a palavra *grávida*.

Ela solta um suspiro pesado. Agora sabe. Sabe com uma clareza que quase faz seus dentes saírem da boca.

Não quer isso.

Ela não pode querer isso.

Isso não pode acontecer.

Jessica joga o bastão no lixo, deixa a tampa se fechar com um estrondo e se deixa cair pesadamente na beira da cama, onde permanece sentada por um longo tempo.

O pub está silencioso às quatro horas da tarde. Três homens solitários estão sentados no bar, com assentos vagos entre si. Dois estão rolando o feed em seus celulares, o terceiro olha para o vazio.

A atendente cumprimenta Jessica com um sorriso de reconhecimento.

— Boa tarde, querida. Como está hoje?

— Estou bem, obrigada. E você?

— Ah, você sabe…

Jessica não sabe, mas acena com a cabeça mesmo assim.

— O que posso lhe trazer?

— Um uísque, por favor. O que você tiver. Duplo.

— Gelo, querida?

— Não. Obrigada.

A atendente serve a bebida e a entrega para Jessica, que paga e a leva para uma mesa em uma sala lateral, longe da atmosfera pesada dos homens silenciosos no bar. A detetive coloca o copo à sua frente em uma mesinha com vista para um quintal úmido, onde há uma tenda mofada. Encara a bebida, gira o copo várias vezes. Seu coração bate forte no peito. Ela pega o copo e o leva ao nariz. O cheiro a leva de volta, como numa obra de Proust, através de grande parte dos piores momentos de sua vida. Leva-a de volta ao seu apartamento sombrio no Hell's Kitchen. Leva-a de volta aos bares mal-iluminados, homens grosseiros e manhãs que pareciam piadas de mau gosto. Tem um cheiro púrpura.

Ela coloca o copo de volta na mesa.

Reflete sobre a palavra *grávida* no bastão de plástico no lixo.

Pensa em Luke.

Conjectura sobre o futuro.

Pega o copo.

Deposita o copo de volta na mesa.

E, então, nota uma figura aparecendo em sua visão periférica.

Uma figura pequena.

Uma criança.

Ela se vira.

— Ah, não — Jessica geme. — Ah, não, não, não, não. O que diabos…?

É a garotinha. A menina que ela viu pela primeira vez do lado externo do apartamento de Julius, há quase duas semanas, e depois em uma lanchonete em South Kensington na manhã de quarta-feira. E agora ela está aqui, em Essex, em um pub mortalmente quieto, cheio de poeira e de bêbados, usando o mesmo casaco prata, as mesmas meias listradas, o cabelo arrumado nos mesmos coques dos dois lados da cabeça, e é real. É tão real quanto possível. Há um fio solto pendurado em um dos botões do casaco, um arranhão no tênis esquerdo. A menina inclina a cabeça para o lado e olha pensativamente para Jessica.

— Você está bem?

O som de um sotaque americano é estranhamente reconfortante, e Jessica sente-se relaxar um pouco.

— Humm, sim. Ou pelo menos eu estaria, se conseguisse pensar em uma única explicação para o que você está fazendo aqui.

— Estou aqui com minha mãe.

— Onde ela está?

— Não sei. Estou esperando por ela. Tenho certeza de que não vai demorar.

— Escuta, garota, continuo te vendo por aí, e você sempre fala dessa sua *mãe*, mas nunca a vi. E estou começando a me perguntar se ela realmente existe.

— Ah, sim. Ela existe, está bem?

— Bem, ela parece um pouco negligente, se você não se importa que eu diga.

— Sim. Às vezes ela é. Mas tudo bem. Porque sou muito, muito independente. Posso fazer praticamente qualquer coisa que eu precisar.

— Sério? Me dá um exemplo.

A garota dá de ombros e diz:

— Bem, então tá bom.

De repente, a menina atravessa a sala e levanta uma mesa pela perna. Ela a segura no alto, acima da cabeça, como se fosse feita de papelão. A mesa é de madeira maciça, com pernas de metal, e a maioria das crianças teria dificuldade em levantá-la sequer um palmo do chão, mas essa criança fica assim por dez segundos inteiros antes de colocá-la suavemente de volta no chão.

A garotinha esfrega as mãos e olha para Jessica.

— Você não precisa se preocupar comigo, entendeu? Sou muito forte. Aguento *muita* coisa.

— Espera aí. Você é… quer dizer, seus poderes, eles são…?

— Não sei. Acho que vou ter que descobrir.

— Qual é o seu nome? — Jessica lhe pergunta.

— Qual você quer que seja?

— Qual *eu* quero que seja? — Jessica coloca a mão no peito.

Mas a menina não responde. Em silêncio, seus olhos disparam para o copo na mesa de Jessica. Ela o encara de modo profundo e sombrio, por vários momentos, e depois volta a atenção para Jessica, balançando a cabeça para ela de forma repreensiva.

— Você precisa sair daqui, você tem um trabalho a fazer, moça — a menina diz. — Você precisa descobrir o que aconteceu com aquelas garotas, o que aconteceu com Grace, Audrey e Amina. Elas *precisam* de você.

Ela se afasta, e Jessica se levanta num pulo para segui-la, mas a criança não está em lugar nenhum.

— Garotinha! — ela chama.

A atendente e os três beberrões no bar se viram e a encaram.

— A menina — diz Jessica. — A criança. Para onde ela foi?

— Que criança? — pergunta a atendente.

— A... — Jessica para. — Nada. Deixa pra lá.

Ela se vira para olhar de volta para o copo de uísque, ainda sobre a mesa na sala lateral. Ela pensa na criança segurando a mesa pesada no alto. E, de repente, ela sabe. Ela sabe com certeza.

A garota não é real. Mas ela tem que existir. Ela *tem* que existir.

Jessica volta para a rua e, então, com um sobressalto e um choque, abre os olhos, sua voz trava em uma palavra esquecida, e percebe que está na cama do hotel, enrolada nos lençóis, acordando de um sonho.

VINTE E TRÊS

JESSICA SAI DO HOTEL para dar uma volta pela vila pouco depois de acordar de seu sonho vívido. Enquanto caminha, ela ouve um podcast chamado *Tem um vampiro na casa?*.

Era uma vez um lugar animado, com bar e casa de shows, começa o podcast, *amado pelos moradores há muitos anos. Mas, nos anos 1980, o bar Upside Down, assim como o Harlem, estava degradado e negligenciado pelas autoridades, cheio de crimes, assolado pelos problemas com drogas que predominavam em toda a Nova York na época. Mas, à medida que vendas de drogas e brigas rolavam no primeiro andar, no subsolo coisas inimagináveis estavam acontecendo. Em 1998, trabalhadores da cidade fizeram uma descoberta perturbadora sob as luzes da pista de dança no porão: os restos mortais de três jovens, embrulhados em camadas de tecido, seus corpos drenados de sangue e parcialmente mumificados. Duas das vítimas foram identificadas pela arcada dentária. Uma, que desapareceu das ruas do Harlem em 1986, aos tinha vinte e dois anos, era um morador local chamado Diep Davis, conhecido por todos como* DD. *O segundo, Jean Michel Diavolo, foi dado como desaparecido por seu irmão em 1988, após perderem contato quando ele se mudou para a cidade, quatro anos antes. Diavolo tinha vinte anos quando deixou sua cidade natal, Detroit. A terceira vítima nunca foi identificada.*

Em 1988, o gerente do bar, um homem chamado John Warshaw, foi levado pelos detetives da polícia de Nova York para interrogatório depois de ter sido visto deixando um jovem entrar nas instalações nas primeiras horas da manhã, um homem que mais tarde foi dado como desaparecido por sua esposa. As instalações foram revistadas, e, quando nenhuma evidência do indivíduo desaparecido foi encontrada, Warshaw foi liberado sem acusação. Warshaw deixou o emprego no Upside Down logo depois, e o bar fechou definitivamente em 1994. Quando trabalhadores das linhas de gás tiveram acesso aos andares inferiores do prédio, em 1998, o local estava vazio havia anos. Após a descoberta dos restos mortais dos homens, uma busca policial em todo o país foi realizada para encontrar John Warshaw, mas até hoje seu paradeiro é desconhecido.

Neste episódio, vou contar minha jornada enquanto tento rastrear Warshaw e descobrir o que realmente aconteceu sob as luzes brilhantes e nas sombras mais escuras do bar Upside Down, no Harlem.

No entanto, ao fim do último episódio, o podcaster não está nem próximo de encontrar o furtivo bartender vampiro, e a narrativa se perde em teorias desconexas, como frequentemente acontece nesses casos. Ainda assim, há uma testemunha cuja história chama a atenção de Jessica, um homem chamado Judd Winter, que havia empregado John Warshaw para administrar seu bar durante os anos 1980.

Um cara legal, Judd diz ao entrevistador. *Sinceramente, um cara legal. Mas tinha... problemas. Traumas de infância, esse tipo de coisa. Abandonou a faculdade de medicina e vagou pelo mundo, até onde sei. Apareceu aqui com cara de menino e desesperado por dinheiro. Dei um quarto para ele lá em cima. Trabalhou para mim, sim, por mais ou menos seis anos no total. Ele gostava daqui. Era regular e trabalhador, os clientes gostavam dele, sabia conversar, mas também sabia quando parar. Mais importante: eu podia confiar no cara. Confiava a minha vida a ele. Então, quando a polícia apareceu na minha porta, em 1998, contando o que haviam encontrado sob a pista de dança, dizendo que estavam procurando John... Quer dizer, a única coisa que consegui pensar foi: De jeito nenhum. De jeito nenhum.*

O entrevistador lhe pergunta: *Onde acha que ele pode estar agora?*

Judd Winter suspira. *Sinceramente? Não faço ideia. Ele não tinha raízes. Ele não tinha... bem, ele não tinha ninguém. Quer dizer, havia uma garota, ela costumava aparecer bastante. Uma garota britânica. Muito bonita. Ela se sentava no bar, e eles flertavam, mas, para ser honesto, eu achava que ela estava perdendo tempo, porque John nunca pareceu ser esse tipo de cara. Ela era muito jovem, sabe? Ele já estava na casa dos trinta, era um pouco solitário. Mas parecia interessado nela. Não sei o que aconteceu com a moça, mas acho que, se você conseguir encontrá-la, pode ser que o encontre.*

Qual era o nome dela?

O nome dela, e eu lembro disso porque era muito bonito, era Ophelia.

De volta ao seu quarto, conforme espera a noite cair, Jessica passa um tempo pesquisando no Google os *primeiros sintomas da gravidez*. Não é a primeira vez que ela pergunta à internet sobre sua situação, mas é a primeira vez que ela dura mais de cinco minutos antes de fechar a tampa do notebook com horror. Ao que parece, ela não deve beber mais de duzentos miligramas de cafeína por dia, e isso, sinceramente, é uma piada de mau gosto.

O mundo do outro lado de seu teste de gravidez positivo ainda a assusta. É ilustrado na internet por mulheres de rostos limpos segurando barrigas arrumadas e sentadas em salas arejadas vestindo roupas brancas ao lado de maridos bonitos. Esse mundo é habitado por mulheres que não têm nada a ver com Jessica, levando vidas que não se assemelham em nada à sua. E quanto aos seus poderes? E os de Luke? Suas habilidades vão determinar automaticamente que o bebê também tenha poderes? O bebê crescerá mais rápido? Maior? Ele vai explodir do útero com força suficiente para parti-la ao meio? Vai voar pela sala de parto e bater a cabeça na parede? Ela se lembra do que Luke disse na semana anterior, sobre como a vida já é difícil o suficiente para uma criança normal, quanto mais para uma criança com superpoderes. Ela deveria mesmo estar considerando isso?

Ela clica em um link para uma "calculadora de data de parto" e coloca a data do primeiro dia de sua última menstruação.

Você está grávida de oito semanas.

Jessica fecha a tampa do notebook e pega o telefone.

São 11h30 em Nova York. Malcolm ainda estará em aula, então ela lhe manda uma mensagem:

Estou voltando para o casarão em breve. Vou tirar Belle de lá. Se não tiver notícias minhas até a hora de acordar amanhã de manhã, quero que ligue para este cara, Elliot, na farmácia de Barton Wallop. Ele sabe onde estou. Ok?

E não faça nada perigoso esta noite. Me mande mensagem assim que tudo acabar. E fique EM SEGURANÇA, pelo amor de Deus.

Ela copia e cola o número da farmácia da vila e pressiona ENVIAR.

VINTE E QUATRO

A NOITE JÁ CAIU, tão escura quanto possível, quando Jessica chega ao exterior da casa de Belle. O muro ao redor se ergue acima dela, com três metros de altura. Ela olha de um lado para o outro e, então, se lança para cima. Equilibra-se no muro por um segundo e espera pelo barulho dos cães, que com certeza vem. Como um tornado na noite, a matilha aparece abaixo, e, com um frio no estômago que quase a faz vomitar, Jessica joga um punhado de presunto em cubos e então pula, com as pernas em movimento, os braços batendo no ar frio da noite como partes de uma máquina, o coração enchendo o peito. Quando a detetive aterrissa, um dos cães consegue se aproximar o suficiente para morder seu calcanhar. É o mesmo cão que Belle estava alimentando com tiras de carne-seca mais cedo, que pegava os pedaços dos dedos de Belle tão delicadamente quanto uma dama da nobreza. Agora, aquela mesma boca macia está cravada em sua carne, e Jessica chuta com força suficiente para arremessar o cão alguns metros pela grama, onde ele aterrissa com um ganido. Jessica sabe que tem uma oportunidade muito curta para atravessar o terreno até a casa antes que Debra e Belle sejam alertadas, então ignora a dor e corre.

A casa está às escuras quando a alcança. Jessica tem segundos para entrar antes que os cães cheguem e acordem todos. Ela sobe por um cano de água em direção ao andar do meio, onde Belle estará dormindo, mas ouve os cães quando ainda está na metade do caminho. Ela prende a respiração e espreita na curva, onde vê Debra em um robe atoalhado e chinelos de pele de carneiro, parada bem na porta da frente com uma enorme lanterna na mão. Debra parece a mãe de alguém, esperando para receber o filho que chegou tarde. Não parece uma sequestradora ou assassina, com os chinelos macios, os óculos no topo da cabeça e o brilho do luar refletindo no creme noturno em suas bochechas.

— Olá? — Jessica ouve Debra chamar. — Tem alguém aí?

Jessica ouve o som das garras dos cães arranhando o cascalho do estacionamento e o barulho de latidos próximos. Eles podem sentir seu cheiro. Sabem que ela está ali.

— O quê? — ela ouve Debra dizer aos cães. — Há alguém lá em cima? O que é isso?

Jessica vê o facho da lanterna varrer o topo da casa e se esconde para longe dele. Os cães a seguem, e ela sabe que precisa sair dali ou entrar na casa. Então respira fundo e se impulsiona pelo cano de esgoto até o segundo andar, onde empurra uma janela destrancada e entra no corredor. Ela abre e fecha três portas antes de encontrar o quarto de Belle. E lá está Belle, dormindo, encolhida em si mesma em uma cama estreita sob uma colcha fina. O quarto está frio e úmido.

— Belle!

A garota se mexe.

— Belle! Acorde! — Ela toca suavemente o ombro de Belle, e a silhueta pequena desperta com lentidão de um sono muito profundo.

— Ah — murmura ela. — O que está acontecendo?

— Não tenho tempo para explicar. Só preciso que você venha comigo, agora.

— O quê?

— Me escuta. Esta não é sua casa de fato. Você foi sequestrada e está sendo mantida aqui contra sua vontade. Você não é realmente Belle. Seu nome verdadeiro é Grace.

— Grace?

— Sim. Grace Partridge. Este é seu nome verdadeiro. Veja. — Jessica liga o telefone, no qual ela deixara aberta a foto da matéria do jornal.

Belle observa a foto e depois encara Jessica com os olhos arregalados.

— Não entendo...

Mas não há tempo para que ela entenda. Jessica pode ouvir Debra se movendo pela casa, os rangidos urgentes dos passos nas escadas. Ela observa a janela sobre a cama diminuta. A passagem também é pequena, com moldura de metal, mas parece grande o suficiente para que ambas consigam passar. Ela olha para Belle, com seu pijama de estampa floral, e então arrebenta as portas do armário e tira um moletom e uma calça de treino.

— Vista isso — ordena ela. — Rápido.

Belle a encara com olhos vazios.

Jessica rosna e envolve as roupas ao redor da garota com força, levanta Belle em um abraço de urso, sobe na cama, arrebenta a janela com um chute forte que quebra as molduras de metal e estilhaça o vidro em mil pedaços. Então, com um gosto amargo de bile atingindo a parte de trás de sua garganta, segura o corpo da garota com firmeza e salta.

NOVE ANOS ATRÁS
Farnham, Surrey, Reino Unido

Polly posa para o telefone em um suporte no balcão da cozinha à sua frente. Contempla seu rosto na tela do telefone e se depara com as sombras projetadas do osso da sobrancelha, que escurecem seus olhos, então atravessa a sala e desliga as lâmpadas halógenas, redireciona as luminárias de mesa para que iluminem mais diretamente sobre ela e retorna ao seu lugar.

Mas agora há algo errado com os cantos de sua boca.

Parecem um pouco malvados, um pouco tristes. E suas sobrancelhas estão erradas. Ela volta para o espelho, mexe em sua bolsa de maquiagem, remove o lápis de boca e o reaplica. Então penteia as sobrancelhas, certificando-se de que cada pelo esteja exatamente no lugar. Ela joga um pano de prato sobre uma das lâmpadas e ocupa seu lugar de novo. Ainda não está exatamente certo, mas, nesta época do ano, sem luz decente para trabalhar, é o melhor que pode fazer. Polly se inclina para a frente e pressiona o botão de gravar.

— Oi, pessoal — ela começa, segurando um tubo de seu mais recente produto, Beauty X Pore Magic. — Olhem isso! Acabei de receber do laboratório, estou tão animada para mostrar a vocês como isso funciona.

Ela levanta a embalagem para a câmera: uma distinta caixa verde-menta com letras rosa-choque. Ela a abre e dali retira o tubo dourado.

— Olhem — continua Polly, mostrando-o para a câmera. — Não é lindo? Mas esperem só até ver o que esse produto pode fazer. Lembrem-se do quanto vocês amaram o Visage Magic Serum? Bem, isso vai um passo além. Uma aplicação, após seu sérum, deixe por apenas um ou dois minutos, e juro que vocês verão seus poros simplesmente desaparecerem. Deixe-me mostrar.

A mulher aproxima o rosto da tela e espalha o sérum sobre o lado direito de seu rosto.

— Então, tudo o que tenho deste lado do rosto é o sérum, mais nada, e, olhem, vocês podem ver como minha pele ainda está manchada em alguns lugares, nem mesmo o Visage Magic conseguiu suavizar completamente essas áreas. Mas vejam isso.

Ela aplica o sérum no lado esquerdo do rosto, coloca o Beauty X Pore Magic por cima e, então, dá um passo para trás novamente.

— Certo, já estou vendo uma diferença. Olhem isso... vocês conseguem ver?

Polly sempre se sente um pouco boba falando para a câmera como se ela fosse responder. Mas, no fim, esse é um pequeno preço a pagar por seus objetivos. Ela sabe que esses produtos são incríveis. E deveriam ser. Eles têm um preço considerável. Mas todo o esforço vale a pena quando recebe os comentários, em suas postagens, de mulheres que foram empoderadas por seus produtos, por suas palavras, por *ela*.

Ela tem quase 2 500 seguidoras agora. Teria mais, contudo precisa manter sua página privada, então é mais como um clube de membros do que uma conta no Instagram. Ela comercializa assim, usando o fator de exclusividade para aumentar o valor de marca e poder cobrar cem libras por um tubo de creme. Mas a verdade, claro, é que ela precisa filtrar seus seguidores da mesma forma que precisa filtrar todos que compram seus produtos, por causa da natureza muito particular dos itens em questão. Porque não foram testados e não têm licença. Porque a embalagem elegante verde-menta e rosa-choque está impressa com ingredientes sem sentido e declarações sem sentido de autenticidade e garantias sem sentido de conformidade com padrões orgânicos. Ela não pode comercializar exatamente a verdade sobre seus produtos, que são antiéticos ao extremo. O que as clientes precisam saber é que os produtos funcionam.

Suas clientes são viciadas neles, mas ainda há um limite até onde Polly pode ir antes de ser pega. Ela está constantemente alerta, vivendo em um estado de paranoia alimentado pela adrenalina. É inundada pelo pânico toda vez que alguém lhe envia uma mensagem com perguntas técnicas demais. Pânico toda vez que o telefone toca com um número desconhecido ou a campainha toca. Ela não tinha pensado em nada disso quando começou, há três anos. Tudo o que queria era obter a receita de Ophelia, fazê-la mostrar como produzir aquele creme mágico e, em seguida, entregá-lo às pessoas e observar seus rostos quando veem como estão bonitas.

Agora Polly tem dinheiro. Ela e Arthur alugam uma pequena casa em Farnham, uma construção nova em um lindo bairro a uma curta distância da cidade. Ela tem itens de grife. Tem dois cães bichon-havaneses. Possui influência. Tem Arthur. Está procurando um pônei. Polly ainda não decidiu sobre o pônei, requer muito tempo e ela não tem muito tempo, sua vida é ocupada e agitada. Suas caixas de entrada estão cheias. As pessoas falam com ela como se ela fosse poderosa, importante. Os seguidores ficam superanimados quando ela responde a suas mensagens. Afirmam que ela é linda. Estão dedicados a ela. Notam quando ela compra coisas novas. Eles a amam.

Ela está pronta, Polly sabe, está pronta para grandes coisas.

Mas há esse obstáculo no seu caminho.

O próprio produto é o obstáculo.

Polly consegue se esquecer disso às vezes, quando John e Ophelia aparecem em sua pequena van com as caixas de produtos bonitos. Por várias horas, ela consegue acreditar que é apenas creme para o rosto e que ela é apenas uma empresária normal. Quando está sorrindo para a câmera para seus seguidores, ela consegue acreditar que é apenas uma garota de olhos brilhantes de Portsmouth com grandes sonhos, conduzindo sua melhor vida. Nesses momentos, ela esquece completamente os componentes contidos nos potinhos de creme e como é obscuro o pano de fundo de toda a operação.

Ela não pode contar com John e Ophelia para sempre, não pode mantê-los reféns de seu bel-prazer indefinidamente. John está envelhecendo, sua sede de sangue está diminuindo. Ophelia está ficando ainda mais velha, sua força vital está evaporando. Polly tem o filho dos dois, mas o controle sobre eles fica mais fraco a cada dia. O pior, talvez, é que seu mercado é autolimitante por causa da natureza do produto. Ela nunca dominará o mundo vendendo para o mundo por trás de portas secretas e fechadas. Polly precisa encontrar o próximo sucesso, a coisa que a tirará das sombras e a lançará aos holofotes. Ela só precisa descobrir o que vai ser.

Polly sorri para a câmera, com seus dentes profissionalmente branqueados brilhando na tela à sua frente.

— Aqui está — ela diz para seus seguidores. — Vejam. Vocês conseguem ver isso? Minha pele está perfeita agora. Literalmente perfeita.

VINTE E CINCO

JESSICA ACORDA EM um sofá. Senta-se e analisa ao redor na sala, que parece tanto estranha quanto familiar. Está em algum tipo de cabana ou, talvez, uma casa de fazenda. Desgastada, mas meio charmosa. Papel de parede com estampa de rosas. Aquarelas fofas. Uma vista pela janela de árvores e colinas ao fundo. Então, ela se assusta levemente com o som de uma voz vindo do outro lado da sala. A detetive se vira e vê uma mulher. Ela tem cabelo escuro e brilhante, com franja, e está vestindo um suéter de gola alta extragrande, leggings e chinelos de pele de carneiro. Em sua mão, há uma grande caneca.

Debra, ela pensa. Jessica a conhece. Mas quem é ela?

— Bom dia, Jessica — diz a mulher. — Como está se sentindo?

Jessica reflete por um momento e, então, percebe que se sente absolutamente magnífica.

— Estou me sentindo ótima — responde ela. — Eu me sinto…

— Perfeita?

— Sim — diz Jessica. — Sim. *Perfeita*. Que… que horas são?

— São quase onze horas. No sábado.

— Sábado? E ontem foi…

— Sexta-feira. Sim, isso mesmo.

Jessica sente algo sobre passar a sexta-feira escapando e deslizando ao redor de sua consciência. Não deveria estar acontecendo alguma coisa? Ela não deveria estar conversando com alguém? Ela sente a caracterização sutil e estranha de outro lugar: uma sala aconchegante com uma cama, outra sala do outro lado de um pátio cheio de mulheres bebendo chá de bules e comendo bolo em suportes.

É o seu hotel. Mas parece que esteve lá há muito, muito tempo, é como uma memória distante.

— Ainda é outubro?

— Sim. Ainda é outubro. Você chegou aqui ontem à noite.

— Parece que faz mais tempo.

— Sim. Vai parecer mais tempo.

— Como eu te conheço?

— Você é amiga da Belle.

Belle, pensa Jessica. Belle. Ela sabe quem é Belle. Ela é a garota bonita. A que está na cama lá em cima. É acometida por uma sensação de calor ao pensar em Belle. Mas, então, algo sombrio passa por sua mente, que a faz estremecer. O som de vidro quebrando. A voz de uma mulher em seu ouvido. Uma mão firme cobrindo sua boca. Escuridão. Trevas. Mas, tão rapidamente quanto a sombra cai, desaparece, e Jessica está de volta, bem ali no momento, desfrutando do brilho de um perfeito sábado ensolarado.

Jessica vê Debra olhar para a barra de seu jeans, que está coberta de lama e sangue, rasgada em uma das pernas. Outra imagem passa por sua mente: um céu cheio de estrelas, um cachorro ao seu lado, a dor de carne rasgada, uma casa de fazenda decadente.

— O que aconteceu? — ela pergunta.

— Ah, apenas um mal-entendido com um dos filhotes. Mas você se curou incrivelmente rápido. Quase como um milagre, na verdade, como se nunca tivesse havido qualquer dano. Exceto pelos seus belos jeans. Mas não se preocupe, posso te arranjar outra roupa.

Jessica sorri para Debra.

— Seria *maravilhoso*.

Debra lhe entrega a caneca grande.

— Toma — ela diz. — Uma boa xícara de chá.

Jessica observa a caneca. É de um tom vibrante de bege, cremosa e brilhante. Parece ótima. Ela toma um grande gole e lambe os lábios.

— Obrigada — agradece —, está deliciosa.

Debra retorna um momento depois com uma legging e um cropped. Jessica pega as roupas, vai para o banheiro a fim de se trocar e ofega quando seus olhos encontram seu reflexo no espelho.

Meu Deus. Ela se vira de um lado para o outro, examinando cada centímetro de si mesma: seu traseiro firme e empinado, suas pernas longas e impecáveis, suas coxas tonificadas, seus pés, tão elegantes e delicados, e seus seios, *meu Deus*, são os seios mais perfeitos que ela já viu. Jessica os observa com admiração. Então seus olhos vão para o rosto, e ela ofega novamente. Sua pele está... perfeita. Seus olhos estão claros e brilhantes. Suas sobrancelhas parecem as daquelas mulheres que pagam alguém para mexer nelas a cada duas semanas. E seus dentes — ela levanta o lábio superior e os examina em detalhes — estão branquíssimos, perfeitamente alinhados. Seus lábios estão mais carnudos, seus cílios, mais longos.

Está simplesmente deslumbrante.

Ela toma banho, coloca as roupas limpas e, depois, admira novamente seu reflexo no espelho: o jeito como seu traseiro preenche a legging, sua barriga plana sob o cropped.

Seu olhar para, sua mão para de se mover. Ela observa seu abdômen e sente um pequeno pulso de inquietação passar por ela, mas, então, afasta o pensamento.

Debra fala através da porta:

— Venha para a cozinha quando terminar. Venha comer. Só vou dar uma olhada na Belle. Fique à vontade.

Na cozinha, há uma enorme variedade de alimentos deliciosos sobre a mesa: frutas frescas, doces, bagels. Jessica enche um prato, faz um café e os leva para a frente da casa, onde se senta em um banco para comer, admirando a vista perfeita: os jardins bem cuidados, o céu azul como o de uma pintura renascentista, o ar fresco, mas com o sol quente o suficiente para cortar o frio. Ela balança seu longo cabelo brilhante de um ombro para o outro — *é tão sedoso!* — e suspira de prazer. Poderia ficar ali para sempre. Tudo é simplesmente perfeito.

Jessica fica assim por um tempo. Em certo momento, os cachorros vêm cumprimentá-la, abanando o rabo. Aquele que mordeu seu calcanhar na noite anterior a encara com olhos que parecem gotas de chocolate, e ela lhe oferece uma fatia de banana antes de voltar a observar a paisagem.

E então, através do silêncio, há um estranho zumbido agudo.

Ela olha para cima e vê um drone pairando cerca de quatro metros acima de si. O dispositivo para quando percebe que ela está olhando, depois pousa lentamente no banco ao seu lado. Os cachorros o cercam, com as orelhas erguidas. Ela emite um estalo suave com a boca, que faz os cães se afastarem, e pega a pequena máquina.

Há um pedaço de papel preso na parte inferior.

Jessica o puxa e o desdobra. Nele estão rabiscadas as palavras: É ELLIOT, DA FARMÁCIA. MALCOLM TEM TE MANDADO MENSAGENS A NOITE E O DIA INTEIRO. VOCÊ ESTÁ BEM? POR FAVOR, DÊ UM JOIA PARA O DRONE SE VOCÊ ESTIVER BEM. DÊ UM JOIA PARA BAIXO SE NÃO ESTIVER. E, SE TIVER ALGO QUE QUEIRA DIZER, ESCREVA AQUI E MANDE DE VOLTA.

Jessica encara o drone, depois fita o céu. Ela não tem uma caneta, mas, mesmo que tivesse, o que ela possivelmente poderia querer dizer? Tudo está perfeito.

O nome Malcolm a faz se lembrar de algo. Um lugar distante, outra vida sua, longe desta. Jessica sente ternura ao pensar nele, mas não consegue se lembrar do rosto dele. Guarda o papel de volta no drone e observa enquanto ele sobe de volta ao céu. Conforme ele paira acima dela, ela se lembra das instruções escritas, levanta-se e acena para ele. Jessica balança o cabelo, exibe seus grandes dentes brancos e levanta os dois polegares para o alto, gritando o mais alto que pode, articulando as palavras de forma ampla e clara:

— Estou ÓTIMA! — ela grita para o drone. — Estou PERFEITA!

O drone paira por mais um momento e depois flutua de volta pelo céu, sobre as copas das árvores, e desaparece de vista.

Jessica passa o dia sem rumo. Brinca com os cães, assiste a filmes, degusta a comida que Debra continua a lhe preparar. Debra é uma companhia agradável, fácil de conversar. Ela conta a Jessica um pouco sobre sua infância, sobre como sempre se sentiu à margem das coisas, nunca sentiu que se encaixava em lugar algum, até que, aos vinte anos, tudo fez sentido para ela. Debra tem uma energia brincalhona, mas também uma tristeza que faz Jessica perguntar se ela está realmente bem.

— Ah — diz Debra, com seus olhos pálidos brilhando. A luz reflete nas correntes douradas em volta do pescoço. — Sim, estou bem. Só ficando um pouco cansada. Sabe como é. — Ela aperta a mão de Jessica na sua, depois se dirige ao fundo da cozinha oferecendo: — Chocolate quente?

Jessica acena com a cabeça. Ela se sente bem, sente-se leve, como se as partes espinhosas de sua psique tivessem sido suavizadas, como se outras partes dela tivessem sido descartadas em uma boa faxina anual. Seu corpo parece novo, como se ela tivesse acabado de tirá-lo da embalagem. Os pensamentos estão preenchidos com músicas de que mal se lembra, filmes que não vê há anos, mas, sempre que tenta alcançar uma memória, ela escorrega para longe, então, Jessica se distrai novamente.

O almoço aparece. Arancino, azeitonas e ciabatta. Ela come no sofá da charmosa sala de estar.

— Bom arancino — ela diz a Debra. — De onde veio?

— Da delicatéssen da vila. Eles entregam.

Jessica acena com a cabeça. *Delicatéssen?*, ela pensa. *Vila?*

Então ela se lembra da vila, aquela estranha ruazinha com casas desalinhadas, um hotel, um bar, uma farmácia com um garoto dentro. O garoto. Qual era o nome dele? Elliot. Sim. Elliot, da farmácia. Foi ele que enviou o drone. Malcolm pediu a ele. Quem é Malcolm? Por algum motivo, Jessica sente uma pontada aguda de preocupação ao pensar em Malcolm. Pondera se ele seria seu filho. Seu namorado? *O celular*, ela pensa. Malcolm estará no celular dela.

— Debra — ela chama. — Onde está meu celular?

— Está ali — diz Debra —, perto da porta da frente. Está carregando.

— Preciso dar uma olhada.

— Claro. Fique à vontade. Mas lembre-se, não há muito sinal aqui. Nem Wi-Fi.

— Ok.

Jessica se levanta e pega o celular. Ela o liga, mas a tela continua preta.

— Ah — ela diz para si mesma. E ela não consegue se lembrar por que precisava do celular, afinal.

— Como está se sentindo, Jessica? — pergunta Debra.

— Ótima, sim. Perfeita.

— Excelente. Fico muito feliz. Pegue mais comida.

— Sim. Sim, eu vou. Debra. Você tem filmes antigos?

— Sim! Claro! Do que você gostaria?

— Você tem *A garota de rosa-shocking*?

— *A garota de rosa-shocking*? Já vou pegar. Por que você não vai pegar mais chocolate quente? E tem pipoca no armário também. Coloque um pouco no micro-ondas.

Jessica sorri.

— Sim — concorda ela. — Boa ideia. Parece perfeito.

— Fico feliz que tenha escolhido *A garota de rosa-shocking*. É um dos meus favoritos. Os anos 1980, Jessica, foram realmente a melhor década. As pessoas falam dos anos 1990, não falam? E dos anos 1960. Mas eu discordo. E tenho conhecimento de causa.

OITO ANOS ATRÁS
Farnham, Surrey, Reino Unido

"Oi", começa a mensagem direta que vai destruir a vida de Polly. "Acabei de receber dois dos seus produtos, Pore Magic e Visage Magic. Estou impressionada com a eficácia deles, sério. Não sei por que eles não são famosos! Devíamos ver isso por toda parte! Tenho mais de 250 mil seguidores e adoraria mostrar seus produtos na minha página. Mas, por cuidado com meus seguidores, só posso divulgar produtos licenciados, e não consigo encontrar nada sobre a Beauty X na internet. De qualquer forma, passei os séruns para o meu sogro, que trabalha com produtos farmacêuticos. Ele testou os dois produtos e acabou de me ligar dizendo que encontrou alguns componentes preocupantes. Não sei se você está ciente disso. Mas ele alertou que os produtos contêm, tipo, vestígios de DNA humano de várias pessoas! Quero dizer, sei que isso parece loucura! E não sei se você está ciente! Estou meio inclinada a seguir com isso, para saber mais sobre como vocês fazem esses produtos. Estou um pouco preocupada, para ser honesta. E, sério, não quero que veja isso como ameaça, mas talvez eu tenha que levar isso às autoridades, caso você não queira falar comigo. Então, escuta, aqui está meu número, me liga. Quero ajudar você a monetizar esse produto incrível, mas só se for legítimo. Então, vamos conversar! Com carinho, Clara."

Arthur, que estava lendo a mensagem por cima do ombro de Polly, respira fundo e declara:

— É isso. Precisamos encerrar a conta. Cancelar todos os pedidos e encerrar tudo. Agora.

Polly balança a cabeça, negando, mas depois assente, porque sabe que ele está certo.

— Sim — concorda ela. — Sim.

Arthur já está abrindo seu próprio notebook e digitando.

— Você precisa responder a ela. Diga que está chocada, que está tirando o produto do mercado enquanto investiga. Agradeça por informá-la e tal, e por aí vai. Depois precisamos levar todo o estoque para o terreno do papai e queimar até a última parte.

— Sim — repete Polly. — Certo. — E, mesmo que ela saiba que precisa fazer isso, seu coração está se partindo. Seu estoque. Seu lindo estoque. Todas aquelas caixas maravilhosas em verde-menta e rosa-choque empilhadas em ordem na garagem. Todos aqueles envelopes dourados com plástico-bolha, os nomes e endereços em etiquetas verde-menta, tudo pronto para ser enviado. Seus seguidores! Ela segura um soluço ao pensar em seus seguidores! Eles a amam tanto! O que vão fazer? Vão ficar devastados. Polly terá que reembolsar todos os pedidos pendentes. Sua vida será… O que será de sua vida? Há três anos tudo tem sido sobre a Beauty X. É no que ela pensa desde acordar até a hora de adormecer. Filmar conteúdo, ir até o depósito em Portsmouth, onde Ophelia e John produzem os séruns, depois sentar-se na sala de estar para embalar tudo, incluindo pequenos mimos (pirulitos, minitubos de confeitos em formato de coração), levar os envelopes ao correio todos os dias às quatro horas, filmar mais conteúdo, responder a comentários e mensagens, trabalhar com os fabricantes de embalagens, testar novos produtos.

É toda a sua vida e agora está chegando a um fim abrupto.

Mas e essa garota, pensa ela, clicando no perfil, *essa Clara?* O que vai fazer quanto a ela?

Clara posta várias vezes ao dia, e, ao contrário de Polly, não cria conteúdo apenas de dentro de casa. Ela faz relatos de fins de semana com as amigas, férias e passeios no parquinho com a filha de dois anos, Mai. Ela deixou um rastro de migalhas inacreditável, e não leva mais de dez minutos na internet para Polly descobrir que a Senhorita Ética mora em um subúrbio de Birmingham chamado Topsville, em uma pequena casa rosa com figueiras em vasos do lado de fora e uma guirlanda de hortênsias secas na porta. Na porta está o número 2. O parquinho aonde Clara leva Mai para ensaios fotográficos fica bem em frente. Mais dez minutos vasculhando o Google Maps Street View levam Polly até a casa da mulher. E agora ela tem o endereço de Clara.

Ela mostra para Arthur.

— É onde a vadia mora.

Uma sombra passa pelos olhos de Arthur.

— O quê? — ela pergunta.

Ele se vira um pouco para fitá-la e volta para a tela.

— Nada — replica ele. — Nada.

— Bem, o que mais devemos fazer?

— Ela tem uma filha.

— Sim, eu sei. Tenho olhos. Mas qual é a alternativa?

— Ela é muito conhecida, Pols. As pessoas vão notar. Seria notícia de primeira página todos os dias por um mês. Uma influenciadora de beleza com *um quarto de milhão de seguidores e uma filha fofa*. Não podemos, ok? Temos que encontrar outro jeito.

Polly suspira. Sabe que ele está certo, mas como vão calar a boca da vadia? Qual é a resposta? Quanto Arthur se vira, Polly pega o celular e tira uma foto dos detalhes da casa de Clara na tela do computador.

Arthur se vira de volta para ela.

— Você precisa lidar com o estoque, Pol. Coloca lá no carro.

Ela concorda e pega a chave do carro na bolsa. Vai até a garagem, abre o porta-malas do Audi Q3 e o enche com as caixas. Coloca os cachorros no banco de trás, veste seu casaco Barbour, calça as botas Hunters. Buzina para Arthur, que aparece segundos depois. Ele adiciona algumas caixas de documentos à pilha no porta-malas e depois se ajeita no banco do passageiro.

— Pronta? — ele pergunta.

Polly assente, passa a marcha, levanta a porta da garagem com o controle remoto e, logo antes de partirem, seleciona a foto da casinha rosa de Clara, tirada há um minuto, e a envia para Clara com as palavras: *Deixe-me em paz se quiser que eu te deixe em paz.*

VINTE E SEIS

JESSICA JOGA as sobras de pipoca no triturador de lixo na cozinha. Através das janelas sujas, ela vê o dia ficando escuro com um tom de hematoma. Pondera que deve estar perto da hora do jantar. Pensamentos fragmentados continuam a flutuar por sua mente, uma sensação de outros lugares. Ela tem um quarto de hotel na vila, sabe disso, mas, quando pensa a respeito, associa-o a coisas ruins, a sentimentos de infelicidade, solidão e insatisfação. Também sabe que tem uma casa em Nova York e um namorado chamado Luke, que é o homem mais bonito do mundo. Jessica sabe de todas essas coisas, no entanto, elas não lhe parecem mais reais. Nada parece real, exceto o aqui e o agora, o presente. E o presente é apenas uma sensação longa e interminável de perfeição e fascínio. Esta casa, seu corpo perfeito, seu rosto perfeito, Debra, comida, prazer, filmes, alegria. *O que mais existe? O que mais importa?*

Uma música toca ao fundo. É algo que Jessica vagamente lembra de sua infância, talvez da trilha sonora de um filme, ela não tem certeza. Uma gaita, um sorriso incerto. Ela dança ao preparar uma vitamina. Ela olha para cima, para o brilho da noite, e tudo em que consegue pensar é Miranda. Miranda. Miranda.

A princípio, ela conjectura quem é Miranda. Depois, ela esquece de conjecturar

Um momento depois, algo interrompe a música, a paz e a harmonia. A campainha toca, alta e insistente. Os cachorros no jardim começam a latir loucamente, e Debra espreita na cozinha e anuncia:

— Não se preocupe, Jessica, temos visitantes no portão da frente. Apenas relaxe.

Mas Jessica não consegue relaxar. A música que cantarolava se esvaiu de sua cabeça, ela não consegue retomá-la. A atmosfera parece errada. O encanto se foi. Por que os cachorros estão latindo? Uma memória perfura sua consciência, os cachorros latindo enquanto ela se equilibra em um muro, preocupada. Com o que estava preocupada lá em cima, no muro? Uma garotinha? Uma garotinha com meias listradas e um casaco prateado.

Seus olhos caem para sua barriga, e ela ofega.

A garotinha lá dentro.

Seu bebê?

Ela está grávida?

Seus olhos focam nas escadas, e, então, uma imagem de outra garota explode como um foguete em sua mente. Esta garota tem olhos arregalados e está deitada em uma cama diminuta, sob um cobertor. E onde ela está agora? A sensação de uma janela cedendo sob a força do pé de Jessica, o gosto de bile oleosa no fundo da garganta, o peso de uma pessoa em seus braços. E então... o quê?

Elas estavam no chão. E a garota... Onde está a garota?

Jessica consegue ouvir uma conversa no interfone entre Debra e quem quer que esteja no portão da frente. A voz de uma mulher:

— ... uma ligação anônima. Podemos entrar, por favor? Precisamos apenas de um minuto do seu tempo.

— Qual é o assunto? — Debra pergunta com rigidez.

— É sobre um caso de pessoa desaparecida. Recebemos uma denúncia anônima que nos leva a acreditar que pode haver uma criança sendo mantida aqui contra sua vontade.

— Que absurdo.

— Bem, pode ser, srta. Phipps, mas realmente precisamos entrar.

— Desculpe, isso não vai ser possível.

— Srta. Phipps, temos um mandado. Receio que você não tenha escolha.

Há um momento de silêncio, e, então, Jessica ouve Debra suspirar e dizer:

— Com que base conseguiram esse mandado?

— Com base em novas informações que nos indicaram este local como o endereço IP associado à conta do Instagram com a qual Grace Partridge estava em contato antes de seu desaparecimento. Agora, precisamos que nos dê acesso imediato. E você precisará controlar seus cães.

Jessica ouve o suspiro de Debra no interfone.

— Certo — cede ela —, mas vou precisar de um ou dois minutos para afastar os cães.

Jessica se levanta e espreita pela porta da cozinha até o hall de entrada. Ela vê Debra calçar galochas e um grande casaco e sair para o terreno, e o som da porta batendo atrás dela faz com que os últimos fragmentos de confusão desapareçam da mente de Jessica, que repente está livre. A mente se reorganiza, o corpo se enrijece, e ela sente o sangue correr mais rápido, os sentidos despertam.

A garota está no andar de cima. Seu nome é Grace Partridge, e Debra está mantendo-a prisioneira ali sob algum tipo de controle mental ou com drogas. Jessica já tentou resgatá-la antes e foi impedida de alguma forma, ela não consegue lembrar como. E agora a polícia está aqui, e Debra parece despreocupada, como se não tivesse nada a esconder, e, ao pensar nisso, o coração de Jessica dispara, e ela sobe as escadas, três degraus de cada vez, até o quarto de Grace, faz uma curva e está prestes a abrir a porta do quarto quando o gato aparece diretamente aos seus pés.

O felino ancião a encara, impassível, com seus olhos dourados rodopiantes. Jessica tenta passar por cima dele, mas ele continua se colocando no caminho.

— Qual foi, cara? — ela diz. — Tenho uma coisa para fazer.

Ele sibila para a humana quando ela se inclina para tentar pegá-lo.

— Credo — resmunga ela, recuando. — Me deixe entrar, cara — ela diz, mas o gato sibila novamente.

Do lado de fora vem o som de pés esmagando o cascalho, e Jessica espreita pelas escadas exatamente quando a porta se abre e Debra entra, seguida por dois policiais uniformizados, que a observam, curiosos.

— Esta é minha amiga, Jessica — Debra diz aos policiais. — Ela estava prestes a sair. Acho que ela não precisa estar aqui para isso.

A policial olha Jessica de cima a baixo.

Jessica a encara diretamente e diz com uma voz cheia de certeza e força:

— Meu nome é Jessica Jones. Não sou amiga de Debra. Na verdade, sou uma investigadora particular trabalhando em nome de uma cliente em Nova York para descobrir o que aconteceu com seus filhos quando eles estiveram no Reino Unido durante o verão. Minha cliente tem bons motivos para acreditar que algo ruim aconteceu com eles e que está relacionado a uma garota chamada Belle. Passei um tempo aqui com Belle e Debra, acredito que Belle e Grace Partridge são a mesma pessoa e que Debra exerceu algum tipo de controle sobre Belle para mantê-la aqui, além de ter algo a ver com o sequestro dela e os sequestros de Audrey Hill-Lock e Amina Sultanov, usando uma conta do Instagram como plataforma de aliciamento. Não sei onde estão as outras garotas, mas tenho uma sensação muito forte de que Debra poderá lhes informar.

Os policiais a encaram e, então, se entreolham. Em seguida, ambos correm escada acima, subindo de dois em dois degraus, e Jessica espera até que, um momento depois, os vê voltando com Belle enrolada em seu cobertor, assustada e pequena. A policial está com o braço em volta dela enquanto seu parceiro chama uma ambulância pelo rádio.

Jessica exala de alívio ao avistar a garota.

— Estou hospedada no Manston Oak Inn, se quiserem falar comigo mais tarde, mas vou sair deste lugar agora. Já fiquei aqui por tempo demais.

Ela dá a Debra um último olhar antes de pegar seu casaco no cabide ao lado da porta, desconectar o telefone da tomada, calçar suas botas e sair pelo terreno abandonado. Nos portões enferrujados, ela aperta o botão sob a folhagem e espera que se abram. Por um momento, Jessica teme que algo aconteça e que ela fique presa para sempre, como Belle.

Mas, então, se lembra de que não é tão manipulável quanto as pessoas normais, que se libertou de qualquer feitiço que Debra tenha lançado sobre ela e que agora, ao contrário da pobre Grace Partridge, está livre para sair dali. Ela coloca um pé além da soleira, depois outro, e mais outro, e logo está caminhando pelas ruas estreitas do interior, com a lua púrpura começando sua ascensão tranquila pelo céu noturno sombrio. Com as mãos trêmulas, ela tira o telefone do bolso e vê que a bateria está cheia e há sinal suficiente para fazer uma ligação. Ela procura o número de Malcolm.

— Jessica. Droga. Você está bem?

— Sim. Estou bem. Saí. A polícia veio. Foi você? Você os chamou?

— Sim, bem, pedi ao Elliot, porque minha mãe reclamaria do custo da chamada internacional. Mas, quando vi você nas imagens do drone, soube que algo estava muito errado. Quer dizer, pô, Jessica, você estava usando um *cropped*.

Jessica olha para baixo e percebe que está, de fato, usando um cropped. De modo inconsciente, ela puxa a peça com a mão livre ao caminhar.

— Enviei ao Elliot o link daquela conta estranha no Insta, para ele mandar para a polícia daí. Ver se o IP correspondia. Tudo bem? — diz Malcolm. — Fiz bem?

— Sim. Você agiu bem. Tipo, muito bem, Malcolm. O IP bateu, e agora a polícia está cuidando disso. Vão assumir o caso, encontrar as garotas. Terminei aqui. Preciso voltar. Isso não é bom para mim, eu não deveria estar aqui. Quero ir para casa... Não sei o que aconteceu comigo lá dentro. Não sei o que ela fez comigo. Poderia ter morrido. Eu poderia ter... Foi como...

De repente, ela está segurando as lágrimas enquanto a confusão e a culpa inundam seu organismo. Malcolm diz:

— Jessica, quer que eu ligue para alguém? Você está bem?

— Não, não, eu não estou bem. Não estou nada bem. E não, não ligue para ninguém. Só preciso... preciso voltar para casa. A polícia vai cuidar disso agora. Vou ligar para Amber, pedir que reagende meus voos. Então, só... sabe, fica de olho. E sério, Malcolm, se afasta dessa coisa toda, ok? Não quero que você se envolva mais. É muito perigoso. Acho que só consegui escapar porque tenho algum tipo de defesa interna, sabe. Mas você não tem isso. Então, por favor, só fica em casa esta noite.

Fica longe dos gêmeos. Vou dizer para Amber que você também está fora do caso. Me promete, Malcolm. Só me promete.

— É... claro — ele responde.

Jessica para de andar.

— *Estou falando sério.*

— Sim. Sério. Mas, Jessica, o que foi? Qual era o problema? Vi você nas imagens do drone. Você estava, tipo, tão estranha, estava como os gêmeos. Você disse que estava perfeita.

— Caramba. Eu disse?

— Sim, posso te enviar as imagens, eu as tenho no celular.

— Sim, isso seria bom. Obrigada. Porque, olha, Malcolm, não consigo me lembrar de nada. Quer dizer, me lembro de pedaços, fragmentos. Meio que me lembro de perambular por aí, comendo pipoca, assistindo a filmes. Eu me lembro do drone, mais ou menos. Mas, basicamente, este último dia é como um borrão.

— Tem alguma ideia do que aconteceu com você?

— *Não*, Malcolm. Eu realmente não faço ideia. Só preciso voltar para casa. Colocar a cabeça no lugar. Agora, se cuida. Ok?

— Ok.

— E fica longe dos gêmeos.

— Sim.

— Me promete.

— Prometo.

A ligação termina, e Jessica fica encarando o telefone por alguns momentos. Então levanta o olhar para o céu, procurando pela luz especial, o encanto, o suave e dourado brilho materno chamado Miranda que a envolveu por tantas horas. Mas ele não está mais lá.

Desapareceu.

SETE ANOS ATRÁS
Bristol, Reino Unido

Viver sem seguidores é insustentável. Todos os dias Polly rola o feed do Instagram, com seus olhos sistematicamente focando no número de seguidores de cada perfil, percorrendo os comentários cheios de veneração em cada postagem. Ela não suporta ser irrelevante, que ninguém se importe com onde ela está ou o que está fazendo. Não suporta não ter influência.

Polly mora em um trailer agora, com Arthur e os dois cães. O trailer é moderno e limpo, mas ainda é um trailer e está longe de ser ideal. Eles precisaram se esconder depois que se mudaram da casa em Farnham alguns meses atrás, precisaram recomeçar, para o caso de haver repercussão do episódio com Clara.

Polly trabalha em um salão de manicure, onde nem sequer faz unhas, apenas atende os telefones: "Olá, Crystal Nails, Unhas e Spa! Como posso ajudar?".

Acham que seu nome é Rebecca. Todos a chamam de Becky. Veem-na sentada atrás daquela pequena mesa da recepção com suas camisas perfeitamente passadas, blusinhas justas e cabelo preso de forma impecável, lábios perfeitamente delineados, cílios cobertos de rímel separados com um alfinete, dentes brilhantes e brancos, pernas finas cruzadas em jeans apertados, sua pele perfeita, perfeita. E pensam: *Aquela ali é a Becky*. Elas pensam: *Ela é bonita*. Elas pensam: *Ela é a garota bonita chamada Becky, que pega meu dinheiro depois que faço as unhas*. E é só isso que pensam. E é assim que tem que ser, Polly quer brilhar muito, até cegar o universo. Mas tem que se manter discreta. Já faz quase dezoito meses desde que Clara descobriu DNA humano nos produtos de beleza de Polly, e parece que Clara levou a ameaça a sério, já que Polly nunca mais ouviu falar dela.

Com certeza já passou tempo suficiente, ela pensa.

Com certeza já está na hora de voltar e começar a deixar sua marca.

Então, numa tarde no final de maio, quando as noites estão cada vez mais longas e os níveis de tédio e frustração de Polly estão subindo como a seiva nas árvores, ela vê o seu futuro. E o seu futuro está na palma de sua mão, brilhando para Polly através do vidro preto de seu smartphone. Ela desliza e alterna entre os botões na parte inferior da tela, observando as mudanças em seu rosto, sujeitas à alteração do filtro em uso. É uma plataforma relativamente nova chamada Snapchat. Todos os jovens estão usando. Foi desenvolvido para tornar o envio de fotos menos permanente, os usuários podem ver uma foto apenas uma vez, e depois o universo a engole para sempre. Quem sabe para onde vai! É como uma cirurgia, de certa forma, uma memória extirpada antes de ter a chance de criar raízes.

Polly baixou o aplicativo no celular semanas atrás e acabou de descobrir os filtros. As garotas do salão usam os filtros o tempo todo e morrem de rir. Polly os usa para ver como seria se tivesse cabelo ruivo, um rosto redondo ou sobrancelhas loiras.

Novos filtros são adicionados todos os dias por criadores, e ela se pergunta quão fácil seria para ela criar um. *Será que poderia ficar famosa dessa forma?*, ela pensa. Se os seus filtros fossem melhores do que os de todos os outros?

Mas ela não é habilidosa com tecnologia. Não saberia nem por onde começar. Ela se volta para Arthur, que está sentado na mesinha de jantar do trailer, olhando para o seu notebook.

— O que você sabe sobre RA?

— *R* o quê?

— RA? Realidade aumentada? É a tecnologia que eles usam para fazer filtros nos aplicativos.

Polly lhe mostra o celular para ele, e ele sorri levemente conforme o rosto dele muda de tela em tela.

— Rá! — ele exclama com alegria quando orelhas de coelho aparecem em cima da sua cabeça. — Olha!

— Você acha que poderia fazer um desses?

Arthur fecha a tampa do notebook, um sinal de que está envolvido com algo que existe no mundo real. O rapaz desliza pelo aplicativo com seus dedos elegantes. Polly se senta ao lado dele e observa enquanto ele navega pelo app. Aqueles olhos sonhadores se iluminam. Arthur já se ligou. Ela sente o aumento da atração que sempre sente nos momentos em que se lembra de como ele é inteligente. Possivelmente a pessoa mais inteligente que ela já conheceu.

Com um QI de 168, como Ophelia uma vez se gabou. *Altamente superdotado*. Polly às vezes esquece quão inteligente seu namorado é, já que isso é engolido pela idiotice dele em outras situações, sua vagueza, suas obsessões estranhas e sua total e completa falta de bom senso. Mas, quando se trata de crises, o cérebro dele explode em ação.

E, quando se trata de tecnologia, Arthur entra direto no assunto como uma faca recém-afiada.

VINTE E SETE

NO HOTEL, a recepcionista encara Jessica com olhos preocupados enquanto retira a chave do quadro e a entrega à hóspede.

— Você está bem, srta. Allan?

— Sim. Foi um dia longo. Preciso dormir agora — Jessica explica e se vira para ir embora.

— Tem certeza de que não gostaria de comer algo antes de subir? A sala de jantar acabou de abrir.

Jessica sorri, cansada.

— Não, obrigada. Comi bastante hoje. Mas talvez eu receba a visita de dois policiais em algum momento. Por favor, mande-os para o meu quarto. Não importa a hora.

— Ah — diz a recepcionista, e seus olhos brilham com um toque de escândalo. — Claro. É... na verdade, espero que não haja problema, mas Elliot Redd esteve aqui mais cedo. Da farmácia, sabe? Ele mencionou seu pedido de ele que buscasse o pacote da Amazon que chegou para a senhora hoje de manhã, e eu o entreguei a ele. Não tem mesmo nenhum problema?

— Ah — diz Jessica, lembrando-se de ter pedido a Malcolm para comprar um drone outro dia. — Sim, está tudo bem. Obrigada.

A mulher sorri aliviada e diz:

— Posso fazer mais alguma coisa por você, srta. Allan?

— Não, obrigada, isso é tudo por ora.

Jessica caminha até seu quarto e se joga pesadamente na cama. Olha ao redor, surpresa e entorpecida. Onde esteve? O que aconteceu com ela? Ela toca a barra do cropped que está vestindo. Ela o puxa para baixo, mas não consegue cobrir a pele. Levanta-se novamente, tira as roupas, se vê no espelho e recua ligeiramente diante da normalidade da própria imagem refletida. Olheiras, cabelo murcho, lábios ressecados, celulite no topo das coxas, pelos crescendo há três dias nas canelas. Ela veste jeans e camiseta e tenta repelir o sentimento de repulsa que a imagem de si mesma agora evoca. Ela se força a encarar sua imagem real, a observa uma e outra vez até gostar do que vê, até sentir que é ela novamente. Então se pergunta o que aquela mulher lhe fez. Que truque usou? Deixou algo dentro dela? Tem algo implantado nela? Um chip?

Jessica pega o celular e abre o vídeo que Malcolm lhe enviou. Depara-se consigo mesma do lado de fora da fazenda, usando aquelas roupas ridículas, o cabelo brilhante e reluzente, a pele viçosa, os olhos bem abertos e brilhantes, os dentes absurdamente brancos, sorrindo para a lente do drone, com os polegares levantados, como uma boneca doente e perversa. Isso a enoja, faz seu estômago revirar.

Jessica treme e se encolhe, sobe na cama e puxa as cobertas com força ao seu redor. Pergunta-se o que está acontecendo na casa. Pergunta-se como está Grace Partridge. E as outras duas, Audrey e Amina? Será que já as encontraram? Estão prendendo Debra neste exato momento?

Logo virão até Jessica. E o que ela dirá se não consegue se lembrar de nada, exceto de assistir ao filme *A garota de rosa-shocking* enquanto vestia um cropped?

A detetive fecha os olhos e espera que eles venham.

A polícia bate à porta do quarto uma hora depois, e sua chegada interrompe um sonho estranho e indefinido do qual Jessica desperta com um sobressalto. Ela chuta as cobertas, se levanta rapidamente e arruma o cabelo no espelho. Então, abre a porta. Ela reconhece a policial do caso da Debra. O outro policial, um jovem asiático, é novo.

— Srta. Jones — diz a policial. — Sou a detetive Rowena Lord. Este é o policial Robert Zhang. Poderíamos tomar alguns minutos para revisar sua história novamente?

— Claro. — Ela abre a porta para deixá-los entrar. — Como ela está? — Jessica pergunta. — Grace está bem?

— Sim — responde a mulher. — Ela está bem. Foi formalmente identificada como Grace Partridge e está a caminho do hospital.

Jessica sente uma onda de alívio.

— Ela lidou bem com isso?

Os policiais trocam olhares.

— Não tenho como confirmar que sim — diz a mulher. — Ela parecia muito confusa. Vai passar por exames médicos para ver o que aconteceu com ela. Achamos que pode ter havido algum tipo de controle mental, talvez dependência de drogas. Não temos certeza.

— E as outras duas? Audrey e Amina?

— Sem sinal delas até agora — diz o homem.

— E Debra? Onde ela está?

— Foi levada para interrogatório. Estamos apenas esperando que consiga um advogado, então começaremos a interrogá-la.

— Ela aceitou com facilidade?

— Sim — diz a mulher. — Na verdade, sim. Surpreendentemente. Quase como se estivesse aliviada. Quais foram suas observações na casa dela?

Jessica sabe que deveria contar à polícia sobre suas experiências na casa de Debra, mas ela não pode correr o risco de ser mantida ali e submetida a um exame médico. Já deu tudo o que tinha para dar a eles. Ela precisa dormir. Além disso, precisa chegar logo em casa. Então, ela conta tudo sobre suas experiências com Belle: suas estranhas memórias nebulosas, perguntar a Jessica se ela era real, suas alegações de agorafobia e o rígido controle que viu Debra exercer sobre a garota. Depois a detetive fala sobre os gêmeos apresentando comportamentos semelhantes em Nova York e fornece aos policiais os dados de Amber e um dos seus cartões de visita. Finalmente, os policiais agradecem o tempo dela e vão embora.

Depois que está sozinha, Jessica se encosta na porta e desliza até se agachar. Ela esteve muito perto de ser destruída na casa de Debra — e talvez tenha sido. Talvez, como ocorre com um vírus, ela não saiba o dano que foi causado até que se passe muito tempo. O que aquela mulher deixou dentro dela? Dentro de seu filho, que ainda não nasceu? O que tirou de Jessica? O que fez com ela?

Ela precisa fazer uma última coisa antes de finalmente poder se entregar ao sono. Ela pega o telefone e liga para Amber.

— Oi, Jessica. Como estão as coisas?

— Ah, sabe, meio loucas. Como estão as crianças?

— Sabe, por mais incrível que pareça, parecem estar melhorando. Parece que o que quer que aquilo fosse está se dissipando.

— Está?

— Sim. Aham. Os dois voltaram aos velhos hábitos. A pele deles parece mais natural. Estão usando mais o celular.

Jessica sente uma pontada de surpresa. *Será possível*, ela se pergunta, *que o estado atual de encarceramento de Debra tenha, de alguma forma, enfraquecido seus poderes? Diminuído o controle dela sobre os adolescentes?*

— Isso é ótimo — comenta ela, sem compartilhar seus pensamentos com Amber.

— Sim, é. Embora eu ainda queira saber o que aconteceu por lá. Você está mais perto de descobrir?

— De certa forma, sim. Mas ouça, preciso que você me leve de volta para casa agora. Literalmente, o primeiro voo possível. Por favor.

— Jessica, você está bem?

— Na verdade, não sei. Só sei que já terminei aqui. A polícia local assumiu o caso deste lado, e tenho coisas para fazer em casa.

— Jessica. O que aconteceu? Você se machucou? Só me diga.

— Vou te contar tudo quando voltar. Mas agora preciso dormir. Mais do que qualquer coisa.

— Bom, tudo bem. Vou deixar você ir. Mas me ligue se precisar de algo. Você me deixou preocupada de verdade aqui. E, com sua condição atual, sabe, eu…

— Está tudo bem. Estou bem. Só me mande os detalhes do voo. Te vejo de volta em Nova York.

Ela encerra a ligação e finalmente se arrasta para a cama, caindo em um sono imediato.

VINTE E OITO

JESSICA ACORDA horas depois ao som de seu celular vibrando várias vezes seguidas. Ela olha para a tela e vê que são 5h30 da manhã e que as notificações são mensagens de Amber, detalhando as informações sobre sua viagem de volta. Um carro vai buscá-la no hotel às nove, o voo sairá do aeroporto de Gatwick às duas, com chegada ao JFK às cinco da tarde.

A última mensagem diz:

Adoraria que você conversasse com os gêmeos sobre o que viu em Essex, sobre o que aconteceu enquanto estava lá. Isso pode ajudá-los a organizar as próprias experiências e finalmente começar a falar sobre elas.

Jessica suspira. Como é que ela deve falar com alguém sobre suas experiências se suas memórias foram apagadas de sua mente? Ela baixa algumas meditações guiadas no celular para ouvir durante o voo de volta. Precisa encontrar uma maneira de acessar sua própria mente, de desvendar e descobrir os mistérios das últimas 24 horas. Mas primeiro precisa tomar um banho, arrumar as malas e sair daquele lugar.

Às 8h30 da manhã, Jessica está sentada na área de recepção do hotel, observando a vila através de óculos escuros, batendo o passaporte contra a coxa. Uma mensagem automática no celular informa que seu carro chegará em 32 minutos, e, sentindo-se inquieta, ela decide dar uma última caminhada.

Há uma rua de ladrilhos logo atrás da via principal, que ela notou no início da semana, com a ponta de uma torre de igreja visível no topo. Segundo o livro da srta. Anne Satchel, essa é a igreja que contém uma placa em homenagem às crianças que morreram no século xv sob a casa de Sebastian Randall.

A igreja fica em frente a um pequeno espaço verde com três bancos voltados para a construção. É minúscula, com cerca de seis metros de largura. Jessica entra, e ali o ar é frio e sufocante. Há pequenos bancos de madeira cor de mel de ambos os lados de um corredor estreito. Almofadas vermelhas de veludo , usadas para ajoelhar, pendem de ganchos de latão. No topo da capela, um minialtar exibe um pedestal coberto com um pano bordado, e atrás dele, um semicírculo de vitrais, no alto da parede dos fundos, projeta luz colorida no chão. Há um pequeno órgão de tubos de madeira à esquerda e uma porta à direita, que Jessica supõe levar à sala onde o padre veste sua batina. A *sacristia*. A palavra vem do nada, surpreendendo-a.

Ao longo das paredes internas da igreja, há placas e memoriais gravados. Jessica se movimenta no sentido horário para lê-los. Em menos da metade do caminho, ela vê:

No

ano 1436 de Nosso Senhor,

as almas de doze abençoadas crianças desta paróquia

todas se foram

corações partidos

alegria suspensa

vida arruinada

sem mais dor

nos braços do Senhor

por toda a sua perfeita eternidade

As palavras são estranhamente belas em sua simplicidade e na forma como formam, de modo vago, a silhueta de uma cruz, mas é uma gravura logo abaixo das palavras que surpreende Jessica. Ela retrata uma criança pequena, com os braços estendidos de uma pilha de terra, até alcançar um raio de luz. É a mesma imagem do esboço que Jessica havia encontrado no quarto de Fox. A detetive pega o celular e fotografa a imagem e a gravação. Abaixo da inscrição, há mais palavras fixadas em um círculo ao redor da imagem, no que ela presume ser latim:

o adolescentia admiranda semper bella sitis

Admiranda.

Bella.

Jessica tira uma foto disso também e sai cambaleando da capela. Ela precisa de Wi-Fi para poder traduzir o latim. Precisa voltar para o hotel. Ao descer com rapidez o caminho empedrado em direção à rua principal, quase colide de frente com Elliot, o garoto da farmácia.

— Desculpa — diz Elliot.

— Não, é culpa minha. Escuta. Malcolm me contou o que você fez ontem. Enviando o drone. Chamando a polícia. Eu queria te agradecer.

O garoto dá de ombros.

— De nada, fico feliz que esteja bem. O que aconteceu com você lá?

— Não posso falar sobre isso, infelizmente. É uma investigação em andamento.

— Ah — ele diz, parecendo decepcionado por um momento. Então, ele se anima. — Ah, ei, seu drone! Você o quer de volta?

Jessica sorri.

— Não, Elliot. Por favor, fique com ele. Como um presente. Acho que você pode ter realmente salvado minha vida.

Ele a fita com curiosidade.

— Você está bem?

— Sim. Quase. Estou indo para casa em breve. Mas, escuta, o que você sabe sobre isso? Acabei de ver isso naquela igrejinha lá em cima. — Ela mostra as fotos. — Sabe algo sobre essas crianças mortas?

— Humm, não. Acho que não conheço essa história. Minha mãe provavelmente poderia te ajudar, mas, obviamente, ela está…

— Na Turquia. Sim.

— Mas posso dizer o que isso significa — oferece, apontando para as palavras em latim gravadas ao redor da imagem.

— Você fala latim?

— Bem, mais ou menos. Tirei oito na minha prova do segundo ano no Ensino Médio.

— É, ok. — Ela lhe passa o telefone. — *Admiranda*? O que isso significa?

— Significa algo como "maravilhado"? Maravilhoso? Algo assim. E *adolescentia* é "adolescentes" ou "crianças", e, por fim, *semper* significa "sempre" e *bella* é "bonito, belo".

Elliot sorri para Jessica, depois olha de volta para a tela.

— Meu palpite é que está dizendo: "Oh, maravilhosas crianças, sejam para sempre belas".

PARTE TRÊS

VINTE E NOVE

A VISÃO DO HORIZONTE de Manhattan do banco de trás de um táxi tranquiliza a alma de Jessica.

O sol acabou de se pôr, o céu é de um azul desbotado como jeans, com listras douradas, e as luzes dos edifícios do outro lado do rio brilham através do ar úmido da noite como exércitos de vagalumes. Ela está em casa, mas se sente estranha. Tudo dói. Até seus olhos doem. Ela os toca com a ponta dos dedos e se encolhe.

Sua estadia em Essex parece incerta. Imagens aleatórias passam pela sua cabeça, pedaços de pensamentos desconectados. Em algum lugar de sua mente fragmentada, vive a resposta sobre o que está acontecendo no Velho Casarão, quem é Debra, o que ela fez com Grace e talvez até o que ela fez com Amina e Audrey. As horas perdidas na casa de Debra destruíram todas as proporções de sua vida, a parte ausente de consciência distorceu tudo. Mais do que qualquer coisa no mundo, Jessica quer saber o que aconteceu com ela entre o momento em que pulou pela janela com Belle e o momento em que a polícia chegou, quando finalmente conseguiu quebrar o feitiço. Há apenas uma pessoa que pode ajudá-la no momento, e é uma das últimas pessoas no mundo que ela quer ver.

O táxi para em frente a um imponente edifício residencial com mais de quarenta andares, com vista para o rio Hudson. Jessica paga o motorista e se aproxima da porta da frente.

— Ei. É Jessica Jones. Preciso vê-la agora.

Através do interfone, uma voz autoritária diz:

— Desculpe. É domingo. Madame Teia não...

— Sei que não. Mas isso é uma emergência. Preciso dela *agora*. Ela é sensitiva, deve ter descoberto que eu viria.

Depois de um momento, o interfone zune e o trinco da porta faz um clique. Jessica pega o elevador até o trigésimo andar e bate na porta do 30-D com um punho pesado. A porta se abre um pouco, e uma mulher observa Jessica com desdém.

— Não precisa bater assim — reclama ela, alargando a abertura para Jessica entrar. — A Madame estará com você em breve.

O apartamento a faz sentir calafrios, escuro e sombrio, iluminado por velas e lâmpadas sujas; as paredes têm quatro metros de altura, as janelas estão cobertas por persianas pintadas na cor de sangue velho. Há um cheiro lá dentro, um odor de terra e lugares abandonados. Um frio violento corta o ar estagnado, e ali, sentada no centro do maior cômododo apartamento, cercada por candelabros balançando e dezenas de plantas crescidas, está Cassandra Webb, rígida em sua cadeira de rodas. A mulher faz o estômago de Jessica se embrulhar: o tom amarelado de sua pele, os olhos com sombra negra, a ponta afiada do seu queixo, a expressão de ressentimento azedo que distorce seu rosto.

— Jessica — uma voz com um antigo tremor diz. — Eu não esperava vê-la aqui novamente.

— Sim, posso garantir que não esperava voltar. Não depois do que você fez comigo da última vez.

— Jessica, querida — Webb diz sem emoção. — Você sabe que eu só estava tentando ajudar. Fui um pouco brusca no nosso encontro, mas estava fora de controle. Seus pensamentos chegaram até mim tão fortes, tão violentos. Ainda assim, por favor, aceite minhas desculpas.

Jessica dá de ombros.

— Obrigada.

— Então, o que a traz de volta aqui? Você parece angustiada. Você parece... Espere um momento. — A cabeça dela se inclina levemente para baixo e Jessica vê seu olhar vazio cair em seu abdômen. — Você está *grávida*?

Jessica engole em seco. Ela deveria ter imaginado que Webb perceberia isso logo de cara.

— Sim. Estou grávida.

— É por isso que está aqui?

— Não, não é por isso que estou aqui. Estou aqui porque... —Jessica luta com as possíveis palavras.

A mulher se endireita suavemente.

— Alguém pifou você de novo?

Os ombros de Jessica caem.

— Sim. Acho que sim. E eles levaram algumas memórias, e as memórias contêm a chave para o caso em que estou trabalhando. Está tudo lá, mas desapareceu. Você pode...?

Webb solta o ar com força pelo nariz.

— Quem fez isso com você?

— Não sei. Eu estava tentando resgatar uma criança, ela havia sido sequestrada, doutrinada, algo assim, e a tirei da cama e atravessei a janela... e então acordo e me torno uma pessoa diferente por um dia inteiro. Tipo, eu era eu, só que não. E eu sem toda a...

— Escuridão.

— Bem, sim. Acho que sim. Escuridão. Dúvida. Consciência. Contexto.

— Despojada da sua humanidade.

— Despojada da minha humanidade...

— E depois?

— Um evento quebrou a influência dela. A polícia chegou e quebrou o feitiço. Consegui identificar exatamente o que estava acontecendo e me afastar disso.

— E agora?

— Agora sinto como se alguém tivesse tirado um pedaço enorme das minhas entranhas. Como se houvesse um buraco dentro de mim.

A velha sensitiva fixa o olhar em Jessica, e parece que ela está olhando diretamente através dela.

— Sim. É disso que suspeito. Vou precisar que se entregue completamente a mim. Está preparada para fazer isso?

Jessica a observa. Webb foi além do que deveria na última vez que a viu, mas agora é sua única esperança. Jessica quer sair dali de imediato, mas sabe que não pode. Não enquanto uma parte dela ainda estiver faltando.

— Sim — consente Jessica, pesadamente. — Sim. Confio em você.

— Bom — diz Cassandra. — Então comecemos.

Jessica se senta em um divã ao lado de uma janela longa com vista para o Hudson. Está bem perto da parte de Hell's Kitchen em que ela habita, mas, ali em cima, o zumbido do tráfego desaparece, e um suave tamborilar atmosférico se instala. É um mundo completamente diferente do seu. Em um apartamento do outro lado da rua, ela vê um casal jantando tarde, o brilho do vinho servido em taças. Quando tudo isso acabar, diz a si mesma, essa será ela. Ela se sentará em um apartamento agradável, bebendo vinho com um homem agradável, com uma criança agradável deitada na cama no final de um dia agradável. Ela só precisa passar por isso. E então: chega. Chega de perigo. Chega de dedos dentro de sua cabeça. Ela fecha os olhos e se concentra nas palavras da senhora.

— Jessica, tente manter seus pensamentos parados para mim. Imagine os pensamentos como membros, e minha mente como uma faca fazendo um trabalho muito delicado. Pense, se puder, no centro de uma flor. Ou talvez nos olhos de um gato.

À menção da palavra *gato*, Jessica imediatamente se vê sendo levada de volta em pensamento para o Sr. Smith fitando-a do lado externo do quarto de Grace. E agora fixa a mente com firmeza na imagem dos olhos do Sr. Smith, brancos e lacrimosos, as pupilas como sementes de melão, as íris verdes e douradas.

— Bom, Jessica… assim está bom. Agora… eu vou te dizer o que vejo. — A mulher fica em silêncio por um momento e, então, inala o ar com força entre os dentes descoloridos.

— O quê? O que você consegue ver? — Jessica se contorce de impaciência.

— Fique parada, Jessica. Fique parada. Ok… Estou encontrando pedaços de suas memórias perdidas, elas estão divididas e espalhadas. Essas coisas virão a mim sem ordem, por favor, apenas fique comigo… Você esteve em um lugar que tem uma longa história. Outro país… Inglaterra?

— Sim. Bem, isso eu poderia ter dito...

— Casas pequenas... igreja antiga. Uma... pequena máquina voadora?

Jessica se contorce levemente com a sensação desconfortável de um estranho vasculhando suas memórias privadas.

— Por favor... tente concentrar seus pensamentos nos olhos do gato.

Jessica faz o que lhe foi pedido.

— E agora vejo uma casa em um pedaço de terra em forma de...

— Trapézio.

— Sim. E vejo cães. Muitos cães. Uma menina de olhos vazios. E uma mulher. — Webb fecha os olhos com força, inclina a cabeça para trás ligeiramente e exala. — Essa mulher. Ela é atemporal, infinita.

— O quê? O que você quer dizer?

— Não sei. — Jessica mantém os olhos fechados, se encolhe levemente com a sensação dos dedos ossudos da mulher tocando sua têmpora. — A idade da alma dela... É como se ela tivesse vivido por muitos séculos. Aprendeu muitas coisas. Tem poderes.

— Superpoderes?

— Talvez. Talvez não... habilidades adquiridas ao longo dos séculos. A capacidade de manipular e controlar. Controlar pessoas, controlar animais, controlar até o clima. E ela controlou a menina, vejo isso. E você também foi controlada. Você estava com a menina e sua mente foi invadida, e uma voz disse... — Webb respira fundo e olha firmemente nos olhos de Jessica — ... Disse: "Você quer ser perfeita?".

— Ela disse o quê?

— "Você quer ser perfeita?". E você ficou imediatamente encantada, subjugada. Você disse: "Sim, eu quero ser perfeita..." e soltou a menina.

A imagem atinge diretamente a consciência de Jessica. Sim. Aí está. Os dedos apertados ao redor de seus pensamentos, seus braços se soltando em torno da menina, a mente amolecendo, a menina indo para Debra, Debra segurando a menina nos braços.

A velha continua.

— A mulher levou vocês duas de volta para a casa, dóceis como cordeirinhos. Então, *ah!*, há uma luz negra de uma tela escura.

E essa luz negra... é como sangue sendo bombeado através de veias, Jessica, veias que correm sob a casa, rios de luz. O facho é preto e na terra, está nas mãos da mulher... mas as mãos... São jovens. As mãos de uma mulher jovem. Não da velha. Há outra mulher. Ela é uma golpista, essa mulher, por favor, acredite em mim. Uma trapaceira... E essa luz, em suas mãos... é quente, Jessica, queima. E agora está em seus olhos, Jessica. Está brilhando em seus olhos, parece sangue, seus olhos estão negros, e você está... — A vidente ofega. — Você está perfeita.

Jessica sente, então, quente e escuro, o choque do flash da tela de um celular. Um par de olhos nos dela. Observando, com alegria. Os olhos de Debra? Só que não, não são os de Debra. São de outra pessoa. Quem era? Então, um segundo depois, uma sensação de tudo que vai se afastando dela: sua insegurança, seu trauma, suas arestas afiadas, seu medo do futuro.

— Vejo a luz negra entrar em você...

Jessica vê isso também, um pulso, vindo de um telefone, o choque da escuridão quente em seus olhos.

— E agora você acha que é perfeita.

— Eu *acho* que sou perfeita?

— Sim.

— Mas não sou?

Webb inclina a cabeça como se considerasse a ideia e pontua:

— Ninguém é perfeito, Jessica. — Mas rapidamente olha para o teto em concentração. — E vejo outra imagem na sua cabeça. Uma criança... levantando-se da terra... braços estendidos em direção à luz. Uma gravura, sim? Esta imagem. Está no seu passado, mas a vejo também no futuro. Isso... está chegando em breve. A criança. Os raios de luz. Estarão com você muito em breve.

— Não entendo. — Jessica sente uma onda gélida de pavor passar por ela e se senta.

— Não há razão para entender. — Webb fecha os olhos. — Apenas lembre-se das minhas palavras. Esta imagem. Está no futuro, você deve ter cuidado. Porque é perigoso. As crianças podem se machucar, Jessica. As crianças podem se machucar.

TRINTA

JESSICA ENGOLE o ar frio de outubro ao sair do prédio, momentos depois. Agora está completamente escuro, com a formação de uma leve garoa que cai suavemente das nuvens baixas. As imagens jogadas em sua direção pela velha vidente elaboram uma espécie de colagem vertiginosa em sua cabeça. Ela precisa chegar ao apartamento de Amber e falar com os gêmeos.

Ela liga para Amber durante a caminhada.

— Preciso falar com os gêmeos agora. Posso ir até aí?

— Ah , meu Deus, Jessica. Sinto muito, não sei o que lhe dizer. Mas eles não estão aqui. Quer dizer, eu especificamente disse que estavam de castigo até segunda ordem. Especifiquei que deveriam ficar em seus quartos até você chegar. Eu disse isso a eles, e eles prometeram. E de alguma forma, eu *realmente* não sei como, eles escaparam, e é domingo, então o porteiro não está aqui, e não sei o que lhe dizer, Jessica, não sei o que dizer.

Mas Jessica não presta muita atenção em Amber, porque, ao caminhar, ela se lembra de algo. A imagem que tinha visto no esboço no quarto de Fox e também na placa da igreja; ela já a tinha visto em outro lugar e agora acha que pode se lembrar de onde. Jessica encerra a ligação com Amber e para na calçada para encontrar a foto que Malcolm lhe enviou do interior do quarto de Lark. Ela dá zoom, e ali, ali está. Em um pedaço de papel preso no quadro de cortiça de Lark. Ela amplia o máximo que pode e foca o detalhe.

É o desenho que Fox fez da criança, os braços estendidos, os raios de luz. Há palavras no papel também, mas estão muito borradas para serem lidas. Ela suspira, sentindo o peso do cansaço em cada átomo de seu ser, mas ainda tem trabalho pendente. A história de Grace Partridge foi divulgada durante a noite no Reino Unido. São duas da manhã por lá e todas as manchetes trazem notícias sobre o resgate de Grace Partridge, a prisão de Debra Phipps e a intensa busca policial por Amina Sultanov e Audrey Hill-Lock.

Ela não está longe de casa, mas, exausta demais para andar, pega um táxi e, nesse meio-tempo, lê todos os artigos que consegue encontrar. As palavras *lavagem cerebral* são usadas várias vezes pelos jornalistas. É uma expressão que sempre enche Jessica de pavor. Seu verdadeiro significado é tão insuportável para Jessica que chega a tirar seu fôlego. A lavagem do cérebro. Alguém com uma esponja virtual, esfregando partes da essência de outra pessoa, obliterando o pensamento livre, apagando memórias preciosas, implantando falsidades e verdades distorcidas. Tudo isso sem uma faca, sem nem mesmo usar as mãos. Apenas com palavras. *Existe algo mais sinistro do que isso?*, ela se pergunta, *a capacidade de um ser humano de acessar a essência de outro indivíduo e fazer o que quiser?* Debra Phipps, apesar de sua aparência inofensiva, é uma mulher perigosa. Ela usou sua habilidade de controlar outra pessoa de maneira brilhante e sem esforço em Jessica, que tem ao menos algumas defesas psíquicas. Ela mal pode imaginar como Debra poderia usar esse poder para controlar uma jovem vulnerável sem os superpoderes de Jessica. Mas, se Debra Phipps é tão poderosa, o que está fazendo escondida em uma casa caindo aos pedaços no meio do nada, preparando cordeiro assado para Grace Partridge? Por que a manteve sob seu controle por mais de um ano? O que fez com as outras meninas? E como tudo isso se encaixa com o ocorrido aos gêmeos naquele verão?

Ela pensa na pobre Grace, com a pele pálida e o olhar assombrado, encarando Jessica e perguntando: "Eu sou real?".

Então lhe ocorre que, mesmo que "Belle" não fosse real, Grace Partridge *é*, assim como Debra Phipps. O que significa que há pessoas por aí que conhecem ambas no mundo real. E algumas dessas pessoas devem estar lendo as notícias e indo para as redes sociais em busca de compartilhar sua opinião sobre a história com o mundo. Jessica encontra algo em um site de notícias do Reino Unido, uma "moradora local" que diz estar chocada ao saber que Debra Phipps, que viveu reclusa em sua vila por tantos anos, poderia estar escondendo segredos tão terríveis.

Nunca a vimos, ela vivia lá com aqueles cachorros e recebia toda a sua comida por entrega. Mas, por todos os relatos, era uma idosa inofensiva. Não posso acreditar que ela fosse capaz de uma coisa dessas.

A palavra *idosa* incomoda Jessica ao ler o relato. Debra não é jovem, mas também não é idosa, com seu cabelo brilhante e seus óculos de leitura modernos. Ela pensa nas palavras de Madame Teia há pouco: *Ela é atemporal, infinita...*

Jessica envia uma mensagem para Elliot no Reino Unido:

Qual é a aparência de Debra Phipps?

Depois, desliga o telefone quando o táxi para em frente ao seu prédio. Ela olha para cima pela janela conforme espera o troco do motorista.

As janelas do prédio reluzem com todas as cores diferentes das vidas das pessoas.

As suas janelas, no quinto andar, parecem olhos morto sem meio às demais.

Jessica joga a mochila no ombro e finalmente vai para casa.

Jessica acorda cedo no dia seguinte, uma manhã de segunda-feira, com a cidade lá fora barulhenta e apressada. Seus olhos demoram um momento para se ajustar ao ambiente, e, quando o fazem, a detetive esboça uma careta. Depois de quase uma semana em hotéis cinco estrelas, seu quarto parece particularmente desagradável.

Ela liga o celular e se depara com a resposta de Elliot à sua pergunta do dia anterior sobre Debra Phipps:

Minha mãe costumava deixar suas receitas para ela. Ela disse que Debra parece apenas uma senhora comum com cabelo grisalho. Disse que é muito pequena. Usa dentadura. Grita quando fala.

Ela procura nos relatórios de notícias noturnas do Reino Unido sobre o resgate de Grace, mas nenhum deles tem uma fotografia de "Debra Phipps".

Se a mulher no Velho Casarão que alega ser Debra Phipps não é de fato ela, então quem é aquela mulher? E onde está a verdadeira Debra Phipps?

Ela suspira e sai da cama. No banheiro, ela encara seu reflexo por alguns momentos. Fez o mesmo na noite passada, procurando o que tinha sido feito com ela, com a mente cheia das palavras de Webb sobre a "luz negra" que alguém havia projetado em seus olhos. Ainda há uma dor seca atrás de seus olhos, uma sensação vaga de dor residual. Ela não vê nada incomum, mas, enquanto se encara profundamente nos centros escuros de seus olhos, ela se lembra de olhar para a foto que Malcolm mostrou de si mesmo com os gêmeos, lembra-se de dizer como os olhos deles não refletiam a luz. Ela imediatamente volta para o quarto, pega o celular, fica na janela e tira uma selfie.

Ela dá zoom na selfie.

Ela analisa com atenção o reflexo da brilhante manhã de Nova York em suas pupilas, as formas quadradas de luz da janela que deveriam estar lá.

Mas não estão.

TRINTA E UM

O PORTEIRO LIGA para o apartamento de Amber.

— Tenho uma Jessica Jones aqui para você, sra. Randall.

Jessica ouve uma pausa, e, então, a voz arrastada de Amber responde:

— É muito cedo. Você pode pedir a ela que volte mais tarde?

Jessica suspira e coloca o cabelo atrás da orelha.

— Por favor, diga à sra. Randall que tenho notícias sobre os filhos dela. Notícias urgentes.

O porteiro acena, compreensivamente, e transmite a mensagem.

Um segundo depois, Jessica está subindo no elevador até o último andar.

Amber a recebe na porta do apartamento, com os olhos arregalados de preocupação.

— São sete da manhã, Jessica. O que está acontecendo?

— Eles estão aqui?

— Erm... sim. Estão se preparando para a escola. Você vai ter que ser rápida...

Jessica segue Amber até a cozinha. Fox e Lark estão sentados à bancada de refeições, em um cômodo delgado e comprido com três janelas longas com vista para o Central Park. Eles fitam Jessica com olhos cansados quando ela entra.

— Crianças — diz Amber, derrotada. — Esta é a Jessica, a mulher de quem falei ontem. Jessica acabou de voltar do Reino Unido. Passou um tempo em Barton Wallop e se envolveu em uma grande notícia por lá. E, aparentemente, isso tem alguma conexão com vocês.

Jessica vê os olhos deles se arregalarem e suas posturas mudarem desconfortavelmente ao absorverem as palavras da mãe. Ela também percebe que ambos parecem normais. Olheiras, uma espinha cicatrizada perto do nariz de Fox, pele seca ao redor da boca de Lark. Ambos mexiam no celular quando Jessica entrou, com uma postura curvada e linhas de preocupação no rosto.

— Por que eu te reconheço? — pergunta Fox.

— Não faço ideia, mas ouça: enquanto eu estava em Barton Wallop, conheci uma mulher chamada Debra, e ela morava com uma jovem chamada Belle. Esta última me disse que conheceu vocês, quando estavam de férias neste verão. — É uma mentira conveniente.

Os gêmeos trocam um olhar e dão de ombros em uníssono.

— Ela disse que passou bastante tempo com vocês dois, que vocês foram à casa dela. Passaram um tempo juntos, certo?

— Acho que sim — confirma Lark, com a voz um pouco rouca.

— Certo. — Jessica sente uma onda de frustração com as duas crianças obstinadas. — Bem, não sei se vocês estão cientes, mas Belle não é Belle de verdade. O nome verdadeiro dela é Grace Partridge, e ela desapareceu durante uma excursão escolar há mais de um ano com duas de suas melhores amigas, Audrey e Amina. A mulher, que se chama Debra Phipps, está agora sob custódia da polícia, prestes a ser acusada de seu sequestro, e a polícia britânica está vasculhando o local em busca das outras duas meninas desaparecidas agora mesmo. Em algum momento, vão querer falar com vocês dois, com certeza. Então, ouçam: há algo que vocês queiram me contar sobre o que aconteceu durante a estadia no Reino Unido neste verão?

O silêncio que se segue ao discurso de Jessica é profundo. Ninguém está respirando, exceto o pequeno cachorro preto sentado no chão, olhando fixamente para a tigela vazia de cereal de Fox e ofegando de leve.

Os olhos de Amber se movem rapidamente de um gêmeo para o outro.

— Bem — ela diz. — Crianças? Há algo?

Os irmãos se entreolham e, então, balançam a cabeça.

— O quê, *nada*? — Jessica insiste.

Eles se olham novamente, e então Fox fala:

— Quer dizer, nós sabíamos que a Belle era, tipo, meio esquisita. Acho que pensávamos que ela estivesse, tipo, sabe, talvez no espectro. Ou, tipo, borderline, sabe, ela ficava mudando as histórias. Uma hora os pais dela estavam no exterior. Na outra, não estavam. Uma hora ela estava na escola em Suffolk, na outra ela já tinha saído há anos. E depois foi a agorafobia. Tipo, ela nunca queria sair de casa? Então, sim, Belle era meio estranha. Mas nunca pensei que houvesse algo assim acontecendo.

— E a Debra era só legal, sabe? — comenta Lark. — Ela cozinhava bem e cuidava superbem da Belle e de nós também. Eu nunca teria pensado que ela estava fazendo algo ruim.

— Bem, a sua "Debra legal" me colocou sob seu controle por um tempo, usando algum tipo de hipnose ou controle mental. Isso significa alguma coisa para vocês?

— De jeito nenhum — diz Fox. — Não. Ela nunca fez nada disso. Tudo, o ambiente, a casa, tudo era simplesmente agradável, sabe. Meio que o tipo de lugar onde você gostaria de estar.

— Sério?

— Sim, sério.

Jessica encara Fox, nota sua linguagem corporal defensiva, o maxilar tenso. Lark, em contraste, parece desconfortável, quase assombrada, mexendo obsessivamente nas cutículas.

— Como vocês as conheceram? Belle e Debra. Qual é o contexto? — ela se dirige a Lark, mais interessada na versão da garota sobre a situação do que na de seu irmão, que parece ter um roteiro.

Ela vê os gêmeos trocarem outro olhar e, então, curiosamente, ambos se voltam para a mãe.

— O quê? — diz Amber, percebendo o clima.

Os gêmeos se entreolham novamente, então Lark diz:

— Bem, o papai meio que tem uma *namorada*. Quer dizer, ela não é exatamente uma namorada oficial. Não é *sério*. Ela está ajudando com a casa. Acho que os dois passam um tempo juntos de vez em quando. Só isso. E uma vez ela estava lá e disse que, se estivéssemos entediados, poderíamos andar mais para cima na rua, que havia uma garota lá na casa. A mulher disse para passarmos lá e dizer oi. Então, fomos.

— Você sabia sobre ela? — Amber pergunta a Jessica.

Jessica acena com a cabeça, desculpando-se.

— Sim. As pessoas que conheci no pub mencionaram que Sebastian tinha uma namorada. E então Sebastian confirmou quando perguntei. Ele meio que não queria que você soubesse sobre essa parte. Disse que achava que poderia ser uma questão delicada.

— Ah, pelo amor de Deus — exclama Amber. — Que ridículo. Como se eu me importasse. — Mas, mesmo enquanto ela diz isso, Jessica pode ouvir, pelo tom amargo de sua voz, que Amber de fato se importa, e muito.

— Ok, então a mulher disse que vocês poderiam encontrar essa garota, Belle. E qual era a conexão entre elas?

— Ela contou que tinha feito alguns trabalhos na casa deles, para o dono.

— Sério? — diz Jessica. — Quer dizer, você e eu já estivemos dentro do Velho Casarão, então podemos concordar que nenhum ajuste foi feito naquela casa desde, pelo menos, 1936.

— É — diz Lark. — Meio que pensei isso.

— E vocês a viram de novo? Essa mulher?

— Não. Só daquela vez.

Jessica faz uma pausa por um momento, dando-se tempo para descobrir como seguir essa pista sem entregar que os gêmeos estavam sendo vigiados.

— Depois de passar um tempo lá, com a Belle e a Debra, algum de vocês já sentiu algo, tipo um desconforto nos olhos?

Os gêmeos se olham novamente.

— Não — diz Fox, com um tom de desprezo que sugere que a pergunta é bizarra.

Lark balança a cabeça.

— Não — ela diz, mas soa menos convincente.

— Por que você está perguntando isso a eles, Jessica? — questiona Amber, preocupada.

— Porque passei por uma experiência muito estranha quando estive lá. Alguém piscou uma luz nos meus olhos, e perdi parcialmente a memória e fiquei com os olhos muito doloridos. E acho que vocês podem ter passado pela mesma experiência estranha. Aconteceu isso?

O ar parece carregar verdades não ditas.

— Não — diz Fox.

— Não — diz Lark.

Jessica suspira. Essas crianças não vão se abrir, não aqui na frente uma da outra e na frente da mãe.

— Conheceram mais alguém quando estavam na casa de Debra? — indaga a detetive, mudando de abordagem. — Talvez uma mulher mais velha?

— Não — diz Fox. — Só Debra e Belle.

— Ninguém mais apareceu na casa?

— Ninguém além das entregas de comida.

— Vocês viram algo estranho lá? Algo que não fazia sentido?

— Sério — diz Fox, soltando um leve suspiro. — Nós fizemos amizade com essa garota maluca chamada Belle, que estava sendo cuidada por uma mulher que parecia normal chamada Debra, e passamos muito tempo com ela. Brincamos com os cachorros dela, andamos nos quadriciclos dela, assistimos a filmes antigos com ela...

— Espera, que tipo de filmes?

— Tipo, não sei, uns dos anos 1980? Belle realmente gostava dos anos 1980. Os filmes, a música, a moda, tudo isso.

— Certo. Ok. Sim. — Jessica balança a cabeça, acompanhando as palavras de Fox à medida que as peças do quebra-cabeça se movem em sua mente, tentando encontrar formas de se encaixar. — E você e Belle? Têm mantido contato desde que saíram do Reino Unido?

— Não, não muito — diz Fox rapidamente. — Ela não gosta muito de celulares, sabe. O sinal lá é péssimo. Ela disse que poderíamos escrever cartas, mas isso meio que não aconteceu. E não sou do tipo que escreve cartas, de qualquer forma.

— Escrevi para ela — conta Lark. — Há mais ou menos um mês. Mas nunca recebi resposta. — Seus olhos vão para o relógio na parede. — Sabe, nós realmente precisamos ir...

— Sim. Claro. Desculpa. Mas, falando sério, este é um caso importante agora no Reino Unido. Seu pai vai ouvir falar disso, vai querer falar com vocês, a polícia provavelmente vai querer falar com vocês, então, se houver algo, qualquer coisa...

— Realmente não há nada — determina Fox, com firmeza.

Lark repete suas palavras com um leve aceno de cabeça, depois escorrega do banco e desaparece pelo corredor. Fox também sai do banco e coloca sua tigela vazia na lava-louças, observado atentamente pelo cachorrinho preto, antes de pegar uma garrafa de água na geladeira e sair da sala.

Jessica troca um olhar com Amber, cujos braços estão cruzados firmemente ao redor da cintura. Ela dá de ombros e mexe na manga da blusa. Um momento depois, as crianças gritam um adeus para a mãe, que, distraída, lhes deseja um bom-dia. Depois, há o barulho da porta e o clique do elevador.

Amber suspira.

— Não sei o que dizer.

Jessica olha ao redor do apartamento.

— Gostaria de dar uma olhada nos quartos deles.

Amber suspira outra vez.

— Já revirei os quartos deles como um perito forense, e não há nada, literalmente nada.

— Mas, de qualquer forma… eu gostaria de olhar.

— Claro — diz Amber. — Vá em frente. Mas não mexa em nada. Eles são como falcões, vão perceber em um segundo.

— Não vou deixar nenhum rastro.

O quarto de Lark é o primeiro. Fica na parte de trás do apartamento, escondido em um canto. As cortinas estão fechadas, o ar está parado e pesado com o cheiro de baunilha e almíscar. Jessica abre as cortinas e olha para o jardim no terraço de um apartamento situado mais abaixo. A penteadeira está cheia de produtos de beleza, lenços de papel amassados, latas de spray e desodorantes derrubados. As paredes são cobertas de pôsteres perturbadores e arte sombria, e sua cama, desfeita e bagunçada com roupas jogadas por cima, é um futom esticado diretamente no chão, com roupas de cama cinza-escuras amontoadas, um contraste gritante com o quarto arejado em tom rosa-claro que a namorada de seu pai lhe projetou em Essex. Os olhos de Jessica percorrem os detalhes, procurando o papel que viu na foto de Malcolm.

Ela o encontra preso em um quadro:

CONHEÇA MIRANDA
NYC
*** ***
19h – 24 de outubro
ESCANEIE O CÓDIGO para detalhes

Jessica pega seu celular e escaneia o *QR code*. A tela do celular fica brevemente preta, e ela bate na tela, mas segundos depois o aparelho volta à vida e um texto aparece sobre o desenho já familiar da criança com os braços estendidos.

Você está inscrito...!
Os detalhes do local serão enviados diretamente para este dispositivo às 18h, 24/10 . . .
Esteja pronto...!

O texto desaparece, e o celular de Jessica vibra levemente, apenas uma vez. Isso é seguido por uma sutil onda de calor na palma da mão, que depois passa, e ela volta a olhar para a tela inicial. Jessica procura no celular um aplicativo que corresponda ao que acabou de ver, mas não há nada. Nenhum novo ícone na página inicial. Nenhum sinal de que a página já esteve lá. Ela sente um arrepio de desconforto enquanto continua sua busca no quarto de Lark.

Só minutos depois ela nota o pequeno pote verde-menta na penteadeira de Lark. Há um rótulo na tampa que diz BEAUTY X em espiraladas letras cursivas rosa-choque. A mente de Jessica se agita ao se deparar com ele. Ela pega o pote e o encara. Parece estranhamente familiar. Ela tem certeza de que já o viu antes.

Com cuidado, desenrosca a tampa do pote. Está vazio, há apenas um resíduo liso grudado no interior do recipiente. Ela o aproxima do nariz e cheira. O cheiro a transporta de volta para o Velho Casarão, o aroma doce e metálico que ficava sob a umidade e a poeira.

Ela rosqueia a tampa de volta no pote e o guarda no bolso do casaco.

Jessica pensou que fosse detergente ou limpador de superfícies.

Mas não, era o cheiro da própria Debra.

QUATRO ANOS ATRÁS
Bristol, Reino Unido

Polly tem uma nova conta no Instagram. Finalmente!

Sua nova persona, Perfect Peach, é totalmente anônima. *Peach* nunca mostra seu rosto real na conta do Insta, apenas um distorcido por filtros. Ela não exibe nome ou localização. Fala sobre os produtos de beleza que recebe de graça porque sua conta tem quase 150 mil seguidores, o que a torna, oficialmente, uma influenciadora. E tudo o que Polly precisou foi apagar cada vestígio de seu eu autêntico da conta.

Peach faz resenhas de cremes e poções, vitaminas e lasers. Ela até faz resenhas de artigos para cães e produtos de limpeza. Todos os dias, Polly vai à loja de produtos de segunda mão da cidade, onde tem uma caixa postal, e coleta os itens que lhe foram enviados. A conta é seu trabalho em tempo integral: ela responde a cada comentário, a cada mensagem na caixa de entrada. Ela testa os produtos de forma vigilante e minuciosa e escreve resenhas da melhor maneira possível, de acordo com suas habilidades em inglês do exame final do sexto ano. Ela faz stories e passa horas editando vídeos, encontrando trechos perfeitos de músicas. Seus seguidores usam palavras como *requintado*, *mágico* e *impressionante* ao falar sobre as suas postagens e sobre ela.

Os filtros são todos de Arthur. Ele é um dos designers de filtros mais prolíficos em todas as redes sociais do momento e começou a brincar com IA. Não chegou lá ainda, mas ele acha que não vai demorar para que imagens com filtro pareçam totalmente naturais e ninguém consiga ver a diferença.

Nada disso, no entanto, está gerando dinheiro para eles. Polly ainda trabalha no salão de manicure, e eles ainda vivem em um trailer. Mas a jovem tem planos. Em breve, levará Perfect Peach para o YouTube, quando conseguir equipamentos de vídeo melhores. Ela conseguirá inscritos ao oferecer conteúdo extra e tutoriais particulares para cada um. Ela e Arthur já têm seus próximos passos definidos.

Mas, então, numa ensolarada tarde de agosto, uma mensagem aparece na caixa de entrada de Polly.

Oi! Meu nome é Jodie, e espero que você não se importe de eu perguntar isso, mas você é a mesma mulher que costumava vender Beauty X aqui? Sei que você é anônima, mas tem algo no seu rosto que me lembra dela! E os seus cães são iguais aos dela! Se for você, eu realmente gostaria de saber o que aconteceu com a sua marca. Era tão, tão, tão incrível, especialmente o Visage Magic, e fiquei sem ele há anos e nada mais chegou perto do que ele era. Se for você, ainda vende isso? Eu ficaria feliz em pagar por isso, é só dizer um preço! QUALQUER PREÇO! Só quero ter uma pele perfeita novamente!

Isso é seguido por três emojis de corações nos olhos em sequência, seguidos por três emojis de mãos em oração.

Polly clica no perfil de Jodie. A página dela é pública e mostra uma vida de férias intermináveis na praia e noites em restaurantes em terraços de Londres. Ela tem um marido, um bebê, um cachorro pequeno, cabelos loiros longos, olhos grandes, dentes brancos, um monte de amigos, um carro brilhante e mora em uma casa com janelas de ambos os lados. Ela parece a mulher mais feliz do mundo, uma mulher com tudo. Mas, ainda assim, isso não é suficiente. Ela quer mais. Ela quer ser *perfeita*.

Ela mostra a mensagem a Arthur, que resmunga com desdém.

— Não há algo que possamos fazer pela cliente? Ela está disposta a pagar.

Arthur continua mexendo em seu notebook.

— Bem, poderíamos dar a ela uma receita de creme facial de vampiro que poderia nos colocar na prisão, assim como toda a minha família. Além disso, não tenho sugestões.

— Mas, amor, deve haver uma maneira — ela diz. — Certo? Não precisa ser creme. Pode ser algo melhor do que creme. Algo como o que você está fazendo com os filtros. Quer dizer, com certeza — ela sente seu coração começar a acelerar de empolgação. —, com toda essa nova tecnologia, com IA e tudo mais, deve haver uma maneira de trazer filtros para o mundo real, não? Como algum tipo de lente especial, uma luz especial ou algo assim?

Ao ouvir um desafio técnico, Arthur olha para cima, assente e acaricia o queixo.

— Não sei sobre lentes... mas as leis da física quântica permitem a transferência de uma realidade para outra.

— O que você quer dizer?

— Quero dizer que, se alguém conseguisse encontrar uma maneira de transferir, digamos, defeitos físicos de uma pessoa para algum outro tipo de entidade que não se importa com a aparência, uma espécie de recipiente passivo...

— Sim, continue! — Polly é acometida por aquele desejo físico ardente que sente sempre que Arthur demonstra sua genialidade.

— Bem, em teoria, daria para criar a impressão de perfeição física. Os defeitos ainda estariam lá, mas existiriam apenas em outra dimensão.

Polly se aproxima de Arthur e passa os dedos pelo cabelo dele.

— E isso é... tipo, algo que é possível?

— Bem, não tenho ideia. É tudo altamente teórico e tecnicamente impossível. Eu teria que saber muito mais sobre física quântica do que sei no momento.

— Mas você acha que, se estudasse, poderia encontrar um jeito?

— Em teoria. Sim.

Ele diz isso com um breve e firme aceno de cabeça e de modo confiante. Sua voz soa mais profunda, seu queixo fica mais quadrado quando ele fala assim. Arthur parece mais bonito, mais másculo. Ela desliza os dedos pela parte de trás da camiseta dele e depois por baixo dela e ao longo da pele lisa de suas costas. Ela o sente estremecer de prazer.

— Eu acho — ela diz, com a boca a poucos milímetros da dele, a outra mão pressionada contra a barra de suas calças — que é hora de você enfim levar seu grande cérebro para a faculdade, Arthur.

TRINTA E DOIS

DEPOIS DA VISITA ao apartamento de Amber, Jessica vai para casa. No caminho, para em um mercado de luxo, onde enche o carrinho com produtos que ela acha que uma mulher grávida deveria comer: nozes, frutas, massa fresca e abacates. Ela compra lanches proteicos e suco concentrado de gengibre e até pega um pacote de café descafeinado da prateleira.

Sua cabeça lateja ao passar pela loja. Pensa nos gêmeos, no quanto estão inofensivos naquele momento. São dois adolescentes normais que tiveram um verão normal com uma garota fofa e peculiar no interior da Inglaterra. Ela se pergunta se os dois estariam escondendo algo ou se foram completamente doutrinados, se tiveram apagadas todas as memórias de todas as coisas ruins que aconteceram com eles em Essex. Estariam mentindo ou apenas desprovidos da verdade?

Ela paga pelas compras, fazendo uma careta ao ver o valor final, observando como os alimentos saudáveis são muito mais caros do que os alimentos não saudáveis. Já são quase oito horas da manhã, e ela lembrou que não tem notícias de Malcolm desde que voltou, na noite anterior. Jessica manda uma mensagem rápida para ele:

Oi. Como você está? Voltei pra cidade. Que tal passar aqui depois da escola?

Ela observa a mensagem por um momento, mas não recebe resposta e presume que ele já deve estar em aula.

A atendente do caixa observa Jessica empilhar suas compras de forma desordenada em duas grandes sacolas.

— Você vai muito longe para andar com tudo isso? — ela pergunta. — Temos um serviço de entrega gratuito, para você não precisar carregar.

Jessica sorri secamente ao erguer as duas sacolas com evidente facilidade.

— Eu dou conta — ela diz —, mas obrigada.

O sol aparece à medida que ela caminha pela rua em que mora, carregando as duas sacolas de compras. Jessica sente o calor contra seus olhos sensíveis, então pega os óculos de sol no bolso da jaqueta e os coloca. Julius, seu vizinho, está saindo de seu apartamento ao mesmo tempo que ela volta ao dela.

— Uau, madrugadora — ele diz. — Já saiu para fazer compras!

— É, bem, acho que é o fuso horário — ela responde. — Já é hora do almoço no Reino Unido, então meio que já estou no meio do meu dia.

— Entendi — diz Julius. — Claro. Como foi a viagem?

— Minha viagem foi... agitada.

— Resolveu seu caso?

— Não exatamente. Mas baguncei algumas coisas. — Um pensamento lhe ocorre. — Ei, Julius. Me lembra de novo o que seu namorado faz? Quero dizer, o trabalho dele?

— Ele é engenheiro farmacêutico.

— Ah, sim. Eu achava que era algo assim. O que isso significa, exatamente?

Julius dá uma risadinha seca.

— Juro que nem eu sei. Algo relacionado a farmacêutica e engenharia, acho.

— Acha que ele poderia me fazer um grande favor? Para o meu caso?

— Hum... talvez. — Ele faz uma careta. — Depende. O que é?

— É isso... — A detetive apoia as compras no chão do corredor e tira um pequeno pote de plástico verde do bolso. — Estou investigando uns adolescentes, para o meu caso. Encontrei isso no quarto da garota. O cheiro. A aparência. Não sei. Tenho a sensação de que pode ser algo...

— Sinistro?

— É. Correto. É o tipo de coisa que ele poderia testar para mim? Você acha?

— Talvez. Mas posso perguntar. Vou almoçar com ele mais tarde. Quer que eu entregue esse pote?

Jessica olha para a embalagem e depois para Julius.

— Não sei. E se você perder?

Ele revira os olhos.

— Tanto faz.

— Não, mas... quer saber, onde você vai encontrá-lo? Eu mesma levo.

Julius dá de ombros.

— Claro — ele diz, antes de lhe dar o endereço de um bistrô em Soho. — À uma da tarde. — Te vejo lá.

Jessica acena enquanto o vizinho se dirige ao elevador; em seguida, ela se vira e entra no próprio apartamento. Ela leva as compras à cozinha e começa a guardá-las. Abre a geladeira e está pronta para sentir aquele cheiro, o odor rançoso que sempre a atinge quando abre a geladeira. Mas está limpa, branca, brilhante e cheira a produto de limpeza. Todos os seus tristes potes de molho de macarrão e maionese, meio vazios, foram limpos e alinhados nas prateleiras da porta. Os legumes antigos, que boiavam em caldos marrons na gaveta, foram removidos, e as gavetas estão brilhantes e lustradas. Há até um galão de leite fresco e um pacote com quatro maçãs verdes.

— Malcolm — sussurra em voz baixa, carinhosamente. — Você é um garoto muito mau.

Ela prepara um café descafeinado e se senta com a xícara em sua mesa e o notebook aberto à sua frente. Dá uma mordida no lanche proteico e imediatamente o cospe na mesa.

— Eca.

Vasculha sua mochila de viagem até encontrar o cartão da policial no Reino Unido e liga para o número.

Vai para a caixa postal, e Jessica suspira.

— Oi — ela diz após o sinal. — Aqui é Jessica Jones. Você verificou a identidade de Debra Phipps? Parece que a mulher que vocês têm sob custódia pode não ser realmente a mesma mulher que vive lá com esse nome. Aparentemente, a verdadeira Debra Phipps é bem idosa. Me ligue quando puder.

Durante a próxima hora, ela lê tudo o que consegue encontrar na internet sobre o caso de Grace Partridge, sobre Debra Phipps e John Warshaw, à procura da conexão. Ela prende notas no quadro de cortiça conforme avança e imprime todos os anexos das mensagens de Malcolm: a foto dos gêmeos com os olhos sem reflexo, as fotos de dentro dos quartos deles, o interior do bar Upside Down e sua página na Wikipédia, artigos sobre o Vampiro do Harlem, fotos da placa na igreja de Barton Wallop, a foto do esboço no quarto de Fox Randall em Essex, uma captura de tela da imagem do Google Earth do casarão de Debra Phipps, o artigo de notícias sobre os desaparecimentos em Truscott House e a notícia sobre a descoberta de Grace.

Ela se afasta do quadro de cortiça e fica olhando. E olhando. E olhando.

O quê?, ela pensa. *O que é isso?*

Ela se pega desejando que Malcolm estivesse ali. Precisa de alguém com quem discutir, porque nada disso faz o menor sentido. Sua última mensagem para ele ainda não foi aberta, e ela suspira.

Jessica observa de novo a foto da placa na pequena igreja, depois o panfleto pregado no quarto de Lark e o esboço de Fox — as três versões da criança com os braços estendidos — e pensa nas palavras de Madame Teia na noite anterior, então pensa: *Está lá*, em Barton Wallop. A verdade está naquela imagem. Está naquela vila. Tem que estar. Mas onde?

QUATRO ANOS ATRÁS
Lincoln, Reino Unido

Dá para ver, do quarto no sótão de seu apartamento diminuto, a torre da catedral na antiga cidade de Lincoln. Os sinos tocam de hora em hora e, cada vez que soam, provocam uma sensação de admiração e prazer em Polly. O som dos sinos da catedral se alinha com suas fantasias de como seria a vida adulta e de como poderia soar. O apartamento deles é pequeno, mas tem personalidade, pé-direito alto, vigas expostas, carpetes macios e uma cozinha fofa com azulejos de tijolinho. Mas, o mais importante, não é um trailer.

Eles se mudaram para Lincoln por Arthur, por causa de seu curso de graduação. As aulas dele começam hoje. Ele está arrumado, limpo e radiante de nervosismo. Finalmente, aos maduros trinta anos de idade, Arthur começou no ensino superior. O curso se chama física com mecânica quântica. A Universidade de Lincoln praticamente o aceitou de imediato quando se deparou com o vasto trabalho em que o homem esteve envolvido nos últimos dois anos. Polly conseguiu uma bolsa para Arthur, que vai ajudar com as despesas de moradia. Para isso, ela fez a inscrição em um programa de educação empreendedora que encontrou on-line. Assim, além de estudar, Arthur também tem seu próprio dinheiro para viver.

Polly vai até a porta para se despedir dele. A mulher ajeita a gola da camisa e alisa seu cabelo. Seu namorado tem uma aparência mais madura agora. Ela não se pega mais olhando para Arthur de vez em quando e pensando *Quem é você?*. Quando o vê, ela não enxerga mais o garoto magrelo de nariz grande com calças baratas trabalhando em uma sapataria em Portsmouth. Não o vê mais apenas como um caminho para Ophelia e seus cremes mágicos. Ela simplesmente vê Arthur, seu parceiro. E, quando os observa juntos, lado a lado, Polly consegue enxergar uma conexão entre os dois agora: eles fazem sentido. Cresceram juntos, quase como cicatrizes, curando as partes um do outro que eram feridas abertas. É justo dizer que Arthur é o amor da vida de Polly, e ela sabe, sem sombra de dúvida, que não haverá outro. Além de sua compatibilidade natural, o casal tem muitos segredos. Estão ligados pelos erros que cometeram juntos.

Será que realmente *são* erros?

Talvez sejam apenas passos em direção ao futuro que Polly sabe que os espera. E talvez precisem cometer mais erros para alcançarem o objetivo. E estão chegando perto, muito perto.

Sua persona "Perfect Peach" agora tem quase meio milhão de seguidores no Instagram e 80 mil inscritos no YouTube. Arthur está indo para a universidade. Os dois até têm passaportes. São pessoas normais.

Bem, quase normais...

Porque só dá para ser normal até certo ponto quando há litros de sangue na cozinha dos seus sogros e corpos enterrados nas florestas por onde eles passaram. E só dá para ser normal até certo ponto quando você foi cúmplice de algumas dessas mortes, quando esperava do lado externo da porta da casa do seu sogro com uma sacola para pegar frascos de sangue e soro tirados das vítimas dele, a fim de produzir cremes faciais caros para vender na internet. Só dá para ser normal até certo ponto quando seu namorado foi forçado a trazer crianças da escola para casa para que seu pai as torturasse e roubasse o sangue delas. E só dá para ser normal até certo ponto quando a mãe do seu namorado é imortal e o pai dele bebia o sangue da esposa todos os dias na tentativa de se manter vivo, porque o sangue dela está cheio da magia inata que a manteve viva por 221 anos.

Deveria haver um filme sobre a história deles — Polly pensa muito nisso —, uma comédia sombria: *Bem-vindo à casa dos Warshaw*.

Mas aqui, por ora, neste pequeno apartamento com sua vista, o namorado bonito e tímido na porta, dinheiro no banco, cachorros cochilando por perto, uma carreira, seguidores, influência, um plano... Polly se sente normal, quase como se fosse. Ela realmente se sente assim.

Polly fecha a porta atrás de Arthur, sentindo nervosismo por ele. Então, pega o celular e faz uma nova postagem, contando aos seguidores que seu namorado voltou a estudar e que ela está orgulhosa. Seus seguidores adoram, desejam a "Peach" um bom dia e sorte ao namorado, como se fosse o melhor amigo deles. Todos se importam muito com ela. Na verdade, eles a amam. E Polly, de certa forma, também os ama. Quer o melhor para todos eles. Quer que todos eles *voem*.

A dopamina percorre seu sistema a cada comentário que aparece sob sua postagem. Seu coração se enche disso. E então, surge um comentário que diz:

PFV PFV PFV FAÇA UM ENCONTRO DE FÃS PFV!! EU QUERO TE CONHECER, ISSO COMPLETARIA MINHA VIDA, POR FAVOOOOORRRR!!

Alguém responde a isso logo em seguida, dizendo:

SIM! EU VOU A QUALQUER LUGAR!

E Polly sente um calor se espalhar por todo o seu corpo. Imagina mulheres em trens e ônibus, em carros e aviões. Ela as imagina em grupos, vestidas com esmero, celulares erguidos, ouvindo-a falar, fazendo fila para selfies e saindo depois, eufóricas, para coquetéis na cidade.

Mas, então, precisa apagar essas imagens da mente, porque isso nunca poderá acontecer, seu rosto sempre terá que ser um segredo por causa de Clara. Terá que ser anônima para o resto da vida.

Isso a mata por dentro, mas Polly não tem escolha.

TRINTA E TRÊS

NA HORA DO ALMOÇO, JESSICA vai até Soho a fim de entregar o pote de creme para Julius e o namorado dele. Os dois a convidam para ficar, mas a detetive está ansiosa para continuar trabalhando no caso.

— Qual é o contexto disso? — pergunta Frank, o namorado de Julius, fitando o recipiente verde-menta em sua mão. — O que devo procurar?

Jessica dá de ombros, desculpando-se.

— Realmente não sei. Só acho que há uma conexão entre o conteúdo do pote, as mortes de alguns homens sem-teto no Harlem nos anos 1980 e uma influenciadora de beleza anônima que administra uma conta no Instagram no Reino Unido. Sei que parece loucura, mas esse caso todo é meio louco.

Frank levanta uma sobrancelha, cético.

— Beleza — ele diz. — Vou ver o que consigo fazer.

— Quanto tempo acha que vai demorar?

— Depende totalmente de quão ocupados os técnicos estão. E também do que encontrarem. Mas posso tentar te dar alguns resultados até o final do dia? Ou talvez amanhã de manhã?

— Ótimo, muito obrigada. Posso te pagar com dinheiro? Ou...

— Uma garrafa de vinho seria ótimo — responde ele, com um sorriso rápido. — Ou, melhor ainda, champanhe?

Pouco depois da uma da tarde, Jessica se desloca até o metrô e pensa em Malcolm, que deve estar saindo da escola em breve. Ela verifica o celular e percebe que ele ainda não abriu sua mensagem, o que lhe parece estranho, pois ele certamente teria olhado o celular em algum momento entre as aulas. Mas a detetive afasta o pensamento incômodo; tem certeza de que há uma razão para o silêncio de Malcolm. Talvez tenham confiscado o celular dele? Talvez a bateria tenha acabado? Então segue em direção ao norte da cidade.

A escola dos gêmeos fica em um amplo edifício estilo *beaux-arts* no lado leste da rua 89, com degraus de pedra clara que levam serenamente de uma calçada movimentada até portas elegantes com molduras de bronze. É logo depois do almoço. Alguns alunos circulam pela entrada principal, mas ainda há a energia cinética contida de uma escola em funcionamento. Ela espera que um grupo de estudantes saia e se esgueira pela porta aberta atrás deles, entrando em um interior limpo, bem cuidado e convidativo, nada parecido com as escolas públicas que já visitou antes.

— Oi — cumprimenta ela, dirigindo seu melhor sorriso ao jovem sentado atrás da mesa da recepção. — Meu nome é Jessica Jones. Sou investigadora particular e estou trabalhando em um caso de sequestro de criança. Tenho algumas perguntas para o seu diretor, o senhor... — seus olhos encontram a placa com o nome na porta atrás da mesa — Henri. É sobre dois dos seus alunos. Pode perguntar se ele arranja um tempo para falar comigo?

O jovem a encara com os olhos arregalados, claramente curioso para saber mais sobre crianças sequestradas e investigadores particulares.

— Humm, claro, me deixa ver. Quer dizer, você tem algum tipo de identificação?

Jessica sorri de forma contida e puxa seu crachá de plástico do bolso da mochila.

O jovem examina o crachá com uma sobrancelha levemente erguida e as bochechas sugadas.

— E para quem você está trabalhando mesmo? — questiona ele, devolvendo o crachá.

— Estou fazendo investigações em nome da polícia britânica.

A sobrancelha se eleva mais uma vez, e ela vislumbra um sutil pulso de empolgação brotando em suas têmporas.

— Deixe-me ver o que posso fazer. — O rapaz se levanta e bate levemente à porta próxima, e Jessica ouve murmúrios por um momento antes que o jovem reapareça e anuncie em um tom muito reverente: — O sr. Henri tem exatamente doze minutos.

Jessica ecoa sua reverência ao baixar a cabeça e dizer:

— Muito obrigada. — O jovem a libera para entrar no saguão e a conduz até o escritório.

Em seu escritório, o sr. Henri está sentado à direita de um grande vaso de rosas cor-de-rosa frescas, com um bolo pela metade em uma caixa de papelão atrás de si.

— Hoje é meu aniversário — justifica ele, com um suave sotaque francês. — Muita confusão. Você sabe como é.

Jessica não sabe como é, mas acena com a cabeça e sorri.

— Feliz aniversário — parabeniza ela.

O sr. Henri acena, quase se desculpando, então pergunta:

— O que posso fazer por você, srta. Jones?

— Bem, senhor, fui contratada por Amber Randall há algumas semanas. Ela estava preocupada com os gêmeos, e sei que você a chamou recentemente para falar sobre preocupações suas, então eu queria conversar devido a uma investigação em curso com outras partes interessadas, incluindo a polícia britânica.

— Uau — comenta o sr. Henri, acariciando as bordas da gravata e se reclinando na cadeira. — Uau, isso parece ser maior do que eu pensava...

— Talvez sim, talvez não. Então, me diga, sei que estava preocupado com eles, com algum tipo de *culto*, certo? E sei que sua investigação não revelou nada, mas me pergunto se poderia compartilhar um pouco sobre o que estava acontecendo aqui na época. Que tipo de comportamentos o senhor testemunhou?

— Bem, sim, foi muito bizarro. Foi se formando bem lentamente. No semestre passado, os gêmeos eram, como se diz, alunos bastante comuns. Queridos, mas não populares. Boas notas, mas não excepcionais. Então, quando voltaram das férias de verão, havia esse tipo de... não sei como você diria, mas uma aura de *estrela do rock* ao redor deles. Pareciam muito refinados, muito cativantes.

Tornaram-se muito, muito populares, e, então, bem, parece que aqueles que não estavam incluídos na nova tendência ficaram bem incomodados. Recebi muitas reclamações e sugestões sobre coisas estranhas acontecendo.

— Que tipo de coisas estranhas?

— Um tipo de estado de transe que atingiu alguns alunos, uma obsessão por músicas e filmes dos anos 1980. Havia uma canção que todos continuavam cantando, acho que se chamava "Perfect skin". Essas crianças estavam se tornando cada vez mais... bem, extremamente desagradáveis, devo dizer. Cada vez menos envolvidas com a vida escolar, com as brincadeiras, apenas andavam por aí olhando de forma vaga para o mundo, dizendo essa palavra...

— Miranda?

— Sim! — Ele a olha surpreso. — Miranda. Mas, então, parece que tudo parou.

— Quanto tempo faz que parou?

— Eu diria que mais ou menos na mesma época em que a sra. Randall veio falar comigo. Tudo voltou ao normal depois da visita dela. E me perguntei se eu teria imaginado a situação, sabe? Ou se era um daqueles... como eles chamam? Um contágio social? Em francês diríamos *folie à plusieurs*. Mas... — Ele bate suavemente as palmas — Agora os adolescentes são apenas adolescentes de novo. Estão ouvindo seu rap horrível e ficam no celular. Têm espinhas, são comuns e ruins em matemática. — O sr. Henri suspira tristemente, mas, então, sorri amplamente. — E estou muito feliz por tê-las de volta ao normal. Há algo com que eu possa ajudá-la em sua investigação?

— Não — responde Jessica. — Mas obrigada. Estou muito grata pelo seu tempo e suas considerações.

— É um prazer. E aqui... — Ele se vira para o bolo na caixa atrás dele, corta uma fatia, coloca-a em um guardanapo decorado com gráficos de aniversário coloridos e a entrega a ela. — É sem glúten, mas é bem gostoso.

Jessica aceita o bolo e sorri.

— Ótimo — ela diz. — Obrigada. E aproveite o resto do seu dia.

— Cinquenta e dois — comenta ele com um sorriso triste. — Nunca pensei que ficaria tão velho.

TRINTA E QUATRO

JESSICA NÃO SAI imediatamente do local. Com os olhos nas câmeras posicionadas em quase todos os ângulos do prédio, ela caminha em zigue-zague pelos corredores dali, fingindo procurar um banheiro. É um colégio pequeno, especialmente em comparação com a vasta escola que ela frequentou no Queens, mas ainda grande o suficiente para que ela não chame atenção. Alguns alunos a observam curiosos enquanto ela passa, e Jessica se pergunta quais deles estavam sob a influência dos gêmeos — e como. Ou seria, como o sr. Henri sugeriu, um caso de contágio social? As outras crianças viam o impacto que Fox e Lark exerciam na comunidade escolar e simplesmente os imitavam?

Durante o percurso, ela observa através das janelas, até ver Lark guardando seus livros na bolsa, já que a aula está prestes a terminar. Jessica se afasta da porta e espera que a garota saia, então a segue discretamente à distância até que Lark faça uma curva em direção aos armários, e Jessica acelera o passo.

— Lark.

— Ah! — A garota se assusta. — Erm, oi. — Ela olha ao redor. — O que está fazendo aqui?

— Eu estava conversando com seu diretor sobre algumas coisas.

— Certo. Quero dizer, por quê?

— Estou apenas tentando entender as coisas. Sabe, a situação da Belle.

— Ah. — Lark assente. — Certo.

— Posso falar com você? Tem um minuto?

— Sim. Acho que sim. Tenho um horário de estudos agora, mas o professor nunca se importa se eu chego atrasada. — Ela aponta para uma porta de vidro aberta, que dá em uma exígua área de jardim bem cuidada, onde um casal se beija à sombra de um pinheiro. Eles se separam quando Jessica e Lark entram, rindo nervosamente.

Lark se senta em um banco e começa a cutucar as unhas.

— Então — diz Jessica —, escuta. Notei uma energia estranha vindo do seu irmão hoje de manhã. Está tudo bem com ele? Quero dizer, há algo que você gostaria de me contar? Sobre Belle? Sobre o verão?

Os olhos de Lark escurecem.

— Não que eu saiba.

— Não que você saiba?

— Quer dizer, sim. Meio que houve... *coisas*.

— Coisas. Que tipo de coisas?

— Eu não sei. É só que… — O olhar dela vai para as portas de vidro e ao redor do jardim, e ela abaixa a voz. — Parece meio confuso agora, sabe? Tudo isso. O verão. Não consigo me lembrar da maior parte. Mas parecia que havia algo errado. Sabe?

— Você consegue se lembrar da primeira vez que sentiu que algo estava errado?

— Não exatamente. Quer dizer, no começo era tudo tão ótimo, Belle era tão divertida, e Debra era tão gentil, e era bem bom ter algo para fazer, um lugar para ir. Então, um dia, acho que uma semana depois, talvez mais, um cara apareceu.

— Um cara?

— Sim, e ele tinha, tipo, um trailer? Como em *Breaking bad*, ele estacionou na frente, e a Debra certamente o conhecia, os cachorros também o conheciam. E entramos nesse trailer com a Belle, e todos nós estávamos mexendo no nosso celular, e, então, não consigo me lembrar muito bem depois disso. Só sei que tudo parecia incrível. E que tivemos o melhor verão de todos. Então voltamos para Nova York, e tudo ainda parecia ótimo, mas aos poucos a sensação foi desaparecendo, e outro dia percebi que me sentia normal de novo, e o mais estranho é que eu gostei disso. Gostei de me sentir normal de novo.

— Mas o Fox…?

Lark se mexe um pouco.

— Sim, o Fox não gostou. Está meio irritado com a situação. Ele quer...

Lark faz uma pausa, observando alguns alunos passarem por uma janela.

— Ele quer o quê?

— Não sei muito bem. Só acho que ele está...

Jessica prende a respiração, esperando Lark terminar.

— Ele fica fazendo ligações. Não sei. Sinto que... — Ela olha para Jessica com os olhos marejados. — Sinto que o estou perdendo. — Uma lágrima escorre pelo nariz de Lark, e ela a enxuga com a manga do suéter.

Jessica toca o braço de Lark, gentilmente.

— Lark — ela diz. — Posso ajudar a trazê-lo de volta para você. Mas preciso que me conte tudo o que sabe.

— Mas eu não sei de nada. O Fox não me conta o que está acontecendo. Está me excluindo. Vira e mexe ele some. Ele tem esse novo amigo...

— Quem? — pergunta Jessica. — Quem é esse novo amigo?

— Um cara chamado Sly. A gente o conheceu na aula de boxe algumas semanas atrás. Ele literalmente apareceu do nada e agora ele e o Fox são, tipo, melhores amigos ou algo assim. E ontem à noite, quando deveríamos estar em casa, fomos ao Five Guys e encontramos o Sly lá, e eu voltei para casa, mas o Fox e o Sly saíram juntos para algum lugar.

Os nervos de Jessica ecoam como uma bolsa de moedas caídas.

— *Algum lugar?*

— Sim. Eu não sei para onde. Só voltei para casa. Mas eles disseram que iam encontrar alguém. Não sei.

— Onde ele está agora? — Jessica pergunta. — Onde está Fox?

— Está na aula, eu acho.

— Em qual aula?

— Não sei. Temos horários diferentes. Escuta. Preciso ir agora. Já perdi dez minutos de aula.

— Sim. Claro. Com certeza. Mas, Lark — Jessica puxa um cartão de visita do bolso do casaco e entrega à garota, que o olha sem muita reação —, por favor, me ligue se estiver preocupada com qualquer coisa. Qualquer coisa mesmo.

Lark acena com a cabeça e guarda o cartão no bolso do casaco.

— Ok — ela diz. — Eu vou.

Jessica a observa sair, com os livros embaixo do braço, mordendo forte o interior da bochecha.

Quando Jessica está saindo, encontra um rosto familiar. Jefferson. O garoto do jantar de aniversário no Bleeding Heart, o melhor amigo de Fox.

Ela se aproxima do adolescente.

— Jefferson?

Ele a olha com curiosidade.

— Humm, sim?

A detetive mostra seu crachá para ele.

— Jessica Jones. Sou investigadora particular. Estou trabalhando em um caso envolvendo seu amigo Fox Randall. Você, por acaso, sabe onde ele está agora?

— Ah, sim. Acho que ele foi para casa logo antes do almoço. Disse que estava enjoado.

Jessica olha para o relógio na parede. São quase duas horas.

— Tem certeza de que ele estava indo para casa?

Jefferson dá de ombros.

— Quer dizer, acho que sim, né? Foi o que ele me disse, afinal.

— Jefferson — ela começa.

— Espera. Como você sabia meu nome?

— A mãe do Fox me falou sobre você.

— Mas como você sabia como eu era?

Jessica faz um som impaciente e suspira.

— Ela me mostrou uma foto. Está bem? Mas escuta, estou tentando encontrar um garoto chamado Sly. Tem alguma ideia de onde ele pode estar?

Jessica repara na contração de um músculo na bochecha de Jefferson.

— Quer dizer, eu nem sei quem é esse cara. Ele simplesmente começou a aparecer em todos os lugares.

— Sim, mas você sabe onde ele pode estar agora?

— Não. Não faço ideia. Mas, tipo, metade das histórias dele não batiam. Ele disse que o pai dele era algum tipo de, sei lá, agente esportivo? E que ele frequentava uma escola pública. Mas o Fox verificou tudo e descobriu que era mentira. O Fox ficou muito irritado.

Um arrepio percorre Jessica.

— Ficou muito irritado quando?

— Ontem à noite. Disse que ia se encontrar com ele, que ia confrontá-lo sobre isso.

Jessica aponta para o celular na mão de Jefferson.

— Ligue para ele — manda ela. — Ligue para o Fox agora. Descubra onde ele está.

— Espera — diz Jefferson. — Fala sério, você realmente acha que ele fez alguma coisa?

— Não sei se ele fez alguma coisa. Então, ligue para o Fox. Por favor.

— Tá bom. Tá bom.

Jessica observa enquanto Jefferson procura o número de Fox e faz a ligação.

A chamada vai direto para a caixa postal, e Jefferson dá de ombros.

— Acha que o Sly está em perigo?

— Acho que ele pode estar, sim.

— Por causa do Fox?

Ela dá de ombros.

— Sim. Talvez.

Jefferson engole em seco.

— Sabe, isso não me surpreenderia. Ele tem agido de forma tão estranha ultimamente.

— É o que dizem — responde Jessica, virando-se com o intuito de ir embora —, é o que dizem.

TRÊS ANOS ATRÁS
Lincoln, Reino Unido

Polly encontra Arthur para tomar chá em um café moderno de Steep Hill. É início de outono, mas o sol ainda mantém o calor do verão, e ela está usando um vestido bonito, do tipo que Arthur gosta, com estampas florais e mangas bufantes. Seu cabelo está solto, como ele prefere, e o rosto leva pouca maquiagem.

Arthur levanta os olhos do notebook e sorri. Ele fecha a tampa e se levanta.

— O que você vai querer?

— Apenas chá, por favor. E talvez uma fatia daquele bolo de café.

Arthur vai até o balcão, e ela o observa de trás. Seu garoto estudioso, ele realmente combina com esse papel atualmente. Até tem amigos. Curtis e Jacob. São estudantes mais velhos, como ele, nerds, por volta dos vinte e poucos anos. Às vezes, os três vão ao pub para falar sobre mecânica quântica. Polly acha isso adorável. Até saudável. O que é engraçado, considerando a identidade de Arthur a portas fechadas. Curtis e Jacob nunca acreditariam, se soubessem.

Arthur volta com o bolo e o chá em uma bandeja e coloca os itens na frente de Polly antes de levar a bandeja de volta ao balcão.

Ela sorri para o namorado e, então, diz em voz bem baixa:

— Eu encontrei algumas.

— Algumas o quê?

— Algumas... meninas.

Os olhos de Arthur se movem rapidamente pelo café, mas a acústica é terrível, e ninguém seria capaz de ouvir.

Ela desliza o celular pela mesa e mostra para ele. São três. Todas têm catorze anos. Elas se autodenominam suas *Peach Babies.*

— O que você disse a elas?

— Nada. Só estou, sabe, sentindo a aura delas.

— Aliciando-as.

Polly recua.

— Eca, *que nojo* — ela diz. — Que jeito horrível de dizer isso.

Arthur desliza o telefone de volta para ela.

— Bem, sim, mas é verdade. É o que você está fazendo.

Pode ouvir a desaprovação na voz dele. Polly odeia isso. Sua bochecha se contrai com o esforço de segurar o temperamento.

— Eu *não* estou aliciando ninguém. Elas são fãs. São seguidoras. Estão fazendo o que querem fazer.

— Elas são crianças.

— Bom, sim, e você sabe bem como fazer isso.

Ele se encolhe.

— Como é... o quê?

Mas Arthur sabe o que ela quer dizer. Polly se refere ao amigo de infância dele, aquele que foi atraído ao chalé dos pais quando tinha apenas onze anos, a mando de seu pai, aquele que acabou enterrado nos bosques atrás da praia de Eastney e cujo corpo só foi encontrado dez anos depois.

— Eu não o aliciei — ele rosna baixinho. — Meus pais disseram que eu podia trazer alguém para casa para tomar chá. Como eu ia saber...

Polly o silencia.

— Você sabia o que estava fazendo. Tudo o que você sempre quis foi agradar seus pais.

— Sim, e agora tudo o que eu quero é agradar você. Passei a vida toda agradando as pessoas. Mas isso, Pol, isso é demais.

Polly respira fundo, tentando voltar à doçura.

— Só preciso que você me prometa que está quase pronto. Certo? Não vou conseguir manter essas meninas esperando para sempre. Adolescentes mudam muito rápido. Precisamos começar a testar o mais rápido possível.

— Não está nem perto de ficar pronto. É o que eu venho te dizendo. Está longe de ficar pronto. E, Pol, você sabe, pode ser que nunca esteja pronto. Precisa se lembrar disso.

Ela resmunga.

— Você tem um QI mais alto do que 99,5% da população. Se você não conseguir fazer isso, literalmente ninguém consegue.

— E é exatamente isso que estou dizendo. É possível que ninguém consiga.

Polly aperta o joelho dele debaixo da mesa com a mão e o contempla através dos cílios.

— Arthur. Por favor. Deve haver um jeito. Deve haver algo. Chegamos tão longe…

Ele abaixa o olhar para a mesa e depois o levanta de volta para ela.

— Pode haver algo — pontua Arthur. — Algo que meu pai me contou uma vez. Um tipo de luz.

— Que tipo de luz?

— Não sei. Alguém mostrou para ele uma vez, quando ele estava viajando pela Latvéria.

— Onde na Latvéria?

— Eu não sei mesmo. Ele só mencionou que tinha algo a ver com sangue e que supostamente dava às pessoas poderes extras.

— Que tipo de poderes?

— Ele não especificou. Mas passou anos lá tentando encontrar, e nunca conseguiu. Chamavam de "luz de sangue".

Polly ofega.

— A luz de sangue — ela repete em um sussurro admirado. Ela pega o celular e imediatamente faz uma pesquisa no Google. Tudo o que encontra são links sobre um tipo de maquiagem de efeitos especiais. Ela adiciona *Latvéria* à pesquisa. Isso traz apenas um resultado, uma pintura pendurada em uma galeria em Doomstadt.

— Não consigo encontrar — ela diz.

— Bem, sim, é porque provavelmente não existe. Se meu pai não conseguiu encontrar, então é seguro afirmar que é apenas um conto de fadas, um mito.

Mas Polly precisa saber o que essa "luz de sangue" faz.

E Polly vai encontrar alguma, nem que seja a última coisa que faça.

TRINTA E CINCO

JESSICA LIGA PARA MALCOLM novamente na rua, quando chega ao lado de fora da escola. O telefone toca sete vezes antes de, enfim, a chamada ser atendida.

— Malcolm! — ela começa, sentindo um enorme alívio. — Graças…

— Ah, Jessica! Infelizmente o Malcolm não está aqui agora. Aqui é Brenda, a mãe dele.

Jessica fecha os olhos.

— Ah, oi, sra. Powder. Brenda. Você sabe, por acaso, onde o Malcolm está?

— O Malcolm está na escola, Jessica.

— Mas você está com o telefone dele?

— Sim — Brenda responde, um pouco incerta. — É estranho. Ele deixou aqui de manhã. Não levou para a escola. Só percebi agora. Acabei de voltar do trabalho e, quando passei pelo quarto dele, vi a tela acesa com a sua ligação.

— Ele deixou o telefone em casa?

Brenda ri.

— Sim. Acho que talvez seja a primeira vez. Adolescentes. Ele sempre está com o telefone. Você sabe como eles são!

Jessica concorda. Ela sabe como os adolescentes são. Mais especificamente, sabe como o Malcolm é.

— Tem alguma ideia de por que ele pode ter deixado?

— Não! Não faço ideia! A menos que ele tenha outro celular do qual eu não saiba.

— Isso é possível?

— Bem, sim. É possível. Esses filhos, os ruins, eles têm vários telefones, né? Eles têm os, como é que chamam...?

— Pré-pagos?

— Sim, eles têm os pré-pagos. Não sei. Ele é um bom garoto, mas tem alguns amigos ruins.

— Quando foi a última vez em que viu o Malcolm?

— Ah, ontem à noite.

— A que horas?

— Por volta de... — Ela para. — Na verdade, não, foi ontem de manhã. Quando ele chegou ontem à noite, eu já estava dormindo.

— Você o ouviu chegar?

— Sim. Quer dizer, acho que sim. Mas Malcolm é sempre tão silencioso quando chega. E eu durmo pesadamente.

— A cama dele está bagunçada?

A sra. Powder solta uma risada suave.

— Como eu saberia? Nunca está arrumada. Dia e noite, a cama do Malcolm está sempre do mesmo jeito.

— Bem, escute, sra. Powder... Brenda, se você ouvir falar dele, por favor, peça que me ligue assim que possível.

— Jessica. Você está preocupada com ele?

— Ah, nossa, não. Tenho certeza de que ele está bem. Acabei de voltar do Reino Unido e só queria uma... hum, atualização, isso é tudo. Peça a ele que me ligue.

— Claro, Jessica. Claro que vou. E você? Está bem?

— Sim. Tudo bem.

— Malcolm me contou sobre a mulher na Inglaterra, aquela que te fez refém.

Jessica prefere não corrigir a interpretação errada da sra. Powder sobre os acontecimentos, considerando-a, de muitas maneiras, mais aceitável do que a descrição mais precisa do que realmente aconteceu com ela.

— É, isso foi ruim. Malcolm me tirou de uma situação difícil. Ele é um ótimo garoto.

— Sim. Ele é mesmo é um ótimo garoto. Sou muito abençoada por ter um filho como ele. Nem todas as mães têm tanta sorte.

Jessica sente seu estômago se revirar e se contorcer com a doçura do orgulho da mãe de Malcolm, seguida de uma onda de náusea com a possibilidade de que algo ruim já tenha acontecido com ele.

Mas a detetive tem a sensação de que sabe para onde Fox pode tê-lo levado.

TRINTA E SEIS

JESSICA COLOCA SEU GORRO enquanto sai do metrô e caminha em direção ao bar Upside Down. Do lado de fora, coloca as mãos na janela e espia através de uma abertura nas folhas de jornal velho coladas ao vidro. Não há nada ali. É só uma sala vazia com os destroços característicos de um local abandonado na cidade. Ela se move para a parte de trás do prédio e tenta levantar a janela, mas está trancada por dentro. Sob seus pés, tem uma tampa de esgoto. Ela se vira para se certificar de que ninguém está olhando, então a levanta muito facilmente, como se fosse uma tampa de garrafa de leite, e a coloca de lado. Jessica ilumina o buraco com a lanterna do celular, mas não vê nada, apenas um túnel úmido que leva ao sistema de esgoto de Manhattan. Recoloca a tampa, se põe de pé e esfrega a sujeira dos joelhos da calça jeans.

Ela começa a considerar suas opções. Deveria quebrar uma janela? Quebrar uma parede? Mas não, está claro que Malcolm não está ali. Então percebe que está perto da rua de Luke, na verdade, a meros quarteirões de distância. São quase três da tarde. Será que ele está em casa? Jessica não fala com ele há dias. Ainda se sente tímida em relação a Luke, principalmente por não ter lhe contado que está grávida dele e tudo mais. Mas ela bem que precisa desabafar, descansar, precisa de um sofá para se sentar, de um copo de água, de um rosto amigo, de um momento para colocar as ideias no lugar, longe da confusão e do caos da hora do rush em Manhattan. E precisa muito mesmo usar o banheiro. A detetive pensa na última vez que apareceu de surpresa e na humilhação ardente de encontrar Luke com outra mulher, então lhe envia uma mensagem:

Estou por perto e preciso usar o seu banheiro. Você está em casa?

Ele responde imediatamente.

Estou aqui e esperando.

— Caramba, Jessica, você está um caco.

— Ah, muito obrigada.

— Não. Sério. Você está bem?

— Bem, na verdade, não. Estou sob o efeito do fuso horário, meu corpo acha que já é hora de dormir. E eu acabei de completar... — Ela dá uma olhada no aplicativo do celular — Doze mil passos desde que acordei. Meu assistente desapareceu. Meu caso está desmoronando. Minha mente foi remexida por uma espécie de bruxa superpoderosa. E tudo o que consumi hoje foi comida saudável e café descafeinado. *Ah*, e, segundo Cassandra Webb, se eu não conseguir resolver este caso, é possível que muitos adolescentes acabem por se ferir. Ou pior.

Jessica coloca a mão no batente da porta dele, se apoia de lado, deixa a cabeça cair e suspira.

— Já tive dias melhores.

Luke sorri e a leva para a sala de estar. Ele está no meio de uma refeição, algum tipo de carne com carboidrato que Jessica mataria para comer agora.

— Desculpa, não queria interromper seu... sei lá. O que é isso, uma *almojanta*?

— Está tudo bem. Sério. Eu lhe ofereceria, mas isso aqui era o resto de ontem. Posso oferecer mais alguma coisa? Tenho salgadinhos e molho. Tenho cerveja.

Jessica o observa, com o estômago revirando de afeto, com medo.

— Batata frita e molho seriam incríveis. Obrigada. E também um pouco de água bem gelada.

— É pra já.

A detetive o observa do outro lado do balcão da cozinha. Luke pega três sacos diferentes de salgadinhos de um armário e as balança para ela. Ela aponta para um e ele despeja as batatas em uma tigela, coloca molho em outra tigela e joga cubos de gelo em sua água. Ela adoraria ver Luke Cage preparando seus lanches pelo resto da vida.

— Isso é a melhor coisa que aconteceu comigo o dia todo. Na verdade, talvez na minha vida inteira.

Ela tira as botas e massageia seus pés doloridos. Bebe a água gelada em um gole só e mastiga os pedaços de gelo.

— As prateleiras ainda estão no lugar — ela observa, olhando para as paredes.

— Sim. Você fez um ótimo trabalho com o nível de bolha. São as prateleiras mais retas do Harlem.

Ele arrumou alguns livros ali. Ela não sabia que ele lia. Há duas plantas. E fotos em molduras. Seu pai com uniforme da polícia de Nova York, com o quepe debaixo do braço, sua mãe segurando-o no colo quando ele era uma criança bochechuda.

— Veja só você com suas coisas legais.

— Bem, você sabe, tem que se comportar como um adulto se quiser ser um adulto.

— Talvez você esteja certo. Sabe, Malcolm limpou minha geladeira enquanto eu estava fora. Raspou o mofo. Pulverizou. Foi surpreendentemente interessante guardar comida em uma geladeira limpa.

Luke assente e a cumprimenta ao oferecer o punho para ela dar um soquinho.

— E você tem quantos anos, Jessica Jones?

— É… mas estou crescendo. Devagar. Estou. Só preciso…

De repente, o celular dela vibra de forma alarmante, lembrando-a de que há um mundo fora do apartamento legal do Luke, com sua tigela de batata frita. É Frank, namorado de Julius. Ela faz um gesto de desculpas para Luke e atende.

— Oi, Jessica?

— Oi, Frank. Obrigada por ligar. Alguma novidade?

— Sim. Acabei de receber os resultados dos exames. Você está pronta para isso?

— Hã... sim. Acho que sim.

— Então, o tecnólogo encontrou vestígios de adrenocromo humano naquela amostra. E veja só isso... células neuronais.

— Células... neuronais?

— Células neuronais, também conhecidas como células nervosas, projeções especializadas chamadas axônios...

— Sério, me explica como se eu tivesse cinco anos.

Ela ouve Frank suspirar.

— Quem quer que tenha criado essa mistura usou ingredientes vindos de um cérebro humano vivo.

DOIS ANOS ANTES
Saffron Walden, Essex, Reino Unido

Elas são perfeitas. Polly sabia que seriam.

À medida que se aproximam do carro dela, Polly está um pouco preocupada com o fato de que todas usam o mesmo uniforme azul-marinho, o que pode tornar esse encontro um pouco chamativo. Ela não havia ponderado sobre a questão. Mas escolheu este canto da cidade de caso pensado, depois de uma pesquisa detalhada. Ali não há câmeras nem pessoas. Afinal, basta uma só para estragar tudo.

A mulher abre a porta do passageiro e, em seguida, se vira no banco para abrir também a porta de trás. Está em seu C5 cinza-brilhante, recém-lavado, então ele exala o aroma de um campo no verão. As meninas parecem incertas, mas logo veem Polly com seus óculos de sol grandes, a maquiagem cuidadosamente aplicada e o cabelo estilizado com modelador de cachos, e ela as recebe com o seu sorriso mais largo e encantador.

— Ai, meu Deus, meninas! Que bom que eu enfim estou conhecendo vocês! Entrem. Entrem. Uau!

As garotas fazem o que Polly mandou, como ela sabia que fariam. Afinal, ela passou mais de um ano conquistando a confiança delas.

Polly pega todas as estradas secundárias para evitar câmeras, e uma hora depois chegam à casa. As meninas conversam, ofegantes. Polly quase consegue sentir a adrenalina nelas. Estão empolgadas e aterrorizadas na mesma medida — e estão certas em estar assim.

Quando param em frente à casa, Polly pode ver que estão decepcionadas. Não é o que elas esperavam, mas não houve tempo para reformar, e, quando entrarem, Polly lhes mostrará os planos que "Peach" tem para a casa que substituirá esta, a casa que será 80% de vidro, com uma piscina interna de dois níveis e cascata, cinema em casa, seis suítes e uma cozinha circular com vinte e quatro metros de diâmetro.

As meninas gritam de alegria quando veem os cachorros de Debra e se ajoelham para cumprimentá-los. Os cachorros pulam, lambem e abanam o rabo, e Polly diz:

— Eles serão seus amigos para sempre! — Mas não conta a elas que, com uma simples ordem, aqueles seis cães poderiam despedaçá-las.

Uma das meninas olha para Polly.

— Onde ela está? — pergunta, com um sorriso brilhante.

Polly a fita com uma expressão curiosa.

— Peach. Ela está aqui?

Polly sorri.

— Não, no momento, não. Mas deve chegar logo. Enquanto isso... Vocês devem estar com fome.

Ela se volta para Ophelia, que observa as meninas com um brilho triste nos olhos.

— Esta é a Debra — explica ela. — Debra é a responsável pela casa. Está aqui para cuidar de todas vocês, alimentá-las, mantê-las seguras e confortáveis. Debra, essas são Grace, Audrey e Amina.

Ophelia coloca um sorriso acolhedor no rosto quando as três meninas se viram para olhá-la.

— Oi, meninas — cumprimenta ela. — Vocês devem estar com fome. Alguém quer um pouco de espaguete? Fiz molho à bolonhesa. Mas também tenho pesto, caso alguma de vocês seja vegetariana.

As meninas se levantam e se reúnem em volta de Ophelia, atraídas por sua calorosa maternidade, um calor que Polly não exala e do qual não dispõe. Ophelia lhes serve bebidas e orienta sobre onde colocar suas coisas, enquanto Polly se senta à mesa da cozinha e as observa atentamente, procurando sinais de nervosismo ou arrependimentos, verificando se nenhuma delas vai mudar de ideia e tentar convencer as outras a ir embora.

Mas as meninas parecem felizes e relaxadas. Juntam-se a ela à mesa, e Ophelia lhes oferece uma tigela com bolinhas de queijo assadas. As meninas conversam sobre suas vidas. Falam sobre o quanto odeiam a escola e sobre o quanto amam a Peach.

Uma das meninas, Amina, tira o celular do bolso e o consulta, distraída. Depois, ela estreita os olhos, volta-se para Polly e diz:

— Tem Wi-Fi?

Polly sorri.

— Desculpa. Ainda não instalamos o Wi-Fi.

A expressão de Amina cai um pouco.

— Ah — pontua ela. — Mas aqui não tem 4G.

— Não tem. Estamos com algumas dificuldades tecnológicas aqui.

— Mas como a Peach faz para usar as redes sociais?

— Ela vai para a cidade. — Polly sorri de maneira forçada, querendo mudar o rumo da conversa.

— É lá que ela está agora? Na cidade?

— Talvez — replica Polly. — Provavelmente.

Amina assente, mas Polly sente uma onda de desconforto passar pelas meninas. Ela se levanta rapidamente.

— Ei, meninas — chama ela. — Querem experimentar alguns novos produtos?

Ela pega uma grande bolsa pendurada na maçaneta da porta, vasculha lá dentro e tira pequenos potes dos cremes que ela e Ophelia fizeram especialmente para aquele dia. Colocaram o creme nas embalagens antigas da Beauty X. Essas meninas são muito jovens para terem lembranças de quando ela vendia sua marca on-line. Polly lhes entrega os potes e diz:

— Vão em frente, experimentem. Juro que esse é o sérum mais maravilhoso que já usei. Olhem só... — Ela vira o rosto para que vejam o acabamento sem poros de sua pele. — Eu tenho trinta anos, sabiam?

Ela deixa a informação pairando entre as meninas e espera as inevitáveis respostas "sem chance" e "achei que você tivesse vinte" surgirem, o que acontece imediatamente. Então, desenrosca as tampas dos potes e os distribui. As meninas usam as câmeras frontais de seus celulares para aplicar os cremes, e Polly as observa, com os lábios apertados, rezando para que o produto faça o que Ophelia prometeu que faria.

E ali está. Momentos depois, a energia na sala mudou, e as meninas estão sonhadoras. Polly vê as bordas dos mundinhos delas começarem a suavizar e a se desgastar. Ficam de olhos arregalados, um pouco confusas. O creme vai fazer a pele delas parecer boa, mas também vai torná-las complacentes e dóceis. Vai distorcer a percepção delas acerca de tempo e lugar. Vão saber que há outra existência que já viveram, mas não conseguirão entender o que exatamente era.

Formarão pensamentos que se desfazem tão rapidamente quanto surgem. Obedecerão e estarão felizes o tempo todo.

Seja o que for que Ophelia tenha colocado nesse creme — e, sinceramente, Polly não faz ideia do que há ali dentro —, ele vai fazer com que se sintam perfeitas. Tão perfeitas que nunca vão querer ir embora. Nem mesmo quando as coisas ruins começarem a acontecer com elas.

TRINTA E SETE

JESSICA VAI PARA o corredor de Luke a fim de continuar a ligação com Frank, ignorando o olhar arregalado e suplicante de Luke enquanto se afasta.

— Não conseguimos nem começar a estabelecer que processos ou procedimentos foram usados para fazer este produto — Frank continua. — Nunca vimos nada parecido antes. É complexo e único. E também *totalmente doentio*.

— Caramba — diz Jessica, apoiando-se pesadamente na parede.

— Caramba mesmo. Você sabe que vou ter que relatar isso às autoridades. Eu não teria me oferecido e permitido aos meus técnicos trazerem isso para o laboratório se eu soubesse, Jessica. Quer dizer, é chocante. As implicações aqui são horríveis, comparáveis ao canibalismo ou… ou à *eugenia*. De onde você disse que veio essa amostra?

— Bem, meio que *confisquei* do quarto de uma adolescente. Mas estou investigando a possibilidade de que a mulher que produziu isso esteja de alguma forma conectada a um assassino em série. Pesquise o Vampiro do Harlem.

— O Vampiro do Harlem. Espera. Por que já ouvi falar disso? Isso saiu na Netflix?

— Não. Ainda não. Mas eu diria que é só questão de tempo.

— Então você acha que esse tal de vampiro matou pessoas para fazer um creme facial?

— Sim, Frank. Por mais louco que pareça, acho que sim.

Luke olha para Jessica com desconfiança quando ela volta para a sala de estar, no momento seguinte. Ele vira as mãos para ela, com as palmas para cima.

Jessica passa as mãos pelo rosto e geme.

— É um caso maluco. Como eu disse.

— E esse tal vampiro de quem você estava falando? Ele esteve aqui? No Harlem?

— Sim. É por isso que estou no seu bairro. Ele trabalhava em um bar na Old Broadway nos anos 1980, chamado Upside Down. Acabei de passar por lá procurando pelo Malcolm. Mas o lugar todo está lacrado ou algo do tipo, não sei. Não consegui encontrar uma forma de descer até o porão. E eu realmente tentei.

— Você tentou?

— Sim. Eu tentei.

— Tipo, o quanto você tentou?

— Tipo... eu dei uma olhada.

— Tentou derrubar alguma parede?

Ela dá de ombros, limpando os dedos cheios de pó de queijo nacho.

— Não muito.

— Por quê?

— Não sei. Só não estava a fim.

Luke a encara com desconfiança.

Jessica poderia dizer: *Olha, estou apenas tentando proteger o nosso filho que ainda não nasceu.* Ou poderia simplesmente não mencionar o assunto e fingir por mais um tempo que nada está acontecendo. Ela decide seguir com a segunda opção.

— Acho que sou só uma covarde — argumenta ela, o que o faz rir. — Quer me ajudar a encontrar o Malcolm?

— Você quer que eu te ajude no seu caso?

— Aham.

— Sério?

— Sim, por que não?

Luke dá de ombros.

— Tá bom, então. Mas preciso acordar cedo amanhã.

— Prometo que você estará na cama até as dez.

— Com você?

— Provavelmente não.

Os olhos de Luke vão para o quarto. Por um momento, Jessica pensa que ele está fazendo uma proposta. Mas então ele vai até o cômodo, saindo de lá um momento depois com uma lanterna e uma caixa de ferramentas.

— É esse tipo de coisa que você guarda no seu quarto? — Jessica pergunta.

— Claro. Sim. Por quê, o que você guarda no seu?

A detetive lança um sorriso irônico e diz:

— Você bem que gostaria de saber, não é?

Mas, antes que pudessem levar esse desajeitado flerte sexual adiante, Jessica ouve o telefone vibrar e olha para a mensagem:

COMECE A CAMINHAR EM DIREÇÃO AO CENTRAL PARK...!
A CONTAGEM REGRESSIVA COMEÇOU...!
É hora de
conhecer Miranda

Ela mostra a mensagem para Luke.

— Legal — comenta ele. — Vamos derrubar umas paredes, encontrar o Malcolm, conhecer essa tal de Miranda e salvar o mundo. Tá dentro?

Jessica assente e sorri.

— Tô dentro.

HÁ UM ANO
Barton Wallop, Essex, Reino Unido

A fase de pesquisa e desenvolvimento vai bem. Arthur alega ter feito um enorme progresso. Afirma que talvez tenha um produto finalizado para apresentar ao mundo mais ou menos dali a um ano. É hora de Polly começar a pensar na construção da marca. E, se há uma coisa da qual ela tem certeza, é que Perfect Peach não é o nome certo para um desenvolvimento tecnológico de grande impacto, que vai mudar o jogo, definir uma era e transformar o mundo. Seu produto precisa de um nome poderoso, algo imediato, algo que imponha respeito em outdoors ao redor do mundo. Precisa ser uma palavra com múltiplos significados, que funcione em âmbito internacional, que seja fácil de pronunciar, algo inesquecível, forte, mas feminino, que provoque emoção, uma sensação de admiração e aspiração.

É tudo em que ela pensa nos últimos tempos. Sua mente, que nunca foi um lugar quieto, sempre fervilhando de ideias e planos desde o nascimento, agora está ensurdecedora e determinada a encontrar o nome certo. Polly se depara com palavras em todos os lugares por onde vai, elas desfilam diante de seus olhos como legendas, surgem de repente, repetem-se continuamente em sua cabeça, enquanto ela limpa a cozinha, ao passear com os cães, até que começam a soar sem sentido para ela.

E então, numa tarde fria de outubro, ela encontra o nome no lugar mais improvável.

Polly não sabe o que a leva a subir pelo caminho de pedras naquele dia, mas sente que pode ser sorte, destino, o mesmo tipo de destino que a levou até Arthur e sua família tantos anos atrás. Ela ainda analisa a palma de sua mão às vezes, dobra e desdobra a linha do destino, a linha mencionada por Ophelia, a que poucas pessoas têm, aquela cujo significado é que ela é especial, que sua vida está predeterminada, que ela será alguém. Polly está em uma jornada, uma jornada muito grandiosa, e agora seu destino está à vista. E lá, na parede da igreja local, reside a última peça do quebra-cabeça.

Polly arqueja ao avistá-la.

É uma placa em memória das mortes das crianças enterradas sob uma enxurrada de lama no século xv, crianças cuja energia ainda vive no solo, na terra, nas raízes das árvores crescidas nos séculos seguintes desde que elas se foram, crianças cuja morte impregnou a terra com a luz de sangue que um dia fará o produto dela funcionar. Seus gritos, sua dor, a lenta liberação da força vital enquanto inspiravam e expiravam seus últimos, excruciantes suspiros estão para sempre gravados na terra, da mesma forma que o DNA de um bebê ainda não nascido permanece no corpo da mãe, em seu sangue e tecido, por toda a eternidade.

Encontrar este lugar foi seu maior triunfo, e agora, poética e, perfeitamente, a fonte da energia prestes a mudar o mundo também lhe deu sua marca.

Gravado na placa memorial está um simples desenho de uma criança com os braços estendidos para o sol. E na inscrição está a palavra latina *admiranda*, que, de acordo com o Google Tradutor, significa "maravilha".

Ela fecha os olhos e pode ver. É tão simples. É tão perfeito.

Seu produto se chamará MIRANDA.

TRINTA E OITO

FORA DO APARTAMENTO DE LUKE, Jessica observa um grupo de meninas indo em direção ao metrô. Uma delas está com um folheto de *Miranda* na mão.

— Ei! Onde você conseguiu isso?

A garota olha para Jessica com desconfiança.

— Hã, tipo, nos banheiros femininos da minha escola...?

— Tem ideia do que é isso?

— É tipo um encontro pop-up com uma influenciadora, eu acho. — Ela dá de ombros.

Jessica finge interesse.

— Ah, é? Quem é a influenciadora?

— É, tipo, uma garota que faz resenhas de produtos de beleza.

— Ah, certo. Miranda?

— Sim.

— Quem ela é? Quem é Miranda?

A garota dá de ombros.

— Não sei.

— Você não sabe quem ela é?

— Bem, sim, quer dizer, eu sei quem ela é. Mas não sei, tipo, exatamente *quem* ela é.

Jessica franze a testa.

— Sabe que isso não faz sentido, né?

A garota suspira.

— Ela é só alguém que todo mundo conhece. Todo mundo fala dela. Só isso.

— E o que dizem sobre ela?

— Dizem que ela faz esses tratamentos com uma espécie de creme. E, tipo, um laser. E ela vai lançar o laser hoje à noite. Aqui. Só para selecionados.

— Um laser, é?

— Sim. No seu celular.

Jessica inspira profundamente.

— Como é que é? O que tem no celular?

— Tipo, eu não sei. É o que ouvi.

A garota se afasta.

Jessica se volta para Luke, então tira o celular do bolso e o liga. Ela sente aquele pulso de calor de novo e desliga o aparelho. Não tem como se preocupar com isso agora. Precisa encontrar Malcolm.

Após alguns momentos, os dois viram a esquina na Old Broadway e lá está o bar, simples, escuro, silencioso.

— É aqui? — pergunta Luke.

— Uhum.

Jessica o conduz até a janela dos fundos. Luke a quebra com o cotovelo, e eles entram.

Luke usa sua lanterna potente para iluminar o interior.

— Uau — comenta ele, apontando para uma garrafa de cerveja vazia deitada em um canto, as garrafas empoeiradas atrás do bar, uma caixa de plástico com taças de vinho.

— Este lugar tem personalidade. É tipo, sei lá, como o *Titanic*. Como se todos estivessem aproveitando suas bebidas e, então, de repente foram embora.

Luke pisa com força nas tábuas do chão, à procura de ecos, depois bate nas paredes com os punhos, sentindo se há espaços vazios. Então, pega uma furadeira da mochila e se põe a fazer furos na parede. Instantes depois, ele se vira para Jessica e sorri.

— Ali está — ele diz, acenando com a cabeça para uma seção da parede cerca de três metros à direita do bar. — Está atrás desta parede. — Ele ergue os punhos, lhe dá um sorriso largo e, em seguida, começa a destruir a parede em pedacinhos com a mesma facilidade de quem esmaga um abacate.

Quando a poeira baixa, ela vislumbra o contorno de uma porta e a forma, coberta de entulho, de uma escada que desce às profundezas.

— Está pronta? — pergunta Luke.

— Aham.

A detetive o segue pelos degraus escuros, descendo um nível e depois outro. Jessica sente uma onda de claustrofobia apertar seu peito, mas a ignora e continua descendo. No final do segundo lance de escadas, há uma entrada em arco que leva a uma sala duas vezes maior que o bar lá em cima. De um lado, há quatro mesas circulares cercadas por bancos em forma de ferradura, voltadas para uma pista de dança quadriculada. Um bar percorre todo um lado, e há um enorme globo espelhado pendendo do teto, que reflete os raios da lanterna de Luke, espalhando-os pelo chão escuro e empoeirado, decorado com antigas fitas de isolamento da polícia.

— Uau — comenta Luke, percorrendo o ambiente com a lanterna. — Então isto aqui não é nada assustador, né? Onde você disse que encontraram os corpos?

— Embaixo da pista de dança.

Luke sorri ironicamente.

— Claro — concorda ele. — Onde mais seria?

Ele se abaixa e levanta os azulejos coloridos, revelando um lance ínfimo e de degraus de madeira que leva a um espaço rasteiro e escuro. Um cheiro terrível emana de lá, pesado e úmido, podre e fétido. Jessica tapa a boca com a mão.

— Meu Deus — ela sussurra, enquanto Luke desce. — Por favor, me diga que não tem nada aí embaixo!

Jessica fica de pé sobre o buraco no chão. Sua mente se enche de imagens dos jovens que desapareceram naquele lugar, imaginando o que passava pela cabeça deles em seus últimos momentos, quando perceberam que haviam caído em uma armadilha terrível, que iam morrer ali. Ela imagina pessoas dançando na parte de cima, sob luzes piscantes, cobertas pelos reflexos do globo espelhado, com as cabeças jogadas para trás de alegria, completamente alheias ao sofrimento que ocorria sob seus pés.

Então Jessica imagina ele: Malcolm seguindo Fox até lá embaixo. Imagina ligar para a sra. Powder e explicar que seu único filho está morto e enterrado sob uma pista de dança em uma boate abandonada no Harlem. E, com tal pensamento, ela sente uma onda sombria tomar sua cabeça, as arestas da sala começam a se fechar ao seu redor, a respiração falha e o pânico a envolve. Ela se agacha e segura a cabeça com as mãos.

— Luke! — ela chama.

— Não há nada lá embaixo — Luke responde, enquanto sobe os degraus, um momento depois.

Jessica suspira de alívio.

— Tem certeza?

— Tenho muita certeza. — Ele a olha, curioso. — Você está bem?

— Sim — confirma ela. — Estou bem.

Ele volta à superfície e fecha o piso de azulejos outra vez.

— Sabe, eu gostaria muito de sair daqui agora — pede Jessica. Seus olhos vagam pelo ambiente até que a energia obscura em sua cabeça se dissipa, assentando-se como cinzas brancas após uma explosão. Sua respiração começa a se acalmar, o pânico diminui. E, ao recompor a mente, ela se lembra de outro momento, não muito tempo atrás, em que sentiu essa mesma energia sombria, essa escuridão, esse medo.

Foi no porão de Sebastian Randall.

UM ANO ATRÁS
Barton Wallop, Essex, Reino Unido

Polly coloca suas botas Hunters e sua jaqueta Barbour rosa acolchoada e se despede de Ophelia, que prepara o café da manhã para as meninas.

— Aonde você vai?

— À Barton Manor.

Ophelia lança um olhar de inquietação para ela.

— Por quê?

— Você sabe por quê.

— É muito perigoso, Polly.

— Eu sei o que estou fazendo. E não tenho muita escolha.

Ela pega sua bolsa e sai de casa, anda quatrocentos metros até os portões principais e, então, espera um momento para garantir que não haja ninguém na rua antes de sair.

A Barton Manor fica bem na entrada da vila. É de estilo jacobino, com todas as janelas de vidro colorido e gárgulas, com um fosso decorativo e uma ponte levadiça por um caminho arqueado em direção a uma enorme porta dupla emoldurada por trepadeiras verdes caindo.

Ela pressiona um botão ao lado do portão, e a voz de um homem responde.

— Olá — ela diz. — Meu nome é Rebecca Brown. Sou designer de interiores. Gostaria de saber se posso deixar meu cartão com você?

— Ah, sim, claro. Há uma fenda para correio, logo à sua esquerda.

Polly hesita.

— Digo, eu queria saber se posso entregá-lo pessoalmente. E te contar um pouco sobre mim.

Há uma pausa, então a voz retorna.

— Claro. Sim. Só me dê um minuto.

Ela espera, e seus olhos se movem para cima e para baixo na estrada. Então há um zumbido e um clique, e ela passa pelo portão e segue pela entrada, com cascalho estalando sob seus pés.

O dono a cumprimenta na ponte levadiça, um homem de estatura média com testa larga, vestindo jeans, camiseta, camisa xadrez aberta por cima, tênis salpicados de tinta.

— Sebastian Randall — conta ele, estendendo a mão. — Prazer em conhecê-la. Rebecca...?

— Brown. Sim. — Ela segura a mão dele na sua. — Prazer em conhecê-lo também.

Sebastian parece não ter a intenção de convidá-la para entrar, então ela olha carinhosamente para a porta da frente e começa o discurso que praticou.

— Desculpe aparecer assim, mas, para ser completamente honesta, sou fã da arquitetura jacobina, é o meu período favorito, e eu estava dirigindo por aqui outro dia, vi a sua casa e não consegui parar de pensar nela. Há quanto tempo você está aqui, se não se importar que eu pergunte?

Ele a observa de maneira pensativa e Polly nota que ele quer lhe mostrar seu novo brinquedo.

— Ah, faz só uns meses. Começo a me perguntar se não dei um passo maior que a perna. — Ele inclina a cabeça e pergunta: — Quer fazer um tour?

Polly ofega.

— Ai, meu Deus, sim, por favor. Se você tiver certeza...

— Sim. Seria um prazer. E seria fantástico ouvir suas ideias. Estou apenas tentando evitar que ela caia agora, mas em algum momento espero torná-la bonita também.

— Bem, nisso eu definitivamente posso te ajudar.

Sebastian olha o cartão de visitas dela.

— Você tem um site ou algo assim?

— Ainda não. Ainda estou montando. Acabei de me formar.

— Ah, o que você fazia antes?

— Trabalhava com estética — ela diz. — Ainda sou esteticista. Mas agora tenho duas habilidades.

Ele a observa com admiração.

— Parabéns — ele diz. — Parabéns.

Enquanto o homem fala, Polly sente, fortemente, a atração dele por ela e guarda essa informação.

Sebastian lhe mostra a casa, e ela percebe o quanto está orgulhoso. De acordo com sua pesquisa, ele é divorciado, pai de dois filhos, já tentou e falhou em lançar meia dúzia de carreiras enquanto aguardava uma enorme herança dos pais. E aparentemente está muito, muito solteiro.

Mas ela não deveria saber nada disso, então sorri e pergunta:

— Você tem família por aqui?

— Não, infelizmente não. Minha ex-mulher vive com meus filhos em Nova York. Não consigo vê-los o suficiente.

— Ah, que pena. Eu também não via muito o meu pai quando era mais nova. E se mudou com uma nova esposa, novos filhos. É difícil.

Os dois estão na cozinha agora, e Sebastian explica sobre seus planos de abrir o espaço, instalar um fogão moderno para substituir o antigo, de ferro fundido, colocar uma ilha, talvez bancos embutidos. Polly finge fascinação e reproduz os sons certos, mas na verdade não está prestando atenção. Então, finalmente, ela interrompe seu monólogo ao apontar para uma escada que fica atrás de uma porta em arco, e indagando:

— O que tem ali embaixo?

— Ah. — Ele estremece de leve. — É o porão. Não fui lá embaixo.

— Por que não?

— Me dá arrepios. Acho que pode ser assombrado.

Polly lhe sorri de forma brincalhona.

— Sério?

— Sim. Na verdade, eu sei que é. E também: tem aranhas ali. Tenho uma fobia terrível. — Sebastian dá de ombros e sorri novamente.

— Posso ir?

— Fique à vontade! Você é uma mulher mais corajosa do que eu!

Ela acende a lanterna do celular e desce as estreitas escadas em espiral. Quando seus pés tocam o chão, ela sente: espessa, negra, intoxicante, exatamente como sabia que seria.

Está lá. Sabe que sim. Um monte disso. E isso lhe deu arrepios, mas também a excitou.

— Supostamente — Sebastian grita de cima —, essa casa foi construída em um terreno amaldiçoado. Algo a ver com uma tragédia de mais de quinhentos anos atrás.

— *Sério?* — ela responde, de maneira falsa. — Que fascinante. Estou surpresa que isso não tenha te afastado.

— Rá! Bem, só descobri isso *depois* de ter pagado quase 3 milhões de libras pela casa.

Polly gira a lanterna do celular pelo espaço. Está completamente vazio. Mas parece cheio. Ela se agacha e coloca a mão no chão de terra. Tem certeza de que consegue sentir algo pulsando, subindo e descendo, como uma criança adormecida.

— Não tem aranhas aqui embaixo, aliás — ela grita lá de baixo. — Nem mesmo teias de aranha.

— Não acredito em você — ele responde brincando.

— Juro!

A mulher dá uma última olhada ao redor, passa as mãos por alguns canos, sente-os brilhar sob as mãos e, então, sobe de volta para a cozinha, onde Sebastian a espera

— Você sentiu? — pergunta ele.

— Senti o quê?

— Os fantasmas? A *maldição*?

Polly sorri para ele, mostrando seus dentes brancos e perfeitos.

— Não! — Ela ri. — Eu não senti nada!

TRINTA E NOVE

JESSICA CAMINHA ATÉ a janela em seu escritório e espia o lado de fora por um momento, observando a rua. Já está escurecendo. Os postes de luz se acenderão em breve, o tempo está seco e calmo; é uma noite perfeita para os adolescentes saírem de suas casas aconchegantes e atravessarem a cidade. Jessica pode sentir a energia sombria crescendo. A sensação de que algo está errado e do caos iminente. Mas ela não consegue descobrir como impedi-lo. Aproxima-se de sua mesa, abre o notebook e procura notícias atualizadas do Reino Unido.

ONDE ESTÃO NOSSAS MENINAS?, grita a manchete de um jornal chamado *Sun*. Sob o título, há fotos de Amina e Audrey, ainda estão desaparecidas, apesar das extensas buscas na propriedade e nos terrenos dos Phipps.

Ainda não há fotos de "Debra Phipps" em nenhum dos relatórios de notícias, mas, no Twitter, uma mulher chamada Clarissa Stowe afirma ter vendido a Debra todos os seus seis cães da raça pastor-belga-malinois ao longo dos últimos oito anos e descreveu Debra Phipps como uma idosa discreta sem interesse em nada além de cães. "Ela odiava pessoas, gostava de morar sozinha, não consigo imaginar, nem em um milhão de anos, por que uma misantropa idosa de repente ia querer ou ser capaz de sequestrar três meninas de quinze anos".

Jessica sente as respostas rodopiando caoticamente em sua cabeça; estão ali, mas ela não consegue agarrá-las. Depois de certo tempo, os pensamentos são interrompidos pelo zumbido do celular, e a detetive o observa e constata que a imagem de sua tela inicial sumiu. Em seu lugar, o fundo está completamente preto, exceto por uma linha de palavras se movendo, rolando pela tela em fonte branca.

Oi, aqui é a Miranda...
Muito obrigada por baixar meu aplicativo...
Estou a caminho!

Ela se junta a Luke, que está de pé em frente ao quadro de avisos da detetive, à procura de uma conexão entre o porão do Upside Down e o da casa de Sebastian, uma pista capaz de ajudá-los a descobrir aonde Fox levou Malcolm. Ela desprende o folheto que pegou no quarto de Lark e o mostra para Luke.

— Olha isso — fala, apontando para o *QR code*.

— O quê?

— Não acha que é um código estranho?

Luke se aproxima para olhar mais de perto.

— Acho que sim…

— Sabe, quando o escaneei mais cedo, o celular ficou quente na minha mão.

Luke esboça uma careta.

— Sério?

— Sim. E agora, ao que parece, há um aplicativo nele, mas não consigo encontrá-lo em lugar nenhum. E aquelas meninas do lado de fora da sua casa? Hoje, mais cedo, estavam falando sobre um laser no celular.

Luke olha para o celular dela e depois volta a fitá-la.

— Conhece algum nerd?

— Bom, sim. Malcolm. — Ela suspira. — Droga.

Ela pega o celular e liga para Amber.

ESTE ANO
Barton Wallop, Essex, Reino Unido

Sebastian Randall está apaixonado por Becky. Ele ainda não verbalizou, mas Polly sabe. Está encantado e obcecado por ela. É só questão de tempo até que anuncie seus sentimentos. Polly ainda não decidiu como vai reagir quando isso acontecer, mas, por enquanto, aproveita a atenção de um herdeiro milionário com uma casa de sete quartos e um carro esportivo de alto desempenho na garagem.

Sebastian está esperando na porta quando Polly chega naquela manhã. É um dia frio de janeiro, com nuvens brancas cruzando um céu em tom brilhante de azul-cobalto. O rosto do homem se ilumina ao vê-la, e ele a cumprimenta com beijos em ambas as bochechas.

Polly lhe permite abraçá-la um pouco mais do forte que seria estritamente amigável e nota que ele usa de discrição para cheirar seu cabelo.

— Como você está? — ele pergunta de maneira calorosa.

— Ah, estou bem. Ótima. Como foi o seu Natal?

— Ah, sabe. Foi ok. Passei alguns dias em Nova York com as crianças. Uns dias na Espanha com os velhos. É bom estar de volta. — Ele faz um gesto em direção à mansão. — E o seu, como foi?

— Foi ótimo! Obrigada.

— Aonde você foi?

— Ah, só fiquei em casa.

— Sozinha?

— Sim, só eu e os cachorros.

Sebastian lhe lança aquele olhar triste que sempre faz quando ela menciona sua existência solitária e trágica.

— Ah, Becky. Uma garota como você não deveria passar o Natal sozinha. Não é certo.

Ela retribui com um sorriso exagerado.

— Estou acostumada, Seb. Por favor, não sinta pena de mim. E eu gosto da minha própria companhia.

Claro, não é verdade que ela passou o Natal sozinha com seus cachorros. Ela passou o Natal com os cachorros e Arthur no apartamento em Lincoln. Eles comeram peru, estouraram pacotinhos de biscoitos natalinos, saborearam chocolates caros e champagne.

— Sabe — observa Sebastian, conduzindo-a para dentro da casa —, eu poderia jurar que te vi entrando na casa lá no final da estrada outro dia.

— Ah, qual casa?

— O Velho Casarão, sabe? Aquela com os grandes portões enferrujados.

— Ah! Sim, provavelmente. Estou fazendo alguns designs para a senhora que mora lá, Debra.

— Ah. — O rosto dele se ilumina. — Que bom para você! Outra cliente! Isso é uma notícia fantástica.

Dentro da casa, o homem lhe prepara uma xícara de chá, e ela lhe mostra os quadros de inspirações que montou para os quartos dos filhos dele. Os gêmeos virão no verão, e Sebastian quer que os quartos estejam perfeitos. Polly, que nunca projetou um quarto na vida, se divertiu durante o recesso de Natal pesquisando sobre design de interiores na internet e montando murais de inspirações que, na sua opinião, parecem bem profissionais.

Ela vira as páginas que mostram suas ideias para o banheiro privativo, e, depois que Sebastian faz todos os comentários certos sobre quão maravilhoso está e o quanto os gêmeos vão adorar, Polly diz:

— Precisamos verificar a pressão da água. Não adianta colocar um chuveiro incrível como uma cachoeira se não houver pressão suficiente para subir até lá. Conheço um encanador que contrato sempre. Eu o vi no caminho: está na vila agora, fazendo outro trabalho. Ele pode vir agora, se estiver tudo bem para você.

— Ah, claro. Quero dizer, eu tenho meu próprio encanador, mas ele sempre parece ser muito difícil de encontrar. Então, sim, claro. Ligue para ele.

Polly sorri para Sebastian e faz a ligação.

— Oi, é a Becky. Estou aqui com o Sebastian Randall na Barton Manor agora, se você estiver disponível... Ótimo! Te vejo em um minuto!

Polly precisa resistir à tentação de rir quando Arthur aparece na porta, minutos depois, muito fofo com macacão de trabalho e um boné de beisebol. Ele evita fitá-la e mantém uma expressão séria enquanto Sebastian o conduz pela casa. Arthur sabe muito pouco sobre encanamento, mas Polly suspeita que Sebastian também não saiba muito.

Sebastian mostra a Arthur onde ficam as caldeiras: uma na sala logo atrás da porta dos fundos e outra no sótão para atender o andar de cima.

— Vou precisar acessar o porão — avisa Arthur, seguindo o roteiro. — Acho que parte dos seus canos passa por lá, vou precisar fazer medições.

— Claro, sim, com certeza, fique à vontade. — Sebastian o conduz até a escada.

— Vou descer com você — oferece Polly. — Te mostro como funcionam as luzes.

No fim da escada, eles se viram e se olham. Polly se põe na ponta dos pés e beija Arthur com força na boca.

— Brilhante — ela sussurra. — Você é brilhante. — Então, ela o guia pela sala segurando sua mão e diz: — Consegue sentir?

Ele acena com a cabeça, nervosamente.

— Sim — ele sussurra.

— Não é emocionante?

Ele acena de novo, e Polly sente a adrenalina correndo pelo corpo de Arthur.

— Aqui — indica ela, tirando um pedaço de giz da bolsa e desenhando um círculo no chão de terra. — É bem aqui. Toque.

Arthur se agacha e coloca a mão no chão. Ele a retira imediatamente e encara Polly com os olhos arregalados. Ele acena.

Momentos depois, os dois voltam para a cozinha.

Arthur diz:

— Pode ser necessário trabalhar um pouco lá embaixo. Instalar uma nova bomba. Nada muito grande. Não deve levar mais que alguns dias.

— E isso vai dar uma pressão de água decente no banheiro das crianças?

— Ah, sim, com certeza. Posso preparar um orçamento para você e te enviar amanhã?

Sebastian assente e sorri.

— Fantástico — responde ele, apertando a mão de Arthur. — Muito obrigado por ajudar a tornar este lugar ótimo para as crianças.

Ele olha de Polly para Arthur, completamente alheio à ironia do que acabou de dizer.

QUARENTA

AMBER ATENDE a ligação de Jessica no terceiro toque.

— Jessica, se você não tiver notícias sobre o Fox para mim, eu vou à polícia.

Jessica respira fundo.

— Não acha que é um pouco cedo? Ele está desaparecido há apenas quatro horas. Ele tem dezesseis anos. Não tenho certeza se a polícia vai levar isso tão a sério.

— Bem, preciso fazer *alguma coisa*. Não posso simplesmente ficar sentada aqui assim. Eu me sinto tão impotente! E desculpe, Jessica, mas estou te pagando uma *boa* quantia de dinheiro e não consigo deixar de sentir que há mais coisas que você poderia estar fazendo, para ser sincera.

Jessica sabe que a maioria das investigações chega a esse ponto, em que a ação não é rápida o suficiente para o cliente, que já pagou e espera resultados. Jessica suspira alto.

— Sim. Concordo. E tenho pessoas em campo que sabem que estamos procurando por ele. Mas, além de andar pelas ruas de Manhattan esperando vê-lo, não sei o que você acha que eu poderia fazer no momento. Há algo, Amber, que você possa me dizer e que seja capaz de ajudar? Lugares onde ele poderia estar? Pessoas com quem possa ter falado?

— Não! Nada! Ele tem sido... *normal*. Vai para a escola. Frequenta as aulas de boxe. Vê os amigos.

Boxe. Jessica pisca. *Boxe*.

— Pode me passar o endereço da academia de boxe, Amber?

— Sim, claro. Espera... eu tenho aqui. Pronto... — Ela lê o endereço para Jessica. — Acha que ele pode estar lá?

— Não faço ideia. Mas é um lugar para começar.

— Ok, bem, me mantenha informada.

— E... Amber? Você ouviu algo sobre o Sebastian? Desde que tudo isso explodiu?

— Ah, sim. Eu ouvi. Ele está se sentindo péssimo.

— Péssimo pelo quê?

— Por deixar as crianças passarem todo o tempo naquela fazenda, com aquela mulher, a Debra, e não verificar. Quer dizer, só de pensar no que poderia ter acontecido... Essas pessoas horríveis. E ele disse que a "namorada" dele — ela carrega a palavra com um leve veneno — tinha feito algum trabalho para a mulher que morava lá.

A menção da namorada de Sebastian faz os pensamentos de Jessica voltarem rapidamente para aquela sensação estranha no porão de Sebastian, a mesma sensação que ela teve há pouco no porão do Upside Down. Ela pensa em Sebastian contando sobre a bomba d'água que a namorada dele "insistiu em instalar" para aumentar a pressão do sistema de água. Mas onde estava essa bomba d'água? Não havia nada lá embaixo. Apenas pisos lisos, canos nas paredes e buracos perfurados para controlar a umidade. Mas nenhuma bomba d'água.

— Amber — responde Jessica. — Preciso do número do Sebastian. Agora.

— Ah, espera, não posso te passar.

— Por que não?

— Porque assim ele vai saber que te contratei para investigá-lo. Ele nunca vai me perdoar.

— Amber, Sebastian tem uma namorada sobre a qual ele não te falou. Acho que isso te deixa empatada, certo?

Ela ouve Amber suspirar.

— Acho que sim. Mas, por favor, não diz que fui eu quem te deu o número. Alega que foi a polícia ou algo assim, ok?

— Sim. Claro. Tanto faz.

Ela anota o número de Sebastian, depois confere o fuso horário no Reino Unido. Já é tarde por lá, quase dez da noite, mas Jessica não tem tempo para ser educada.

Sebastian atende no quarto toque.

— Alô?

— Sebastian, aqui é Jessica Jones. Eu te conheci na semana passada na sua casa, sob o nome de Jessica Allan?

— Ah, sim, Jessica! Olá! Estive pensando em você.

— Pensando em mim?

— Sim. O momento da sua visita ao Reino Unido, as menções na imprensa de um investigador particular de Nova York envolvido nas prisões no Velho Casarão. E por aí vai. Suspeitei que pudesse ser você.

O homem soa ligeiramente incomodado, quase magoado.

Jessica suspira.

— Sim. Desculpe por isso. Não queria me aproveitar da sua hospitalidade. E foi muito gentil da sua parte me mostrar sua casa.

— Bem, sim. Você fez com as melhores intenções, pelo que parece.

— Sim. Mas escuta: houve algo que me incomodou depois de ver sua casa. Quando eu estava no porão, você me disse que sua namorada instalou uma bomba d'água lá embaixo para os chuveiros do andar de cima, certo?

— Isso mesmo.

— Mas eu não vi nenhuma bomba d'água lá. Não havia nada lá embaixo.

— Não, eu posso te garantir que há. Está no *subsolo*.

— No subsolo?

— Sim. Eles cavaram o chão do porão e a instalaram no subsolo.

— Por quê?

Há uma breve pausa, então Sebastian diz, com firmeza:

— Eu realmente não sei. Não sou um especialista em encanamento. Você é?

— Não. Não sou. Mas sei que parece um pouco demais enterrar uma bomba d'água embaixo de um monte de cimento. Escuta, sua namorada… O que mais você pode me contar sobre ela?

— Por quê?

— Bem, onde ela está agora, por exemplo?

— Ela está fora. A trabalho.

— Que tipo de trabalho?

— Trabalho de design de interiores… Acho.

— Eu adoraria falar com ela, se possível. Pode me dar o número dela?

— Pra quê?

— Tenho perguntas sobre a bomba d'água.

— A bomba d'água… — Sebastian para, e ela ouve um chiado entre os dentes. — Está falando sério?

— Sim, estou falando muito sério. Seus filhos, Sebastian — ela continua, indo direto ao ponto na tentativa de fazê-lo perceber a complexidade da situação —, receberam uma chave para um bar no Harlem quando estavam no Reino Unido neste verão. Nesse bar, há vinte e seis anos, trabalhadores da construção civil encontraram os restos de três corpos enterrados sob a pista de dança no porão. Eles foram torturados, assassinados e usados por causa do sangue deles.

— Desculpe, o quê?

— E fiquei sabendo que sua namorada estava fazendo um trabalho no Velho Casarão.

— Quem te disse isso?

— Sou uma investigadora particular, Sebastian. Eu faço perguntas, e as pessoas me revelam informações. É assim que funciona. Então, por favor, me diga o número dela.

O homem respira fundo e devagar. Por fim, cede:

— Certo.

Ela anota e pergunta:

— Nome?

— Becky — ele responde. — Rebecca Brown.

— Obrigada. — Ela anota rapidamente. — E, Sebastian, o que ela estava fazendo na casa? Ela te contou?

— Como você disse, estava fazendo um trabalho para eles.

— Quanto tempo faz isso?

— Começo do ano… janeiro?

— Bem, eu estive ali dentro, e posso te garantir que ninguém encosta um pincel naquela casa há décadas. Então, seja lá o que ela estava fazendo lá, com certeza não era decoração. — Jessica faz uma pausa. — O que você sabe sobre ela, Sebastian? O que sabe sobre Rebecca Brown?

Faz-se um breve silêncio, e, então, Sebastian responde:

— Muito pouco, para ser totalmente honesto com você. Muito pouco mesmo.

Ao terminar a ligação, ela se volta para Luke. Quase se esqueceu de que ele estava ali.

Ele olha para ela.

— Você está bem?

— Sim — confirma ela. — Estou bem.

São 16h52. Ela o puxa do sofá e coloca a jaqueta.

— Para onde estamos indo? — ele pergunta.

— Vamos para o Hit 'n' Fit.

— Para o quê?

— Você vai ver.

ESTE ANO
Barton Wallop, Essex, Reino Unido

Amina e Audrey parecem confusas quando entram na parte de trás da van de Arthur.

— Para onde estamos indo?

— Para a vila — diz Polly.

O rosto de Amina se ilumina.

— Vamos encontrar a Peach?

— Ainda não. Não. Mas em breve, sim.

Amina acena com a cabeça, desapontada, com as mãos apertadas no colo.

— O que tem aí dentro? — pergunta Audrey, apontando para as enormes malas que Polly encomendou em um pedido especial na Amazon na semana passada.

— Nada com que você precise se preocupar. Agora, quando chegarmos lá, meninas, preciso que fiquem bem quietinhas. Falem baixo e não façam nada até eu dizer. Certo?

As meninas assentem. Polly fecha as portas traseiras da van e sobe no banco do passageiro na frente, com Arthur.

Arthur parece sério e um pouco enjoado. Polly dá um tapa leve na perna dele e diz:

— Anime-se! Finalmente está acontecendo! Não está animado?

— *Não* — diz Arthur. — Quer dizer, fico feliz que você esteja feliz. Mas não estou feliz com essas meninas. Os pobres pais delas...

— Os *pobres pais* delas as mandaram para o maldito internato, Arthur. Claramente não ligam nem um pouco para as filhas. Pelo menos elas receberam um pouco de amor e carinho verdadeiro no último ano. Alimentaram-se com comida caseira e foram colocadas na cama todas as noites por alguém que realmente se importa com elas.

Não é bem o estilo de Polly, mas ela tem que admitir que tem sido um pouco agradável ver o quanto Ophelia se apegou às meninas no último ano e meio, o quanto amou o papel de cuidar de todas elas. E as meninas, por sua vez, se apegaram de verdade à mulher mais velha. Foi difícil fazer com que Ophelia as deixasse hoje. Polly nunca viu Ophelia chorar antes. Mas, pelo menos, ainda tem a Belle.

Agora os dois esperam nos portões da propriedade até a rua esvaziar e, então, saem pela estrada. A atmosfera na van é sombria e opressiva, e, pela primeira vez desde que começou a se planejar para hoje, Polly sente uma pequena onda de nervosismo. E se não der certo? Ela não pode voltar a ser uma influenciadora de beleza que trabalha de casa, escondida atrás de um filtro, não pode voltar a ser *normal*. Porque Polly não foi colocada neste planeta para ser normal. Foi colocada aqui para mudar as coisas, e tudo o que aconteceu desde que entrou na barraca de Ophelia no cais de Portsmouth levou a este momento. Tudo estava predestinado, tudo. Ela trouxe foco e propósito para a vida de Arthur e de seus pais. O que eles *eram* antes? Apenas charlatões e perdedores, indo de trailer em trailer, vivendo fora dos radares, mantendo segredos incríveis e talentos extraordinários escondidos em vez de usá-los para o bem maior. Aconteça lá o que for, ela pensa, pelo menos terão feito *algo*.

Polly imagina escritórios de vidro nas colinas da Califórnia, cheios das mentes mais brilhantes do mundo trabalhando para alcançar — sem sucesso — o lugar ao qual ela, Arthur, Ophelia e John chegaram em um pequeno e bagunçado canto da Inglaterra.

Sua enxuta família conseguiu.

E não apenas isso: eles estão muito à frente.

Enquanto o resto do mundo tagarela sobre IA e o fim dos empregos e meios de subsistência das pessoas, ela e Arthur a dominaram e a levaram para o próximo nível. Graças ao poder inexplorado da luz de sangue, a essência etérea que vive por toda a Terra, viva e respirando logo abaixo da superfície, mas desconhecida por qualquer um, exceto pelos mais sedentos de sangue, o grupo rompeu os limites do que a tecnologia moderna é capaz de fazer e a levou ao próximo nível e além. Graças ao cérebro superpotente de Arthur, aos poderes mágicos de Ophelia, à obsessão de John por sangue e à busca implacável de Polly pela perfeição, eles criaram um produto que provocará a morte das indústrias de beleza, de cirurgia estética e o mercado fitness, sem mencionar o coaching de vida e a terapia. Isso trará a liberdade total e absoluta das correntes dos padrões impossíveis de beleza, as correntes do *inadequado*. Imagine um mundo onde todos se *sintam bem*. Onde ninguém se sinta inadequado.

Imagine só, ela pensa, *imagine só*.

Seus nervos se acalmam à medida que se aproximam da entrada da garagem de Sebastian. O proprietário está fora da cidade e lhe deu as chaves da casa para que ela supervisione o trabalho nos quartos dos gêmeos na sua ausência. Não há ninguém por perto, a vila ainda está dormindo. A van estaciona nas adjacências da casa, fora da vista de olhos curiosos, e Polly destranca as portas traseiras.

— Chegamos, meninas.

— Por que a Grace não está aqui? — pergunta Audrey.

— Precisamos dela em casa por enquanto.

— Sinto falta dela.

Não é de se surpreender. Essas três meninas não passaram um momento sequer afastadas durante mais de um ano.

— Você vai vê-la em breve. Mas, antes de entrarmos, precisam higienizar as mãos.

É o ritual diário delas. As meninas viram as mãos, e Polly espirra o gel nas palmas delas, que depois esfregam as mãos juntas. Logo se tornam menos curiosas e fazem menos perguntas. Quando estão de pé na cozinha de Sebastian, não sabem nem se importam com o local onde estão.

— Então, meninas, vamos. — A mulher as guia pelo corredor em direção ao topo da escada em espiral. — Por aqui.

Arthur lança a Polly um olhar terrível, suplicante, um olhar que diz: *Não precisamos fazer isso*. Um olhar que diz: *Podemos parar agora mesmo, é só dizer*.

Mas Polly não tem intenção de parar agora.

Ela acabou de começar.

QUARENTA E UM

O CLUBE DE BOXE fica em um porão no lado leste da rua 106, debaixo de uma loja de pianos. Uma placa azul-néon pisca presa à parede, com um homem usando luva de boxe e se movendo de um lado para o outro rumo a um saco de pancadas. Embaixo está escrito HIT 'N' FIT.

Luke segue Jessica pelos degraus e pela porta.

Lá dentro está quente, sem ventilação. Um cara magro, vestindo uma camiseta da Hit 'n' Fit, vem na direção deles. Ele observa Luke com curiosidade, provavelmente o identifica como um boxeador profissional e deve estar conjecturando o que um cara como ele está fazendo em uma academia tão normal como aquela. O funcionário pega uma prancheta de um balcão perto da porta e diz:

— Oi, como posso ajudar vocês?

— Não estamos aqui para treinar, infelizmente — diz Jessica, mostrando sua carteira de identidade. — Meu nome é Jessica Jones. Este é meu parceiro, Luke Cage. Estamos procurando por um membro do clube, Fox Randall?

— Ah, sim. O Foxy!

Foxy? Jessica decide ignorar.

— Ele mesmo — ela começa. — Fox saiu da escola mais cedo hoje e não foi visto desde então. Só queria saber se o viu ou se tem alguma ideia de onde esteja. É possível que ele estivesse com esse cara. — Ela mostra uma foto de Malcolm em seu celular. — Ele já esteve aqui algumas vezes e saiu com o Fox?

— Sim. Reconheço esse cara também. Não consigo lembrar o nome dele.

— Sly. Sly McNeil é o nome dele.

O cara assente.

— É. Isso mesmo. Bom, eles estiveram aqui na sexta-feira passada, mas não vi nenhum dos dois desde então.

— E você não se lembra de nada que tenham dito ou feito, algo que você tenha ouvido? Lugares aonde possam ir? Pessoas que tenham encontrado?

O cara da camiseta da Hit 'n' Fit dá de ombros.

— Bom, não, na verdade não. Sabe, a gente não conversa muito aqui. É tudo focado na atividade. E, mesmo que estivessem conversando, tenho que ser honesto com você, eu provavelmente não estaria ouvindo. Digo, adolescentes falam um monte de besteira, né.

Um rapaz está parado um pouco afastado dos três, e fica claro para Jessica que ele está ouvindo a conversa. Quando o cara da camiseta da Hit 'n' Fit se afasta, ele se aproxima de Jessica e Luke.

— Oi — ele diz. — Estavam perguntando sobre o Fox e o Sly?

Jessica concorda.

— É. Sabe de alguma coisa?

— Sim — ele diz. — Mais ou menos. Eles estavam aqui na sexta-feira e os ouvi falando algo sobre uma garota chamada Miranda.

— Aham. O que exatamente eles disseram?

— Que iam se encontrar com ela... *Não*, que "ela está vindo".

— Vindo para onde?

— Vindo aqui! Para Nova York. E que o Fox ia para a casa dela.

Jessica sente terríveis pontadas de progresso e de perigo ao mesmo tempo, as quais já são familiares nesse tipo de caso.

— Para a casa dela? — ela repete.

— É, eu acho que parecia ser um Airbnb. Ele falou algo sobre ter o código para entrar. Perguntou para o Sly se poderia ir com ele no domingo à noite. O Sly disse que sim.

— Certo, certo. E o que mais? Ele disse mais alguma coisa?

— Não, na verdade não. Só isso. Ah, e ele disse para não contar para a irmã dele. Quer dizer, pensei que fosse algo com alguma garota. Ou até drogas e tal. Mas você acha que é algo ruim?

— É. Pode ser. — Jessica passa o cartão para o garoto. — Me avise se ouvir, vir ou lembrar de alguma coisa. Qualquer coisa, tá bom?

— Sim. Vou avisar. — O rapaz fica encarando o cartão, maravilhado. — Me desculpe mesmo — ele diz. — Eu queria ter prestado mais atenção. Queria poder te contar mais.

— Sério, você foi bem. Obrigada.

Na rua, Jessica liga para Amber, que atende antes do primeiro toque. Jessica coloca a chamada no viva-voz para Luke ouvir.

— Você o encontrou? — começa Amber.

— Não. Não encontrei. Mas sei que ele estava se organizando para ir a um Airbnb com Malcolm ontem à noite para encontrar alguém chamado Miranda.

— O quê?!

— É. E só posso supor que é lá onde ele está agora. Mas Nova York é uma cidade com vários Airbnb, e não tenho ideia de por onde começar a procurar. Mas talvez a Lark saiba, não? Ela está aí?

— Sim. Ela está aqui. Lark! Espera, vou colocar no viva-voz. — Então, um momento depois, Amber diz: — Lark, o que você sabe sobre um Airbnb e uma mulher chamada Miranda?

— O quê? — indaga Lark.

Amber suspira.

— Parece que o Fox está em um Airbnb com uma pessoa chamada Miranda. Sei que você conhece uma Miranda, Lark. Eu ouvi você conversando com ela no seu quarto.

— Eu, não.

— Sim, querida, você conhece. Por que eu inventaria uma coisa dessas? E tem aquele folheto no seu quarto. O que diz CONHEÇA MIRANDA. Então, vamos lá, me diga. Quem diabos é a Miranda e por que o Fox teria ido para o Airbnb dela?

— Eu literalmente não sei, tá? Só sei que ela é uma influenciadora de beleza, da Inglaterra. E que ela está aqui lançando algum produto novo. O Fox está ajudando. Mas é só isso que sei.

— Fox está ajudando. Mas por quê?

— Por causa da Belle.

— Belle, a garota da Inglaterra? A de que ele gostava?

— Sim. Essa mesma.

— Mas ela nem se chama Belle, lembra? Ela se chama Grace. E foi resgatada. Está no hospital, recebendo cuidados. Ele não precisa mais ajudá-la.

— É, bem, eu sei disso, e você sabe disso, mas ele parece não se importar. Fox parece achar que a Belle é realmente a garota que ele pensava que era e que aquela mulher, Jessica, a fez ser sequestrada pela polícia contra a vontade dela. *Sei lá*, é como se ele tivesse virado algum tipo de teórico da conspiração. É porque ele está apaixonado por ela.

— Por quem? Pela Miranda?

— Não! Ele está apaixonado pela Belle! Fox não consegue aceitar que ela talvez não seja quem ele pensava que era quando se apaixonou por ela. E não sei mais nada.

— Então você não sabe onde fica esse Airbnb?

— Não faço ideia. Mas por que não olha no notebook dele?

Jessica troca um olhar com Luke e, então, diz para Amber:

— Fox tem um notebook em casa?

— Acho que sim.

— Espera aí, Amber. Estamos indo direto para aí.

Enquanto ela e Luke caminham pela Lexington em direção ao prédio dos Randall, Jessica percebe mais e mais jovens na área, encarando o celular, parecendo perdidos e deslocados. Alguns seguram folhetos do CONHEÇA MIRANDA nas mãos. Ela dá uma olhada na hora em seu próprio telefone e nota que são quase seis da tarde. Sente um pequeno arrepio de pânico enquanto o dia se transforma em noite, e Jessica ainda não está nem perto de encontrar Malcolm, quanto mais parar o que quer que Madame Teia tenha dito que ela precisa parar.

A detetive começa a andar mais rápido, e Luke acelera o passo para acompanhá-la.

— Devagar, Jessica, você vai atropelar alguém.

No apartamento de Amber, ela os direciona para o quarto de Fox, onde Lark pegou o notebook do irmão de uma gaveta sob a escrivaninha e o ligou. Jessica fica em pé ao lado da mesa e espera enquanto Lark digita a senha dele.

— Você sabe a senha dele?

— Claro — ela diz. — Somos gêmeos.

A tela se acende, e Lark abre o navegador de Fox e seleciona o histórico de navegação.

Ela rola para baixo e Jessica vê pelo menos uma dúzia de pesquisas relacionadas a *Sly McNeil* e *Sly McNeil pai*, *Sly McNeil Robert F. Kennedy School*. E, então, finalmente, *Sly McNeil Jessica Jones*.

— Merda — comenta Jessica. — Ele realmente estava atrás do Malcolm, né?

— Sim — diz Lark, rolando mais para baixo. — Parece que sim. — Ela olha para Jessica. — Quem é o Sly, então? De verdade?

— Ele é só... — Jessica e Luke trocam um olhar. — Ele é só um cara que eu conheço. Um garoto. Um bom garoto.

— Então por que ele estava mentindo sobre a própria identidade?

— Ele estava me ajudando.

— Ajudando com o quê?

— Me ajudando a descobrir o que aconteceu com vocês no Reino Unido.

— Entendi. — Lark assente distraída, aparentemente satisfeita com a resposta. — Enfim, não tem nada no histórico de navegação dele sobre Airbnb. Então... — Ela troca de tela. — Vamos dar uma olhada no banco virtual dele.

— Como você vai fazer isso?

— Eu te disse. Somos gêmeos.

Ela tenta duas ou três senhas antes de encontrar a que funciona. E sai do caminho para Jessica ver a tela completa.

— Pronto — diz Jessica. — Ele comprou algo em uma mercearia na avenida Amsterdam há menos de meia hora. Vamos ver onde é. — Ela troca de aba e busca a área no Maps. — Ali — continua, apontando para a tela. — Lá está. — E então: — Espera. Você pode diminuir o zoom um pouco? E vá para a esquerda.

Jessica espera enquanto Lark segue sua instrução, então aponta e diz:

— Olha! É a Old Broadway. Bem ali. Ele está bem perto do Upside Down. Pode procurar por Airbnbs nessa área?

— Claro. Me dá um segundo. — A adolescente abre o site do Airbnb, digita a área e rola pelos resultados. Há seis na vizinhança. Quando digita a data de hoje, três deles aparecem como já reservados.

Lark clica nas páginas de cada uma das três propriedades já reservadas.

— Reconhece algum desses? — pergunta Jessica a Luke.

Ele observa a tela, depois se move para a cadeira de Lark para examinar as fotos.

— Sim — ele diz —, sei onde é esse lugar. É ali perto da igreja na Convent. E esse aqui, sim, esse parece estar em um dos prédios no lado leste da rua 106. E esse outro é uma rua acima, eu acho.

— Você os reconheceria se fossemos lá a pé?

Luke dá de ombros.

— Sim. Aposto que sim.

— Certo. Vamos.

Lark agarra o braço de Jessica.

— Posso ir com vocês?

Jessica olha para Amber.

— Não, Lark — responde Amber. — Não é seguro. Precisamos ficar aqui e esperar pelo Fox, caso ele volte.

— Mas eu posso ajudar — diz Lark. — Vocês sabem como somos. Como conseguimos sentir um ao outro. Posso ajudar a encontrá-lo…

— Não. Você vai ficar aqui.

— Mas, mãe, ele tem mais chances de falar se eu estiver lá. Menos chances de fugir. Posso convencê-lo a voltar para casa. Por favor. Só me deixe tentar.

Amber suspira.

— Tá bom — consente ela. — Mas fique com Jessica e Luke e faça tudo o que eles mandarem, ok?

Lark assente.

— Ok.

TRÊS MESES ATRÁS
Barton Wallop, Essex, Reino Unido

Do seu escritório escondido na parte traseira da casa, Polly ouve os cachorros latindo. Gira na cadeira a fim de verificar o monitor conectado à câmera dos portões da frente, e lá estão eles, os gêmeos de Sebastian, esperando na estrada com suas bicicletas, olhando ao redor, incertos.

Ela ouve Ophelia cumprimentá-los pelo interfone e, em seguida, ouve a garota responder:

— Oi. Meu nome é Lark. Estou com meu irmão, Fox. Acabamos de chegar aqui para o verão e a amiga do nosso pai disse que havia uma garota aqui chamada Belle.

— Sim. Isso mesmo. Vocês querem falar com ela?

— Hã, sim, claro. Se pudermos…

— Claro que podem! Entrem, entrem. Sigam pela estrada para a direita, por cerca de quatrocentos metros. E ignorem os cachorros, vou fazê-los se afastarem.

Pelo interfone, Polly ouve os cachorros se acalmarem. Depois o cadeado faz um clique e os portões se abrem, e os gêmeos passam com as bicicletas. Ela engole um suspiro nervoso. Eles estão aqui. É isso. O último obstáculo. Ela tem quatro semanas antes que Fox e Lark voltem para Nova York. Quatro semanas para ter certeza de que o aplicativo de fato funciona. E quem melhor para testar do que dois adolescentes americanos lindos que levarão Miranda a quase 7 mil quilômetros de distância? Se ainda funcionar em Nova York, então funcionará em qualquer lugar.

Ela se vira para encarar os monitores que exibem as imagens da cozinha e do corredor. Minutos depois, os gêmeos entram e Belle se levanta de onde estava sentada, à mesa da cozinha.

— Oi — cumprimenta a garota gêmea. — Eu sou Lark.

— Oi — diz o garoto gêmeo. — Fox Randall. Prazer em te conhecer.

— Oi — responde Grace. — Eu sou Belle.

— E eu sou Debra — diz Ophelia. — A família da Belle mora no exterior, então eu cuido da casa e da Belle durante as férias. Sentem-se, vocês dois, vou trazer algo gelado para beber. Está incrivelmente quente hoje. O que vocês querem? Tenho Coca-Cola, Sprite, suco, água com gás…

Polly observa os rostos dos gêmeos na tela, procurando respostas físicas ao cenário em que eles entraram, mas percebe que estão simplesmente encantados: encantados pela beleza provinciana da casa campestre, encantados pela beleza de Belle, pelo calor e pela gentileza de Debra, pelo bando de cachorros bonitos ofegando aos seus pés e pedindo carícias nas orelhas.

Ophelia lhes entrega Coca-Cola gelada, e eles conversam por um tempo antes de ela sugerir:

— Por que você não leva os gêmeos lá fora para mostrar a eles seu novo quadriciclo, Belle?

Polly espera até ver na sua tela os três adolescentes saindo da cozinha antes de deslizar a parede falsa que separa seus aposentos dos fundos da casa e seguir em direção à cozinha.

Ophelia a observa friamente enquanto ela entra.

— Bom — diz ela. — Eles vieram. E agora?

— Agora é só esperar e ver.

Ophelia dá de ombros.

— Não gosto disso.

— Não — diz Polly. — Sei que você não gosta.

— Eles vão conversar, Polly. É inevitável. E as pessoas vão fazer perguntas. Para a vila, Debra Phipps mora aqui sozinha.

— Elas não vão conversar com ninguém na vila.

— Você não tem como saber.

— Eu sei, sim. Sebastian é totalmente antissocial, e as crianças também. Mas, de qualquer forma, você pode controlar o que eles lembram, pode controlar o que dizem. Você tem o poder.

— Bem, eu só queria que fosse verdade. Eu gostaria de poder fazer você agir como quero que aja.

— Você poderia me dominar, se fizesse um esforço.

— Não tenho mais forças, Polly. Não mais. Estou velha demais, e você é forte demais.

Polly suspira e olha para Ophelia com carinho.

— Ophelia, sou apenas uma garota. Uma mortal. Como eu poderia ser mais forte do que você? — Ela suspira novamente. — Eu não consigo acreditar que você é a mesma garota sobre a qual o John me falou, a garota que estava naquele bar no Harlem, tantos anos atrás. Aquela garota sexy, poderosa, que o excitava tanto, que virava o mundo dele de cabeça para baixo. E agora você está feliz em envelhecer, em ir embora, em deixar este mundo do mesmo jeito que o encontrou quando se for.

— Você não vê, Polly, não vê? Eu tenho o Arthur. Esse é meu superpoder agora. Está nele, tudo de mim *está nele*. Eu queria mais do que imortalidade, mais do que juventude, mais do que poder. Eu queria um filho, Polly, mesmo que isso me custasse tudo. Mas você não entende isso, e não espero que entenda.

— Não, Ophelia, eu realmente não entendo. Se eu tivesse nascido com seus dons, seus poderes, eu teria virado o mundo de cabeça para baixo com eles. Quer dizer, você conseguiu viver o quê? Duzentos anos? Eu teria continuado firme por mil anos e ainda querendo mais.

Ophelia balança a cabeça.

— Você não tem ideia — ela diz —, nenhuma ideia do que é ver todos que você ama morrerem. Nunca crescer. Ver o mesmo rosto de vinte anos brilhante olhando para você no espelho todo dia da sua vida. Nunca sentir a inquietação visceral de o tempo passar rápido demais, a montanha-russa da vida passando em alta velocidade. Nós não fomos feitos para estar aqui para sempre. Este mundo não foi feito para prender almas por toda a eternidade, como borboletas atrás de um vidro. Este mundo foi feito para aproveitarmos bons momentos, não para tornarmos os momentos infinitos. Seus prazeres desaparecem depois de um tempo, e é para isso que foram feitos. Nós devemos deixar este mundo desejando mais dele. Mas... — Ela suspira. — Não, Polly, eu não espero que você entenda. Você e eu somos criaturas muito diferentes.

— Somos, Ophelia. Somos mesmo. — Polly inclina a cabeça para ela em simpatia. — Não consigo acreditar em tudo de que você abriu mão.

— Não, o que você não entende é o que ganhei em troca.

— Eu não preciso de um filho. Miranda é meu filho. Miranda é meu *bebê*.

— E você está levando *meu bebê* com você para alcançar seus objetivos. E todos aqueles outros bebês. Eu deveria te matar, é o que eu deveria fazer.

Polly sente uma onda de adrenalina percorrer seu corpo com essas palavras.

— Você realmente deveria, Ophelia. Por que não faz isso? Poderia fazê-lo agora. Você ainda tem poder suficiente. Faça. — Ela prende a respiração, seus olhos reluzem, seus braços estão cruzados firmemente sobre o peito.

Ela vê Ophelia murchar, como sabia que aconteceria.

Porque Polly tem todas as cartas.

Polly tem os segredos de Ophelia, e Polly tem seu filho.

QUARENTA E DOIS

ENQUANTO ELES VOLTAM de Uber para o Harlem, Lark mastiga compulsivamente a parte interna da bochecha e cutuca a pele ao redor das unhas.

— Sabe — diz Jessica suavemente enquanto observa esses tiques nervosos. — Você não fazia isso antes. Quando te vi pela primeira vez. Você se lembra disso? De estar sempre tão tranquila e calma?

Lark balança a cabeça vagamente.

— Mais ou menos. Quer dizer, lembro como me sentia naquela época, sempre tão feliz, tão de boa. Mas não me lembro de mais nada. Tipo, todos os detalhes. É difícil de explicar.

— Com certeza é — concorda Jessica, lançando um olhar cheio de significado para Lark.

Lark pergunta:

— Espera. Aconteceu com você também?

Jessica faz que sim com a cabeça.

— Aham.

— Então como você se livrou disso tão rápido?

— Eu, hã... — Ela lança um olhar para Luke, mas ele está olhando para o telefone, aparentemente sem prestar atenção. — Já tive experiências com esse tipo de coisa antes. Acho que meu organismo estava meio que preparado. Sabia o que fazer.

Lark assente.

— O que aconteceu com você? Antes?

Jessica fecha a boca. Não quer revelar mais nada e fica aliviada quando o telefone começa a vibrar, assim como o de Lark. As duas tiram os celulares do bolso e encaram as telas.

Sua contagem regressiva de uma hora começou...
Prepare-se para...
Conhecer Miranda

Jessica olha para Lark.

— Então, você escaneou o código?

— Sim.

— E aí? O que é?

— Não sei — diz Lark. — Juro, eu não faço ideia. Nem consigo me lembrar de ter feito isso. Não de verdade.

— Quem fez os panfletos? Foi o Fox?

— Não sei. Quer dizer, pode ter sido. Ele desenha muito bem.

— Consegue lembrar quem te deu eles?

— Não. Eu não lembro. É como se... nós estávamos nos preparando para sair do Reino Unido, eu estava arrumando minha mala e eles estavam lá, e meio que aceitei que eles estavam lá. E de alguma forma eu sabia que era para espalhá-los por aí.

Eles saem do Uber na Convent, ao lado da igreja, e se dirigem ao quarteirão que Luke reconhece das fotos do Airbnb. No painel do lado de fora, há doze interfones. Jessica olha para Luke e Lark, dá de ombros e aperta um botão aleatório.

— Erm, oi — ela diz à pessoa que responde. — *Polícia.* Estou procurando um Airbnb neste quarteirão, você por acaso sabe qual o número?

— Não faço ideia.

O morador encerra a chamada, e Jessica aperta outro interfone.

Leva dez minutos inteiros apertando botões e conversando com os moradores para descobrir que o Airbnb é o apartamento número 12 e que quem o alugou está morando lá há três meses e tem dois filhos pequenos e um cachorro.

Jessica suspira e os guia para o próximo endereço. Enquanto se aproximam, Lark para e olha para o prédio.

— Ele está aqui — a garota diz. — Ele com certeza está aqui.

Este prédio tem cerca de quarenta botões no painel do lado de fora, e Jessica olha para Lark e pergunta:

— Qual deles eu devo apertar primeiro, então?

Lark revira os olhos.

— Eu sou uma gêmea — ela diz —, não o app Encontre Meu Dispositivo.

Enquanto ela diz isso, alguém sai do prédio, e os três entram antes que a porta se feche novamente.

Jessica e Luke seguem atrás de Lark ao circularem pelos corredores, procurando uma porta que corresponda àquela das fotos.

— Algum pressentimento paranormal de gêmeos? — Jessica pergunta a Lark, mas a adolescente apenas dá de ombros, pedindo desculpas com o olhar.

Então uma porta se abre de repente mais adiante no corredor, e uma senhora aparece segurando um yorkshire contra o peito.

— O que vocês estão fazendo? — ela pergunta acusadoramente, lançando um olhar de desgosto para os três.

— Estamos procurando o Airbnb — responde Jessica, fingindo procurar algo no celular. — O dono parece ter nos dado os detalhes errados. Ele disse que era neste andar, mas...

— É o apartamento no fim do corredor. Número 356. Mas, por favor, me diga que vocês não estão planejando uma festa lá.

Jessica sorri de forma tranquilizadora.

— Ah, não — garante. — Não. Só vamos passar um tempo em família. Seremos supersilenciosos.

— Bom — diz a senhora. — Eles deviam prender o dono. Aluguéis assim são *ilegais*. Qualquer um pode alugar esses lugares. Todo tipo de gente. Que falta de respeito pelos vizinhos...

Mas Jessica já está se afastando da senhora, agradecendo conforme vai em direção às portas no fim do corredor.

O número 356 é a porta do meio, dentre três, e tem uma marca indecifrável em tinta spray roxa. Lark faz que sim com a cabeça, os olhos arregalados.

— Definitivamente ele está lá dentro — ela diz. — Posso senti-lo.

Jessica dá um passo à frente e bate à porta. Não há resposta. Ela olha para Lark.

— Tem certeza? — pergunta.

Lark faz que sim com a cabeça, depois bate ela mesma.

— Fox. Sou eu. Me deixa entrar. — Ela coloca o dedo nos lábios e dá um passo para trás. Então, um momento depois, a porta se abre, apenas uma fresta.

— Mas que merda, Lark! — É a voz de Fox. — O que diabos você está fazendo aqui?

— O que diabos *você* está fazendo aqui?

— Eu só… — Fox se cala. — Nada.

— Pode me deixar entrar, por favor?

— Não. Eu não posso.

— Por que não?

— Só não posso, tá bom?

Lark se vira e olha para Jessica e Luke, depois recua.

Jessica se afasta da porta e, então, se lança contra ela. A porta se parte e cai dentro do apartamento ínfimo, seguida por Luke e Lark.

— Mas que merda! — grita Fox, recuando em direção a uma mesinha perto da janela, onde um homem sentado em frente a duas telas de computador os observa, horrorizado.

— *Onde está Malcolm*? — grita Jessica.

— Quem diabos é Malcolm? — diz Fox, encolhendo-se diante dela.

— *Sly* — corrige Jessica. — Onde está *Sly*?

Ela vê o medo passar pelo rosto de Fox e sente o estômago afundar, mergulhando em um terror gelado.

— O que você fez com ele, Fox? Onde ele está?!

Então ela vê os olhos dele se voltarem para uma porta à sua direita, e ela a abre de uma vez. Lá está Malcolm, preso ao estrado de uma cama, amordaçado e amarrado, com os olhos arregalados fixos nela. O garoto se contorce e tenta gritar algo, e Jessica arranca a mordaça de sua boca, solta as amarras de seus pulsos e pernas, e com uma voz cheia de emoção em um nível surpreendente, pergunta:

— Você está bem?

Malcolm faz que sim com a cabeça, os olhos castanhos estão arregalados e o cabelo descolorido em pé. Jessica sente o alívio tomar conta de si da cabeça aos pés — e depois uma onda de outra coisa que ela tem uma sensação horrível de que pode ser afeição maternal. Ela afasta essa sensação e se endurece.

— Ligue para sua mãe — ordena ela com brusquidão, entregando-lhe o celular. — Diga a ela que você está bem.

Malcolm pega o aparelho de Jessica, com os olhos ainda arregalados, e ela o deixa ali para fazer a ligação.

A detetive volta para a sala de estar e encontra Luke segurando o cara que estava sentado à mesa.

— Quem é você? — ela pergunta.

— Eu não sou ninguém — o cara responde, sem fôlego.

Seu sotaque é britânico. Ele tem cabelo castanho, um rosto um pouco adunco, óculos com lentes muito grossas e pele pálida.

— Ninguém quem? — pergunta Jessica.

— Literalmente ninguém. Eu juro.

Jessica olha para as telas na mesa dele, então seus olhos captam mais detalhes do apartamento. Uma mesinha de jantar coberta de celulares, todos conectados a uma estranha caixa preta, três monitores de computador e dois notebooks. Há pilhas de papéis e copos de café descartáveis vazios. Uma caixa de pizza contendo crostas com marcas de mordida está aberta no chão. O quarto cheira mal, como o final de um dia de verão sujo e abafado.

Na pequena cozinha, há uma pia cheia de pratos, uma lixeira transbordando de dejetos, mais celulares conectados à parede; um cabo na tomada está ligado a outra grande caixa preta no chão, da qual saem vários cabos vermelhos para carregar celulares. Ela toca na caixa e recua um pouco por causa do calor que emana dela, e uma sensação de energia sombria percorre seu sistema nervoso. Então, olha para as duas telas na mesa do homem e vê que uma delas está dividida em quatro janelas, três das quais mostram o que parece uma visão do Central Park. A outra tela está escura.

— Malcolm — Jessica chama. — Venha aqui.

Ele aparece, envergonhado, e devolve o telefone para Jessica.

— Certo — diz Jessica, olhando para Fox. — Você vai me dizer que merda está acontecendo aqui?

— Não é nada.

Jessica rosna.

— Nada! Ninguém! Meu Deus! — Ela se vira e olha para Malcolm. — Por favor — ela diz —, diga algo que faça sentido.

— Caramba, Jessica. Fala sério, eu literalmente estive amarrado ali por 24 horas. Queria *eu* saber que merda está acontecendo.

— Ok, então, preciso que você use esse cérebro enorme, sente-se aqui e me diga o que enxerga nessas telas.

O cara de nariz adunco se debate contra Luke, que o empurra para uma cadeira e o amarra com braçadeiras de plástico retiradas de uma pilha perto dos carregadores.

— Não toque nessas telas! — o cara grita. — Não toque em nada!

— Quem é esse? — Jessica pergunta a Malcolm.

— Juro que não sei. Ele já estava aqui quando o Fox me trouxe ontem. Não houve muitas apresentações.

— Lark — ela diz. — Ache o passaporte desse idiota. — Então ela se vira para o cara amarrado na cadeira e pergunta: — Quem é Miranda?

— Nunca ouvi falar dela.

Jessica tira o panfleto do bolso da jaqueta, o desdobra e o mostra para ele.

— Veja, escaneei esse código estúpido hoje mais cedo e, desde então, venho recebendo mensagens estranhas de alguém chamado Miranda me dizendo para ir encontrá-la hoje à noite. No Central Park. E, por algum motivo, você tem um monte de câmeras no Central Park. Então, vamos tentar de novo. Quem é você? E quem é Miranda?

Lark se aproxima de Jessica e lhe entrega um passaporte. É um passaporte britânico. Jessica vira para a última página e vê uma foto do cara nerd.

Seu local de nascimento é Portsmouth.

Sua data de nascimento é julho de 1990.

Seu nome é Arthur Maximillian Simms.

— Fox — diz Lark, virando-se para o irmão, que está encostado na parede desde que eles invadiram, parecendo atordoado e em choque. — Fale comigo. Por favor. Que merda está acontecendo aqui?

O gêmeo abaixa os olhos e balança a cabeça.

— Vão embora — pede ele com suavidade. — Por favor, apenas vão embora.

Lark se aproxima do garoto e coloca a mão em seu braço.

— Por favor. Fox. Seja o que for isso, não é bom. Você com certeza pode ver isso, não pode?

— É bom, *sim* — ele diz. — É bom. Vai ajudar todo mundo. Então, por favor, não tente impedir. — Sua voz falha enquanto fala, e ele parece à beira das lágrimas.

Então, todos ficam em silêncio ao som de um toque vindo de um dos celulares na mesa de jantar. Jessica coloca o dedo nos lábios e atravessa a sala para atender. O nome *Pol* aparece na tela, junto a uma foto de uma jovem muito bonita, com maquiagem carregada, cabelo loiro, e seu rosto pressionado contra o de um cachorro barbudo. Jessica coloca no viva-voz e indica para o homem chamado Arthur Simms que ele deve responder.

— Oi!

— Arthur? Você está bem? Sua voz está estranha!

— Estou bem. Estou ótimo. E você?

— Sim. Tudo bem. Estou a caminho do parque. Só queria conferir.

— Sim. Tudo bem.

— Por que estou no viva-voz?

— Ah, só... Posso te ligar de volta em um minuto?

— Claro. Falo com você em breve. Te amo.

— Também te amo.

A ligação termina, e Jessica olha para Lark, que está encarando o telefone de Arthur em choque.

— É ela — Lark diz, apontando para o dispositivo de Arthur. — A mulher que acabou de ligar. É a Becky, a namorada do meu pai.

Jessica olha do telefone para Arthur e depois de volta para o telefone.

— Espera. Você tem certeza?

— Tenho total certeza. Também reconheci a voz. É ela.

Jessica lança um olhar duro para Fox.

— Isso é verdade?

Fox dá de ombros.

— Eu não vi — ele diz, emburrado.

Jessica toca na tela para mostrar os detalhes do contato de "Pol" e mostra para Fox.

Ele dá de ombros novamente.

— Sim — ele diz —, acho que sim.

— Mas que…?! — Sua cabeça gira com tudo isso. — Ei — ela chama Arthur —, o que está acontecendo? Por que você está dizendo para a namorada de Sebastian Randall que a ama?

— Porque ela é *minha* namorada. — Ele soa quase orgulhoso, há um toque triunfante em seu queixo.

— Sabe que sua namorada está dormindo com o pai deles, né? — Ela faz um gesto em direção aos gêmeos e vê Arthur estremecer, seu pomo de adão sobe e desce secamente em seu longo pescoço.

Jessica estremece, tentando montar as peças quebradas em um quadro completo. A namorada de Sebastian também é a namorada de Arthur. Ela, usando o nome Rebecca Brown, colocou a bomba de água no porão de Sebastian. Sugeriu aos gêmeos que fossem ao Velho Casarão a fim de encontrar Belle. E agora ela está em Nova York dizendo para um nerd aleatório que o ama e indo para o Central Park, onde…

— Espera um minuto — ela diz, enquanto um pensamento desordenado explode em sua mente. — Essa Pol, Becky, seja qual for o nome dela… ela é *Miranda*?

O pomo de adão de Arthur se move novamente. Ela se vira para Malcolm.

— Encontre algo nesses monitores. *Qualquer coisa.*

Malcolm volta sua atenção para as telas e, então, para, quando uma imagem aparece na janela escura.

— Hã… — Ele olha para Jessica e depois para a tela novamente. — Que merd...?

Jessica se aproxima da tela. Seus olhos tentam entender o que está vendo, mas sua cabeça diz que não pode ser verdade.

É uma visão de uma câmera de segurança de um espaço escuro. À primeira vista, parece ser um cômodo vazio e sem iluminação. Mas, quando ela olha para a imagem, vê algo, a mesma coisa que Malcolm viu.

Dois pares de olhos arregalados, olhando fixamente.

QUARENTA E TRÊS

JESSICA ARRANCA O MOUSE da mão de Malcolm e o usa para navegar pelas imagens na tela. Há mais fotos de dentro do estranho espaço escuro. Uma delas mostra o contorno de duas pessoas presas dentro do que parece ser algum tipo de cápsula. Outra mostra fios e tubos conectados à cápsula.

— Que merda é essa? — Jessica se vira para Arthur.

O homem abaixa a cabeça e, de repente, de maneira dramática e bastante chocante, se põe a chorar.

— Não fui eu! — ele diz, com uma voz aguda e quase feminina. — Nada disso foi ideia minha! Foi… — Ele para e inspira ruidosamente.

— Polly? — pergunta Jessica.

Ele acena com a cabeça e funga alto.

— O que Polly está fazendo, Arthur? E quem são aquelas pessoas?

— Não posso te dizer!

— Arthur. Sério. Seja qual for o controle que Polly tem sobre você, preciso que você deixe isso de lado agora e me diga o que está acontecendo. O que ela está fazendo no Central Park?

— Ela está lançando Miranda.

— Mas o que diabos *é* Miranda? Pensei que fosse uma pessoa.

— Não, não é uma pessoa. É um aplicativo. Sabe todas aquelas pessoas indo para o parque? Já está no celular delas. Elas baixaram quando escanearam o *QR code* no panfleto.

— Mas o que ele faz?

— É… — Arthur suspira. — É para colocar um filtro em você no mundo real. É para te tornar perfeito.

Jessica sente um arrepio ao se lembrar das horas que passou no Velho Casarão.

— Mas como? Como isso funciona?

Arthur inspira profundamente.

— Sabe alguma coisa sobre física quântica?

— Eu tenho *cara* de quem sabe alguma coisa sobre física quântica?

Arthur a observa por um momento e então balança a cabeça.

— E sobre IA?

— Novamente, não. Por favor, me diga isso na linguagem mais simples que você puder.

Ele olha ao redor da sala por um momento, depois estala os dedos.

— Dorian Gray.

— Dorian...?

— Ele é aquele cara do livro que tinha o próprio retrato no sótão — intervém Luke. — Certo? Que o impediu de envelhecer?

Jessica lança um olhar para Luke, depois pensa em todos aqueles livros com que se deparou nas novas estantes do apartamento dele e dá um pequeno aceno de respeito.

— Sim. Exatamente. O retrato no sótão absorvia os defeitos de Dorian Gray. Ele os sugava. O aplicativo Miranda muda a luz do flash quando você tira uma selfie com a câmera frontal. A luz, que é chamada de luz de sangue, existe na Terra há milhares de anos, desde que os seres humanos começaram a experimentar o luto e a dor. Ela permeia seus neurônios, os infiltra e, então, expulsa seus defeitos, cada coisa que você não gosta de si mesmo, e os arremessa pelo universo em um recipiente.

— Um recipiente?

— Sim. Um... depósito.

— Que tipo de depósito?

— Bem, aí está o problema. — Ele lambe os lábios, e a detetive vê aquele pomo de adão ossudo subindo e descendo novamente.

— Que problema, Arthur? O que diabos você quer dizer com "o problema"?

— Quer dizer, essa é a parte ruim. Porque tentamos fazer isso funcionar com objetos inanimados. Mas não funcionou. E tentamos fazer funcionar com animais. E não funcionou. E então tentamos fazer funcionar em um ser humano. E funcionou! Funcionou!

O homem parece animado por um momento, quase excitado. Mas, então, sua postura muda e ele suspira.

— Mas não por muito tempo, porque o ser humano que usamos era velho. Ela não conseguia absorver tantos defeitos. O corpo dela desistiu. E, então, percebemos que precisávamos de corpos jovens. Quer dizer, pessoas mais jovens. Que elas eram mais... absorventes?

— Meu Deus — Jessica rosna. — Você está falando de pessoas, não de papel-toalha, caramba. E isso — ela aponta para a tela, para os dois pares de olhos arregalados —, esses são os corpos jovens?

Arthur engole em seco e acena com a cabeça.

— Então isso é...? — Jessica sacode seus pensamentos, tentando alinhá-los. Então se dá conta, de forma intensa, como um coice no estômago, pega seu telefone e liga para a policial na Inglaterra, com o coração disparando enquanto espera ser atendida. — Atende, atende. Droga. *Atende!* — Mas a chamada vai para a caixa de mensagens, e Jessica encerra a ligação com um grito gutural. — Droga! — pragueja, fitando os dois pares de olhos que encaram a escuridão no monitor.

Ela liga para Sebastian. O telefone só chama. Está tarde no Reino Unido. Muito tarde. Ninguém está atendendo suas chamadas. Ela rola pelos contatos e, então, liga para Elliot. A chamada toca duas vezes antes de ele atender.

— Ah, graças a Deus, Elliot. Sou eu, Jessica. Preciso que você faça algo para mim, preciso que você ligue para o 911, ou o que quer que tenha aí, e mande-os para a Barton Manor. E preciso que você vá até lá agora, acorde o Sebastian e diga a ele que ele precisa ir até o porão e encontrar uma maneira de desenterrar a bomba d'água. O que for necessário. Agora.

— Isso é uma piada?

— Não, Elliot, não é uma piada. Sério. Por favor, faça isso agora. Há vidas em risco.

— Ok, bem, eu estou de pijama, então vou precisar me vestir.

Jessica geme.

— *Vá de pijama mesmo*. Só corre, Elliot. *Corre!* E ligue para a polícia no caminho.

Ela encerra a ligação e olha para Arthur.

— Como podemos parar isso?

— Não podemos. Polly tem os controles agora. A única pessoa que pode parar isso é ela.

Jessica consulta o horário no celular. Faltam doze minutos para as sete. O parque está a pelo menos uma hora de caminhada dali. Vinte minutos de táxi, provavelmente mais a essa hora da noite. A detetive fecha os olhos lentamente e suspira. Há uma maneira de chegar lá em menos de cinco minutos, mas ela não faz isso há muito tempo, nem sabe se pode ou se deve. Mas, então, pensa em Amina e Audrey, enterradas sob o cimento no porão de Sebastian, mantidas vivas por sabe-se lá que magia sombria e amaldiçoada, e vê o rosto de sua filha em seus sonhos, aquele gesto sério da cabeça, o queixo firme, os braços cruzados sobre o peito dizendo: *Você precisa sair daqui, você tem um trabalho a fazer, moça*. Ela fecha o casaco, enfia o celular bem no fundo do bolso, prende o cabelo para trás e sai para a noite.

AGORA
SummerStage, Central Park, Nova York

Polly está nas sombras, usando sua máscara e óculos escuros, observando as crianças chegarem. É uma noite perfeita de outubro: amena e seca, o céu acabou de escurecer, e o reluzir da iluminação pública sobre as árvores douradas fazem da cidade um conto de fadas. Ela é completamente anônima aqui, uma mulher baixinha de preto, escondida. Ninguém lhe daria uma segunda olhada. Ninguém saberia que ela está prestes a se tornar a mulher mais poderosa e influente do mundo. Depois de anos se escondendo em trailers e salas secretas, atrás de filtros e pseudônimos, ela enfim vai se mostrar ao mundo. Vai subir naquele palco e arrancar a máscara, tirar os óculos, e ser Polly Devereux. Finalmente.

Ela tenta fazer uma contagem rápida, mas, toda vez que pensa saber quantas pessoas estão ali, cerca de cem ou mais chegam, e às 18h50 ela desiste de estimar. Arthur pareceu estranho no telefone agora há pouco, ela quer ligar de volta, mas já o horário se aproxima. Ela precisa prestar atenção, e seu sangue está cheio de adrenalina, seu coração bate forte de empolgação. Polly precisa se concentrar completamente.

É isso, ela pensa consigo mesma, *foi para isso que toda a sua vida a levou, desde que era menina*. Ela está prestes a se tornar a maior influenciadora de beleza de todos os tempos, a maior empresária da história. E não só isso: está prestes a mudar o mundo para sempre. Não vai demorar até que cada jovem no mundo ocidental se inscreva no Miranda. Não vai demorar até que todos no mundo sejam perfeitos.

E ser perfeito é muito mais do que apenas ser bonito. Ser perfeito dá às pessoas a chance de focar em outras coisas, não apenas em suas imperfeições. Então, agora, o garoto que está lutando para dominar o acorde Lá maior na guitarra que seu pai lhe comprou de Natal consegue fazê-lo, passa para o próximo acorde e também consegue. Tocará que nem Jimi Hendrix em um mês. A garota que atualmente programa seu despertador às cinco da manhã para dar tempo de contornar, esfumar e colocar cílios postiços poderá dormir uma hora a mais ou usar o tempo para fazer algo mais significativo. Todo o tempo desperdiçado a cada minuto de cada dia na busca pela perfeição, no crescimento pessoal, na tentativa de viver de acordo com as vantagens genéticas inatas de outras pessoas, todo esse tempo poderia ser usado para o bem. É o início da era da maravilha. Imagine isto: todos livres das correntes da inadequação, uma geração inteira de pessoas livres para serem filósofas, contadoras de histórias, cozinheiras ou cuidadoras…

Então, quem vai limpar os banheiros?

É o que as pessoas sempre perguntam quando a utopia está sobre a mesa como uma opção teórica.

Quem vai limpar os banheiros?

Quem vai *levar o lixo?*

Quem vai *cuidar dos doentes?*

E aí reside a questão: se todos são bons em algo, se olham no espelho e amam o que veem, se abrem a tampa de um piano e tocam uma música linda, se contemplam o céu e veem apenas beleza, maravilha e alegria, então isso se refletirá nos trabalhos que fazem. Não haverá ressentimento no mundo de Miranda.

Obviamente, todo novo mundo corajoso precisa encontrar seu caminho, haverá dores de crescimento, rachaduras nas paredes. Ainda não está perfeito, Polly sabe disso. Mas agora é isso, Miranda está aqui e, até o final da noite, será uma palavra tão onipresente quanto Apple, Google, Netflix. Será, se já não for, o desenvolvimento mais importante que o mundo já viu.

Polly vê as meninas nos porões como heroínas, não como vítimas. Que grande chance lhes foi dada, que papel importante estão desempenhando; seus pais deveriam se orgulhar, seus pais *vão* se orgulhar.

Ela vai para o app em seu telefone e pressiona "Lançar Miranda". O logo da Miranda aparece enorme na tela, a multidão fica em silêncio.

Está acontecendo.

QUARENTA E QUATRO

MANHATTAN PARECE ARTE abstrata a essa velocidade, com listras aleatórias de vermelho, dourado, branco, âmbar; rostos de pessoas esticados e contorcidos em flashes de choque e admiração, fragmentos arrancados de vozes como "ei, moça", "que diabos...?" e "meu Deus" enquanto ela passa; suas pernas fervendo, seu peito queimando, suas narinas ardendo com a ferocidade do ar sendo inalado e exalado, sua garganta apertada e rígida enquanto grita para as pessoas em seu caminho: "Saiam da frente", "saiam!", "sumam da minha frente!". Seus olhos lacrimejam e seu nariz escorre. Seu sangue parece viscoso, sua respiração parece ácida. Tudo nela dói, tudo nela arde…

E, então, lá está o parque à sua frente, e o vislumbre rápido de um relógio em um prédio lhe diz que são 18h53, e ela tem mais dois quilômetros para percorrer. Ela aumenta sua velocidade, faz o corpo trabalhar mais, mais do que nunca trabalhou antes. Ela nunca correu para tão longe antes e nunca correu com outro ser humano enterrado dentro de seus espaços suaves e gentis, e ela fala com sua filha à medida que corre. *Estou fazendo isso por você*, ela diz, *estou fazendo isso por você.*

Ela vê a multidão à sua frente, nota seu crescimento, um cordão de pessoas vindo de todos os lados do parque, e sabe que está bem na hora. E quando se aproxima do palco de verão, quando finalmente desacelera e sente seu coração pulsando sob suas costelas, seus pulmões miseráveis ofegando enquanto desaceleram, ela olha e vê uma tela, na qual está estampado o rosto de uma mulher, e é o rosto mais bonito que ela já viu. Jessica fica cativada por um segundo, até que a mulher na tela abre a boca e diz as palavras:

— *Levanta a mão: quem quer ser perfeito?!*

Mil mãos com celulares se levantam, e, então, do lado esquerdo do palco, aparece uma figura diminuta, e a multidão enlouquece. Ela está usando máscara e chapéu. Tem longos cabelos loiros e veste botas de couro justas até os joelhos, calças apertadas e um volumoso casaco acolchoado rosa.

— Boa noite, Manhattan! — saúda a pequena mulher. — Meu nome é Polly, e, nos últimos dez anos, tenho trabalhado para criar algo que mudaria este mundo para melhor. Algo para retribuir ao mundo, algo extraordinário. Houve sangue, suor e lágrimas ao longo desses dez anos. Houve sacrifícios no caminho... muitos sacrifícios... mas não é sempre assim com qualquer coisa que muda o mundo...? E isso está no mesmo nível da penicilina, da internet, das viagens aéreas, da anestesia... Na verdade, não está só *no mesmo nível*, é mais do que todas essas coisas juntas... Um aplicativo que transforma um ser humano na versão ideal de si mesmo... E quer saber o melhor disso, pessoal? Vocês já têm isso em seus celulares! Sim, o aplicativo que vocês baixaram quando escanearam o *QR code* para este evento atualizou automaticamente seus dispositivos e lhes concedeu acesso a um mundo de beleza e maravilhas. Belle e Miranda. Então, chega de conversa. Me digam de novo: quem quer ser perfeito?!

A multidão grita, um mar de rostos sorrindo para a luz da tela gigante, onde o enorme rosto de uma mulher chamada Miranda sorri em êxtase.

Jessica fica paralisada por um momento, e algum neurônio ainda danificado em seu cérebro, em algum lugar, lembra-se do som dessas palavras em seus ouvidos uma semana atrás, e agora ela se lembra de que não era a voz de Debra que ela ouviu naquela noite quando tentou levar Belle embora, mas *essa* voz. Era a voz de Polly. Era o toque *dela* contra sua pele, foi Polly quem virou um telefone para ambas e disse (a memória recém-descoberta a atinge como um trem de carga): "Vamos tirar uma selfie". E foi ela quem apertou o botão para criar aquele flash, a queimadura vermelha nos olhos, o sopro de escuridão e pavor antes que tudo ficasse quieto, antes que ela se tornasse um simulacro perfeito, porém sem sentido, de um ser humano, um manequim, uma massa.

Não foi Debra, foi Polly. A segunda mulher que Cassandra Webb disse ter visto em suas memórias. A jovem. E Polly é Miranda. E Polly tem mil almas jovens sob seu controle aqui esta noite, e Jessica não pode se permitir ser uma delas, de jeito nenhum. Ela força seu caminho através da multidão, usando força demais, machucando pessoas enquanto avança, mas não pode deixar isso acontecer. Ela invade o palco onde Polly está sob o feixe de uma única luz, arranca a máscara de Polly e tira seus óculos escuros.

Jessica vê o lampejo de reconhecimento chocado nos olhos de Polly e, então, um brilho de animação.

— Rá — diz Polly. — É você! — Ela se vira para a plateia, teatralmente. — Senhoras e senhores — ela diz —, vejam quem é. É Jessica Jones, sua super-heroína local, que veio aqui esta noite para...?

— Se vocês usarem este aplicativo — Jessica declara para a multidão —, pessoas vão *morrer*.

Polly ri histericamente.

— É — ela diz. — Claro.

— Não usem este aplicativo. Reiniciem seus celulares. Apaguem este aplicativo de seus telefones. Não usem este aplicativo. Por favor. Não escutem esta mulher. Ela é uma psicopata. Ela é...

Mas, enquanto ela diz isso, Polly levanta seu próprio telefone até o rosto, ativa a câmera frontal, tira uma selfie e, em seguida, afasta o telefone.

Jessica olha para ela e engasga. O rosto de Polly mudou. Ela está mais alta, mais magra, ela é exatamente como a mulher na tela atrás dela.

Ela se transformou em Miranda.

A multidão também fica boquiaberta.

— Vocês estão vendo isso? *Vocês estão vendo*? — grita Polly. — Olhem — orienta, virando o rosto de um lado para o outro —, vejam o que esse aplicativo pode fazer. Não é um truque. Não é uma farsa. Isso é real. Vocês viram agora, com seus próprios olhos. E está nos seus celulares. Vocês já têm. Tudo o que precisam fazer é tirar uma selfie. É tão simples. Tirem uma selfie e vão ter a aparência que sempre quiseram. Mas esperem! — Ela faz uma pausa, olhando para a multidão de forma brincalhona. — A beleza tem um preço. Se gostarem dos resultados e quiserem mais, precisarão baixar a versão mais recente do Miranda. Por 24,99 dólares, vocês recebem...

A multidão já começa a usar seus celulares. Jessica grita "PAREM", mas a multidão a ignora. Ao mesmo tempo que Jessica grita, mil outras pessoas erguem os dispositivos e sorriem para eles, o som de cliques ressoa pelo parque, mil rostos em mil telas, beicinhos, bicos, joinhas, sinais de chifres, línguas para fora, piscadelas, caretas desajeitadas e poses de gângster.

Clique.

Flash.

Está feito.

E, mesmo enquanto os primeiros mil tiram suas selfies, mais e mais jovens continuam a chegar ao Central Park, aos montes, cada um segurando seu celular no alto.

Mais flashes.

Mais cliques.

Jessica cai de joelhos.

Chegou tarde demais. Não conseguiu impedir. Aconteceu.

A detetive olha ao redor para mil jovens, todos admirando os rostos uns dos outros, maravilhados. Funciona. O aplicativo funciona. Todos parecem iguais: rostos perfeitos e genéricos, de plástico. O cabelo de uma garota que há poucos segundos era de um glorioso laranja agora é um loiro cremoso. Outro jovem, que era pequeno de estatura, agora é alto e corpulento. Todos têm os mesmos lábios carnudos, olhos bem separados, pele viçosa.

E, se todos esses jovens agora são perfeitos, o que está acontecendo embaixo da casa de Sebastian Randall neste momento, com aquelas duas pobres garotas? Com Amina e Audrey?

Enquanto reflete sobre o assunto, o céu se enche de luzes azuis giratórias, ouve-se o som de pneus rangendo no asfalto e a explosão da voz de um oficial da polícia de Nova York com um megafone, gritando:

— Esta reunião está em violação direta do código 7-4.2 da legislação do estado de Nova York. Por favor, dispersem-se de maneira ordenada. Há oficiais disponíveis para guiá-los até uma saída segura.

Por favor, sigam as instruções. Por favor, movam-se devagar. Não empurrem. Repito. *Por favor, sigam as instruções.*

Jessica observa conforme os milhares de jovens fazem o que lhes é ordenado. A energia frenética de minutos atrás se dissipou. Polly permanece orgulhosa no palco, mesmo quando uma dúzia de policiais uniformizados se aproxima dela.

E, enquanto Polly é levada embora, com os braços firmemente presos atrás das costas, Jessica vê uma expressão de triunfo total e absoluto em seu rosto.

— Miranda ama vocês! — ela grita à medida que é removida. — Miranda ama vocês!

Jessica liga para Malcolm enquanto se afasta do parque, tentando se misturar o melhor que pode com as multidões bizarras ao seu redor. Assusta-se ao ver uma garota jovem que, de alguma forma, desenvolveu um chifre de unicórnio, e outra cujas pernas são tão longas que suas calças jeans ficam no meio de suas panturrilhas. Um garoto exibe bíceps incrivelmente inchados, que esticam suas roupas, e uma menina que parece ter apenas uns oito anos de idade tem um conjunto completo de dentes fluorescentes brancos que brilham como lápides sob os postes de luz.

Será que era isso que Polly tinha em mente?, ela se pergunta. Será que foi por isso que ela lutou durante toda a sua vida? Para que jovens garotas pudessem ter chifres de unicórnio? Para que garotos parecessem fisiculturistas que abusam de esteroides? Será que ela não percebeu que a ideia de "perfeito" da maioria das pessoas está completamente errada? Será que tinha alguma ideia, de fato, do que seu público realmente queria?

— Malcolm! — grita Jessica ao telefone quando ele atende. — Cheguei tarde demais. Aconteceu. O aplicativo foi lançado. O que está acontecendo com as garotas no porão? Você ainda pode vê-las?

— Sim — Malcolm responde. — Estou vendo.

— Como elas estão?

— É difícil dizer. Só volta pra cá, tá?

— Estou a caminho. E diga a Arthur que a polícia pegou a namorada dele. Pegaram Polly. Levaram-na. Então, seja lá qual for o controle que ele acha que Polly tem sobre ele, acabou. Está terminado.

Ela entra em um táxi e volta para o Airbnb. Tudo está como ela deixou. Lark e Fox estão juntos no sofá. Arthur está amarrado à cadeira, com Luke de pé ao seu lado, os braços cruzados no peito, e Malcolm está sentado em frente aos monitores, com o cabelo descolorido brilhando como um farol no meio da sala.

— Olha — ele diz, afastando-se um pouco para que Jessica possa ver o que ele está olhando. Demora um momento para ela entender: é algum tipo de filmagem da câmera de segurança de outro quarto escuro, mas, de repente, o quarto se ilumina, e ela vê que a câmera mudou, e agora é o porão de Sebastian. E ali está, será? Sim, é Elliot da farmácia, vestindo pijamas e um casaco grande e acolchoado, e atrás dele está Sebastian, de cueca boxer e camiseta, balançando uma lanterna, parecendo absolutamente apavorado.

— De onde é isso? — ela pergunta.

— Câmera escondida no porão — diz Malcolm, apontando para Arthur. — Consegui acessar.

— O que estão fazendo com ela? — Arthur implora com uma voz fraca. — O que estão fazendo com Polly?

— Ela foi presa por uma contravenção pública. Tenho certeza de que ela acha que seu plano é infalível, que vai sair com uma multa e considerar parte de uma "campanha de marketing". Mas, uma vez que os policiais souberem o que sei, vão mantê-la presa, e é só questão de tempo até que ela ceda e conte tudo sobre você.

Ela volta sua atenção para a tela, justamente quando Elliot se vira para a câmera atrás dele e diz ao telefone:

— O que eu faço agora, Malcolm?

— Tem um código, aparentemente — Malcolm responde. — Está naquela parede, naquele painel, bem ali, atrás daquele cara.

— Que painel? — diz Sebastian com uma entonação tensa pelo viva-voz, com seus olhos arregalados e fixos. E então a lanterna a ilumina: uma pequena placa de vidro presa à parede ao pé da escada.

Jessica murmura para si mesma. Como ela não viu isso?

— Toque — orienta Malcolm.

Elliot a toca, e o painel se acende, revelando um teclado.

— Agora digite este código: 6-0-8-6-asterisco.

Elliot digita os números, seus dedos tremem um pouco.

— Droga — reclama ele, ao cometer um erro. — Fala de novo.

Malcolm repete os números para Elliot, e desta vez o painel emite um bipe, e Elliot se vira para Sebastian e diz:

— Uau. Olha.

Jessica aperta os olhos para ver o que eles estão olhando. É o local no chão onde ela viu os buracos perfurados, e agora há uma luz brilhando por esses buracos. Uma barra de metal apareceu, e Elliot a agarra e a puxa antes de chamar Sebastian por cima do ombro:

— Me ajuda.

Sebastian coloca a lanterna no chão e segura a barra de metal, e Jessica prende a respiração enquanto os dois continuam a puxar. E, então, a superfície de concreto lentamente se levanta, e uma luz forte inunda todo o quarto. Sebastian e Elliot cobrem os olhos com os braços e recuam por um momento antes de espiar juntos a cavidade, com seus rostos iluminados de baixo, parecendo assustadores no monitor.

— Ai, meu Deus — ela ouve Elliot dizer.

— O que diabos é isso? — ela ouve Sebastian dizer.

— O que eu faço agora?! — Elliot grita ao telefone com Malcolm. — O que eu faço agora?!

Malcolm se vira para Arthur.

— O que eles fazem agora, Pau-Mandado? Me diz.

— Para de me chamar assim — diz Arthur.

— Então para de ser um — retruca Malcolm.

Jessica ergue uma sobrancelha com o tom firme na voz de Malcolm. Parece que ele envelheceu dez anos durante a hora em que ela esteve fora.

— Eu não posso — pontua Arthur. — Polly vai…

— Polly vai passar menos tempo na prisão se aquelas garotas saírem de lá vivas. E você também. Então me diga como tirá-las de lá. Agora.

Jessica levanta a sobrancelha novamente. *Vai, Malcolm*, ela pensa. *Manda ver.*

Arthur começa a lutar contra suas amarras.

— Não — ele grita. — Eu não posso. Me soltem. Pelo amor de Deus. Apenas me soltem. Eu preciso ver Polly!

— Polly Schmolly — diz Luke, empurrando os ombros de Arthur com força contra a parede, fazendo-o estremecer. — Você sabe o que acontece no final de Dorian Gray, certo? Ele acha que pode se livrar de toda a merda destruindo o retrato. Mas não é assim que funciona, né? O cara acaba morto e o *retrato* fica perfeito. O cara leva toda a porcaria consigo para o túmulo. E isso é o que vai acontecer com vocês dois de qualquer maneira, então é melhor deixar essas garotas saírem antes que as coisas fiquem piores pra você. Entende o que estou dizendo?

Arthur balança a cabeça rapidamente, com os olhos arregalados e lacrimejantes.

— Certo... — ele diz. — Certo.

Luke solta os ombros de Arthur, que engole em seco e diz:

— Há dois fios: um verde, um vermelho. E há um tubo. Apenas desconecte todos eles.

Malcolm acena com a cabeça e gira de volta na cadeira em direção à tela.

— Você ouviu isso? — ele diz para Elliot.

Elliot assente.

— Um vermelho, um verde e um tubo. Entendido.

A sala fica em silêncio, e todos assistem à tela enquanto Elliot começa a trabalhar.

Jessica encara a imagem no segundo monitor, observando os dois pares de olhos abertos e fixos. Eles não se movem. Não piscam. *Estão mortas? Estão vivas? O que estão sentindo agora?*, ela se pergunta. E ela pensa, com uma sensação nauseante de medo: *O que será delas uma vez que forem libertas?*

— Certo — anuncia Elliot. — Eu fiz isso. E agora?

Arthur se contorce na cadeira.

— Vê aquelas coisas grandes e pretas? Gire todas elas no sentido anti-horário.

A sala mergulha em silêncio de novo ao passo que Elliot gira e gira, seu corpo pequeno fica tenso com o esforço, até que ele grunhe e geme e cai para trás, segurando algo em sua mão e, então, se inclina bem devagar, olha dentro da cavidade, e diz:

— Caramba. Caramba! Sebastian — ele se vira para o homem mais velho —, me ajuda. Droga. Me ajuda.

Finalmente, Sebastian se afasta da parede do cômodo, de onde estava observando horrorizado.

— Droga — eles o ouvem dizer, ao mesmo tempo que ele também olha para dentro da cavidade. — Droga.

Ambos os homens se deitam de bruços, com os braços dentro da cavidade. Puxam e arrastam, e lá, um momento depois, está uma garota. Logo depois, uma segunda garota. Elas estão flácidas, caídas, molhadas, como criaturas marinhas sendo puxadas do fundo do oceano.

— Elas estão vivas?! — grita Jessica.

Elliot e Sebastian sentem a pulsação delas, procuram batimentos cardíacos e respiração. Ninguém no apartamento emite um som sequer. E, então, Elliot se vira para a câmera, com os olhos brilhantes, o rosto corado de choque e espanto, e declara:

— Sim. Elas estão vivas. Sim.

QUARENTA E CINCO

DEZENAS DE POLICIAIS chegam ao Airbnb logo após as oito horas. Há quatro carros na rua do lado de fora e mais dois parando em frente ao prédio. Um agente do FBI entrevista Jessica e Luke enquanto os outros embalam as evidências. Fox, Lark e Arthur foram levados para interrogatório. Mais oficiais rumam para o apartamento de Amber Randall. Malcolm está a caminho de casa.

Já são quase onze horas quando Jessica e Luke são liberados para ir embora, e ela se sente desgastada e imunda.

Como se lesse seus pensamentos, Luke toca sua mão e diz:

— Quer ficar na minha casa?

Jessica pensa nos lençóis limpos, na geladeira cheia de coisas boas, nas toalhas grossas penduradas em linhas perfeitas em um aquecedor.

— Sim — ela responde. — Por favor. Mas não…

— Sim — diz Luke. — Eu sei.

Já é quase meia-noite quando chegam ao apartamento dele. O relógio biológico de Jessica grita que são cinco da manhã e que deveria estar pensando no café da manhã, mas ela ignora a confusão circadiana, toma um longo banho quente, veste a camiseta de Luke e usa a escova de dentes nova que ele lhe oferece.

Na cama, Jessica puxa os cobertores para cima, encaixa a cabeça nos travesseiros gordos e frescos e liga o celular.

— Desliga isso — diz Luke suavemente.

— Sim, mas eu quero ver o que está acontecendo na Inglaterra. Já é manhã lá, devem ter novas manchetes.

— As manchetes ainda estarão lá amanhã. Agora já não está mais em suas mãos. Outras pessoas estão fazendo o trabalho delas. Amanhã, eu te levo para tomar café da manhã e você pode passar o tempo todo olhando para o seu celular, mas agora você precisa dormir.

— Estou tão ligada que não consigo dormir.

— Quer ouvir sons de tempestade?

— Como assim?

Ele pega o próprio celular da mesinha de cabeceira.

— Você pode escolher tempestades, ventiladores, sons da natureza, cachoeira... Ou talvez uma musiquinha tranquila. O que acha?

Jessica deposita o celular na mesinha de cabeceira.

— Coloca sons da natureza.

Ela fecha os olhos e empurra a planta dos pés contra a pele quente das panturrilhas de Luke. Deveria lhe contar sobre o bebê agora, pensa. Agora, enquanto os dois estão envoltos nesse vínculo de experiência compartilhada, de exaustão, de parceria. Mas não consegue encontrar as palavras e não encontra a força, e sua cabeça está cheia de muito barulho agora. Então, em vez disso, ela deixa o ruído branco entrar em sua consciência, permite que sussurre em sua cabeça e afaste as sombras.

Cinco minutos depois, ela está dormindo.

QUARENTA E SEIS

A MÉDICA SE INCLINA sobre Jessica com uma pequena lupa e uma luz.

— Vou pedir que você olhe diretamente para o centro da luz, por favor, Jessica.

Ela segue as instruções da médica, que, um momento depois, desliga a luz e se recosta na cadeira.

— Bem — ela diz —, qualquer lesão na retina induzida por laser geralmente demora muito para cicatrizar, mas a sua tem cinco dias, e o que é muito interessante é que ela parece ter cicatrizado quase totalmente.

— Ah, certo, sim — diz Jessica. — Eu tenho um… hã… bem, meu corpo se cura mais rápido do que o de muitas pessoas. Eu sou… você sabe. Eu tenho… certos poderes.

— Ah — diz a médica, seus olhos se arregalando. — Certo. Entendi. Em quanto tempo você diria que ocorre a cura? Mais ou menos?

— Não sei. Nunca calculei isso. Mas o que é? — pergunta Jessica. — Qual é a lesão?

— Como eu disse, é uma espécie de queimadura a laser.

— Mas ela penetra além da córnea? Quer dizer, tem mais alguma coisa em mim?

— Não que eu possa ver.

— Então, não há danos permanentes?

— Há uma pequena cicatriz. Mas já está quase curada. Vamos te ver de novo em uma semana para outro exame, mas, se você estiver se sentindo bem…?

— Sim.

— Bem, então acho que você está bem.

A médica sorri para ela e depois diz:

— É incrível o que você fez. Quer dizer, simplesmente incrível. É uma honra te tratar.

Jessica faz uma expressão de desgosto.

— É, bem, não tenho tanta certeza de que eu me sinta assim.

Jessica sai do hospital pouco depois e caminha devagar de volta para seu apartamento. Sente-se machucada e quebrada. Tudo nela dói. Ela não quer nada mais do que entrar em um bar, puxar um banco, sentar-se e pedir dose após dose até entrar em coma. Mas resta trabalho a fazer. O caso ainda não acabou.

Malcolm chega pouco depois que ela retorna ao escritório. O garoto parece um pouco atordoado, com a pele levemente amarelada sob o cabelo platinado, que brilha branco demais.

— Malcolm — ela diz. — Como você está?

— Estou bem. — Ele parece exausto e castigado.

— O que posso fazer por você?

— Bem, na verdade, vim mais para ser pago.

— Uau. Direto. Mas, sim, claro. O que combinamos?

— Não combinamos. Mas eu ficaria feliz com uns duzentos.

Ela assente. Malcolm ajudou a salvar a vida dela e a vida de Grace, Amina e Audrey. Parece um bom acordo.

— Claro — ela diz. — Eu posso te pagar pelo PayPal?

— É... dinheiro seria melhor. Minha mãe está com meu celular até que tudo isso se resolva. Então, enfim...

Jessica suspira novamente.

— Sinto muito, Malcolm. Eu não devia ter deixado você se envolver nisso. Foi uma má ideia. Eu te coloquei em perigo demais e estou te dizendo, aqui e agora, que não vou mais contratar seus serviços. Não porque não seja bom, mas porque você precisa ficar seguro e ir para a faculdade. Então, considere-se aposentado das investigações particulares.

— É, não acho que minha mãe teria me deixado voltar de toda forma. Mas foi, sinceramente, a experiência mais incrível da minha vida.

Jessica levanta uma sobrancelha.

— Sério?

— Sério. E quero te agradecer por me permitir fazer parte disso. Eu aprendi muito. Incluindo… é… — Ele sorri de maneira irônica — … Minhas limitações, eu acho. Pensei mesmo que tinha o Fox Randall na palma da minha mão, sabe, mas acabou que não sou tão bom em disfarces quanto eu pensava. Então...

Jessica o contempla, com carinho.

— Isso não é verdade — ela diz. — Por favor, não leve nada de ruim disso. Você precisa manter sua autoconfiança. Isso vai te levar longe.

Malcolm sorri novamente.

— Isso é elogio de verdade, vindo de você. — Malcolm desvia o olhar para a mesa e depois volta para Jessica. Seus olhos estão brandos, e um rubor sobe pelas suas bochechas. — Você é a melhor pessoa que já conheci. Foi uma honra e um privilégio trabalhar ao seu lado. — Ele lhe estende a mão. — Obrigado, Jessica.

Jessica pisca.

— Ah — ela diz. — Claro. — Então pega a mão dele e aperta. — Agora, sai daqui — ordena, brincando.

Malcolm faz uma reverência sutil e sai.

QUARENTA E SETE

EM CADA TELA que Jessica encontra nos próximos dias, estão passando notícias sobre a história do aplicativo Miranda. Comentaristas e especialistas em tecnologia enchem as telas com mais perguntas sobre que tipo de ciência e tecnologia estava envolvida, como isso aconteceu, o que isso significa para o futuro dos smartphones, para o futuro do mundo. As crianças deveriam ter permissão para ter smartphones? *Alguém* deveria ter permissão para ter smartphones? Os dispositivos deveriam ser proibidos?

As crianças mesmo estão bem. Desde o momento em que Amina e Audrey foram liberadas da estase no cilindro do porão de Sebastian, os efeitos do aplicativo foram interrompidos e revertidos. Mas agora há questionamentos sobre o significado da felicidade, sobre as pressões que os jovens enfrentam atualmente, as imagens inatingíveis com as quais são bombardeados a cada segundo de cada dia e, agora, até mesmo com suas próprias imagens, quando usadas sob um filtro em um aplicativo. Imagine, disseram os comentaristas, viver sob a pressão de poder ver como você seria se fosse perfeito.

Fora da mídia tradicional, as redes sociais e seus "primos" estão fixados no lado sombrio da história: a família esquisita composta de um assassino em série, uma bruxa e um gênio com síndrome do sábio usando física quântica para transformar duas garotas inocentes em retratos modernos de Dorian Gray. Tudo isso justaposto à imagem reluzente de Polly Devereux de gola levantada e óculos de sol enormes, parecendo uma participante de um reality show da franquia Real housewives. O Reddit está repleto de discussões sobre a chamada "Família Esquisita", e as histórias continuam surgindo sobre pessoas sem-teto que desapareceram, encontros que resultaram em perda de memória, visão de equipamentos estranhos, lapsos bizarros, clima assustador, uma sensação de que algo estava errado.

E, então, o resto da história explodiu.

Jessica está deitada em seu sofá comendo mingau quando isso acontece. Ela se senta repentinamente, coloca o mingau de lado e agarra o telefone com as duas mãos enquanto rola pelas notícias.

Dois conjuntos de restos mortais humanos estavam ao lado de Amina e Audrey na cela subterrânea embaixo da casa de Sebastian. Um conjunto acaba de ser identificado como pertencente a Debra Phipps, a *verdadeira* Debra Phipps, a senhora de oitenta e quatro anos dona do Velho Casarão, que morou lá sozinha por quase cinquenta anos antes de sua casa ser tomada por Polly e sua família. A causa de sua morte ainda não foi estabelecida, mas Jessica se lembra do que Arthur Simms lhes disse sobre vasos e recipientes e sobre como um recipiente "velho" não tinha sido poderoso o suficiente para conter a força que eles estavam tentando absorver.

O segundo conjunto de restos mortais foi identificado como John Warshaw, o próprio Vampiro do Harlem, que, ao que parece, morreu de causas naturais. Mas a revelação mais surpreendente de todas é que ele parece estar morto há pelo menos cinco anos, teve todo o seu sangue drenado e foi mantido em um estado de mumificação. A mulher que se apresenta como Debra Phipps ainda está detida, recusando-se a falar, e Grace Partridge ainda é incapaz de cooperar. As outras meninas, Amina e Audrey, estão na UTI.

Pela primeira vez desde aquela manhã no início de outubro, quando ela quase deixou escapar Speckles, o gato, quando Hell's Kitchen estava coberta de trovões e a chuva caía como balas, quando ela sentiu coisas ruins no ar e viu a garota de casaco prateado — pela primeira vez desde então, Jessica sente sua cabeça ficar em silêncio. É como a sensação de quando um zumbido de fundo que você não percebe para, e a paz repentina subsequente traz um sentimento curioso de vazio, como se algo estivesse faltando. Acabou. Tudo o que resta é uma sensação de surpresa por não ter notado o barulho o tempo todo.

Ela tem apenas uma coisa a fazer.

Uma última ponta solta.

Depois de resolver isso, vai tirar férias. O pagamento de Amber foi efetuado no dia anterior: vinte mil dólares. Jessica usará parte desse dinheiro e irá para um daqueles lugares que, nos filmes, são o destino das mulheres quando querem um tempo para si: Cape Cod, talvez, ou Madison, ou Providence? Praias de vento forte e restaurantes de frutos do mar rústicos. Homens bonitos e bronzeados, cabanas rústicas com lareiras. Ela levará seu filho ainda não nascido, seu corpo cansado e ridículo e sua crise existencial e se deitará com eles por um tempo até se conformar com tudo isso. E então, quando voltar, terá que encontrar uma forma de contar a Luke.

Mas primeiro ela liga para o número em sua lista de contatos identificado como "Mansão dos Vingadores". É atendido um momento depois por alguém cuja voz ela não reconhece, e ela diz:

— Oi, aqui é Jessica Jones. Tem alguém aí com quem eu possa falar sobre assuntos de ginecologia e obstetrícia para, você sabe, mulheres como eu?

A tela se enche de manchas oscilantes de preto e branco enquanto a médica desliza o transdutor ao redor da barriga dela. Poderia ser o fundo de um lago de jardim, de tão embaçado, até que, de repente, lá está.

— Aí está — diz a médica. — Este é o seu bebê. Parece bem confortável aí.

— Em que posição ele está?

— Bem, veja, aqui está o topo da cabeça, e isso aqui — ela desliza novamente para baixo e pressiona forte no abdômen de Jessica — é um par de pés minúsculos e adoráveis.

— Ah! — exclama Jessica, quando a imagem começa a fazer sentido para ela. — Sim! Olha só isso. Isso é...

— É incrível, não é?

Jessica assente, atordoada. Então diz:

— Sabe, isso vai soar loucura, mas algumas vezes, depois que comecei a achar que estava grávida, eu vi ela.

— Ela?

— Sim. Ela. É uma menina.

— Ah, certo. — A médica move o transdutor ao redor da imagem do bebê novamente. Ela faz isso por um minuto antes de dizer: — É um pouco cedo para determinar o sexo do bebê, e não estou vendo nada com clareza neste momento.

— Não, eu já a vi. É isso que estou dizendo. Mas ela não era um bebê. Ela tinha cerca de cinco anos. No começo, achei que estava enlouquecendo, sabe? Perdendo a cabeça. Mas, toda vez que a via, ela parecia tão real. Eu podia, tipo, ver um fio solto pendurado no casaco dela. E fiquei pensando: na sua experiência de tratar mulheres como eu, com… você sabe…

— Superpoderes?

— Sim, com superpoderes. Você já conheceu alguém que tivesse um filho ainda não nascido que já pudesse expressar seus poderes?

— Não… — diz a médica, tirando as luvas de látex e jogando-as no lixo. — Não, nunca conheci. Mas posso imaginar que seria possível no caso de uma criança com poderes elevados. Por exemplo, se ambos os pais tivessem poderes. — Ela ergue uma sobrancelha, e Jessica sente o rosto corar levemente.

— Sim — ela diz. — É o caso aqui.

A médica assente, e por um minuto Jessica pensa que talvez ela saiba sobre Luke. Mas então se lembra de sua reputação, de que Luke não é o único cara com poderes especiais com quem ela dividiu a cama em sua vida bagunçada e de que a médica provavelmente está apenas se perguntando quem poderia ser.

— Bem — diz a médica —, isso é meio emocionante. Como ela era quando você a viu?

— Ela era… bem, ela era espetacular, sabe? Tipo, obviamente! — Jessica ri, nervosa.

— Obviamente! — responde a médica.

— E muito forte. Meio destemida. Ela me ajudou a superar um momento difícil no Reino Unido. Ela é incrível, linda, e eu… — De repente, ela se pega ficando um pouco emocionada. — Eu não sei se vou ser boa o suficiente para ela.

— Ah, meu Deus. — A médica atravessa a sala e pega a mão de Jessica. — Jessica. Não, nunca diga isso. Você é uma mulher incrível. Veja o que acabou de fazer nesta cidade. Veja quantas pessoas você ajudou e salvou. Como foi destemida. Você vai ser mais do que suficiente para este bebê, e muito mais. Você já é!

Jessica funga e concorda. Mas ela não acredita na médica e sabe que tem muito mais trabalho a fazer antes de estar pronta para aceitar que pode ser uma mãe boa o suficiente, especialmente para uma criança como essa, que já é melhor do que ela de cem maneiras diferentes.

— Claro. — Ela funga. — Sim. Obrigada.

A médica lhe entrega imagens do ultrassom, que Jessica guarda no bolso do casaco antes de sair para a escuridão pálida do entardecer de novembro.

QUARENTA E OITO

– JESSICA, OI, COMO você está?

Jessica olha para Amber Randall na tela de seu telefone. Ela está andando por uma rua movimentada em algum lugar, com o rosto emoldurado pelo capuz de pele de guaxinim.

— Estou bem. Você está de volta à cidade?

— Sim. Voltamos ontem à noite.

— Eu também.

— Você foi viajar?

— Sim. Apenas alguns dias à beira-mar.

— Bom — diz Amber. — Isso é bom. E, escute, eu queria ver como você está. Como está indo?

— Estou bem. — Jessica olha ao redor de seu escritório vazio enquanto diz isso, sente a fome em seu estômago por ter perdido o café da manhã e vê aberta a mochila da viagem que ainda não desfez, encostada na porta do quarto. — Sim. Estou bem. Como estão os gêmeos?

— Voltando ao normal. Estou levando-os para ver um hipnoterapeuta todos os dias. É intenso. Mas estamos chegando lá.

— Ótimo — diz Jessica. — Isso é ótimo.

— Então, eu tive um cancelamento para esta tarde. Três e meia. Você conseguiria vir até a minha casa? Eu adoraria fazer aquela sessão com você que prometi.

— Ah. — Jessica se senta ereta. Isso ela não esperava. Mas sim, ela pensa. Sim. Meras semanas atrás, ela era totalmente contra a ideia de terapia. Agora ela está mais aberta, é um "sim" hesitante.

— Certo — ela diz —, sim. Acho que vou. Te vejo lá. Preciso levar alguma coisa?

Ela vê Amber sorrir.

— Não, só você mesma. E uma mente aberta.

Amber está usando um suéter com uma gola alta gigante que parece engoli-la inteira quando cumprimenta Jessica no elevador. Ela olha para Jessica através dos óculos de leitura enormes e sorri de maneira calorosa.

— Entre — convida Amber, conduzindo-a pelo vasto lobby para um pequeno escritório no canto do apartamento. O cômodo tem uma grande janela de vidro que dá para a parte de trás do prédio e uma porta deslizante para um terraço minúsculo, cheio de plantas em vasos. O quarto é revestido de painéis de madeira e iluminado por pequenas lâmpadas de halogênio no teto. — Sente-se. — Ela gesticula para um sofá de couro. — Café? Refrigerante?

— Água, por favor.

Amber serve água de uma garrafa da geladeira escondida dentro dos armários e passa para Jessica. Há um pequeno silêncio no ar enquanto Amber observa Jessica e forma um sorriso. Então sua expressão se desfaz e ela diz:

— Sinto muito, muito, muito mesmo.

— Por quê?

— Pelo que aconteceu com você lá. Mas, sabe, para mim parece que havia algo mais, algo desencadeador, sabe? Do jeito que você estava no telefone quando queria que eu te trouxesse de volta para os Estados Unidos. Parecia tão desesperada. Tão perto de quebrar. O que foi isso, Jessica? O que você achou tão ameaçador em sua experiência lá?

Então Jessica lhe conta. Não tem mais nada a perder agora. Sua mente se sensibilizou sobre o conceito de compartilhar seu segredo mais sombrio com pessoas que se importam com ela. Ela conta a Amber sobre o homem chamado Kilgrave, que a manteve prisioneira em seu apartamento por seis meses, que exerceu controle mental sobre ela e a fez se comportar de forma horrível, usou-a como marionete para realizar atos de violência, brutalidade e controle contra pessoas inocentes.

Amber balança a cabeça, incrédula, quando ela termina.

— Depois de tudo que você já passou, isso acontecer com você de novo... Eu me sinto tão mal. E, por favor, me diga, esse Kilgrave, esse "Homem-Púrpura", ele está na prisão, certo?

Bum.

Ainda está lá. Toda vez que Jessica ouve esse nome, toda vez que vê um lampejo de roxo, toda vez que suas viagens a levam para o bairro onde foi aprisionada por ele por tantos meses, sua frequência cardíaca aumenta, a respiração trava e os instintos de lutar ou fugir entram em ação de forma nauseante.

— Desculpe — diz Amber. — Posso ver que até a menção do nome dele é o suficiente para te traumatizar novamente. Existe um nome que você prefere que eu use quando me refiro a ele?

— Sim. Que tal *isso*?

Amber assente.

— Ok. Então, há quanto tempo você escapou *disso*?

— Há alguns anos.

— E, durante esses anos, o que você fez para tentar se curar dos ferimentos que isso te causou?

— Eu bebia.

— Bebia?

— Sim. Eu bebi para passar por isso. Mas agora...

— Você não pode?

— Não. Não posso. Ainda quero. Mas não posso.

— Então, o que você está usando como mecanismo de enfrentamento agora?

— Nada. Eu não tenho nada. Tentei entrar na alimentação saudável, mas isso não deu certo.

— Exercício?

Jessica faz um som de desprezo.

— Então, sua muleta não está mais disponível, e você não encontrou uma substituta?

— Correto.

— Certo. Escute, sei que isso é doloroso, mas você pode me contar um pouco como foi quando estava sob o controle *daquilo*? Como era a sensação?

Jessica fecha os olhos e traz à mente um lugar que ela geralmente tenta evitar com muita ênfase.

— Era... nojento.

— Nojento?

— Sim. Era a coisa mais nojenta. Ele era nojento. As coisas que ele me obrigou a fazer eram nojentas. As coisas às quais ele me forçava a assistir quando *ele* fazia. Fazer aquelas coisas com as garotas que ele me obrigava a buscar para ele. A maneira como me fazia sentir. E o cheiro... — Ela se reclina no sofá e emite um gemido baixo. Ela consegue sentir a bile subindo do fundo do estômago. — Ele tinha esse cheiro. Acho que era um perfume. Mas estava misturado com o seu... argh... seu cheiro puro, sua essência imunda, pútrida, transformava-se num fedor, e esse fedor estava sempre sobre mim, sem ele sequer me tocar. Minha pele cheirava a ele, meu cabelo. Não consegui me livrar desse fedor por muito tempo. Muitos meses. Eu tomava banho duas vezes por dia, joguei fora todas as minhas roupas. Cortei o cabelo, tipo, até aqui. — Ela aponta para a linha do maxilar com a mão. — E ser alguém tão forte, alguém feito para fazer o bem neste mundo, fazendo coisas tão, tão ruins. É como ser um poeta forçado a escrever propaganda nazista. Ou uma cantora forçada a gritar. Os olhares nos rostos das pessoas quando viam as coisas que eu fiz. Aquelas garotas, quando perceberam que eu as tinha traído. Eu só ... — Ela para abruptamente, deixa a cabeça cair.

— Desculpa — ela diz. — Acho que não quero falar sobre isso.

— Não. Tudo bem. Claro que não. Mas eu quero que você saiba que agora você cheira muito bem. — Amber sorri. — Seu trauma, eu posso ver. Está muito claro. Mas ele... isso... isso se foi.

— Não tenho tanta certeza.

— Não. Eu prometo. Você está limpa.

— Hum. — Jessica quer acreditar nela, mas não consegue.

— E agora você é lar para outra pessoa. — Ela olha para a barriga de Jessica. — Como está indo? Tudo bem?

— Sim. Fiz um ultrassom. Tem um bebê saudável vivendo aqui dentro, fazendo tudo o que deveria fazer.

Amber sorri calorosamente.

— Que ótima notícia, Jessica! E estou tão aliviada em ouvir isso! — Ela coloca a mão sobre o coração. — Ainda não acredito que te mandei para a Inglaterra nessas condições e coloquei vocês dois em tanto perigo. Sinto uma responsabilidade pessoal para que você tenha uma gravidez saudável. De verdade. E o pai… já contou para ele?

— Não. Não, ainda não. Ele está fora da cidade, visitando a família no sul. E sinto que vou esperar, sabe, até as doze semanas. Porque…

— Sim, eu entendo. Você não quer jogar uma bomba no relacionamento até ter certeza.

— Exatamente.

— Como acha que ele vai reagir?

Jessica exala.

— Não faço ideia. Ele disse que não gostaria de trazer filhos para este mundo. Mas isso era uma opinião teórica, e este não é um filho teórico. Então… — Ela dá de ombros. — Realmente não sei. Mas sei que quero ficar com ela. Eu quero ficar com ela. Com ou sem… ele.

A percepção veio após o ultrassom. Ela e essa criança. As duas já criaram um vínculo. Ela está vindo, independentemente das circunstâncias pessoais de Jessica.

— Ótimo — diz Amber. — Isso é maravilhoso. E me diga: o que aconteceu no Reino Unido, o que aquela mulher fez com você… Como você se sente sobre isso agora?

— Com nojo.

Amber acena com a cabeça.

— Certo — ela diz. — Do mesmo jeito que a outra pessoa te fez sentir.

— Sim. — Os olhos de Jessica se arregalam com uma clareza terrível. Os paralelos são quase nauseantes. — Quer dizer, não houve trauma envolvido. Eu não fui abusada. Na verdade, foi incrível sentir aquilo, sentir todo aquele deslumbramento e admiração, estar em paz comigo mesma, com o mundo ao redor, com a forma como eu me via. Foi bastante mágico. Mas estar naquele mesmo lugar de novo, como eu estava antes, ser usada para promover as fantasias doentias de outra pessoa, seus ideais distorcidos, ser usada como um fantoche, como um peão, como se eu não tivesse… — Ela busca a palavra e, então, a encontra e a agarra. — *Livre-arbítrio.*

Amber acena, encorajando-a.

— Certo — ela diz. — Exatamente.

— E a sensação dos dedos sujos daquela mulher dentro da minha cabeça, usando *minha mente.* Para os objetivos dela. Fazendo-me acreditar que algo bom tinha acontecido comigo, algo doce, algo saudável, quando na verdade era tão, tão ruim. Fazendo-me assistir àqueles filmes fofinhos com ela, comendo pipoca juntas. Eca. — Ela rosna, sentindo a náusea aumentar ao pensar nisso. — É repugnante, e ainda sinto ondas disso quando penso no que experimentei. Ainda me vejo naquela cozinha velha e maltratada, com o cheiro de cordeiro assado, hálito de cachorro, aquele cheiro de casa velha e úmida. Sinto isso muito. E então ela… Ophelia.

— Me fale sobre ela. Como foi descobrir que ela tinha esses poderes?

Jessica suspira.

— Meio que não foi uma surpresa. Explicou muitas coisas sobre ela, sobre o clima, sobre *tudo.* Mas também estou meio brava comigo mesma por não ter percebido no momento. Por ter entrado despreparada, me deixando vulnerável. Me sinto uma idiota por *deixar isso acontecer comigo de novo.* Como se eu não pudesse confiar em mim mesma. Como se talvez eu precisasse me trancar no mundo. Ficar em casa. Me tornar… não sei. Menor.

Amber coloca a mão fortemente sobre o coração e diz:

— Não. Por favor, nunca, nunca faça isso. O mundo *precisa* que você seja grande. A maior que você puder ser. O mundo precisa que nos mostre como ser melhores, como ser fortes, como ser *mulheres.* Quer dizer, olhe para você.

Jessica se remexe um pouco e lança a Amber um olhar questionador.

— Você é incrível, Jessica. Eu mataria para ser você. Você é linda. Você é inteligente. Você é legal. Você é amorosa. Você é assustadora. Você é tão, tão forte. O que aquelas pessoas fizeram com você não te enfraquece, e sim te torna mais forte. Você só precisa acreditar nisso. E precisa abrir seu coração para si mesma. Romper a escuridão. Encontrar a luz. Entende?

Jessica acena com a cabeça, apenas duas vezes, sente uma lágrima solitária cair do canto de seu olho e escorrer pelo lado de seu nariz.

Amber lhe passa um lenço de uma caixa e sorri para ela.

— E me diga: o que vem a seguir para você? Está trabalhando em outro caso?

— Não. Ainda não. Estou pensando...

Amber a observa questionando.

— Sim. Chegar às doze semanas com isso — ela dá um tapinha na barriga —, depois vou contar ao pai do bebê. Aí vou desacelerar. E sim... um novo capítulo.

— O que isso significa para você?

— Significa que... bem, eu definitivamente ainda vou querer trabalhar. Estou pensando, talvez, em jornalismo, sabe?

— Ah! Certo, claro. Eu consigo ver a relação. Você estudou? Fez faculdade?

— Não. Nada disso. Mas tenho conexões. Conheço pessoas. E consigo, sabe, formar uma frase bem decente, acredite ou não. Eu só acho que, sendo mãe, vou precisar de algo mais estável, menos perigoso. Mas também vou precisar de algo além da maternidade. Isso eu sei sobre mim.

Amber assente.

— Isso me deixa feliz — ela diz.

— Sim — diz Jessica, sentindo uma onda de realização se formar em seu interior. — Sim. Eu também.

Os olhos de Amber vão para um relógio na parede.

— Então, Jessica, temos mais quarenta minutos. Eu adoraria usar esse tempo para trabalhar com você em torno dessa ideia de nojo. De impureza. A ideia de que as impressões digitais sujas de outras pessoas ainda estão aí — ela bate de leve na têmpora com a ponta do dedo —, em sua psique. Mas isso significa cavar fundo. Como se sente em relação a isso? Está pronta?

Jessica respira fundo, pensa na garotinha sentada firme dentro dela agora, pensa no tipo de mãe que deseja que essa garotinha tenha e assente.

— Claro — ela diz, sentindo-se enfim pronta para isso. — Vamos lá.

QUARENTA E NOVE

– EI. – JESSICA DESLIZA pelos degraus de pedra, abrindo espaço para Luke enquanto ele se aproxima de seu prédio, segurando dois copos de café.

— Descafeinado? — ele diz, entregando o dela. — Tem certeza?

— Sim — ela diz. — Já tomei meus duzentos miligramas de cafeína hoje.

— Existe um limite para isso?

— Sim. Existe. Mas não para todo mundo.

— Então, para quem?

Ela sorri. Ainda não. Ainda não.

— Obrigado por vir — diz Luke. — Estava sentindo sua falta.

— Estava?

— Sim. Estava mesmo. E quero dizer que deveria te contar que, nos últimos meses, eu meio que… meio que tenho pensado muito em você. Mais do que eu admitia para mim mesmo. Sabe o que quero dizer?

Jessica assente, segurando a respiração.

— E sei que você e eu, nós somos como *somos* um com o outro… Eu só queria te dizer que estou aqui. E estou, bem, *estou aqui*. Se você… não sei. É só que penso em você. Muito.

Jessica ri secamente.

— Você *gosta* de mim?

Luke também ri e assente.

— Sim — ele diz.

— Gosta *de verdade* de mim?

— Estamos no Ensino Médio agora? — Ele lhe lança um olhar de soslaio, brincalhão.

Jessica respira fundo e depois solta o ar novamente.

— Estou grávida.

Luke não responde.

— É seu — ela diz. — E isso é... isso é o que vim aqui te contar. E é... isso.

Luke ainda não responde, e o coração de Jessica dispara dolorosamente com o pensamento de sua filha não nascida sendo rejeitada pelo homem que ela ama.

Finalmente, Luke a encara.

— Você quer continuar?

Ela suspira.

— Muito, muito, muito.

Então o rosto de Luke se ilumina, um sorriso toma conta de cada parte dele, seus olhos brilham.

— Então, tá bom — ele diz, segurando as mãos dela. — Então, tá. Novo capítulo.

UM ANO DEPOIS
THE PULSE
Redatora: Jessica Jones

Três semanas atrás, no Old Bailey, em Londres, Reino Unido, Polly Devereux, 32 anos, foi sentenciada a 38 anos de prisão sem possibilidade de liberdade condicional pelos assassinatos de Debra Phipps, 84, do Velho Casarão em Barton Wallop, e pelos sequestros, cárceres privados e tentativas de assassinato de Grace Partridge, Amina Sultanov e Audrey Hill-Lock, todas agora com 17 anos. Um ano atrás, eu estava trabalhando como investigadora particular disfarçada em um caso que envolvia dois adolescentes de Nova York que haviam voltado das férias de verão no Reino Unido parecendo e agindo como pessoas diferentes.

No início, pensei que estava lidando com nada mais do que uma transformação ao estilo de *O verão que mudou minha vida*, mas logo ficou claro que algo muito estranho estava em curso, quando ouvi Fox Randall com a pele craquelando e entoando o nome *Miranda* para os espaços vazios de um restaurante em Manhattan. Concordei imediatamente em assumir a investigação.

Minha estadia no Reino Unido me levou a uma fazenda em ruínas no interior de Essex, a casa onde Sebastian Randall, pai dos gêmeos Randall, me disse que seus filhos haviam passado quase todo o tempo naquele verão. Randall era um homem discreto, um pouco sonhador, com medo de aranhas e fantasmas, e frequentemente falava sobre uma namorada secreta que também o ajudava a reformar sua casa. Mal sabia eu que, naquele primeiro encontro com Randall, já havia recebido quase todas as respostas para o mistério que eu estava sendo paga para resolver. Pois ali, mesmo enquanto minhas mãos acariciavam o concreto recém-colocado no chão de seu porão e eu me perguntava sobre os buracos perfurados lá; mesmo enquanto ouvia Sebastian Randall me contar sobre a grande bomba d'água que essa namorada secreta havia instalado para ele lá embaixo, bem abaixo dos meus pés, duas jovens estavam presas em uma espécie de inferno que até o fã mais fervoroso de filmes de terror mal poderia imaginar: conectadas a fios, drogadas, transformadas em receptáculos humanos para escuridão e miséria.

Naquele momento, enquanto eu estava no porão de Sebastian Randall, assegurando-lhe de que não havia aranhas lá embaixo, Amina e Audrey, as chamadas "Garotas Dorian Gray", estavam absorvendo as imperfeições de um punhado de primeiros usuários do aplicativo de Devereux, ainda não lançado. Mas isso era apenas o começo da jornada. Devereux usou o amor de Fox Randall por Grace Partridge (que ele conhecia apenas como "Belle"), como uma forma de controlá-lo, enviando-lhe e-mails fingindo serem de "Belle", implorando-lhe que fizesse tudo o que ela pedisse, incluindo divulgar o aplicativo Miranda e garantir que panfletos fossem colados em quase todos os banheiros das escolas da cidade. Semanas após o retorno dos gêmeos Randall a Nova York, Devereux e seu parceiro no crime, Arthur Simms, estavam a caminho dos Estados Unidos, e Amina e Audrey estavam a poucas horas de serem completamente consumidas. Suas consciências e formas físicas estavam prestes a ser sobrecarregadas pelas inseguranças e pelos supostos "defeitos" de mais de 2 mil crianças e adolescentes no Central Park.

Atualmente, as garotas ainda estão longe de se recuperar do trauma que sofreram durante anos — e quem sabe se algum dia se recuperarão totalmente. Mas, enquanto Devereux inicia sua sentença (Arthur Simms deve receber a sua no próximo mês), estamos apenas começando a entender os processos que sustentaram os eventos do ano passado. Para isso, precisamos voltar no tempo, até o verão de 1986, quando uma jovem britânica chamada Ophelia Simms entrou em um bar em um beco do Harlem e começou a conversar com o barman, um homem de fala mansa chamado John Warshaw, que tinha uma predileção por sangue.

Falei com Ophelia em uma chamada por Zoom na semana passada, da prisão em Essex, onde ela está detida há um ano. Ela parecia velha, muito mais velha do que a mulher de pele lisa de que eu lembrava de meu tempo em Barton Wallop.

— É assim que eu sou sem o creme — ela disse, referindo-se aos unguentos e séruns especiais que ela e Warshaw costumavam preparar juntos para mantê-la com aparência de quem tem menos que seus mais de duzentos anos. — Está tudo bem. Eu só queria parecer bem para *ele*. Depois que ele se foi, eu realmente não me importei mais.

Pergunto como funcionava o creme. Ela me diz que não sabe. Nunca soube. John Warshaw era o único que sabia como os cremes realmente funcionavam, e agora ele estava morto.

Pergunto a ela sobre a questão dos anos 1980: por que as pessoas sob a influência de seus cremes e unguentos ficavam obcecadas pela música e pelos filmes da época? Por que eu queria assistir ao filme *A garota de rosa-shocking* e cantar as músicas de The The? Do que se tratava aquilo?

Ela sorri, um sorriso pequeno e secreto.

— Aquilo era o John — ela diz. — Ele colocou isso lá. Ele havia desenvolvido uma maneira de extrair a essência de um ser humano a partir de seu sangue, e usou *minha essência* para fazer os cremes e séruns que drogaram aquelas garotas, meus superpoderes, meu controle mental, minha atemporalidade, mas também simplesmente... *eu*. Ele me amava tanto, sabe? Queria deixar um pouco de mim em todo mundo, como um... como é que chamam? Como um *easter egg*. Então ele deixou isso nos séruns: minhas paixões, meus caprichos, minhas preferências.

Pergunto a ela sobre aquele encontro, no Harlem, o que a levou de Portsmouth a Nova York tantos anos atrás.

— O rosto dele. Eu vi o rosto dele em um jornal de música. Eu nem costumava comprar aquele jornal, mas algo me fez pegá-lo naquele dia, quando passei por uma banca. Eu não sabia como ele ia mudar minha vida, só sabia que mudaria. Eu tinha esse poder naquela época, que desapareceu há muito tempo, junto com todos os meus outros poderes. Mas naquele tempo eu podia ler as pessoas através dos oceanos, acessar suas almas apenas vendo uma foto delas. Quando vi o rosto dele, soube que ele seria capaz de me consertar.

— Consertar você?

— Sim, de me curar da minha imortalidade. De me dar uma vida normal. Mudar minha vida. Finalmente.

E como Warshaw mudou sua vida. Usando seu conhecimento ilícito sobre sangue, adquirido por anos de obsessão, ele conseguiu de alguma forma recalibrar o DNA dela, eliminar sua imortalidade e torná-la, como ela diz, *normal*. Era o que ela queria há tanto tempo:

viver como todos os outros, se livrar da imortalidade que, por algum motivo, a impedia de ter filhos.

— Por que ele era tão obcecado por sangue? — pergunto.

E, como acontece frequentemente com fetiches, com obsessões assassinas, tudo começou com uma coisa muito pequena.

— Ele estava dirigindo com a família numa rodovia, o trânsito estava lento, os carros estavam parando para ver o que estava causando aquilo. Houve um acidente, John tinha cerca de sete anos e disse que olhou pela janela e viu um garoto, da sua idade, estendido no asfalto, e ao redor dele havia essa poça grossa de sangue, o sol brilhava e transformava o sangue preto em bordô, fazia-o reluzir, brilhar. Ele disse que se parecia com rubis, como algo precioso e bonito. Naquele momento, ele queria passar os dedos por ele para saber como seria aquela sensação, todo aquele sangue, brilhante e vivo, enquanto a criança jazia morta no centro disso. Ele disse que o sangue parecia uma entidade viva, algo com sua própria força vital, sua própria... personalidade.

Os resultados do trabalho de Warshaw no sangue de Ophelia não aconteceram da noite para o dia. Foram anos e anos para que Ophelia visse os primeiros sinais de envelhecimento aparecerem. Um único fio de cabelo branco, ela me conta, ao longo da risca do cabelo. Ela o arrancou com admiração e, segundo ela, chorou. Ela engravidou não muito tempo depois disso, e então vieram vinte anos de relativa normalidade. Bem, exceto pelo hobby horrível de seu marido, claro.

— Às vezes eu desejava que ele parasse, claro que sim. Não sou uma assassina. Amo crianças. Eu realmente odiava isso. Mas o que eu podia fazer? Eu o amava, ele me deu o presente da mortalidade, que me deu o presente do meu filho. Ele fez de mim uma mãe. Então, deixei que continuasse. Todos os homens têm seus hobbies. Esse era o dele.

Sem dúvida, a família poderia ter chegado ao fim de seus anos assim, apenas como outra família um pouco esquisita — toda rua tem uma —, cuidando de sua própria vida. Eles poderiam ter levado seu segredo para o túmulo.

Mas então, treze anos atrás, algo sísmico e incontrolável aconteceu com o trio unido, na forma improvável de um pesadelo ambulante de 1,63 metro, loiro-caramelo, chamado Polly Devereux.

Ophelia suspira quando menciono o nome dela.

— Eu soube desde o primeiro momento em que pus os olhos nela que tinha sido enviada pelo universo para me destruir. Eu sabia disso. E, desde aquele momento, esperei por seu retorno. E ela voltou. Mas o que eu não esperava ... — Os olhos de Ophelia se ampliam na tela do meu notebook — Era que ela teria meu filho em suas garras. Quando vi o jeito com que Arthur olhava para ela, soube que o havia perdido. Eu já estava na meia-idade naquela época, e, a cada ano que envelhecia, meus poderes diminuíam proporcionalmente. Eu tentei controlá-la, mas não consegui. Ela era muito mais jovem que eu, muito mais poderosa. E não do jeito que eu tinha sido. Ela não tinha superpoderes. Ela tinha um poder mais terreno. Polly Devereux é uma psicopata. Pura e simplesmente. E a psicopatia é meio que um superpoder, de muitas maneiras. Não se importar com o efeito das suas ações nas outras pessoas. Decidir o que é importante e usar pessoas inocentes para alcançar seus objetivos a qualquer custo. Dobrar as pessoas à sua vontade. Polly tinha essa ambição cega e enlouquecida. Eu nunca tive ambição, em nenhum dos meus duzentos anos. Fui uma sonhadora por toda a vida. Tudo o que eu sempre quis foi amor. Então, a deixei entrar e lhe dei o que ela queria, apenas para manter meu filho por perto.

Eu tinha acabado de engravidar quando conheci Ophelia em Barton Wallop, no ano passado. Eu estava em uma fase ruim, tinha problema com bebida, problema com homens, problema com tudo. Mas a pessoa crescendo dentro de mim, minha filha, Danielle, já estava me fazendo tentar ser uma pessoa melhor, e, desde que ela veio ao mundo, eu tento todos os dias ser o tipo de mãe — o tipo de ser *humano* — que acho que ela merece.

Ophelia parece querer ser compreendida, mas eu digo a ela que acho difícil sentir empatia por sua justificativa para suas ações. Ela manteve três meninas jovens drogadas e controladas por mais de um ano apenas para ficar perto de seu filho. Ela viu enquanto duas dessas meninas eram jogadas na traseira de uma van e levadas para serem enterradas vivas. Ela fez vista grossa para os assassinatos de seu marido e foi cúmplice na realização dos terríveis eventos de outubro do ano passado, quando milhares de jovens foram colocados em risco de danos permanentes ou morte. Milhares de filhos de *outras pessoas*.

Eu pergunto a ela sobre isso. *Como*, pergunto, *o amor pelo seu filho lhe dá o direito de colocar em perigo os filhos de outras pessoas?* Se a maternidade me ensinou alguma coisa, foi o quanto são preciosas todas as crianças e quão precária e perigosa é a existência dos pais a cada dia. Seu filho é seu coração fora do corpo. Machucar o filho de outra pessoa é machucar essa pessoa dez vezes mais.

Ela suspira.

— Do que *você* desistiu para se tornar mãe? — ela pergunta.

Quero dizer que desisti de beber, mas sei que não é isso que ela quer dizer.

— Eu desisti de tudo — ela diz. — Literalmente, de tudo. Imortalidade! Você sabe como é isso? E meus outros poderes. Eu os deixei todos para ser mãe. E eu faria qualquer coisa para fazer esse sacrifício valer a pena. *Qualquer coisa*.

Há tantas outras perguntas que eu gostaria de fazer a Ophelia, mas um oficial da prisão nos informa que nosso tempo acabou. Ainda assim, faço mais uma pergunta, antes que o tempo acabe.

— Me fale sobre o Sr. Smith — eu digo.

A velha mulher me encara.

— Meu gato?

— Sim.

O Sr. Smith é o familiar de Ophelia. Ela o tem desde que ele era um filhote, lá em 1811. O Sr. Smith ainda está vivo. As pessoas que resgataram os cães de Debra Phipps o resgataram também.

— Alguém vai adotá-lo, será? — diz Ophelia.

— Imagino que sim.

— E eles vão se perguntar por que ele não morre? — Ela ri ironicamente.

— Sim. Eles vão se perguntar por que ele não morre. — Eu faço uma pausa. — Mas você vai morrer?

— Sim. Graças a Deus. Eu vou morrer. E será em breve. E eu vou ficar feliz.

Nossa sessão termina. Aperto um botão vermelho que diz "sair" e me pego olhando para uma tela preta. Eu não sei o que aprendi com minha conversa com Ophelia, mas sei que me sinto triste. Eu me sinto triste pela garota solitária que caminhou sozinha pela vida por quase duzentos anos e me sinto triste pela mãe solitária cujo filho encontrou alguém que ele amava mais do que ela depois de apenas vinte anos.

Três dias após minha conversa com Ophelia, ela faleceu. Os guardas da prisão disseram que ela estava sorrindo.

Pouco depois disso, falei com Grace Partridge, direto de Barcelona, onde agora vive com seus pais perto do hotel-boutique que eles possuem e administram lá. Desde os eventos do último verão, Grace se tornou uma das pessoas mais seguidas nas redes sociais. No momento em que escrevo, ela tem 18 milhões de seguidores no Instagram, e o número aumenta mais dez a cada poucos minutos. Ela se descreve lá como "Não perfeita, apenas Grace", e sua mensagem é clara e direta:

Não seja perfeita. Seja real.

Recentemente, ela foi listada pela revista *Time* como uma das "Vinte mais influentes com menos de vinte" e faz turnês em escolas e faculdades falando com crianças sobre os efeitos tóxicos e negativos das redes sociais, além de aconselhar grandes corporações sobre como mitigar a malignidade inerente. Pergunto a Grace como ela se sente sobre a morte de Ophelia, e ela está, estranhamente — mas também talvez compreensivelmente —, triste.

— Ela realmente me amava — diz ela —, por mais estranho que pareça, e eu sei que parece. Mas ela realmente amava. Ela amava a nós três.

— E o que dizer de Amina e Audrey, ou as "Garotas de Dorian Gray", como são amplamente conhecidas agora? Você ainda as vê? Ainda são amigas?

— Isso é difícil — ela diz. — Tem sido… — Ela suspira. — Éramos tão próximas antes. Éramos tudo umas para as outras. Vivíamos e respirávamos o mesmo ar, tínhamos as mesmas obsessões. E estávamos tão empolgadas por fazer parte dos planos de Peach, por ajudar com esse grande projeto. Sério, pensando agora, que idiotas nós éramos. Idiotas totais. E, então, um dia, elas foram levadas e eu fiquei para trás.

— Por que você acha que foi deixada para trás?

— Eu tinha que estar do outro lado do processo. Eles precisavam testar em alguém. E me escolheram.

— Por que você?

Ela suspira.

— Eu não sei por que eu. Mas acho... acho que foi escolha de Debra. Ophelia. Porque, por mais louco que pareça, ela realmente me amava. Eu era a favorita dela. E foi isso que causou essa ruptura. Porque o que aconteceu comigo foi ruim, mas Amina e Audrey... Elas experimentaram algo que nenhum ser humano deveria jamais ter que passar. O trauma físico e mental delas é tão imenso, que é difícil até tentar compreender. Trancadas lá embaixo por meses, seus corpos lindos, seus rostos lindos, suas mentes lindas sendo usados como recipientes para os defeitos de outras pessoas, a miséria de outras pessoas, sugando tudo, absorvendo contra a vontade delas. — Grace estremece. — Espero que um dia elas sejam fortes o suficiente para encontrar seus lugares no mundo novamente. Mas vai ser uma jornada muito, muito longa.

— Há algo que você gostaria de dizer a elas, se estiverem lendo?

Grace desvia o olhar por alguns segundos e eu a vejo compondo seus pensamentos em uma mensagem que ela pode compartilhar, não apenas com suas ex-amigas, mas também com o mundo. Ela olha de volta para mim e vejo o quanto ela sente profundamente o que está prestes a dizer.

— Nós éramos perfeitas antes de Miranda, se ao menos soubéssemos disso... A perfeição não é um objetivo. A perfeição é uma *farsa*. Vocês eram perfeitas antes e são perfeitas agora. Todos nós somos. Cada um de nós. Confiem em mim.

E agora eu olho para minha linda filha e sei que esse é meu maior trabalho como mãe. Fazê-la entender que já é perfeita. Que a perfeição não está em um frasco, ou em uma tela, ou em uma luz negra louca feita de vodu e alta tecnologia. A perfeição não é definida por pessoas que ganham dinheiro com suas inseguranças nem é definida pelo olhar masculino ou pelas opiniões daqueles que querem diminuir você. A perfeição é o que você é quando está ouvindo apenas o batimento do seu próprio coração, o som dos seus próprios passos na estrada à sua frente, a única voz pura que existe dentro de si lhe dizendo que está bem exatamente como é.

Em breve, novos romances para apresentar
os seus personagens favoritos da Marvel,
pelas mãos de escritores incríveis!

DEMOLIDOR
escrito por Alex Segura

LUKE CAGE
escrito por S. A. Cosby

AGRADECIMENTOS

Minha gratidão, em primeiro lugar, deve ir para o paciente e atencioso Adam Wilson, da Hyperion Avenue Books. Adam me contratou para escrever este romance lá em janeiro de 2022 e, de vez em quando, deve ter se arrependido do dia em que me escolheu, já que eu escrevia e reescrevia, perdia prazos, estendia prazos e o mantive trabalhando até o último minuto para conseguir lançar este livro no mundo. Obrigada por ter apostado em mim e me dado a oportunidade de fazer algo diferente, difícil, emocionante e especial. Fiquei profundamente honrada por ter sido convidada e ainda me sinto honrada por fazer parte disso. Obrigada pela sua fé e bondade.

Agradeço também, é claro, à Selina, minha editora do Reino Unido, que me permitiu dar uma pausa da minha rotina de escrever thrillers anuais para realizar este projeto especial. Sei que isso tornou sua vida um pouco complicada e sou grata a você por facilitar isso e ser uma parte tão grande e importante disso.

Agradeço ao maravilhoso dr. Will Brooker. Will é professor de cinema e estudos culturais na Kingston University, no sul de Londres, e autor (entre muitas outras coisas!) de *The Truth About Lisa Jewell*, um livro sobre a escrita do meu vigésimo romance, *The Family Remains*. Ele também é aficionado pela Marvel, e teve a gentileza de ler meu trabalho em andamento em vários momentos-chave e foi responsável por me tirar do abismo da loucura em fevereiro de 2023, ao me dizer que o que eu tinha escrito era "uma completa bobagem". Qualquer bobagem que ainda reste é totalmente minha responsabilidade.

Definitivamente, muito obrigada, Javed Ghazi, meu amigo de grande inteligência, que veio ao resgate quando eu estava tentando descobrir como concluir os capítulos finais deste livro, encontrando a solução perfeita para um problema técnico que me deixava em um impasse.

E obrigada à Sarah Singer, da Marvel, que foi incrivelmente prestativa e solidária ao me guiar pela continuidade Marvel e garantir que meu livro estivesse sem falhas e aprovado pela Marvel!

Obrigada à minha família por suportar meu estresse e mau humor durante a maior parte de 2023: meu marido disse que essa foi a vez que ele me viu trabalhar mais intensamente em todos os vinte e cinco anos em que estou nessa profissão! E obrigada a você, leitor, por escolher este livro, independentemente do motivo, seja por lealdade, curiosidade, por ser fanático pela Marvel, por acaso ou simplesmente porque gostou da aparência dele. Espero de verdade que você tenha gostado da jornada, mesmo que não tenha sido exatamente o que você esperava!

E, por último, muito obrigada à própria Jessica Jones. Meu Deus, eu a amo! Ela foi, com certeza, a razão pela qual eu aceitei escrever um romance completo em um gênero com o qual não estou familiarizada. Quem não gostaria de passar um ano com Jessica Jones?! Ela é, sem dúvida, minha pessoa favorita no Universo Marvel. Já era antes de eu começar a escrever este livro e é ainda mais agora. Jessica, vou sentir sua falta. Obrigada por ser tão incrível.

E obrigada, Brian Michael Bendis e Michael Gaydos, pela genialidade de a terem trazido ao mundo em primeiro lugar.